HEYNE <

Das Buch

Dass dieses Weihnachtsfest nicht zu den schönsten in ihrem Leben gehören wird, weiß Alica schon, als sie sich in einer eisigen Winternacht dem einsamen Schloss nähert, das ihre Großeltern bewohnen. Die Begrüßung, die sie im Inneren des Anwesens erwartet, lässt Alica dann erst einmal das Blut in den Adern gefrieren: Aus der Dunkelheit stürzt ein großer Vogel mit ausgefahrenen Krallen auf sie hernieder – der Geisterfalke, der in dem Gemäuer sein Unwesen treibt. Und dies ist nicht ihre letzte Begegnung mit ihm, denn Alica soll das unheimliche Geschöpf ins »Nebenan« bringen, eine magische Welt, die von Märchen- und Fabelwesen bevölkert ist und bei weitem nicht so idyllisch, wie Alica zunächst vermutet. Die Herrscherin des »Nebenan« nämlich ist eine finstere und mächtige Magierin, die ihre ganz eigenen Pläne mit der Besucherin aus der Menschenwelt hat. Doch Alica würde alles tun, um den jungen Husaren François wiederzusehen, der ihr die Pforte ins »Nebenan« geöffnet hat. Für ihn lässt sie sich auf einen gefährlichen Pakt ein …

Der Autor

Bernhard Hennen, 1966 geboren, bereiste nach dem Studium als Journalist den Orient und Mittelamerika, ehe er seine Leidenschaft entdeckte: das Schreiben. Seit dem großen Erfolg von *Die Elfen* führt er die Saga um die phantastischen Wesen in vielen weiteren Romanen fort. Der Autor lebt und arbeitet in Krefeld.

Bernhard Hennen

ALICA

Roman

WILHELM HEYNE VERLAG
MÜNCHEN

Für Menekse und Melike, die darüber gewacht haben,
dass ich nicht *Nebenan* verloren gegangen bin.

MIX
Papier aus verantwortungsvollen Quellen
FSC® C014496

Verlagsgruppe Random House FSC-DEU-0100
Das für dieses Buch verwendete FSC®-zertifizierte Papier
Holmen Book Cream liefert Holmen Paper, Hallstavik, Schweden.

Taschenbuchausgabe 10/2011

Printed in Germany 2011
Umschlaggestaltung: Nele Schütz Design München
Druck und Bindung: GGP Media GmbH, Pößneck

ISBN: 978-3-453-53368-4

www.heyne-magische-bestseller.de

Versetzt!

Das tat man einfach nicht! Alica konnte es nicht fassen. Sie waren nicht gekommen. Jeder Irrtum war ausgeschlossen. Der Bahnhof von Heimbach war zu klein, um jemanden zu übersehen. Ihre Großeltern waren nicht gekommen! Sicher waren sie nur aufgehalten worden, versuchte sie sich zu beruhigen.

Alica nahm den Saxofonkoffer und ging hinüber zu dem kleinen Glashäuschen, das ein wenig Schutz vor dem eisigen Wind bot. Sie stellte den schweren Koffer auf einen mit Brandnarben übersäten Plastiksitz und schnallte ihren Rucksack ab.

Das letzte Abendrot verglomm hinter den Bergen. Dunkle Wolken zogen von Osten heran. Alica seufzte. Das hatte ihr gerade noch gefehlt. Im Stich gelassen zu werden war wohl nicht genug. Jetzt bekam sie noch einen Platzregen dazu. Sie schlug den Kragen ihres Mantels hoch und zog ihren Schal etwas enger. Dann vergrub sie die Hände in den Manteltaschen.

Die große Uhr am Bahnsteig zeigte 17.10 Uhr. Ob ihre Großeltern vielleicht dachten, sie käme erst mit dem nächsten Zug? Alica sah dem Sekundenzeiger der Uhr eine Weile zu, wie er ruckend vorwärtswanderte. Mit jeder Runde, die der Sekundenzeiger beendete, wuchs ihre Wut. Ihre Finger strichen über die Tasten des Handys, das tief in der Manteltasche steckte. Sie könnte anrufen ... Die Nummer der Großeltern war eingespeichert. Aber sie hatte nicht einmal mehr zehn

Euro auf ihrer Karte. Zehn Euro für endlose vierzehn Tage, die sie hier am Ende der Welt verbringen musste. Es war doch nicht ihre Schuld, dass sie nicht abgeholt wurde. Warum sollte sie dafür bezahlen?

Ihr stieg ein dicker Kloß in den Hals. Jetzt bloß nicht losheulen, ermahnte sie sich stumm. Sie blickte zum Gasthof, der keine hundert Meter hinter dem Busbahnhof lag. Sollte sie nicht einfach dorthin gehen? Es wäre verlockend, einen Kakao mit Sahne zu bestellen und dazu eine Waffel mit heißen Kirschen. Sie würde die Großeltern zahlen lassen, wenn sie endlich kamen. Das hatten sie verdient!

Und wenn sie nicht kamen?

Das machte man doch einfach nicht! Sie war vierzehn! Man durfte sie nicht alleine an einem Bahnhof in der Fremde stranden lassen! Vielleicht war den beiden etwas passiert? Wieder tastete sie nach dem Handy. Unschlüssig blickte sie den Bahnsteig entlang. Sie war die Einzige, die wartete. Auch der Busbahnhof gegenüber war menschenleer. In den Häusern leuchteten gelbe Lichter. Manchmal sah man Schatten an den Fenstern vorbeigleiten. Ein Stück den Hang hinauf gab es einen Garten, in dem jeder Baum mit einer Lichterkette geschmückt war. Sie stellte sich vor, wie die Familie dort oben jetzt am Küchentisch saß und darüber plauderte, was es bis Weihnachten noch zu erledigen gab.

Alica kämpfte wieder gegen den Kloß im Hals. Mutter lag im Krankenhaus und deren Freund Mike war einfach nur ein Chaot. Nur zweimal hatte Alica sie besucht. Seit der Geburt von Paul lag Mutter auf der Intensivstation. Ihre Arme waren voller blauer Flecke gewesen, als hätte man sie verprügelt. Über ihrem Bett hingen jede Menge Flaschen und Beutel, von denen Schläuche unter die Bettdecke führten. Mutter war so erschöpft gewesen, dass sie nicht sprechen konnte. Aber sie hatte mit den Augen gelächelt, so wie nur sie es konnte. Ihr

Gesicht war blassgelb. Eine Farbe, wie sie manchmal alte Kerzen hatten. Sogar das Weiß in ihren Augen wirkte gelb.

Mike hatte versucht Alica zu erklären, was los war. Bei der Geburt von Paul war etwas schiefgegangen. Mutter hatte sehr viel Blut verloren. Man hatte ihr viele Blutkonserven gegeben und dadurch war sie krank geworden.

Als sie Mutter verließen, waren sie in die Kinderklinik hinübergegangen. Mike hatte ihr stolz ihren kleinen Bruder Paul gezeigt. Aber Alica mochte ihn nicht. Alle Babys, die sie bisher gesehen hatte, waren knuddelig und rosa. Paul aber war knallrot und dazu noch so verschrumpelt wie ein alter Opa. Er sah wirklich hässlich aus. Und die ganze Zeit über hatte Alica denken müssen: »Deinetwegen wird Mutter vielleicht sterben!« Sie hasste diesen kleinen Unglückswurm. Sie hatte es Mike gesagt. Er war danach sehr still geworden. Er verbrachte so viel Zeit in der Klinik, wie er konnte. Alica hatte keine Lust mehr, mitzukommen.

Das Nikolausfest hatte Mike völlig vergessen. Zwei Tage zu spät war er mit einem halb zerdrückten Schokoladennikolaus aufgetaucht und hatte sie ins Kino einladen wollen. Sie hatte abgelehnt und den Nikolaus in den Müll geworfen. Ihrem richtigen Vater wäre so was nie passiert. Wenn er doch nur wiederkommen würde! Sie wusste, dass Mutter inzwischen glaubte, Vater sei tot. Vor fünf Jahren war er bei einer Expedition ins Ennedi-Gebirge am Rand der Sahara spurlos verschwunden. Die Suchtrupps hatten nicht einmal seinen Jeep finden können. Das Ennedi sei einer der letzten Flecken auf der Erde, von dem es keine richtigen Landkarten gebe, hatte Vater begeistert erzählt. Alica hatte sich heimlich geschworen, ihn selbst suchen zu gehen, sobald sie alt genug dazu war. Sie glaubte nicht, dass ihr Vater tot war. Aber inzwischen war sie so ziemlich die Einzige, die darauf bestand, ihn zu den Lebenden zu rechnen.

Noch am Abend des »Nikolaus-Dramas« hatte Mike bei ihren Großeltern angerufen. Alica hatte einen Teil des Gesprächs belauscht. Obwohl sie nicht hören konnte, was genau ihr Großvater sagte, wollte er offenbar nicht, dass seine Enkelin als Feriengast zu ihm abgeschoben wurde. Vermutlich war es Großmutter gewesen, die schließlich dafür sorgte, dass sie doch kommen sollte.

Alica blickte zur Bahnhofsuhr. 17.25 Uhr. Noch immer ließ sich niemand sehen. Sie war auch nicht scharf darauf gewesen, hierher abgeschoben zu werden, während Mutter ... Die Bilder vom zweiten Besuch im Krankenhaus drängten sich in ihre Erinnerung. Paul war noch faltig wie eine Kugel aus zusammengeknülltem Zeitungspapier. Abgesehen von einem roten Mal auf seiner Stirn stimmte jetzt wenigstens die Farbe. Und er roch gut. Trotzdem mochte sie ihn nicht!

Mutter war gelb wie Honig gewesen. Man hatte ihr eine Maske auf das Gesicht gesetzt und einen Schlauch in die Nase gelegt. So sah der Tod aus, hatte Alica gedacht. Sie hatte sich neben ihr Bett gesetzt und ihre Hand gedrückt. Nass und kalt fühlte sie sich an.

Regen trommelte auf das Glasdach des kleinen Schutzhäuschens. 17.30 Uhr. Alica zog das Handy aus der Tasche und wählte die gespeicherte Nummer. Es tutete. Einmal, zweimal ... Ungeduldig scharrte Alica mit dem Fuß über das Pflaster. Sie stellte sich das große schwarze Telefon vor, das auf einem Wandbrett im langen Flur hinter der Haustür stand. Alica erinnerte sich noch gut daran, weil es so seltsam aussah. Großmutter erzählte, dass das Telefon schon dort gestanden hatte, als sie in das Haus eingezogen war. Ein Dinosaurier unter den Telefonen. Es hatte sogar noch eine Wählscheibe. Dieses schwarze Ungetüm klingelte so laut, dass man es überall im Haus hören konnte. Wenn die Eingangstür offen war, reichte der Lärm sogar bis zum Stall.

Alica stellte sich vor, wie Großvater aus dem schweren Ledersessel in seinem Studierzimmer aufstand und die Treppe hinunterkam. Sie musste ihm Zeit lassen.

Noch immer tutete es. Vielleicht stand Großmutter in der Küche mit den blau-weißen Kacheln, von denen jede ein anderes Bild zeigte. Lass ihnen Zeit, ermahnte sich Alica stumm. Sie sind alt.

Sie zerrieb eine Zigarettenkippe mit ihrer Schuhspitze und starrte auf das graue Pflaster.

Plötzlich schlug das gemächliche Tuten in ein hektisches, fast hechelndes Geräusch um. Die Leitung war unterbrochen. Die Telefongesellschaft hatte weniger Geduld als sie. Unschlüssig blickte sie auf ihr blau leuchtendes Handydisplay. Sollte sie es noch mal versuchen?

Wind pfiff über die verlassenen Gleise und verfing sich heulend in den Dachstreben des alten Bahnhofs. Der wurde gerade zu einer Gaststätte oder einem Hotel umgebaut. Statt einer Bahnhofshalle gab es nur noch das kleine zugige Glashäuschen. Alica hauchte warmen Atem auf ihre kalten, roten Finger. Dann drückte sie die Wahlwiederholungstaste. Endloses Tuten. Niemand ging ran! Alica ließ das Handy zurück in die Manteltasche gleiten. Sie schaltete es nicht ab. Vielleicht würden die Großeltern ja doch anrufen ... Doch statt hier noch endlos zu warten würde sie die Sache jetzt selbst in die Hand nehmen! Ihr Vater war ein Abenteurer. Wenn er sich in die entlegensten Winkel der Welt traute, dann würde sie es ja wohl schaffen, alleine den Weg zu ihren Großeltern zu finden. Mit dem Auto dauerte es vom Bahnhof etwa eine Viertelstunde. Wie lange würde sie zu Fuß brauchen? Eine Stunde? Alica schnallte ihren Rucksack um und nahm den Saxofonkoffer. Sie würde hier nicht warten, bis ihr die Zehen abfroren!

Mit weit ausholenden Schritten marschierte sie ins Dorf hinab, um gleich hinter der Burg auf die Straße zum Kermeter abzubiegen. Dunkel ragte der Berg vor ihr auf. Sie wusste, dass sich die Straße in endlosen Serpentinen durch den Wald wand. Einen Moment lang überkamen sie Zweifel. Sie blickte die Hauptstraße hinunter. Wäre es nicht klüger, sich in ein Café zu setzen und auf einen Anruf der Großeltern zu warten? Sie mussten sich doch irgendwann melden!

Alica nagte an ihrer Unterlippe. Ob ihr Vater auch jemals von solchen Zweifeln geplagt worden war, wenn er zu einer seiner abenteuerlichen Expeditionen aufbrach? Sollte das Schicksal entscheiden! Wenn das nächste Auto die Straße hinauffuhr, würde sie ihm folgen. Kam hingegen ein Wagen herunter, würde sie zur Gaststätte am Bahnhof zurückkehren und dort auf ihre Großeltern warten.

Die Minuten verstrichen. Alica hatte sich in einen Hauseingang geflüchtet und beobachtete die verschlungenen Ringmuster, die der Regen in die Pfütze vor ihren Füßen zauberte. Ein zischender Laut näherte sich. Das Geräusch von Reifen auf nassem Asphalt. Ein alter Mercedes bog auf die Bergstraße ab und verließ die Stadt. Mit einem Seufzer rückte Alica den Rucksack zurecht und machte sich an den Aufstieg.

Ihr Haar war schon völlig durchnässt und hing ihr in Strähnen ins Gesicht. Nicht lange und sie hatte die letzte Straßenlaterne hinter sich gelassen. Ihr Rucksack und der Saxofonkoffer wurden mit jedem Schritt schwerer. Warum hatte sie nur so viel mitschleppen müssen! Sie folgte dem weißen Begrenzungsstreifen der Straße. Der nasse Asphalt schimmerte schwach, doch schon ein kleines Stück jenseits des Weges schien die Welt in einem finsteren Abgrund verschwunden zu sein. Mond und Sterne waren hinter Wolken verborgen. Sie wusste, dass unmittelbar neben der Straße der Wald begann, doch sehen konnte sie ihn nur, wenn die Scheinwerfer eines Autos einen Moment lang breite Lichtbahnen in die Finsternis schnitten.

Eine Ewigkeit schien zu vergehen, bis sie einen Picknickplatz erreichte. Sie blickte hinab ins Tal. Die Lichter der Laternen und die erleuchteten Fenster schienen unendlich weit entfernt zu sein. Sie hatte nicht einmal die Hälfte des Weges geschafft und schon brannten ihre Waden. Alica stützte sich auf die Mauer der Aussichtsplattform. Jetzt war es zu spät zum Umkehren. Sie holte ihr Handy aus der Tasche und schützte es, so gut es ging, vor dem Regen. Wieder wählte sie die Nummer der Großeltern. Das leise Tuten ging im Rauschen des Regens fast unter. Als immer noch niemand ans Telefon ging, schluchzte sie leise. Warum musste ihr das passieren? Gab es denn niemanden mehr, dem sie wichtig war? Mike hatte sie abgeschoben, Mutter war viel zu krank, um noch mitzubekommen, was passierte, und ihrem verfluchten Großvater war offenbar egal, was aus ihr wurde!

»Selbstmitleid hilft dir jetzt auch nicht weiter«, murmelte sie leise. Erschöpft packte sie den Griff des Instrumentenkoffers mit beiden Händen und trug den sperrigen Lederkasten quer vor der Brust, damit er nicht bei jedem Schritt gegen die Oberschenkel schlug. Das war der Anfang vom Ende, dachte sie, als sie losmarschierte. Lange würde sie nicht mehr durchhalten.

Ein großer Geländewagen fuhr vorbei. Es war erst das vierte Auto, seit sie Heimbach hinter sich gelassen hatte. Kein vernünftiger Mensch war in dieser Nacht draußen. Sie lachte bitter. Das musste wohl zum Familienerbe gehören. Vernünftige Menschen fuhren auch nicht mutterseelenallein los, um ein Gebirge am Rand der Sahara zu erforschen.

Zwei große Scheinwerferaugen kamen ihr entgegen. Alica wich bis ganz zum Rand der Straße aus. Doch statt vorbeizufahren, wurde der Wagen langsamer. Es war der große Geländewagen, der sie eben erst überholt hatte. Auf ihrer Höhe stoppte er. Leise surrend glitt das Beifahrerfenster hinab. Die Innenbeleuchtung des Wagens flammte auf. Hinter dem Lenkrad saß ein alter Mann in einer Daunenjacke. Sein Gesicht war von tiefen Furchen durchzogen und seine Augen schienen in dunklen Gruben eingesunken zu sein. Ein breiter silberner Schnauzer verdeckte seine Lippen.

»Was machst du denn hier draußen, mitten im Nichts?«

Alica war bis an die Leitplanke zurückgewichen. Es gab keinen Ausweg. Hinter ihr fiel die Böschung steil ab. Nicht einmal bei Tageslicht hätte man dort langgekonnt und der große Wagen blockierte den Weg zur Straße.

»Verstehst du mich nicht?«, fragte der Alte harsch und setzte dann jede Silbe betonend nach: »Sprichst du Deutsch?«

Alica nickte.

»Mensch, Mädchen, wo willst du denn hin?« Der Alte beugte sich vor und stieß die Beifahrertür auf. »Bei diesem Hundewetter holst du dir noch den Tod. Sag mir, wo du hinmusst, und ich fahr dich hin. Deinen Eltern sollte man eine Standpauke halten!«

»Meine Eltern sind tot«, sagte sie leise. Wie kam sie dazu, den Kerl anzulügen? Der Schnauzer des Alten zuckte. Alica hätte zu gern seine Lippen gesehen. Presste er sie zusammen? Lächelte er verlegen?

»Tut mir leid!« Die Stimme des Manns klang belegt. »Ich konnte ja nicht wissen ...« Er zuckte mit den Schultern. »Und wo willst du hin?«

Alica schnallte den Rucksack ab und warf ihn in den Fußraum vor dem Beifahrersitz. Hundertmal hatte sie gehört, dass sie bloß niemals zu einem Fremden in den Wagen steigen sollte. Bisher hatte man sich immer um sie gekümmert, sie gefahren und abgeholt. Doch seit Mutter im Sterben lag, schien all das nicht mehr zu gelten. Warum sollte sie sich als Einzige an die Regeln halten? Der alte Mann sah nett aus ... Sie zog die Wagentüre zu und wusste, dass sie es im Grunde tat, um Mike und Großvater zu bestrafen. Es war unvernünftig ... Nein, es war völlig verrückt! Aber sie konnte nicht anders.

»Ich möchte zum Parkplatz hinter den Forsthäusern bei Wolfgarten.«

Der Alte runzelte die Stirn. »Da gibt es nichts. Weit und breit ist dort kein Haus. Sag mir schon, wo du hinmusst.«

»Zu dem Parkplatz«, beharrte sie.

Der Mann legte den Kopf schief und strich sich über das Kinn. »Ich hab dich doch schon mal gesehen.«

»Das kann nicht sein. Ich bin nicht von hier.« Kaum waren die Worte heraus, hätte Alica sich am liebsten die Zunge abgebissen. Wie konnte sie nur so blöd sein! Jetzt wusste er, dass man sie nicht so schnell vermissen würde.

»Trotzdem habe ich dich schon mal gesehen. Mir rosten langsam die Glieder ein, aber mein Kopf funktioniert noch.« Der Wagen fuhr an und wendete bei dem Aussichtspunkt. Es war angenehm warm hier drinnen.

»Auf dem Rücksitz ist eine Decke«, sagte der Alte. »Damit kannst du dich ein bisschen trocken reiben. Du siehst aus, als hätte man dich in deinen Klamotten unter die Dusche gestellt.«

»So fühle ich mich auch«, sagte sie leise.

Plötzlich schnippte er mit den Fingern. »Der Kamin. Du heißt Alice, nicht wahr?«

Alica starrte den Fremden mit offenem Mund an. Kannte er sie wirklich? Oder hatte er das kleine Namensschild auf ihrem Saxofonkoffer gelesen?

»Nicht ganz«, sagte sie zögernd. »Ich heiße Alica. Nicht Alice.«

Der Alte nickte. »Ja, jetzt erinnere ich mich. Mein Namensgedächtnis ist leider nicht mehr so besonders. Aber Gesichter vergesse ich nicht.« Er schaltete einen Gang höher. »Übrigens, ich heiße Bruno. Dr. Bruno Pörtner. Ich bin Landarzt. Gerade komme ich von einem Krankenbesuch. Ich kannte sogar schon deinen Vater. Kann mich noch genau erinnern, wie er Mumps hatte. Der hatte vielleicht eine schlechte Laune, weil er nicht aus dem Bett durfte …«

»So?« Das Letzte, was Alica jetzt hören wollte, waren Geschichten über ihren Vater.

Dr. Pörtner hatte offenbar begriffen. Jedenfalls wechselte er schlagartig das Thema. »Deine Großeltern haben ein Bild von dir auf dem Kaminsims stehen. Daher kenne ich dich. Ich war erst Nikolaus bei ihnen. Maria hat ihr wunderbares Hirschragout gemacht.« Der Arzt stieß einen langen Seufzer aus. »Es gibt ein Alter, da bereitet einem nichts mehr Freude als ein gutes Essen. Deine Großmutter ist eine tolle Frau!«

»Ich habe lauter tolle Verwandte! Deshalb haben Sie mich auch klatschnass mitten im Wald gefunden. Meine Verwandten überschlagen sich alle vor Sorge!«

»Du tust deinen Großeltern unrecht«, entgegnete Dr. Pörtner, ohne dabei sehr überzeugend zu klingen. »Es muss einen Grund dafür geben, dass …«

»Den kann ich Ihnen sagen! Sie haben keine Lust darauf, mich zu sehen. Weshalb sind sie wohl sonst nicht gekommen?« Alica hatte die letzten Worte fast geschrien. Alle Wut, die sie unterdrückt hatte, brach jetzt aus ihr heraus.

»Es muss einen Grund dafür geben.« Dr. Pörtner bremste den Wagen und deutete durch das Beifahrerfenster. »Hier ist es. Der Weg führt hinab zum alten Rittergut.«

Alica konnte in der Dunkelheit das alte Gittertor erkennen. Dr. Pörtner war am Parkplatz vorbeigefahren, bis hin zu dem Privatweg, der durch den Wald zum Haus der Großeltern führte. Noch ein Erwachsener, dem es egal war, was sie sagte!

»Soll ich dich nicht doch bis nach unten bringen?«, fragte der Alte. »Es ist noch ein ganzes Stück Weg und du solltest wirklich nicht noch nasser werden.«

»Ich schaff das schon!«, entgegnete sie schroff. Es war nicht fair, dass sie ihn so behandelte. Aber sie war nicht in der Stimmung, fair zu irgendjemandem zu sein. Und sie wollte auf keinen Fall im Auto bei ihren Großeltern vorfahren. Sie sollten glauben, dass sie die ganze Strecke im strömenden Regen zu Fuß gegangen war. Beim Gedanken daran, wie sie ihnen die ganzen Ferien über deshalb ein schlechtes Gewissen machen würde, wurde es Alica schon etwas wärmer. Das war gemein, aber die beiden hatten es verdient! Warum waren sie auch nicht gekommen?!

»Danke, dass Sie mich das Stück mitgenommen haben.«

Pörtner machte eine abwehrende Geste. Dann lächelte er verschwörerisch. »Ich sagte doch, ich bin Arzt. Betrachte es als vorbeugende Behandlung gegen eine Grippe. Ich schau in den nächsten Tagen mal vorbei. Es hat mich gefreut, dich kennenzulernen.« Er deutete auf ihren Koffer. »Trompete oder Saxofon?«

»Saxofon.«

Pörtner nickte. »Ich versuch mich manchmal am Klavier. Vielleicht können wir ja mal was zusammen spielen, wenn es dir bei deinen Großeltern zu langweilig wird. Sie haben meine Nummer. Ruf einfach an.«

Alica stieg aus. Es schien noch kälter geworden zu sein. Fröstelnd warf sie sich den Rucksack auf den Rücken. Jetzt tat es ihr leid, den alten Arzt so schlecht behandelt zu haben. »Danke«, sagte sie zähneklappernd.

»Soll ich dich nicht doch ...«

Sie schüttelte den Kopf. Ihr Auftritt als wütende, durchgefrorene Enkeltochter war es ihr allemal wert, noch fünf Minuten durch den Regen zu laufen. Irgendwie hatte sie das Gefühl, Dr. Pörtner noch etwas schuldig zu sein. »Wegen meinem Vater ...«, sagte sie schließlich. »Ich rede nicht gern über ihn.«

Der alte Arzt sah sie einfach nur an. Er sagte nichts. Und sie war ihm dankbar dafür, denn sie wusste aus Erfahrung, dass jedes Wort jetzt falsch klingen würde. Alica hob den Saxofonkoffer zum Abschied. »Ich melde mich. Bestimmt!« Dann warf sie die Tür zu.

Pörtner unternahm keinen weiteren Versuch, sie umzustimmen. Er hob die Hand noch einmal zum Gruß, dann fuhr er ab. Alica sah ihm nach, bis die Rücklichter des Wagens im Dunkel verschwanden. Sie wünschte, Großvater wäre so wie der Arzt. Pörtner hätte sie niemals einfach am Bahnhof stehen lassen.

Der Regen stach ihr wie tausend Nadeln ins Gesicht. Der Schmerz stachelte ihre Wut noch weiter an. Sie wandte sich zum Tor um. Ihre Großeltern würden es noch bereuen, sie vergessen zu haben.

Das Herrenhaus

Das schmiedeeiserne Tor, hinter dem der dunkle Waldweg begann, stand weit offen. Vor einem der Steinpfeiler, die das rostige Tor hielten, kauerte ein Löwe, der seine linke Pranke auf einen verwitterten Wappenschild gelegt hatte. Der Weg zum Herrenhaus war von Gras überwuchert. Nur ein paar schlammige Reifenspuren verrieten, dass er regelmäßig benutzt wurde.

Als Alica das Tor durchschritt, hatte sie das Gefühl, es wurde noch kälter. Der Waldweg war lang. Er führte durch einen großen verwilderten Park. Von den Rändern des Weges her wucherten Brombeerranken über die Spurrillen hinweg, entschlossen jeden Flecken Erde zurückzuerobern, den man der Natur geraubt hatte.

Aus dem Regen wurde Schnee. Große, nasse Flocken, die nicht liegen blieben, sondern nur deshalb vom Himmel zu fallen schienen, um eisig über Alicas Gesicht zu streichen. Wie ein Gewölbe spannten sich die Äste der Bäume über den Weg. Für einen Moment lugte der Mond hinter den Wolken hervor und tauchte den Wald in milchiges Licht. Alica beschleunigte ihre Schritte. Der Weg schlängelte sich in Windungen einen Hügel hinab. Wann immer der Mond hinter Wolkenfetzen verschwand, konnte man kaum die Hand vor Augen sehen.

Alica hatte das beklemmende Gefühl, dass der Weg viel länger war, als er sein sollte. Plötzlich hielt sie inne. Da war ein Geräusch gewesen, das nicht zum Lärmen des Sturmwinds im Geäst passte. Ein Schrei! Schrill, lang gezogen ... fremd! Alica wünschte, sie wäre wieder in der Stadt. Die Geräusche dort waren ihr vertraut. Das leise Rumpeln von Müllwagen, Bremsenquietschen, Hupen, das Dröhnen der Gebläse, mit denen man das Laub vom Bürgersteig entfernte. Selbst wenn sie mitten in der Nacht wach wurde und lauschte, gab es nie ein Geräusch, das sie nicht zuordnen konnte. Das hektische Klackern von Pfennigabsätzen auf dem Pflaster oder der verliebte Kater von nebenan, der im Garten randalierte. Aber dieser Schrei ... Sie beschleunigte ihre Schritte. Das muss irgendein Vieh gewesen sein. Ein Vogel bestimmt, versuchte sie sich zu beruhigen. Was sonst? Ein Mensch war das jedenfalls nicht, so viel war gewiss. Kein Mensch schrie so ...

Der Weg machte eine Kehre. Durch das dicht miteinander verwobene Astwerk der Bäume schien es, als würde man in einen Tunnel blicken. Am Ende dieses Tunnels war das schmutzig weiße Gemäuer des Herrenhauses zu sehen. Mit seinem wuchtigen, spitz zulaufenden Dach und dem gedrungenen alten Turm, der seitlich aus dem Haus wuchs, wirkte es wie ein verwunschenes, kleines Schloss aus einem Märchenbuch. Alle Fenster waren mit schweren grünen Holzläden versehen, und auf der Turmspitze wachte ein alter Wetterhahn, den nur noch Sturmböen in seinem rostigen Gelenk bewegen konnten. Etwas abseits vom Herrenhaus stand ein alter Stall, dessen Dach zur Mitte hin eingesunken war, sodass es aussah, als hätte man einen großen Sattel auf die Mauern gesetzt. Efeu wucherte an den Wänden hoch und hatte das schwarzweiße Fachwerk schon zur Hälfte hinter einer zweiten, grünen Mauer verschwinden lassen.

Alica begann zu laufen. Sie konnte die heiße Schokolade, mit der Großmutter sie begrüßen würde, förmlich auf der

Zunge schmecken. Eine Sturmböe zerrte an ihrem Schal, als wollte sie versuchen Alica weiterhin von dem Haus fernzuhalten.

Endlich die nassen Sachen ausziehen! Neben dem großen, warmen Kachelofen in der Küche sitzen ... und ihrer Wut Luft machen! Was war den Alten nur eingefallen, sie einfach am Bahnhof stehen zu lassen? Sicher bekam sogar ihr Großvater ein schlechtes Gewissen, wenn er sie jetzt gleich pudelnass in der Tür stehen sah. Und sie würde es ihnen nicht leicht machen, sich zu entschuldigen, dachte Alica grimmig. Nein, ganz bestimmt nicht!

Dann war ihr Zorn schlagartig verraucht. Ungläubig starrte sie das Haus an. Alle Fenster waren dunkel! Nur am Fuß der Außentreppe schimmerte ein gelbes Licht. Das konnte nicht wahr sein! Wahrscheinlich standen die Großeltern jetzt am Bahnhof und fragten sich, wo sie steckte.

Alica fluchte herzhaft und beeilte sich zum Haus zu kommen. Als sie unter den Bäumen hervortrat, traf sie der Schneeregen mit voller Wucht. Sie kniff die Augen zusammen und beugte sich weit vor. Ein Rinnsal eisigen Wassers hatte den Weg unter ihren Kragen gefunden und kroch langsam ihren Rücken hinab.

Am Fuß der protzigen Steintreppe, die sich in elegantem Bogen zur Haustür emporschwang, hatte jemand eine Laterne abgestellt. Windgeschützt hinter dünnen Scheiben brannte ein Teelicht. Alica stutzte. Solche Laternen kannte sie von Friedhöfen und aus ein paar Gruselfilmen, die sie eigentlich gar nicht hätte sehen dürfen. Hinter alldem hier steckte System! Ihr Großvater hatte das sicherlich ausgeheckt. Sie wusste ja, dass er nichts von ihrem Besuch in den Weihnachtsferien hielt. Vielleicht bildete er sich ein, er könne sie mit solchen Spielchen vergraulen. Kein vernünftiger Mensch würde so etwas tun. Doch Großvater war ... anders. Allerdings war ihr schleierhaft, wie er Großmutter dazu überredet hatte. Sie war eigentlich nett.

Wütend presste Alica die Lippen zusammen. So leicht würde sie sich von dem alten Brummelkopf keine Angst einjagen lassen. Nicht auf diese Art! Entschlossen griff sie nach der Laterne und stieg die paar Treppenstufen zur Haustür empor. Statt einer Klingel gab es einen Türklopfer. Einen Löwenkopf, in dessen Maul ein eiserner Ring hing. Ihre Großeltern liebten es altmodisch.

Alica stellte ihren Saxofonkoffer auf die Fußmatte und griff nach dem Ring. Eiskalt schmiegte er sich in ihre Hand. Dreimal ließ sie den Türklopfer gegen die kleine Metallplatte unter dem Löwenhaupt hämmern. Der Krach musste im ganzen Haus zu hören sein.

Eine Sturmböe rannte gegen das alte Herrenhaus an. Vom Wald her hörte man das Geräusch splitternder Äste. Leise klapperten lose Schieferplatten am Dach, begleitet vom Knirschen des Wetterhahns.

Der Schnee begann liegen zu bleiben. Alica stand der Atem in weißen Wolken vor dem Mund. Wieder griff sie nach dem Türklopfer. Es musste doch jemand zu Hause sein. »Bitte«, murmelte sie. Ihre Glieder waren schon ganz steif vor Kälte. Sie konnte sich nicht erinnern, jemals in ihrem Leben so sehr gefroren zu haben.

Mit aller Kraft ließ sie den Türklopfer niedersausen. Unter der Wucht des Schlags sprang die Tür einen Spaltbreit auf. Zitternd trat Alica ein und schob mit dem Fuß den Saxofonkoffer in den Flur. Dann tastete sie nach dem Licht. Es musste irgendwo rechts neben der Tür sein. Es war einer jener altmodischen Schalter, die man drehen musste. Endlich fand sie ihn. Klackend drehte sich der Schalter. Die bunte Glaslampe an der hohen Decke blieb dunkel.

Alica versuchte es noch einmal.

Nichts geschah.

Das ging zu weit! Wütend schnallte sie den Rucksack ab und pfefferte ihn in die Ecke neben der Tür, wo ein großer Schirmständer aus Bronze stand.

Die Hände in die Hüften gestützt starrte sie in die Dunkelheit. Am liebsten hätte sie irgendetwas kaputt geworfen.

»Okay! Ihr beiden könnt jetzt mit diesem blöden Spiel aufhören und die Sicherung wieder reindrehen! Ich bin patschnass und stinksauer.«

Keine Antwort.

»Mutter wird es nicht lustig finden, wenn ich ihr diese Geschichte erzähle!« Alicas Stimme hallte in dem hohen Flur. Sie lauschte. Außer dem Wüten des Sturms war kein Laut zu hören.

Sie zog die Tür hinter sich zu, dann hob sie die Laterne hoch über ihren Kopf. Das schwache Kerzenlicht schien die Dunkelheit eher zu vertiefen, als sie zu vertreiben. »Es gibt keinen Grund zur Panik«, murmelte sie leise. Das sagten sie auch in den Filmen immer. Meistens brach kurz danach allgemeine Panik aus. Alica spürte ihr Herz schneller schlagen. Im Hof hatte kein Auto gestanden. Bestimmt waren ihre Großeltern jetzt am Bahnhof.

Und wenn ihnen etwas passiert ist?, meldete sich die leise Stimme der Panik in ihren Gedanken. Großmutter war oft fort. Sie hatte ein besonderes Talent, mit Tieren umzugehen, und viele Bauern riefen lieber sie als einen Tierarzt, wenn eine Kuh Probleme beim Kalben bekam. Bestimmt war sie unterwegs. Großmutter hätte niemals ihre Zustimmung zu so einem blöden Streich gegeben!

Unsicher blickte Alica zu der dunklen Holztreppe, die hinauf in den ersten Stock führte. Hatte Großvater vielleicht einen Unfall gehabt? Lag er irgendwo im Haus und brauchte ihre Hilfe? Oder stand er jetzt am Bahnhof und fluchte?

Das Licht der Lampe tanzte über die Wände. Ihre Hand zitterte. Sie sollte sich neben den Kachelofen in der Küche setzen, sich aufwärmen und sich umziehen. Falls sie noch länger in ihren nassen Kleidern umherlief, holte sie sich den Tod!

Wieder blickte sie zur Treppe. Und wenn doch etwas passiert war? Der Flur war mit schwarzen und weißen Fliesen ausgelegt. Wenn die Zahl der schwarzen Fliesen von hier bis zur ersten Treppenstufe ungerade war, dann würde sie hinaufgehen. War sie aber gerade, dann war es besser, in der Küche zu warten.

Eins … zwei … drei … Sie versuchte, nicht auf die Fugen der Fliesen zu treten. Vier, fünf … Das Spiel lenkte sie ab. Sechs, sieben … Sie stand vor der Treppe. Sieben schwarze Fliesen! Sie musste also hinauf. Dann würde sie es am besten so schnell wie möglich hinter sich bringen.

Sie suchte den ganzen ersten Stock ab. Das große Wohnzimmer mit dem Kamin, die Bibliothek, in der es nach kaltem Tabakrauch und Staub roch, das Billardzimmer mit seinen fleckigen roten Samttapeten. Dann stieg sie weiter hinauf in den zweiten Stock. Hier gab es Gästezimmer und einen Raum, den Großmutter sich zu einem begehbaren Kleiderschrank eingerichtet hatte. Sie trat gerade aus dem Bad, als sie erneut einen seltsamen Schrei hörte. Hier drinnen klang er ganz anders als draußen im Wald. Gedämpft … und näher. Sie war sich ganz sicher, dass es im Haus gewesen war. Über ihr. Sie blickte hinauf zur Stuckdecke.

»Großvater!«, rief sie aus Leibeskräften.

Doch das Haus war wieder still.

Alica eilte auf den Flur hinaus. Über dem zweiten Stockwerk gab es nur noch den Speicher. Sie war noch nie dort oben gewesen. Unsicher blickte sie den dunklen Gang entlang. Im Flur gab es keine Treppe, die zum Speicher führte.

Hier oben im zweiten Stock war sie noch nicht oft gewesen. Sie würde auf gut Glück in den Zimmern nach einer Stiege suchen müssen. Unschlüssig probierte sie es bei der nächsten Tür.

Die Laterne hoch über den Kopf gehoben trat sie in ein großes Zimmer. Überall standen Kisten und Truhen herum. Wenn es hier schon so aussieht, wie muss dann erst der Dachboden sein, dachte sie. Mutter würde einen Nervenzusammenbruch bekommen, wenn sie so ein chaotisches Zimmer sehen müsste. Alica grinste bei der Erinnerung, wie Mutter sich immer über *ihr* Zimmer aufregte. Im Vergleich zu dem hier war es bei ihr nie wirklich unordentlich gewesen. Sie stieg über einen aufgerollten Teppich hinweg, der nach Mottenpulver roch, und spähte hinter einen Koffer, der so groß wie ein Schrank war. Auf einem bunten Tischchen daneben stand ein ägyptischer Horusfalke. Gegenüber an der Wand hingen rostige Schwerter und Speere. Alica wischte über die Scheiben einer staubbedeckten Vitrine. Darin waren rot und schwarz bemalte Schalen ausgestellt. Auf einer von ihnen erkannte sie den Minotaurus, ein stierköpfiges Ungeheuer aus den griechischen Sagen, das ein Labyrinth bewachte. Mitbringsel der Reisen von Vater und Großvater, dachte sie. Sie hatte plötzlich einen Kloß im Hals. Sie erinnerte sich noch gut an Vater, auch wenn er jetzt schon seit fast fünf Jahren verschwunden war. Wenn er nicht auf einer Expedition war oder irgendwo in der Welt Vorträge hielt, hatte er ihr jeden Abend eine Geschichte erzählt. Märchen und Sagen, aber auch abenteuerliche Reisegeschichten. Er konnte so eindringlich erzählen, dass man glaubte, er sei selbst Zeuge all dieser wundersamen Ereignisse gewesen.

Plötzlich hatte Alica das Gefühl, beobachtet zu werden. »Ist hier jemand?«, flüsterte sie und wich in Richtung Tür zurück. Die Flamme in der Laterne zitterte und ließ unheimliche

Schatten durch das Zimmer tanzen. Ein leichenblasses Frauengesicht erschien in der Dunkelheit.

Mit zwei langen Sätzen war Alica bei der Tür und schlug sie hastig hinter sich zu. Ihr Herz schlug wie rasend. Sie hatte das Gefühl, dass die unheimlichen Augen sie durch die Tür hindurch anstarrten.

Sie dachte an ihren Vater und schämte sich. Er wäre bestimmt nicht davongelaufen! Alica zwang sich ruhiger zu atmen. »Es gibt keine Gespenster«, sagte sie leise, aber mit Nachdruck. »Es gibt sicher eine harmlose Erklärung für die weiße Frau ...« Jetzt klang ihre Stimme schon weniger überzeugt. Alica wusste, dass sie entweder sofort dort hineingehen musste oder sich nie wieder trauen würde. Sie legte die Hand auf die Türklinke und zögerte. Ihr Vater und ihr Großvater waren Archäologen. Sie hatten alte Gräber entdeckt und darin richtige Tote gesehen ... Sie sollte darüber jetzt besser nicht nachdenken. Einige der Gutenachtgeschichten ihres Vaters waren ganz schön gruselig gewesen. Ob sich die beiden auch schon einmal so gefürchtet hatten? Alica lauschte angespannt an der Tür. Die Holzböden des alten Hauses knarrten leise. Ein Fensterladen klapperte im Sturm. Aus dem Zimmer jedoch drang nicht der geringste Laut.

Mit einem Ruck riss sie die Tür auf. Nichts hatte sich im Zimmer verändert. Alica hielt die Laterne jetzt mit beiden Händen, damit die Kerzenflamme nicht zitterte. Dann leuchtete sie in die Ecke, aus der sie die Erscheinung angestarrt hatte. Dort stand eine große weiße Frau. Es war eine Statue. Nur eine Statue! Alica lachte erleichtert. Als Nächstes würde sie sich noch vor ihrem eigenen Schatten erschrecken! In der Familie ihres Vaters gab es jede Menge Abenteurer und Entdecker. Hatte sie davon denn gar nichts geerbt?

Lange stand sie gedankenverloren vor dem Standbild. Es stellte eine wunderschöne Frau dar. Sie hatte den Kopf leicht vorgebeugt, sodass es aussah, als wolle sie jemanden küssen. Ihr Haar war unter einem Kopftuch verborgen, und sie trug ein langes, fließendes Gewand, das über der Taille von einem schmalen Gürtel gehalten wurde. Ihr Gesicht war von makelloser Schönheit. Nur die Lippen waren etwas schmal. Sie sah aus wie eine Prinzessin aus einem Märchen.

Alica fragte sich, warum Großvater die Statue hier oben zwischen all dem Plunder versteckte. Erst als Alica die Zähne zu klappern begannen, war der Bann gebrochen. Sie hatte noch immer klatschnasse Kleider an und ihr war beim Umherlaufen im Haus nicht wärmer geworden. Zitternd raffte sie sich auf und kehrte zur Tür zurück. Dort drehte sie sich ein letztes Mal um. »Bis bald, Prinzessin«, flüsterte sie. »Wir werden uns bestimmt wiedersehen.«

Alica überquerte den Flur und probierte es mit der Tür auf der anderen Seite. Auch sie war nicht verschlossen. Als sie eintrat, wurde sie von tausenderlei Düften empfangen. Es war, als stünde sie gleichzeitig auf einer trockenen Sommerwiese und dem Gewürzbasar einer orientalischen Stadt. Minze und Kamille, Thymian, Rosenduft und Lavendel erkannte sie. Doch da war noch so viel mehr. Fremde Gerüche, die wie Pfeffer in der Nase zwickten, und schon einen Schritt weiter roch es dann wie in einem Garten voller Apfelbäume an einem schwülen Spätsommertag. Überall an der Decke hingen Bündel getrockneter Kräuter und Blumen. Es mussten Hunderte sein. Entlang der Wände zogen sich dunkle Holzregale, in denen genügend Einmachgläser standen, um eine Kleinstadt durchzufüttern. Jedes von ihnen war ordentlich mit einem Papieretikett versehen, das in schnörkeliger Handschrift Auskunft über den Inhalt gab. Großmutter hatte manchmal von ihrem Kräuterkämmerchen gesprochen, Alica aber noch nie mit hierhergenommen. Warum nicht? Dieser Ort lud zum Träumen ein. Man konnte sich einfach hierhersetzen, die Augen schließen und es war wieder Sommer.

Unter einer Dachgaube standen ein Sekretär und ein alter Stuhl. Der kleine Schreibtisch war sorgfältig aufgeräumt. Neben einem Stapel unbeschrifteter Etiketten lag ein altmodischer Füllfederhalter. Eine Messinglampe mit grünem Glasschirm wachte über ein Buch mit speckigem Ledereinband und ein burgunderrotes Fotoalbum.

Alica fühlte sich unwohl dabei, ungefragt in diese geheime Oase ihrer Großmutter einzudringen. Obwohl sie gerne in das Fotoalbum geblickt hätte, fasste sie nichts an. Behutsam schlich sie durch die verwinkelte Kammer. Auf dem Boden lagen einzelne welke Blätter, die aus den Kräuterbündeln gefallen waren und leise unter Alicas Schritten knisterten. In einer Ecke hinter einem vermauerten Kamin gab es einen Schaukelstuhl, in dem eine schwere Wolldecke lag. Dann entdeckte sie einen CD-Player und ein Regalfach voller unterschiedlicher Teetassen. Offenbar kam auch Großmutter zum Träumen hierher.

Alica wollte schon gehen, als ihr auf der anderen Seite des Zimmers ein Regal auffiel, das seltsam in den Raum hereinragte. Es sah ganz so aus, als habe jemand es aus irgendeinem Grund von der Wand fortgeschoben. Neugierig trat sie näher. Das ganze Regal war mit Einmachgläsern voller Kirschen gefüllt: Im Licht der Kerze sahen die dunkelroten Früchte unheimlich aus. Fast kam es ihr vor, als wäre sie im Labor von Doktor Frankenstein gelandet. Hinter dem Regal führte eine schmale Stiege nach oben. Der Weg zum Speicher.

Bei jedem Schritt knarrten die hölzernen Stufen, so als wollten sie sich beschweren, dass jemand die Treppe benutzte. Der Durchgang zum Speicher war von einer grauen Klapptür versperrt. Es gab einen eisernen Sperrriegel, der zurückgeschoben war. Alica stellte die Laterne auf die oberste Treppenstufe und stemmte sich gegen die Tür. Sie war viel leichter, als sie erwartet hatte. Mit kreischenden Angeln schwang sie nach oben. Ein Geräusch, das einem Schauer über den Rücken jagte wie das Quietschen von zu trockener Kreide, die über eine Tafel kratzt. Sicher hatte man den Lärm im ganzen Haus gehört.

»Großvater!«, rief Alica zum Speicher hinauf. Irgendwo in der Dunkelheit erklang ein leises Flattern.

Alica stieg die letzten Stufen hoch. Hier oben war die Dunkelheit dichter. Ihre Kerze schien an Kraft verloren zu haben. Es roch nach Staub und alten Kleidern. Viel deutlicher hörte man hier das Klappern der Schindeln. Jedes Mal wenn eine Sturmböe über das Dach hinwegzog, stöhnte das alte Gebälk auf.

»Großvater?«, rief Alica noch einmal.

Sie erhielt keine Antwort. Stattdessen erschien etwas Helles zwischen den Dachbalken. Mit einem schrillen Schrei stürzte es geradewegs auf sie herab.

Alica wich erschrocken einen Schritt zurück und trat ins Leere. Sie riss die Arme hoch. Doch die Stiege hatte kein Geländer, an dem man sich hätte festhalten können. Die Zeit schien plötzlich langsamer zu laufen. Sie sah einen großen weißen Vogel mit drohend vorgestreckten Krallen. Die Laterne entglitt ihren Fingern und schien einen Augenblick lang in der Luft zu hängen.

Dann schlug Alica mit dem Rücken auf die Stufen. Die Wucht des Sturzes presste ihr die Luft aus den Lungen und sie hatte das Gefühl, nicht mehr atmen zu können. Sich überschlagend rollte sie hinab. Klirrend zerschlug die Laterne auf dem Holzboden. Das Licht verlosch.

Noch immer rang Alica nach Atem. Ihr Kopf war zuletzt hart auf den Boden geschlagen. Jeder Knochen im Leib tat ihr weh. Wild mit den Flügeln flatternd stand der unheimliche

Vogel über der Luke zum Speicher in der Luft. Er stieß einen schrillen Schrei aus. Einen Schrei, wie sie ihn draußen auf dem Waldweg gehört hatte. Dann stieß er zu ihr herab und Alica wurde schwarz vor den Augen.

Drahtbürste und Badeperlen

»Jetzt mach nicht so einen Aufstand, nur weil sie sich ein bisschen den Kopf gestoßen hat. Die Kleine ist doch kein Püppchen! Das wirft die schon nicht um.«

»Herzloser alter Grobian! Hast du schon vergessen, wie wir sie bei der Stiege gefunden haben?«

Im ersten Moment wusste Alica nicht, ob sie träumte. Sie fühlte sich warm und behaglich. Die Stimmen kamen ihr vertraut vor. Es waren ihre Großeltern. Sie hielt die Augen geschlossen, um die beiden noch weiter zu belauschen. Es tat gut, zu hören, wie Großvater Grobian genannt wurde.

»Ach, Kinder vertragen so etwas schon. Die fallen immer mal 'ne Treppe hinunter.«

»Red nicht so ein dummes Zeug! Wenn ich es nicht besser wüsste, müsste ich dich für ein wahres Ungeheuer halten.«

Eine kühle Hand legte sich auf Alicas Stirn.

»Sie glüht vor Fieber. Wenn sie bis Mittag nicht von alleine zu sich kommt, dann muss sie ins Krankenhaus, hat Bruno gesagt. Er fand nicht, dass man das auf die leichte Schulter nehmen kann. Hast du Mike endlich angerufen?«

Ein Räuspern. »Mike und Barbara müssen das noch nicht wissen. Sie können ohnehin nicht helfen. Sie würden sich nur aufregen ... Das ist das Letzte, was sie jetzt brauchen können.«

»Um Ausreden bist du nie verlegen. Aber vielleicht hast du ja recht.«

Die beiden schwiegen eine Weile. Alica fühlte ein dumpfes Klopfen in ihrem Hinterkopf. Bei ihren Füßen lag etwas, das sich wie ein glühender Lavaklumpen anfühlte. Sie wollte schon die Augen aufschlagen, als Großvater flüsterte: »Glaubst du, sie hat ihn gesehen?«

»Warum sonst sollte sie die Treppe hinabgestürzt sein? Alica ist schließlich kein kleines Mädchen mehr. Das Mistvieh hat sie erschreckt. Wir müssen etwas tun.«

Großvater grummelte eine leise Antwort, die Alica nicht verstand. Dann verfielen die beiden wieder in Schweigen.

Als Alica ganz sicher war, dass ihre Großeltern nicht mehr von dem *Mistvieh* reden würden, schlug sie die Augen auf und streckte sich.

Großmutter beugte sich über sie. Sie hatte dunkle Ringe unter den Augen. Alica konnte sich nicht erinnern, sie jemals so gesehen zu haben. Maria trug ein buntes indisches Hauskleid und eine schwere Halskette aus Silber und runden Türkisen. Ihr graues Haar war hochgesteckt, doch eine breite Strähne hatte sich gelöst und hing ihr ins Gesicht. Großmutter duftete nach Sandelholz und Rosenöl. Sie hatte ein rundliches Gesicht mit freundlichen dunkelbraunen Augen. Für Alicas Geschmack war sie ein wenig zu pummelig, aber in dem Hauskleid fiel das nicht so auf.

»Du wirst jetzt einen Salbeitee trinken, mein Schatz. Ich fürchte, du hast dir einen schlimmen Schnupfen geholt. Der Tee wird dir helfen. Es könnte sein, dass dir ein wenig übel wird, wenn du versuchst aufzustehen. Am besten ist es, wenn du einfach im Bett bleibst. Gott, Kind, du hast uns vielleicht einen Schrecken eingejagt, als wir dich gefunden haben.« Sie beugte sich vor und schloss sie in die Arme.

Bei jedem anderen hätte sie protestiert, dachte Alica. Sie war schließlich kein kleines Kind mehr, das man drückte, und dann war alles wieder in Ordnung. Aber in den warmen Armen Großmutters zu liegen tat einfach nur gut.

Nach einer Weile richtete sie sich auf und schickte Großvater in die Küche, um dort einen Teller Hühnersuppe und Zwieback zu holen. Sie schob Alica ein großes Federkissen in den Rücken, sodass sie sitzen konnte. Über ihnen spannte sich ein Betthimmel aus dunkelblauem Samt, auf den mit Goldfaden ein Ritter gestickt war, der einen Drachen erlegte. Jetzt wusste Alica, wo sie war. Das alte Zimmer ihres Vaters. Beklommen sah sie sich um. Das runde Turmzimmer war nur karg möbliert. Ein Nachttisch, eine Kleidertruhe, ein Schreibtisch mit einem wuchtigen Stuhl davor und ein Bücherbord. Neben der Truhe war eine hölzerne Ritterburg aufgebaut. Das Himmelbett aber stand mitten im Zimmer. An einen der dunklen Holzpfeiler, die den Betthimmel trugen, war eine rote Leselampe geklemmt. Doch sie war nicht eingeschaltet. Stattdessen brannte eine altmodische Petroleumlampe auf der Kleidertruhe, die rauchiges gelbes Licht verstrahlte.

Großvater kam mit einem Tablett zurück, das er auf dem Nachttisch abstellte. Eigentlich hatte sie keinen Hunger, aber sie wusste aus Erfahrung, dass es sinnlos war, Großmutter zu widersprechen. Ohne zu murren, ließ sie sich füttern, und als sie etwas mehr als die Hälfte der Suppe verputzt hatte, fühlte sie sich tatsächlich besser. Mit einem wohligen Seufzer ließ sie sich in das Kissen zurücksinken.

Großvater hatte die ganze Zeit über stumm daneben gestanden und zugesehen. Er war ein großer, hagerer Kerl. Seine faltige Haut war so dunkel, als würde er sich jeden Tag auf eine Sonnenbank legen. Er hatte einen kahlen Schädel, der im Licht der Lampe wie eine polierte Billardkugel schimmerte. Dafür wucherte in seinem Gesicht ein grauer Stoppelbart. Alica war es ein Rätsel, wie Großvater es schaffte, immer unrasiert auszusehen, ohne dass seine Bartstoppeln jemals merklich länger wurden. Der Alte trug eine verwaschene grüne Cordhose, gehalten von einem Paar knallbunter Hosenträger, die sich über ein khakifarbenes Hemd spannten. Und natürlich hatte er seine Weste an! Ihre Farbe war kaum zu benennen und lag irgendwo zwischen verwaschenem Oliv und einem gräulichen Khaki. Überall hatte sie Reißverschlüsse und aufgesetzte Taschen, die sich ausbeulten, als schleppte Großvater ein paar Pfund Steine mit sich herum. Noch nie hatte Alica ihren Großvater ohne diese Weste gesehen. Als sie noch kleiner war, hatte sie sich immer vorgestellt, dass er sogar mit der Weste schlafen ging.

Alica dachte an ihren Marsch durch den Regen und ihre Wut kehrte zurück. Zornig blinzelte sie zu Großvater hinauf. »Warum wart ihr nicht am Bahnhof?«

Großmutter wich ihrem Blick aus, doch Großvater verzog keine Miene. »Die Frage ist doch wohl eher, warum du nicht am Bahnhof warst«, entgegnete er grimmig.

Einen Moment lang verschlug es Alica glatt die Sprache. Dann explodierte sie. »Weil ihr mich versetzt habt! Ist es vielleicht meine Schuld, wenn ihr euch nicht an Absprachen haltet und mich im Regen stehen lasst. Tut mir leid, dass es mich gibt und ich etwas von deiner kostbaren Zeit gestohlen habe!«

»Jedes vernünftige Mädchen hätte sich gedacht, dass etwas dazwischengekommen ist, und gewartet. Du hingegen hast dich verhalten wie ein störrisches Kleinkind.«

»Lern du lieber, dich wie ein richtiger Erwachsener zu verhalten, bevor du mich anschreist.«

»Ich schreie nicht«, erwiderte Großvater eisig.

»Warum hast du mich nicht auf dem Handy angerufen und mir gesagt, dass du später kommst. Ich hätte mich in die Gaststätte am Bahnhof gesetzt und auf dich gewartet.«

Großvater presste die Lippen zusammen und schwieg.

»Genug, ihr beiden Dickschädel«, mischte sich Großmutter ein. »Es reicht. Carl benutzt keine Handys. Ich habe ihm schon tausendmal erklärt, wie sie funktionieren, aber er hasst sie einfach. Er war unterwegs zu einem Elektriker, der sich unsere Leitungen ansehen soll. Wir haben in letzter Zeit immer wieder Kurzschlüsse und stehen dann manchmal ein oder zwei Tage ohne Strom da. Als er auf dem Weg nach Heimbach war, lag ein Baum quer über der Straße, den der Sturm entwurzelt hatte. Er musste einen Riesenumweg fahren. Als er schließlich am Bahnhof ankam, warst du schon fort.« Sie senkte den Blick. »Und ich war bei Bauer Mertens, helfen ein Fohlen auf die Welt zu holen. Großvater hat mich vom Bahnhof aus angerufen. Dann haben wir beide uns auf die Suche nach dir gemacht. Du hast uns einen ganz schönen Schrecken eingejagt, als wir dich schließlich in meinem Kräuterkämmerchen gefunden haben.«

»Was hattest du da eigentlich zu suchen?«, brummte Großvater.

»Ich hatte ein Geräusch auf dem Dachboden gehört.« Sie blickte ihn giftig an. »Ich dachte, dir wäre vielleicht etwas passiert und du hättest mich deshalb nicht abgeholt. Ich habe überall im Haus gesucht. Aber keine Sorge, ich habe dazugelernt. Ich werde das nächste Mal brav auf meinem Hintern sitzen bleiben, statt nachzusehen, ob mit dir alles in Ordnung ist. Und überhaupt, was habt ihr denn für ein Monster dort oben auf dem Speicher versteckt?«

»Nur eine weiße Taube.« Großvaters Stimme klang angespannt. »Sie muss einen Durchschlupf im Dach gefunden haben. Dann ist sie vom Licht deiner Laterne angelockt worden.«

Alica schüttelte den Kopf. »Das war nie und nimmer eine Taube.« Sie kannte Tauben von zu Hause aus der Fußgängerzone. Sie griffen einen niemals mit vorgestreckten Krallen an. Sie hatten gar keine Krallen! »Der Vogel hat geleuchtet.«

»Das war das Licht deiner Laterne, das vom weißen Gefieder reflektiert wurde. Vögel leuchten nicht! Das sollte sogar ein Mädchen aus der Stadt wissen.«

»Jetzt reicht es aber, Carl.« Großmutter war aufgestanden und man hörte ihrer Stimme an, wie viel Kraft es sie kostete, sich zu beherrschen. »Die Kleine hat eine Riesenbeule am Kopf und ist auf dem besten Weg, sich eine Grippe zu holen. Das Letzte, was sie jetzt noch braucht, sind deine schlauen Sprüche. Ich wäre dir sehr verbunden, wenn du uns jetzt allein lassen würdest.«

Großvater grummelte noch etwas, ging dann aber tatsächlich.

»Manchmal hat er eine etwas seltsame Art, sein Mitgefühl zu zeigen.« Großmutter zuckte hilflos mit den Schultern. »Man muss ihn eine Weile kennen, um ihn zu verstehen. Auch er hat sich Sorgen gemacht. Er ist die ganze Nacht über aufgeblieben und hat hier mit mir an deinem Bett gesessen.«

Das konnte Alica sich kaum vorstellen, aber sie wollte Großmutter nicht verletzen, indem sie es laut aussprach.

»Es tut mir leid, dass dein Besuch bei uns so einen schlechten Anfang genommen hat. Ich freue mich sehr, dass du hier bist. Und auch Großvater ... Also, er ... er hat halt eine besondere Art, seine Freude zu zeigen.«

»Das hab ich gemerkt.«

»Du darfst ihm nicht böse sein. Gib ihm eine Chance und ihr beide werdet euch bestimmt noch prima verstehen.«

»Wird er mir denn auch eine Chance geben?«

Großmutter lächelte. »Ganz bestimmt. Eigentlich war er beeindruckt, dass du dich alleine auf den Weg gemacht und hier überall nach uns gesucht hast. Von den Ställen bis hinauf zum Speicher. Er wird dir das allerdings nicht sagen, weil es vernünftiger gewesen wäre, wenn du am Bahnhof gewartet hättest. Er möchte, dass du vernünftig bist.«

»Nicht so wie mein Vater, ja?«

Großmutter schluckte und sah plötzlich so traurig aus, dass Alica wünschte, sie hätte den Mund gehalten. »Du musst den Tee austrinken, damit es dir besser geht«, sagte Maria schließlich und stand auf. »Und dann solltest du schlafen. Nichts hilft so gut gegen einen Schnupfen und Fieber wie Schlaf.«

Alica nickte. Sie würde keine Widerworte mehr geben. Eine Sache war allerdings seltsam gewesen. »Bei den Ställen habe ich nicht nach euch gesucht, nur hier im Haus.«

Großmutter runzelte die Stirn. »Aber du hattest doch die Stalllaterne?«

»Die stand unten an der Treppe.«

Maria starrte sie an, als würde sie durch sie hindurchblicken. »An der Treppe? Ja natürlich ... an der Treppe. Schlaf jetzt.« Leise schloss sie die Tür. Alica konnte sie draußen mit Großvater reden hören, doch es war unmöglich, zu verstehen, was die beiden besprachen.

Alica streckte sich wohlig in dem warmen Bett und dachte an die Worte ihres Großvaters. Eine weiße Taube! So ein Unsinn! Das konnte er jemand anders erzählen.

Langsam döste sie in einen unruhigen Halbschlaf hinüber. Als kleines Mädchen hatte sie es immer geliebt, sich zu den Menschen, die sie kannte, Gegenstände auszudenken, die dieselben Eigenschaften hatten wie sie. Großmutter war weich und duftig. Mit ihr konnte man nie böse sein. Sie war einfach nur angenehm. Sie war wie Badeperlen, dachte Alica und stellte sich vor, in einer großen Wanne voller roter Badeperlen zu liegen.

Und Großvater ... Trotz ihrer Müdigkeit überlief sie ein Wutschauer. Großvater mit seinen Bartstoppeln hatte den Charme einer Drahtbürste. Sie kicherte leise. Ja, er war eine Drahtbürste!

Besuch

Etwas saß auf ihrem Kopf und hämmerte ihr mit kleinen Fäusten auf die Stirn.

Alica schlug die Augen auf. Was für ein blöder Traum! Verschlafen sah sie sich um. Auf der Kommode stand noch immer die große Petroleumlampe. Neben dem Bett gab es jetzt statt einer halb leeren Suppenschüssel einen Teller mit Butterbroten. Großmutter musste noch einmal hier gewesen sein.

Es klopfte. Alica blickte verwundert auf. Das Geräusch war nicht von der Tür gekommen. Auch hörte es sich irgendwie seltsam an. So als würde man mit etwas ziemlich Hartem auf Holz schlagen.

Tock, tock, tock.

Das Geräusch kam von einem der verschlossenen Fenster. Alica richtete sich jetzt im Bett auf. Wer konnte das sein? Das alte Kinderzimmer ihres Vaters lag im zweiten Geschoss des Turms. Wer konnte dort von draußen an einen Fensterladen klopfen?

Sie schlüpfte unter der Decke hervor. Großmutter hatte ihr ein altmodisches Nachthemd angezogen und dazu noch einen dicken Schal um den Hals gewickelt. Gut, dass es hier keinen Spiegel gab. Sie sah bestimmt ziemlich schräg aus. Der Holzboden der Turmkammer fühlte sich unter ihren nackten Füßen an, als wäre er aus purem Eis. Auf Zehenspitzen tänzelnd schlich sie zum Fenster hinüber.

Tock, tock, tock!

Das Klopfen wurde ungeduldiger. Alica griff nach dem Fensterhebel, drückte ihn nieder und hatte ihre liebe Not, das Fenster aufzubekommen. Der alte Holzrahmen war verzogen. Endlich gab es nach. Sie löste den Haken, mit dem der Fensterladen gesichert war, und drückte ihn auf. Eine Böe schlug ihr ins Gesicht und riss ihr den Fensterladen aus der Hand, der krachend gegen die Mauer schlug. Draußen herrschte dichtes Schneetreiben. Etwas Großes, Weißes flatterte direkt vor ihrer Nase. Erschrocken sprang sie zurück. Im selben Moment drängte der Vogel durch das offene Fenster. Mit einem Hüpfer landete er auf dem Fußboden und faltete die Flügel. Es war eine Möwe. Die größte Möwe, die Alica jemals gesehen hatte! Der Vogel legte den Kopf schief und sah sie an. Ein seltsamer Lederriemen war um seinen Hals gebunden. Vielleicht irgendeine Markierung.

Die Möwe hüpfte auf das Bett und begann damit, die Butterbrote vom Teller auf den Boden zu werfen. Dabei stieß sie ein schrilles Krächzen aus.

Fassungslos sah Alica zu. »Sag mal, dir geht es wohl zu gut! Hör sofort auf mit dem Unsinn oder …«

»Du solltest Schnapper nicht drohen! Wenn er hungrig ist, versteht er keinen Spaß. Gibt es vielleicht ein paar Brote mit Ölsardinen oder wenigstens mit Thunfisch?«, erklang eine wohlklingende Männerstimme.

Die Möwe hüpfte auf den Boden hinunter und begann damit, Salamischeiben aus den Broten zu zupfen.

Alica sah sich um. Wer sprach da? Außer ihr und der Möwe war niemand in dem Turmzimmer.

»Würde es dir etwas ausmachen, das Fenster wieder zu schließen? Es wird sonst aasig kalt hier drinnen.«

Zu verwundert, um Fragen zu stellen, gehorchte Alica. Dann sah sie sich wieder um.

»Tja, ich glaube, das Problem mit uns ist, dass du schon zu

erwachsen bist. Du glaubst doch sicher längst nicht mehr an Märchen und dergleichen.«

»Natürlich nicht«, bekräftigte sie.

»Dein kleiner Bruder könnte mich sicher sehen, Alica.«

Sie ging einmal um das Bett herum, um sich davon zu überzeugen, dass es keinen versteckten Lautsprecher gab. Nichts!

»Hör auf, mich zu suchen«, sagte die fremde Stimme. »Du kannst mich nicht finden. Sieh einmal auf deinem Kopfkissen nach. Da liegt etwas für dich. Das wird helfen.«

Ein wenig genervt umrundete Alica erneut das Himmelbett. Was war jetzt schon wieder?! Sie wollte schon losmaulen, als sie den Ring auf dem Kopfkissen sah. Mit spitzen Fingern griff sie nach ihm. Das Metall fühlte sich angenehm warm an, so als habe er eben noch an einem Finger gesteckt.

»Dies ist einer der sieben Ringe der Alten«, erklärte die Stimme. »Wie du siehst, ist er aus drei Bändern aus rotem, gelbem und weißem Gold geschmiedet. Er steckt voller magischer Kraft. Mein Chef hat beschlossen, dass du ihn als Leihgabe bekommst, bis die Angelegenheit mit dem Geisterfalken erledigt ist.«

»Geisterfalke?«, wiederholte Alica mit tonloser Stimme.

»Na, der Vogel, den du gestern Abend getroffen hast. So schlimm kannst du doch nicht auf den Kopf gefallen sein, dass du dich nicht mehr daran erinnerst.«

»Bist du auch ein Geist?«

»Also ... Nein, das würdest du so nicht begreifen. Steck den Ring an.« Ein keckerndes Lachen erklang. »Dann siehst du die Dinge ein wenig klarer.«

Alica war inzwischen zu der Überzeugung gelangt, dass sie ganz offensichtlich noch träumte. Eine Möwe, die in ihrem Zimmer umherhüpfte und ihre Butterbrote futterte, und eine Stimme aus dem Nichts, die Späße mit ihr trieb. So etwas konnte es nur in Träumen geben! Also bestand keine Gefahr.

Sie streifte den Ring über und dann sah sie ihn! Ein Kerl, nicht größer als eine Barbiepuppe, aber wesentlich stämmiger, saß am Fußende des Himmelbetts. Seine Nase, die Augen und der Mund, alles an seinem Gesicht wirkte ein wenig zu groß, und er war keinesfalls hübsch zu nennen. Sein struppiger, nasser Vollbart, der ihm bis auf die Brust reichte, hätte ihn grimmig erscheinen lassen, wären da nicht die schelmisch zwinkernden Augen gewesen. Der merkwürdige Besucher trug einen langen schwarzen Ledermantel mit Pelzkragen, dazu einen roten Schal und eine lederne Pilotenkappe samt Fliegerbrille, die er sich in die Stirn geschoben hatte. Unter dem halb aufgeknöpften Mantel konnte man ein knallbuntes Hawaiihemd erkennen.

»Gestatten«, der Zwerg verneigte sich knapp. »Wallerich. Ich bin ein Heinzelmann.«

Eindeutig ein Traum, dachte Alica. »Was machst du hier?«

»Der Älteste der Kölner Heinzelmänner hat mich hierhergeschickt, damit ich mich um den Falken kümmere. Er wusste, dass es zu dem Unfall kommen würde, wenn ich eine Laterne an den Fuß der Außentreppe stelle.«

Alica klappte den Mund auf und zu. »Er wusste, dass ich die Treppe runterfallen würde?«

Der Heinzelmann in seinem Pilotenoutfit nickte. »Genau. Ohne Licht hättest du dich nie bis hinauf zum Speicher gewagt. Und wenn ich die Sicherung nicht manipuliert und den Strom abgestellt hätte, wäre dein Großvater pünktlich am Bahnhof erschienen, um dich abzuholen. Aber bisher ist ja alles ganz gut gelaufen.«

Alica tastete über die riesige Beule an ihrem Hinterkopf. »Alles ist gut gelaufen?«, knurrte sie. Dann sprang sie auf. »Ich rupf dir jedes Barthaar einzeln aus, du Giftzwerg! Deinetwegen hätte ich mir fast den Hals gebrochen!«

Überraschend geschickt duckte sich der kleine Kerl unter

ihrem Griff hinweg und sprang vom Bett. »Heinzelmann, bitte. Glaub mir, wenn an meiner Stelle ein Giftzwerg alles arrangiert hätte, wäre die ganze Sache erheblich unangenehmer für dich ausgegangen. Giftzwerge sind wirklich gehässig!« Er klaubte ein Käsebrot vom Boden auf und schnupperte neugierig daran. »Das ist doch Gouda, nicht wahr? Ich liebe mittelalten Gouda, auch wenn ihr *Langen* ein wenig seltsame Vorstellungen von dem Begriff *mittelalt* habt.«

Alica packte ihr Kopfkissen und schleuderte es locker aus dem Handgelenk. Diesmal hatte sie den Zwerg überrascht. Das Kissen traf ihn, als er gerade in das Goudabrot beißen wollte. Der Heinzelmann wurde von den Beinen gerissen und schlitterte ein Stück weit über den glatten Holzboden.

Mit einem Satz war Alica über ihm. Sie wollte ihn bei seinem roten Schal packen, aber irgendwie schaffte er es, sich aus ihren Fingern zu winden und unter dem Bett Zuflucht zu finden. Alica legte sich flach auf den Bauch und beobachtete ihn misstrauisch.

Der Heinzelmann hob beschwichtigend die Arme. »He, immer mit der Ruhe, Kleine. Kein Grund, sich so aufzuregen. Wir sind ein ganz exakt kalkuliertes Risiko mit dir eingegangen. Glaub mir, dir konnte nichts passieren.«

»Ach, und woher wusstet du das so genau? Hat dir das ein Blick in eine Kristallkugel verraten?«

»Kristallkugel? Nein!« Wallerich grinste breit. »Mit solchem Schnickschnack schlägt sich schon längst kein Heinzelmann mehr herum, der etwas auf sich hält. Mein Chef, Nöhrgel, hat einen Wahrscheinlichkeitskalkulator entwickelt. Das ist ein supermoderner Computer, mit dem man ein wenig in die Zukunft schauen kann. Es reicht jedenfalls aus, um ab und an sechs Richtige im Lotto vorherzusagen, oder aber, um zu wissen, was man tun muss, um dich und den Geisterfalken zusammenzubringen.«

Die Möwe trippelte an Alica vorbei und sah sie durchdringend an. Sie schien Spaß an diesem merkwürdigen Spiel zu haben. Was für ein irrwitziger Traum! Alica stand auf und legte sich wieder ins Bett. Vielleicht schaffte sie es ja, aufzuwachen. Sie schloss die Augen und konzentrierte sich ganz darauf, wach zu werden. Da sie offenbar mit offenen Augen träumte, kam es ihr ganz logisch vor, mit geschlossenen Augen aufzuwachen.

»Du findest mich und Schnapper im Stall«, flüsterte eine Stimme dicht an ihrem Ohr. »Und mach dir keine Sorgen, du bist nicht im Begriff, verrückt zu werden. So wie du reagieren die meisten Langen, wenn sie zum ersten Mal einem von uns begegnen.«

»Und wer seid ihr?«

»Märchenfiguren, Alica. Die Helden aus Sagen, Feen. All jene Geschöpfe, an die kleine Kinder und Narren noch glauben. Sie können uns sehen. Nur für jene, die den Glauben an das Wunderbare verloren haben, sind wir unsichtbar. Sie brauchen dann einen Ring, so wie du. Und nun schlaf gut. Du wirst deine Kräfte brauchen, denn es ist anstrengend, sich mit Geistern anzulegen.«

Der Spiegel

Alica mochte es, endlos unter der Dusche zu stehen. Die Hände gegen die Kacheln gestützt ließ sie das heiße Wasser auf ihren Rücken prasseln. Sie hatte schlecht geschlafen in dieser Nacht, aber wenigstens hatten die Kopfschmerzen nachgelassen. Nachdenklich betrachtete sie den Ring an ihrem Finger. Sie bestand immer noch darauf, dass sie von der Möwe und dem Heinzelmann nur geträumt hatte. Aber wie war sie an den Ring gekommen? Hatte Großmutter ihn ihr geschenkt und sie konnte sich wegen des Fiebers nicht mehr daran erinnern? Das war jedenfalls viel wahrscheinlicher als der Besuch von einem Zwerg, der auf einer Möwe ritt! Außerdem war heute Morgen auch keine Spur von dem Chaos zu sehen gewesen, das die Möwe mit den Butterbroten veranstaltet hatte.

Sie drehte das Wasser ab und tastete hinter dem Duschvorhang nach ihrem Handtuch. Obwohl warme Dunstschwaden wie Nebelbänke durch das kleine Badezimmer trieben, begann Alica fast sofort zu frösteln. Hastig rubbelte sie sich trocken und wickelte dann ein Handtuch um ihre langen Haare. Der Spiegel über dem Waschbecken war vom Wasserdampf beschlagen. Einzelne Tropfen hatten silberne Bahnen über das Spiegelglas gezogen. Wie verschlungene Buchstaben einer geheimen Schrift hatten sie sich durch das Kondenswasser gewunden. Manchmal waren sie nicht ganz gerade von oben nach unten gelaufen. Auch war der Spiegel seltsam. Ein typisches Beispiel für den verrückten Geschmack ihrer Großeltern. Das Spiegelglas war in einen breiten Rahmen aus Messing gefasst. Er war mit gewundenen Ranken und Blättern geschmückt und mit Blüten, die fast aussahen wie Augen. Dazwischen gab es Spiralmuster und an einer Stelle lugte eine kleine Katze zwischen den Messingblättern hervor. An den tieferen Stellen war der Metallrahmen blaugrün angelaufen. Alica grinste. Dass Großmutter es mit der Reinlichkeit nicht zu sehr übertrieb, war ihr ganz sympathisch.

Alica wischte ein Stück des Spiegels klar und putzte sich die Zähne. Immer wieder musste sie an den Traum der letzten Nacht denken. Plötzlich lief ihr ein Schauer über den Rücken. Etwas war hinter ihr. Sie hatte es nur aus den Augenwinkeln gesehen. Sie machte weiter mit dem Zähneputzen und starrte aufmerksam in den Spiegel. Da war es wieder! Etwas hatte sich im Dunst bewegt. Eine Gestalt, ein wenig größer als sie! Alica fuhr herum und blickte auf die leere Duschkabine. Nichts!

Sie nahm den bunten Bademantel vom Haken an der Tür und kuschelte sich in den warmen Frotteestoff. Wie beiläufig drückte sie die Türklinke hinab. Das Bad war noch immer abgeschlossen. Niemand konnte hier sein. Nicht einmal der vorwitzige Heinzelmann aus ihrem Traum. Sie hatte ihn schließlich mit seiner Möwe durch das Fenster hereinlassen müssen.

Eine Gänsehaut überlief Alica. Die feinen Härchen an ihren Armen richteten sich auf. Es war kalt wie in einem Tiefkühlfach! Eisblumen wucherten über den Spiegel. Was passierte hier?

Hastig drehte sie den Türschlüssel, stürmte aus dem Bad und lief, so schnell ihre Füße sie trugen, zum Turmzimmer. Sie hatte ihre Badelatschen vor der Dusche stehen lassen, aber sie traute sich nicht zurück.

In ihrem Zimmer angekommen schlug sie heftig die Tür

zu und lehnte sich gegen sie. Was war hier los? Wäre sie doch nur nicht in dieses verdammte Haus gekommen! Konnte sie nicht ganz normale langweilige Großeltern haben, so wie ihre Schulfreundinnen? Großeltern, die einen in den Zoo oder ins Kino einluden und einem Eis und Popcorn spendierten?

Alicas Füße fühlten sich an wie Eisklumpen. Auch im Turmzimmer war es nicht sonderlich warm. Hastig zog sie sich an. Das Handtuch behielt sie um den Kopf gewickelt. Im Badezimmer hatte sie keinen Fön gesehen. Wenn sie es sich genau überlegte, gab es da nicht einmal eine Steckdose! Wie hielten es die Großeltern nur in dieser Bruchbude aus?

Eingemummelt wie für eine Polarexpedition machte sie sich auf den Weg in die Küche. Im Hausflur wurde sie von dem wunderbaren Duft nach frisch gekochtem Kakao willkommen geheißen. Beide Großeltern waren in der Küche. Maria hantierte am Herd, während man von Carl nur die Hände sah, die hinter der Zeitung hervorlugten. Alica liebte diese Küche. Sie war groß, immer angenehm warm und einfach hübsch. Hier gingen die Vorlieben ihrer Großeltern für altertümliche Gerätschaften mit praktischen Ansprüchen Hand in Hand. Die Mitte des Raumes beherrschte eine moderne Kochstelle mit Abzug in der Decke. Rund um den Abzug hingen von einem Eisenrohr jede Menge Töpfe, Pfannen, Suppenlöffel und was man sonst so brauchte. Es gab einen Kühlschrank, der brummte, als befände sich irgendwo in seinem Inneren ein Geheimsender, der Signale an eine andere Galaxie schickte. Entlang der Wände waren schöne alte Küchenschränke mit geschnitzten Holztüren aufgestellt. Und natürlich gab es da noch den Kachelofen. Groß wie ein Kleiderschrank stand er direkt neben dem schweren Esstisch. Dieser Tisch alleine hätte bei ihnen zu Hause die halbe Küche gefüllt. An einer Seite des Ofens befand sich eine gemauerte Bank mit bunten Kissen darauf. Der Esstisch war so platziert, dass eine Längsseite von der Sitzbank eingenommen wurde. Die anderen drei Seiten umlagerten sieben schwere Holzstühle, die aussahen, als hätten sie im letzten Jahrhundert noch den Festsaal einer Ritterburg geschmückt.

»Gekochtes Ei, Spiegelei oder Omelett?«, fragte Großmutter, drehte sich kurz um und deutete zum Tisch, wo schon für Alica gedeckt war. »Dort am Ofen ist der beste Platz. Oder möchtest du lieber woanders sitzen?«

»Ist in Ordnung.«

Alica hatte den großen gekachelten Ofen schon immer gemocht. Er strahlte eine wohlige Wärme aus. Auf jede seiner weißen Kacheln war mit blauer Farbe ein Bild gemalt. Und alle Bilder waren unterschiedlich. Egal wie lange man ihn anschaute, man fand immer noch etwas Neues. Blaue Städtchen, die sich in blaue Landschaften schmiegten. Blaue Bauern auf blauen Feldern. Eine altmodisch gekleidete Jagdgesellschaft mit breitkrempigen Hüten, die neben einem toten Hirsch posierte. Ein Tisch, beladen mit allem möglichen Obst. Kinder, die vor einem Fachwerkdorf auf einem zugefrorenen See Schlittschuh liefen. Soldaten mit wehenden Fahnen, eingehüllt in blauen Pulverdampf. Der Ofen war wie ein großes Bilderbuch, das von vergangenen Jahrhunderten erzählte.

»Magst du Champignons?«, fragte Großmutter.

Alica nickte geistesabwesend.

»Gut, dann bekommst du jetzt ein Omelett à la Haus Greifenstein. Und Carl, würdest du bitte die Zeitung weglegen und uns mit deiner Anwesenheit beehren!«

Alica lehnte sich mit dem Rücken gegen den Ofen und wartete. Tatsächlich faltete Großvater seine Zeitung zusammen und machte dazu ein Gesicht, als hätte er gerade in eine Zitrone gebissen. »Und, hast du gut geschlafen?«, fragte er in einem Tonfall, der klarmachte, dass ihn die Antwort nicht wirklich interessierte.

»Was ist das eigentlich für ein seltsamer Spiegel im Badezimmer? Ich meine den mit dem Messingrahmen.« Alica hütete sich von den Eisblumen zu sprechen, denn sie hatte den Verdacht, dass sie dann wieder eine Antwort wie die mit der Taube auf dem Speicher bekommen würde.

Vom Herd erklang ein klatschendes Geräusch, gefolgt von einem leisen Fluch. Großmutter hatte ein Ei auf den Boden fallen lassen.

Großvater hob eine Augenbraue und sah sie durchdringend an. »Ist etwas mit dem Spiegel?«

»Ich finde ihn einfach nur schön«, erwiderte sie ausweichend. Alica hatte das Gefühl, Carl wolle sie mit den Augen aufspießen.

»Man nennt diese Kunstrichtung Jugendstil«, sagte der Alte schließlich. »Dieser Spiegel wurde zwischen neunzehnhundert und neunzehnhundertzehn gefertigt, denke ich. Maria hat ihn auf einem Trödelmarkt in Wien aufgestöbert. Es heißt, er habe einem berühmten Maler gehört, der neunzehnhundertachtzehn an der Spanischen Grippe gestorben ist. Ein seltsamer Kerl. Man erzählt, er habe seine schwangere Frau in der Nacht vor ihrem Tod wie ein Besessener gezeichnet, so als könne er damit ihr Leben erhalten. Am Tag ihrer Beerdigung ist er dann selbst gestorben. Der Spiegel soll gegenüber ihrem Bett gehangen haben und ich glaube ...«

»Jetzt ist es aber genug«, mischte sich Großmutter ein. Sie trat neben Alica und schob ihr ein riesiges Omelett auf den Teller. »Du wirst dem Mädchen mit deinen Gruselgeschichten noch den Appetit verderben!«

Alica packte sich einen Teil des Omeletts auf eine Scheibe Brot und begann demonstrativ zu essen. »Wie geht die Geschichte weiter?«

»Dieser Künstler war ein seltsamer Mann. Viele Jahre bevor seine Frau gestorben ist, hat er ein Bild von einer schwangeren Frau gemalt, die dem Tod begegnet. Schon unheimlich, nicht wahr?«

Tatsächlich verspürte Alica ein angenehmes Gruselgefühl. »Und der Spiegel?«

»Manche Leute sagen, es gebe Spiegel, durch die man in eine andere Welt blicken könne. In eine Welt der Toten ... Vielleicht hat er in dem Spiegel ja etwas gesehen, das ihn zu dem frühen Bild inspirierte. Eine Ahnung seiner Zukunft.«

»Hast du auch schon einmal etwas Besonderes an dem Spiegel bemerkt?«, fragte Alica auf beiden Backen kauend. »Etwas, das ... nicht normal ist.«

»Mir ist tatsächlich etwas Besonderes aufgefallen«, mischte sich Großmutter ein und setzte sich zu ihnen an den Tisch. »Jeden Morgen glotzt der alte Kerl da in den Spiegel und versucht sich zu rasieren und trotzdem wird er seinen Stoppelbart nie richtig los. Das ist doch nicht normal!«

Großvater lachte. »Jetzt, wo du es sagst ... Unheimlich, nicht wahr?«

Alica mochte es nicht, wenn man sie wie ein kleines Kind behandelte. »Was ist jetzt mit dem Spiegel?«

Großvater zuckte mit den Schultern. »Was soll schon sein? So wie man hineinschaut, schaut es heraus.«

Schweigend beendete Alica ihr Frühstück. Sie hatte genug blöde Antworten für einen Morgen bekommen! Dann würde sie sich den Spiegel halt noch einmal allein ansehen. Sie hatte keine Angst! Und zum Stall wollte sie auch. Alica strich über den seltsamen Ring. Vielleicht war es ja doch kein Traum gewesen. Ein kurzer Ausflug in den Stall würde genügen, um Gewissheit zu erlangen. Alica stellte ihren Teller ins Spülbecken und ging zur Küchentür.

»Wo willst du hin?«, fragte Großmutter.

»Mich ein bisschen draußen umsehen.«

»Eigentlich wollte ich dich mitnehmen und dir das junge

Fohlen zeigen, das ich an dem Abend, an dem du angekommen bist, auf die Welt geholt habe. Es sieht wirklich niedlich aus.«

»Ich bin aber nicht in niedlicher Stimmung.«

Großmutter seufzte. »Jedenfalls gehst du mir nicht aus dem Haus, solange deine Haare noch nass sind. Ich bringe dir gleich einen Fön. Seit heute Morgen haben wir wieder Strom.«

Spionagetechnik und Strohballen

Zum dritten Mal umrundete Alica den Stall. An dem Tag, den sie im Bett verbracht hatte, war viel Schnee gefallen. Er reichte ihr fast bis zu den Knien und sie musste sich wie ein Schneepflug ihren Weg bahnen. Ihre Stirn glühte. Alica spürte deutlich, dass sie längst nicht auskuriert war.

Großvater stand am anderen Ende vom Hof und war damit beschäftigt, Holz für den Kachelofen zu spalten. Er gab sich dabei keine Mühe, zu verheimlichen, dass er sie nicht aus den Augen ließ. Schließlich öffnete Alica eines der grün gestrichenen Tore und schlich in den Stall. Über ihr erklang ein schrilles Krächzen. Flatternd kam Schnapper von einem der Deckenbalken herabgesegelt.

Der Stall war vollgestopft mit allem möglichen Plunder. Es gab alte Traktoren, Stroh und jede Menge landwirtschaftliche Geräte, von denen Alica nicht einmal den Namen wusste. Das hintere Drittel des Stalls war mit einer Wand aus goldenen Strohballen zugestellt.

Schnapper watschelte neben ihr her und krächzte erneut.

Alica zuckte mit den Schultern. »Tut mir leid, diesmal habe ich keine Butterbrote dabei.«

Die Möwe blieb stehen und sah sie vorwurfsvoll an, so als hätte sie verstanden.

»Liebe geht durch den Magen«, erklang die vertraute Männerstimme. Hinter einem Holzpfeiler trat Wallerich hervor. »Was Schnapper angeht, kannst du davon ausgehen, dass diese alte Volksweisheit zu hundert Prozent zutrifft. Du solltest das nächste Mal besser etwas zu essen mitbringen. Er kann sehr griesgrämig werden, wenn er Hunger hat, und ich bin sicher, wir werden seine Hilfe noch brauchen.«

Alica sah die Möwe mit gemischten Gefühlen an. »Wobei sollte Schnapper uns denn helfen?«

»Du bist gut. Was meinst du denn, wie wir uns von der Stelle bewegen, falls wir beide einmal verreisen müssen? Glaub mir, es macht keinen Spaß, Schnapper zu reiten, wenn er schlechte Laune hat.« Wallerich war, während er redete, zu dem Stapel aus Strohballen gegangen und kletterte nun so weit hinauf, dass er mit Alica auf Augenhöhe kam. Wie ein Schoßhund folgte ihm die Möwe und landete neben dem Heinzelmann.

Alica wusste nicht, wie sie es höflich in Worte verpacken sollte, also fragte sie geradeheraus: »Wie soll ich auf einer Möwe reiten, die mir nur bis knapp ans Knie reicht?«

Wallerich winkte ab. »Das wirst du schon sehen. Jetzt sollten wir erst einmal Pläne schmieden. Dieser verdammte Falke muss weg. Er dehnt das Gebiet, in dem er spukt, immer weiter aus. Kürzlich erst hat er einen Wagen auf der Landstraße oben am Wald angegriffen. Es ist nur eine Frage der Zeit, bis etwas Ernstes passiert.«

»Warum interessiert dich das eigentlich so? Was hast du davon, fremde Leute vor Schaden zu bewahren? Ist das angeborene Heinzelmannart, sich um die Menschen zu kümmern? Ich meine, in diesem Märchen seid ihr doch abgehauen und habt aufgehört den Leuten über Nacht immer die Bude zu putzen. Warum jetzt diese Fürsorglichkeit?«

Wallerich lachte. »Also was das Märchen angeht ... Heute würde man einfach sagen, wir haben den Tarifvertrag gekündigt. Die Arbeitsbedingungen waren zu schlecht und ihr Langen hattet jeglichen Respekt verloren. Außerdem sind wir seit ein paar hundert Jahren in einem wesentlich wichtigeren Geschäft tätig. Hast du dich noch nie gefragt, warum man heute selbst an einsamen Landstraßen keine Trolle mehr trifft, die Brückenzoll verlangen?«

Alica war nicht ganz sicher, ob der Heinzelmann sich einen Scherz mit ihr erlaubte oder ob er es tatsächlich ernst meinte. »Also ... ähm, diese Frage habe ich mir noch nie gestellt. Ich denke, wir können euch Märchengestalten nicht mehr sehen, weil wir nicht an euch glauben.« Plötzlich hatte sie Lust, es ihm heimzuzahlen, falls er sie gerade hochnahm. »Vermutlich sind all die unsichtbaren Trolle längst von Überlandbussen überfahren worden.«

Wallerich lachte herzhaft. »Nein! Die *Dunklen*, so nennen wir jene Fabelwesen, die sich in Gegenwart von Menschen gerne danebenbenehmen, hätten schon dafür gesorgt, dass der Glaube an sie nicht erlischt. Du kannst so einen Troll zwar nicht sehen, aber er ist trotzdem da. Und er könnte den Kühler eines Autos mit seiner Keule bearbeiten, wenn man nicht ausreichend Notiz von ihm nimmt. Nein ... Diese Fabelwesen sind fort, weil wir Heinzelmänner und die übrigen Zwergenvölker dieser Welt uns darum gekümmert haben.«

»Habt ihr sie etwa alle umgebracht?«

Wallerich rollte mit den Augen. »Also wirklich, Mädchen. Sehe ich vielleicht aus, als könnte ich einen Troll erschlagen? Ich kenne zwar eine Balletttänzerin, die einen Drachen besiegt hat, aber Heinzelmänner, die Trolle töten ... Nein, das ist nun wirklich Unsinn. Unsere Aufgabe besteht darin, sämtliche Fabelwesen dazu zu überreden, nach *Nebenan* umzuziehen.«

Alica verstand nur Bahnhof und offensichtlich sah man ihr das auch an, denn Wallerich stieß einen tiefen Seufzer aus.

»Gut, Mädchen, ich sehe schon. Ich fange am besten ganz von vorne an. Als mit der Ausbreitung des Christentums immer klarer wurde, dass Drachen, Nixen, Zwerge und ihr

Langen nicht mehr halbwegs friedlich in einer Welt zusammenleben könnt, haben die begabtesten Magier aller Märchenvölker eine zweite, magische Welt erschaffen. Weil wir uns während einer großen Konferenz, die endlose siebzehn Jahre dauerte, nicht darauf einigen konnten, wie wir diese Welt nun nennen, hat man zum Schluss einen provisorischen Namen gewählt: Nebenan! Und dabei ist es dann geblieben. Die meisten von uns sind freiwillig nach Nebenan gegangen. Bis auf ein paar Eigenbrötler und all jene, die großen Spaß daran haben, euch Lange zu terrorisieren. Diese Nachzügler muss man überreden.« Er zog ein kleines rotes Büchlein aus seinem Ledermantel und wedelte damit vor Alicas Nase herum. »Hier drin sind alle einunddreißig bekannten Nachzügler aus der Eifelregion aufgelistet. Es steht hier, wo man sie üblicherweise antrifft, was sie so für Angewohnheiten haben, und meistens gibt es auch noch eine Empfehlung, wie man gegen sie vorgehen sollte.«

»Und auf welchem Platz der Liste steht der Geisterfalke?«

»Sieben«, entgegnete Wallerich erstaunlich kurz angebunden.

»Ist das sehr gefährlich?«

Der Heinzelmann zögerte einen Moment mit der Antwort. »Also ... Jedenfalls bedeutet es, dass er nicht ganz leicht zu schnappen ist. Wenn ich ehrlich bin, sind vor mir schon zwei Kollegen an dieser Aufgabe gescheitert. Geister zu fangen ist schon etwas Spezielles. Wenn man sie nicht dazu bringt, dass sie freiwillig nach Nebenan übersiedeln, dann muss man es auf die harte Tour machen.«

Alica verstand nicht, worauf Wallerich hinauswollte. »Und was ist die harte Tour?«

»Man muss sie erlösen. Dann verschwinden sie einfach. Mit Geistern ist das so.«

»Ist alles in Ordnung, Alica?« Großvater blickte durch eine

der Stalltüren. »Ich bin fertig mit dem Holz und wollte jetzt reingehen. Kommst du mit?«

»Ich bleibe noch etwas. Geh nur schon.«

Statt zu verschwinden, kam er in die Scheune. Alica stellte sich vor Wallerich, bis sie sich erinnerte, dass Großvater ihn ohne einen der Ringe ja niemals sehen konnte.

»Was machst du denn hier, Kleine?«

»Ich sehe mir die Möwe an.« Sie konnte es sich nicht verkneifen, noch eine Anspielung auf die angebliche Taube nachzuschieben. »Sie muss wohl einen Durchschlupf im Dach gefunden haben.«

Großvaters Augen blitzten kurz auf. Er hatte verstanden. »Dann pass auf, dass dir das Mistvieh nicht in die Finger hackt. Möwen sind launisch!«

Wie zur Bestätigung stieß Schnapper ein schrilles Kreischen aus.

»Fass hier nichts an«, grummelte Großvater im Gehen. »Das sind Antiquitäten.«

Alica konnte sich zwar nicht vorstellen, wie sie einen rostigen Traktor hätte beschädigen sollen, aber sie sagte brav: »Jawohl, Großvater!«

Carl blieb wie angewurzelt stehen. Als er sich nach endlosen Sekunden umdrehte, sah man ihm an, dass er nun richtig wütend geworden war. »Nenn mich nicht Großvater! Ich bin noch kein Greis. Ich habe einen Namen! Damit wirst du mich ansprechen!«

»Jawohl, Sir, Chef Carl, Sir. Ich habe verstanden!« Alica salutierte wie ein Soldat vor einem Offizier.

Großvater stieß einen langen Seufzer aus. Er sah jetzt nicht mehr wütend, sondern nur noch überfordert aus. Alica kannte diesen Anblick gut. So hatte Mike immer ausgesehen, wenn sie ihn in den letzten Wochen fragte, wann es denn endlich mal etwas Warmes zu essen gebe.

Ohne ein weiteres Wort verließ Carl die Scheune.

»Na, ihr habt euch aber gern«, sagte Wallerich.

Alica hatte keine Lust, über Großvater zu sprechen. »Wie erlöst man denn einen Geist?«, griff sie das abgebrochene Gespräch wieder auf.

Wallerich zog eine Grimasse. »Das ist nicht so leicht. Es würde helfen, wenn man wenigstens wüsste, warum der Falke hier spukt. Komm am besten mal mit.« Er spazierte auf den Strohballen bis zum hinteren Ende des Stalls. Dort machte er sich an einem Stöckchen zu schaffen, das aus dem Stroh ragte. Plötzlich klappten leise surrend die Vorderseiten von zwei der großen Ballen nach oben und Alica blickte in einen Computerraum in Heinzelmanngröße. »Darf ich dich in mein Büro einladen?«, fragte Wallerich stolz.

Obwohl das Versteck des Heinzelmanns so groß wie zwei Strohballen war, hätte Alica sich ziemlich zusammenfalten müssen, um dort hineinzupassen. »Vielleicht sollte ich doch besser draußen bleiben. Zu zweit könnte es da etwas eng werden.«

»Das ist kein Problem. Du musst nur an deinem Ring drehen und *klein* sagen. Und dann drehst du ihn noch einmal an deinem Finger und sagst *kleiner*.«

»Und was passiert dann?«

Wallerich grinste. »Du wirst schon sehen. Oder bist du vielleicht feige?«

Alica sah dem Heinzelmann fest in die Augen und drehte am Ring. »Klein«, sagte sie dabei leise. Kaum kam das Wort über ihre Lippen, schien sich die Welt ringsherum auszudehnen. Die Stalldecke rückte nach oben, der Traktor und auch die Strohballen sahen plötzlich viel größer aus.

»Kleiner«, sagte Alica und drehte den Ring noch ein zweites Mal und die Strohballen vor ihr wuchsen zu einer riesigen goldenen Mauer empor.

Erschrocken trat Alica einen Schritt zurück. Es dauerte ein paar Sekunden, bis sie begriff, was geschehen war. Nicht der Stall war größer geworden ... Sie hatte sich verändert! Sie war auf die Größe einer Barbiepuppe geschrumpft!

Wallerich beugte sich über den Rand des untersten Strohballens und streckte ihr die Hand entgegen. Noch ganz benommen ergriff Alica die schwielige Heinzelmannhand und wurde mit einem kurzen Ruck hochgezogen. Für jemanden seiner Größe war Wallerich erstaunlich stark.

»Du magst Kakao, nicht wahr?« Er ging in den Computerraum voraus, der jetzt ziemlich groß aussah.

Kaum war Alica eingetreten, klappte hinter ihr die Stahlwand herunter. Im Versteck in den Strohballen sah es aus wie in einem Raumschiff. Die Wände waren aus mattem Metall. Überall gab es Schalttafeln mit Lichtern in allen Farben des Regenbogens. Eine Wand wurde ganz von drei nebeneinander aufgestellten Flachmonitoren eingenommen. Vor den Schalttafeln standen drei am Boden angeschraubte Ledersessel. In einer Ecke entdeckte Alica ein ungemachtes Feldbett. Wallerich hantierte an einer bedrohlich fauchenden Espressomaschine herum. Er blickte kurz auf und lächelte breit. »Überrascht?«

Alica tastete über den Ring. »Das ist Zauberei!«

»Na, was denkst du denn. Unsere Ahnen haben eine ganze magische Welt erschaffen. Im Vergleich dazu ist es eine Kleinigkeit, ein Mädchen schrumpfen zu lassen. Obwohl dieser Ring zugegebenermaßen etwas Besonderes ist.«

»Was passiert eigentlich, wenn ich den Ring noch einmal drehe und *am kleinsten* sage?«

Wallerich wandte sich abrupt zu ihr um. »Tu das bloß nicht! Du würdest auf die Größe einer Ameise schrumpfen! Das ist nicht wirklich sinnvoll. Die Welt ist dann ein sehr gefährlicher Ort!« Er zog eine Grimasse, die wohl ein Lächeln sein sollte. »Ich würde deinen Großeltern nur sehr ungern mitteilen müssen, dass du von einer Spinne gefrühstückt worden bist.«

Alica schluckte und sah sich in der Computerzentrale um. Der Gedanke, in Barbiepuppengröße einer dicken Kreuzspinne zu begegnen, war ihr schon unheimlich. Wie eine solche Begegnung in Ameisengröße ablaufen würde, wollte sie sich lieber nicht ausmalen.

»Was kann der Ring denn sonst noch?«, fragte sie zögerlich.

»Steckt ihn einer von uns auf einen Finger, dann wird er für euch Langen sichtbar. Außerdem ...« Der Heinzelmann schüttelte unwillig den Kopf. »Nein, was tue ich denn? Darüber darf ich zu dir nicht sprechen. Ich würde ...«

Auf einer der Schalttafeln begann eine Lampe rot zu blinken. »Das ist in deinem Turmzimmer«, murmelte Wallerich.

»Was ist da?«

»Die Sensoren zeigen einen plötzlichen Temperaturabfall an. Entweder ist dort gerade unser Geist unterwegs oder deine Großmutter hat die Fenster zum Lüften geöffnet.«

»Sensoren?«, fragte Alica ungläubig. Dieser Heinzelmann führte sich eher wie James Bond als ein Märchenwesen auf. Und sie hatte den Verdacht, er hatte einen Heidenspaß dabei.

»Du glaubst doch nicht etwa, dass wir Heinzelmänner in Kellern und Erdlöchern hausen, die wir mit lustigen kleinen Laternen beleuchten?«

Alica räusperte sich verlegen. Eigentlich hatte sie sich noch nie viele Gedanken über Heinzelmänner gemacht. Gestern noch hätte sie jeden ausgelacht, der ihr ernsthaft weismachen wollte, dass es all die Figuren aus Grimms Märchen und den alten Heldensagen wirklich gab.

»Wir Heinzelmänner haben uns schon immer sehr für technischen Fortschritt interessiert. Seit Jahrhunderten gehört es zu unseren Lieblingsbeschäftigungen, die Erfindungen der

Langen zu verbessern. Doch ich schweife ab. Überprüfen wir doch lieber mal, ob deine Großmutter in deinem Zimmer ist.« Er deutete auf einen anderen leuchtenden Schalter. »Hier wird angezeigt, dass es Geräusche in der Küche gibt.« Er drückte auf den Knopf und aus einem versteckten Lautsprecher erklang die Stimme Großvaters: »Ich mache mir wirklich Sorgen um die Kleine. Sie sitzt im Stall vor einer Möwe und führt Selbstgespräche. Vielleicht sollten wir Bruno noch einmal anrufen, damit er ...«

Wallerich hatte den Lautsprecher wieder abgeschaltet. »Du darfst deinen Großeltern auf keinen Fall erzählen, dass du mich getroffen hast. Ich habe zwar den Verdacht, die beiden glauben inzwischen an Geister, aber an Heinzelmänner werden sie ganz bestimmt nicht glauben. Meistens hat es schlimme Folgen, wenn jemand von uns Fabelwesen erzählt und behauptet uns getroffen zu haben.«

Alica nickte. Sie konnte sich sehr gut vorstellen, was passieren würde. Die Großeltern würden sicher Dr. Pörtner rufen ... Darüber wollte sie gar nicht länger nachdenken. Ihr Blick fiel auf die großen Flachmonitore. »Hast du auch versteckte Kameras eingebaut? Spionierst du uns allen hinterher und kannst du etwa ...?«

»Nein! Es gibt keine Kameras in Schlaf- oder Badezimmern«, sagte Wallerich hastig. »Ich weiß schließlich, was sich gehört!«

Alica bedachte ihn mit einem misstrauischen Blick. »Und wozu ist das alles eigentlich gut?«

»Was weißt du über Geister?«

Sie hasste es, wenn man auf Fragen mit einer Gegenfrage antwortete. »Na ja, sie spuken auf Friedhöfen oder in alten Häusern. Meistens sind sie sehr wütend oder traurig. Deshalb sind sie nicht richtig gestorben. Und man kann sie nicht anfassen. Sie sind durchsichtig.«

»Gar nicht mal schlecht«, lobte Wallerich. »Und wie würdest du einen Geist fangen?«

»Ich habe einmal einen Film gesehen, da hat man sie in eine Art Staubsauger gesaugt. Man musste dann nur die Staubsaugerbeutel sicher aufbewahren.«

Der Heinzelmann lachte auf. »Hollywood! So ein Unsinn! Denk doch mal nach. Was findest du in einem Staubsaugerbeutel? Haare, Fuseln, Staub. Lauter stoffliche Dinge. Einen Geist kann man aber nicht anfassen. Jedenfalls normalerweise nicht. Wie willst du ihn dann aufsaugen? Völliger Blödsinn! Das würde niemals klappen.«

»Und diese ganzen Sensoren?«, fragte Alica noch einmal.

Wallerich nahm sich mit seiner Antwort Zeit und brachte ihr erst einmal den Kakao, den er gekocht hatte. »Also, natürlich kann man Geistern mit moderner Technologie nachstellen. Technik hilft fast immer! Wenn sich ein Geist manifestieren will, also wenn er sichtbar werden will, dann braucht er dazu Energie. So wie eine Glühbirne Strom braucht, damit sie leuchten kann. Natürlich stöpseln sich Geister normalerweise nicht an irgendwelche Steckdosen. Sie nehmen die Energie aus der Umgebung. Deshalb wird es oft überraschend kühler, wenn ein Geist in der Nähe ist. So wie heute Morgen im Badezimmer. Da gab es einen drastischen Temperaturabfall.«

Alicas Magen zog sich zusammen. »Du meinst also, der Falke war da?«

»Wer sonst! Mithilfe der Wärmesensoren, die ich überall im Haus versteckt habe, können wir den Geist aufspüren, noch bevor er sichtbar wird.«

»Und wie beseitigen wir ihn dann?«

Wallerich spielte verlegen mit der Spitze seines Bartes. »Also immer einen Schritt nach dem anderen. Erst einmal müssen wir wissen, wo dieser Falkengeist steckt. Dann wird uns schon einfallen, wie man ihn loswird.«

»Im Badezimmer gibt es einen besonderen Spiegel. Großvater sagt, man könne dadurch in die Welt der Toten blicken. Vielleicht hilft uns das ja.«

Der Heinzelmann zog seine buschigen Augenbrauen zusammen. »Das ist gefährlich. Darüber muss ich erst in Ruhe nachdenken. Vielleicht ... Ich kenne da eine Hexe, die über diese Dinge Bescheid weiß.« Er strich sich über den Bart. »Mir wäre es lieber, wenn wir dieses Problem mit Technik und nicht mit schwarzer Magie lösen.«

»Kann die Hexe auch Geister beschwören? Vielleicht kann sie ja den Falken herbeirufen und ihn fragen, warum er hier im Haus spukt?«

Der Heinzelmann schüttelte den Kopf. »Wie willst du denn mit einem Falken reden? Nein .... Das will alles gut durchdacht sein. Ich hole dich heute Nacht am Turmfenster ab. Dann machen wir gemeinsam einen Ausflug.«

»Auf der Möwe?«

»Was glaubst du, wie ich sonst zum Turmfenster hinaufkomme? Sehe ich vielleicht wie eine Miniaturausgabe von Reinhold Messner aus?« Wallerich drehte sich um und starrte lange auf die dunklen Monitore.

Jetzt führt er sich auf wie Großvater, dachte Alica enttäuscht. Er war tief in Gedanken versunken und bekam kaum mit, dass sie noch da war. Sie trank ihren Kakao aus. Mit leisem Räuspern versuchte sie seine Aufmerksamkeit zu erhaschen. Sie befürchtete schon, gleich heiser zu werden, als Wallerich endlich aufblickte. »Ja?«

»Nur eine Kleinigkeit. Wie werde ich wieder größer?«

»Natürlich indem du an dem Ring drehst und *groß* und *größer* sagst. Und ehe du fragst ... Sag um Himmels willen nicht *am größten*, sonst wirst du größer als der Turm.« Wallerich lächelte schief. »Du steckst mitten in einer Heinzelmännergeheimdienstoperation, Alica. Und bisher hast du dich sehr gut geschlagen. Ich denke, die meisten vierzehnjährigen Mädchen wären bei meinem Anblick oder beim Gedanken daran, einen Geist zu treffen, laut schreiend davongelaufen.« Er drückte einen Knopf und surrend klappte die Wand des geheimen Computerraums wieder auf. »Wir sehen uns dann heute Abend. Und zieh dir etwas Warmes an. Ein Möwenritt im Winter ist keine ganz gemütliche Angelegenheit. Ich werde dir eine Pilotenmütze und eine Fliegerbrille mitbringen.«

Nachtflug

Alica lag angezogen im Bett. Sie wünschte sich einen Wecker oder eine Uhr. Irgendetwas, das ihr leise tickend bestätigte, dass Zeit verstrich. Sie hatte das Gefühl, schon ewig hierzuliegen. Und obwohl das Turmzimmer kaum beheizt war, fühlte sie sich wie bei einem Besuch im Tropenhaus im Zoo. Ihr Rücken war durchgeschwitzt und längst hatte sie Schal und Mantel abgestreift und zum Fußende hingeschoben. Wann kam Wallerich endlich? Hatte er sein Versprechen vergessen? War etwas dazwischengekommen?

Oder war mit ihr etwas nicht in Ordnung?

Großvater war den ganzen Tag über auffällig freundlich zu ihr gewesen. Machte er sich Vorwürfe, weil sie die Treppe hinuntergefallen war? Oder dachte er, dass sie verrückt wurde? Und hatte er am Ende vielleicht recht damit?

Um das Herrenhaus heulte der Wind. Am späten Nachmittag hatte es begonnen stürmischer zu werden und seitdem hatte das Lärmen draußen stetig zugenommen. Sie lauschte auf die seltsamen Geräusche. Anfangs hatte sie es interessant gefunden. Von zu Hause kannte sie so etwas gar nicht. Aber dann schien es, als habe der Sturmwind plötzlich eine Stimme bekommen, die ihm erlaubte ein unheimliches Klagelied zu singen. Großvater hatte erklärt, es liege daran, dass sich der Wind unter dem Dachfirst verfange. Er hatte immer für alles eine logische Erklärung. Aber seit der Geschichte mit der Taube glaubte sie ihm einfach nicht mehr. Es gab Heinzelmänner und Geister. Warum sollte dann nicht auch der Wind eine Stimme haben?

Tock, tock, tock!

Mit einem Satz war Alica aus dem Bett und beim Fenster. Endlich! Wallerich war ganz eingeschneit und Schnapper hatte eine kleine Taschenlampe auf den Kopf gebunden. Mürrisch krächzend hüpfte die Möwe auf den Boden und schüttelte sich, sodass der Heinzelmann alle Mühe hatte, nicht von ihrem Rücken zu purzeln.

Schneeflocken trieben durch das offene Fenster ins Zimmer und Alica beeilte sich es wieder zu schließen.

»Ich hoffe, du hast was zu futtern für Schnapper. Er hasst es, durch einen Schneesturm zu fliegen.« Der Heinzelmann schwang sich vom Rücken der Möwe, schnallte einen großen Rucksack ab und begann darin herumzukramen.

»Du bist spät dran«, murmelte Alica, während sie aus dem Nachttisch eine kleine Thunfischdose holte, die sie aus der Vorratskammer stibitzt hatte. Schnapper hüpfte aufgeregt um sie herum.

»Ich habe deinetwegen einen Umweg gemacht.« Wallerich blickte auf und wischte sich den halb geschmolzenen Schnee von seiner Fliegerbrille. »Du glaubst doch nicht, dass du in diesen Klamotten auf dem Rücken einer Möwe durch einen Schneesturm reiten kannst. Du bist ohnehin schon erkältet.« Er zog einen langen pelzgefütterten Ledermantel aus dem Rucksack, dazu gefütterte Lederhosen, Fliegerbrille, roten Schal und Pilotenmütze.

Alica war hin und weg. Die Sachen sahen selbst in Barbiepuppengröße wirklich cool aus. Ohne zu zögern, streifte sie ihre Kleider ab, drehte an dem Ring und zog sich in Windeseile um.

Wallerich blickte leise hüstelnd zur Seite, während Schnapper mit Begeisterung die Thunfischdose leerte. Zuletzt bemühte er sich sogar vergeblich, mit seinem langen Schnabel das Öl auszuschlürfen, das in der Dose übrig geblieben war.

Als Alica sich umgezogen hatte, wünschte sie sich, ihre Klassenkameradinnen könnten sie so sehen. Die Sachen passten perfekt, als hätte man sie extra für sie maßgeschneidert. Sie sah aus wie eine Pilotin in einem alten Abenteuerfilm! »Hast du vielleicht einen Fotoapparat, Wallerich? Ich meine … Das hier wird mir niemals jemand glauben. Wir müssen unbedingt ein Foto machen!«

Der Heinzelmann schüttelte den Kopf. »Ich darf keine Fotos machen. Was hier passiert, muss für immer unser Geheimnis bleiben. Die Langen würden dir ohnehin nicht glauben. Es ist besser so, Alica.«

Sie schluckte. Was war ein Abenteuer wert, von dem man niemandem erzählen durfte? Das war ja, als hätte es niemals stattgefunden.

Schnapper rülpste und kickte die leere Thunfischdose mit einem gezielten Tritt unter den Nachttisch. Dann kam die Möwe behäbig watschelnd zu ihnen herüber.

»Wirst du flugkrank?«, fragte Wallerich.

Alica zuckte mit den Schultern. »Keine Ahnung, ich bin noch nie geflogen.«

Der Heinzelmann schwang sich behände auf den Rücken der Möwe und hielt sich an Schnappers Gefieder fest. Mit einem aufmunternden Lächeln streckte er Alica die Hand entgegen.

Ihr war mulmig zumute, aber sie wusste auch, dass sie es sich niemals verzeihen würde, wenn sie diese Gelegenheit verpasste. Sie griff nach Wallerichs Hand und der Heinzelmann zog sie mit einem Ruck vor sich auf die Möwe. »Zieh den Schal über deinen Mund hoch«, sagte er noch, da hob Schnapper schon ab. Taumelnd landete die Möwe auf dem Fenstersims und zerrte mit ihrem Schnabel geschickt am Sperrriegel, bis eine Sturmböe das Fenster aufdrückte. Schnapper begrüßte den eisigen Wind mit einem herausfordernden Krächzen und stürzte sich in die Dunkelheit.

Es war wie auf einer Achterbahn, dachte Alica. Nein, schlimmer! Sie sah nichts und Schneeflocken klatschten ihr ins Gesicht. Ihr Magen rebellierte. Sie biss die Zähne zusammen. Dann ging es steil aufwärts. Plötzlich tauchte die Regenrinne des Hauptgebäudes vor ihnen auf. Schnapper verfehlte sie nur um Haaresbreite. Die Möwe drehte über den linken Flügel ab und wieder ging es in weitem Bogen abwärts.

Alica kreischte erschrocken. Wie hatte sie nur so verrückt sein können, sich auf einen Flug auf dem Rücken einer Möwe einzulassen?

Wallerich zupfte an ihrem Schal, bis er sich schützend über die untere Hälfte ihres Gesichts legte. »Schnapper mag dich!«, schrie Wallerich gegen das Sturmgeheul an. »Er fliegt viel ruhiger als sonst!«

Alica sah etwas Dunkles knapp über ihren Köpfen hinweghuschen. Es dauerte einen Augenblick, bis sie begriff, was sie gesehen hatte. Äste! Schnapper ließ sich zur Seite kippen und Alica krallte sich voller Panik in seinem Gefieder fest. Wieder verfehlten sie ein paar Äste nur um Millimeter. Die verrückte Möwe flog mitten durch einen Wald!

»Schnapper hätte diese Star-Wars-Filme nicht sehen sollen. Seitdem hat er sich einen noch eigenwilligeren Flugstil zugelegt und ... Kopf einziehen!« Wallerich drückte sie nach vorn, sodass sie mit dem Gesicht im Nackengefieder der Möwe landete.

Alica versuchte sich an eines der Gebete zu erinnern, die sie im Kommunionunterricht gelernt hatte. Doch nachdenken ist nicht ganz einfach, wenn man auf dem Rücken einer Möwe sitzt, die gerade einen Looping fliegt.

Mit einem heftigen Ruck landete Schnapper im Schnee

und rutschte noch ein Stück weit vorwärts. Wallerich schaltete die Taschenlampe auf Schnappers Kopf ein und Alica konnte eine efeuumrankte Säule aus dem Schnee ragen sehen.

Der Heinzelmann sprang vom Rücken der Möwe und bedankte sich überschwänglich für den erstklassigen Flug. Alica hingegen hatte Mühe abzusteigen. Ihr zitterten die Knie und sie hatte das Gefühl, dass der Boden unter ihren Füßen schwankte.

»Du solltest ihn für den Flug loben«, zischte ihr Wallerich ins Ohr. »Er ist sehr empfindlich, was das angeht.«

Alica wollte sich verneigen und fiel dabei fast kopfüber in den Schnee. »Toller Flug«, stammelte sie. »Richtig klasse.«

Obwohl das mit einem Schnabel natürlich unmöglich ist, sah es aus, als würde die Möwe grinsen. Ein wenig kokett legte sie den Kopf zur Seite und begann dann ihr Gefieder zu putzen.

Etwas Nasses klatschte Alica ins Gesicht. Blinzelnd blickte sie zum Himmel hinauf, ins wirbelnde Weiß. Die Schneeflocken erschienen Alica groß wie DIN-A4-Blätter. Viel deutlicher als sonst konnte sie die schönen sechseckigen Kristalle erkennen, die zu großen Flocken zusammengepappt vom Himmel herabsegelten. Erstaunlicherweise war es auch einfacher, über den Schnee zu laufen. In Puppengröße war sie zu leicht, um tief einzusinken.

»Komm!«, ermahnte sie Wallerich. »Wir haben nicht die ganze Nacht Zeit!« Der Heinzelmann hatte die Taschenlampe von Schnappers Kopf losgebunden und sich unter den Arm geklemmt.

Jetzt erkannte Alica, wo sie gelandet waren. Vor ihnen erhob sich der kleine Tempel, der im hintersten Winkel des Parks ihrer Großeltern verborgen lag. Carl hatte ihr einmal erzählt, dass der Tempel oder besser gesagt der Gartenpavillon, der sich als ein antiker Tempel ausgab, vor etwa hundert

Jahren von einem reichen Fabrikbesitzer errichtet worden war. Es war ein kleiner runder Bau, ganz aus Marmor, dessen Kuppeldach von einem Säulenkranz getragen wurde. Großvater ließ den Tempel von Efeu zuwuchern. Nach seinen Worten war er *die peinliche Geschmacksverirrung eines neureichen Kulturbanausen.* Alica musste grinsen. Carl war richtig in Rage gekommen, als er von dem Gartenpavillon erzählt hatte.

Die Treppenstufen, die hinauf in das Tempelchen führten, waren halb in einer Schneewehe versunken, sodass sie ohne Problem über die Stufen hinwegkamen, die ihnen sonst eine elende Kletterei abverlangt hätten. Im Inneren des Pavillons lagen welke Blätter und ein wenig Schnee. Der Boden war mit einem bunten Mosaik geschmückt, das drei halb nackte Frauen und einen jungen, etwas einfältig wirkenden Mann zeigte, der einen goldenen Apfel hielt.

Ohne Notiz von dem Bild zu nehmen, stapfte Wallerich in die Mitte des kleinen Tempels, schnallte seinen Rucksack ab und kramte darin herum, bis er ein seltsam blinkendes Etwas von der Größe einer Coladose herausholte. Vorsichtig stellte er es auf den Boden und drückte einige Knöpfe, bis die Dose ein pulsierendes Licht ausstrahlte.

»Was machst du da?«

»Ich öffne das Tor.«

Alica trat dichter an Wallerichs Seite. Das merkwürdige Ding auf dem Boden tauchte den kleinen Tempel in unstetes Licht. Ein Tor konnte Alica aber beim besten Willen nicht entdecken. Um noch einmal zu fragen, war sie allerdings zu stolz.

Plötzlich schoss aus der Dose eine Säule aus hellgrünem Licht, die bis zur Decke des Pavillons reichte und langsam breiter wurde. Ein seltsamer Geruch hing in der Luft. Ganz so wie damals, als Mike den selbst gebastelten Verstärker für seine Gitarre an der Steckdose angeschlossen hatte und alle Sicherungen herausgesprungen waren.

»Bist du bereit, mit mir nach Nebenan zu kommen?«, fragte Wallerich feierlich und deutete auf die Lichtsäule.

Alica nickte und der Heinzelmann nahm sie bei der Hand. Gemeinsam traten sie durch das grüne Licht. Alica spürte ein seltsames Prickeln auf der Haut. Es dauerte nur einen Herzschlag, dann war alles vorbei. Sie standen jetzt auf einer kleinen Waldlichtung neben einem Steinpfeiler. Auch hier schneite es. Neugierig sah sich Alica um. Diese andere Welt war gar nicht so fremd, wie sie erwartet hatte.

Mit einem Krächzen hüpfte Schnapper aus dem grünen Licht, das hier bis über die Baumwipfel hinaus in den Himmel reichte.

»Ja, ja. Du hast ja recht«, grummelte Wallerich, legte die Taschenlampe in den Schnee und zog einen kleinen Lederbeutel aus einer Manteltasche. »Ich kümmere mich schon darum.« Er schüttete sich etwas leuchtend orangefarbenes Pulver auf die Handfläche und blies es in Richtung der Lichtsäule. Blaue Blitze flackerten auf und dann war das Licht verschwunden.

»Das ist Tarnpulver«, erklärte der Heinzelmann. »Normalerweise achten wir darauf, dass die Tore in eure Welt immer gut verschlossen bleiben. Aber von hier aus kann ich den Torriegelöffnungstransformator nicht abschalten. Hochtechnologie funktioniert Nebenan nicht. Die Magie verwandelt alles, was an Technologie in diese Welt gebracht wird, in einen ähnlichen, älteren Gegenstand. Deshalb wäre es sinnlos, eine Fernbedienung für den Torriegelöffnungstransformator mitzubringen.«

Alica blickte den Heinzelmann entgeistert an. Sie hatte kein einziges Wort verstanden.

Wallerich seufzte. »Es ist immer ziemlich anstrengend

mit euch Langen, wenn ihr zum ersten Mal nach Nebenan kommt. Also noch einmal: Der Torriegelöffnungstransformator, kurz auch TRÖT genannt, lässt sich von hier leider nicht mit einer Fernbedienung abschalten. Deshalb muss ich einen Tarnzauber über die Lichtsäule legen, sonst würden die Dunklen von dem Tor angezogen wie Motten vom Licht. Nebenan gibt es keine komplexe Technologie. Du kannst sie zwar mitbringen, wie zum Beispiel einen Fotoapparat, aber sobald du so ein Gerät auch nur einen Moment lang aus den Augen lässt, verwandelt diese Welt es in etwas weniger Kompliziertes, aber irgendwie Ähnliches. Aus dem Fotoapparat würde zum Beispiel ein Farbkasten und ein Zeichenblock. Motorräder verwandeln sich gerne in Pferde, Autos in Kutschen und so weiter. Richtig erklären können dieses Phänomen nicht einmal unsere Zauberer. Wahrscheinlich ist die Magie in dieser Welt etwas Lebendiges, etwas mit einem eigenen Bewusstsein – und Technik ist diesem seltsamen Geschöpf zuwider. Deshalb verwandelt es alles, was nicht wirklich hierherpasst. Wir leben hier fast wie im Mittelalter.«

»Zugige Burgen, schlechtes Essen, keine Krankenhäuser, die Pest ...«, murrte Alica. »Eine tolle Zeit, um da zu leben.«

»Meine Worte waren: *fast wie im Mittelalter.*« Wallerich klang beleidigt. »Wir sind schließlich nicht so wie ihr Langen. Ich sage nur: magische Kochtöpfe. Einfach klasse! Du denkst an dein Lieblingsgericht und schon köchelt es im Topf. Da kann keine supermoderne Küche mithalten. Das ist besser als jede Mikrowelle!«

»Und warum lebt ihr Heinzelmänner dann immer noch unter uns Menschen?«

»Na ja ... Also, wir sollen die letzten Nachzügler nach Nebenan begleiten und wir basteln gerne. Außerdem sind wir die Torwächter. Im Übrigen haben wir schon viel zu lange geredet. Schnapper! Bist du startklar?«

Jetzt bemerkte Alica, dass sich die Taschenlampe, die Wallerich eben erst abgelegt hatte, in eine Laterne verwandelt hatte. Plötzlich fiel ihr siedend heiß etwas ein. »Was mache ich, wenn Großmutter diese Nacht nach mir schaut und ein leeres Bett findet.«

»Oh, deine Großeltern werden bestimmt nicht in dein Zimmer kommen. Da bin ich mir ganz sicher.« Der Heinzelmann stieg auf den Rücken der Möwe und zog Alica zu sich herauf.

»Und woher willst du das wissen. Bist du hier in dieser anderen Welt zu so etwas wie einem Hellseher mutiert?«

Wallerich kicherte leise. »Vielleicht ist das Heinzelmännerinstinkt.«

»Die Antwort hätte von meinem Großvater sein können. Ich dachte, wir sind Partner, und ich soll dir dabei helfen, den Falkengeist zu erlösen. Partner vertrauen einander und machen keine blöden Sprüche.«

»Was die blöden Sprüche angeht, bin ich anderer Meinung ... Aber gut. Ich habe deinen Großeltern eine ganze Flasche mit geschmacksneutralen Baldriantropfen in ihren Abendtee gegossen. Die werden so gut schlafen wie schon lange nicht mehr. Du musst dir also keine Sorgen machen.«

Schnapper rannte wild mit den Flügeln schlagend auf den Rand der Lichtung zu. Er hatte fast die Bäume erreicht, als er endlich abhob. Alica klammerte sich an den Lederriemen am Hals der Möwe. Diesmal war der Flug angenehmer. Es herrschte kein Sturm und Alica konnte deutlich die verschneite Landschaft unter ihnen hinweggleiten sehen. Der Mond hier schien größer und heller zu sein als in ihrer Welt. Er tauchte die Täler und Berge in silbernes Licht. Die Landschaft wirkte wie aus einem Märchenbuch. Kunststück, dachte Alica. Du bist hier in einer Wirklichkeit gewordenen Märchenwelt. Wie sollte es hier sonst aussehen?!

Sie flogen über ein kleines Dorf. Gelbe Lichter schimmerten durch die Fenster und schmale Rauchsäulen stiegen aus den Kaminen senkrecht in den Himmel. Die Häuser standen so eng beieinander, als wollten sie sich gegenseitig wärmen. Aus einem nahen Waldstück erklang lang gezogenes Wolfsgeheul.

»Wenn die Winter hart sind, wagen sich diese verdammten Biester bis zu den Dörfern«, rief Wallerich ihr ins Ohr. »Aber hier in Kommern haben sie in diesem Winter einen Trollsöldner angeheuert. Wenn die Biester sich an das Vieh heranmachen wollen, werden sie eine unangenehme Überraschung erleben.«

»Einen Troll?«

»Ja, ja. Stell dir so was wie Arnold Schwarzenegger vor, nur größer und unangenehmer. Sie haben eine Haut, die fast wie Stein ist. Wölfe können da nicht viel ausrichten. Das Dumme ist nur, sie essen und trinken so viel, dass es fast schon günstiger ist, ein paar Stück Vieh an die Wölfe zu verlieren.«

Alica versuchte sich einen muskelbepackten Kerl vorzustellen, der übler als ein Terminator war. Ihr schauderte. »Kennst du dich gut mit Trollen aus?«

»Na klar! Ich hab selbst hin und wieder mal welche angeheuert. Aber es ist immer ein endloser Papierkrieg, bis man die Genehmigung bekommt, ein paar von den Kerlen mit in eure Welt zu nehmen.«

»Du meinst, manchmal laufen Trolle in der Eifel umher?«, fragte sie entgeistert.

»Nein, in Köln. Es ist allerdings nicht leicht, sie in Großstädten einzusetzen. Wenn man nicht aufpasst, hocken sie die halbe Zeit vorm Fernseher und sehen sich Actionfilme an. Prügeleien, Autocrashs, da stehen sie drauf.«

Alica überlegte, ob Wallerich ihr Märchen erzählte. Wäre das nicht natürlich bei einer Märchenfigur? Trolle, die Actionfilme liebten. Wo hatte man je so etwas gehört?!

Das Land unter ihnen veränderte sich. Die Hügel wurden flacher und verschwanden schließlich ganz. Sie flogen über einen weiten Wald. Nur selten sah man eine einzelne Hütte auf einer Lichtung oder das matte Glühen von Kohlenmeilern. Endlich wich der Wald und es blieben nur noch dunkle Inseln in einer Landschaft aus Feldern, gefrorenen Sümpfen und schmalen, sich in wilden Kurven windenden Bächen. In der Ferne erblickte Alica eine Fackel. Sie kniff die Augen zusammen. Nein, jetzt sah sie es deutlicher. Eine Gestalt, ganz in Flammen gehüllt, wanderte einen Hohlweg entlang.

»Der Feuermann von Elsdorf«, rief Wallerich, der bemerkt hatte, wohin sie blickte. »Zu solch einem Spuk werden Bauern, die ihre Grenzsteine verrückt haben, um unrechtmäßig ihr Ackerland zu erweitern. Ein trauriger Kerl. Er versucht die Steine zurückzusetzen, kann sich aber nicht mehr erinnern, wo sie standen. Eigentlich will er nichts Böses, aber er hat immer wieder Leute zu Tode erschreckt, die ihm nachts auf den Feldwegen begegnet sind.«

Die flammende Gestalt verschwand in der Ferne und vor ihnen erstrahlte das Silberband eines großen Flusses in der Nacht. An seinen Ufern lag eine Stadt mit mächtigen Türmen und windschiefen Fachwerkhäusern.

»Wo fliegen wir eigentlich hin?«, fragte Alica.

»Zu Knuper. Sie ist Expertin für Geisterbeschwörungen und schwarze Magie. Eine Freundin ... Soweit man mit ihr befreundet sein kann. Wenn wir bei ihr sind, fass bitte nichts an. Sie ist etwas ... eigen.«

»Sehe ich vielleicht aus wie ein kleines Kind, das alles antatschen muss«, maulte Alica. Was dachte dieser Heinzelmann von ihr?

Eine Zeit lang folgten sie dem Fluss nach Süden. Dann drehte Schnapper plötzlich seitlich ab und hielt auf einen dichten Waldstreifen zu. Immer tiefer sank die Möwe. Fast streiften sie schon die Baumwipfel. Und dann sah Alica es. Eine winzige Hütte, die am Ende einer schmalen Lichtung stand, die sich bis zum Ufer des Flusses erstreckte. Und sie war ganz aus Lebkuchen gebaut.

Geister und Verfallsdaten

Diesmal legte Schnapper eine glatte Landung hin. Alica schaffte es sogar, noch vor Wallerich vom Rücken der Möwe zu springen. Eigentlich machte sie sich nichts aus Lebkuchen, aber dieses Hexenhaus verströmte einen wunderbaren Duft. Es roch wie frisch gebacken. Es begann leicht zu schneien, doch die Schneeflocken schienen einen Bogen um das Haus zu machen. Was von Ferne wie Schneewechten gewirkt hatte, war in Wirklichkeit Zuckerguss. Alica lief das Wasser im Munde zusammen. Wie in Trance ging sie auf das Haus zu. Sein Dach war an den Seiten weit herabgezogen. Selbst in ihrer jetzigen Größe reichte Alica an die unterste Schindelreihe heran.

»Tu das nicht! Du ...«

Noch bevor Wallerich seinen Satz beenden konnte, hatte Alica eine Dachschindel abgebrochen und ein großes Stück herausgebissen. Der Lebkuchen war wunderbar würzig und klebrig vom Honig. Bevor Alica den ersten Bissen hinuntergeschluckt hatte, schwang die Tür des Lebkuchenhauses knarrend auf. Gerahmt von goldenem Licht fiel ein Schatten auf den Schnee, der zwei Köpfe zu haben schien.

»Knusper, knusper, knäuschen, wer knabbert an meinem Häuschen?«, erklang eine Stimme, die durch Mark und Bein ging.

Alica legte den Kopf in den Nacken und blickte zu der Hexe auf. Was als Schatten wie ein zweiter Kopf ausgesehen hatte, war in Wirklichkeit ein aufgeplusterter, fast kugelrunder Rabe, der auf der Schulter einer uralten Frau hockte. Das Gesicht der Hexe war von Wind und Wetter gegerbt. Durchzogen von tiefen Falten, zwischen denen ein Paar strahlend blaue Augen hervorlugten. Die Alte stützte sich schwer auf einen Krückstock. Sie trug ein geflicktes Kleid aus grober schwarzer Wolle und ein bunt gemustertes Kopftuch. Unter dem Rocksaum lugten Stiefel hervor, die wie Leopardenfell gelb, schwarz und weiß gefleckt waren.

»Was fällt dir ein, mir das Dach abzudecken, du halbe Portion«, murrte die Alte. »Ich werde dich an meinen Raben verfüttern, nichtsnutzige Vagabundin.«

Alica war wie gelähmt, während der fette Vogel ein freudiges Krächzen ausstieß und mit den Flügeln schlug.

»Das reicht, Knuper. Begrüßt man so seine Gäste? Wir sind Kundschaft und kein Vogelfutter.« Wallerich war in den breiten Lichtstreifen getreten, der durch die Tür fiel. Er hatte die Hände in die Hüften gestützt und wirkte recht selbstbewusst in Anbetracht der Tatsache, dass die Alte mehr als fünfmal so groß war wie er.

»Musst du jedes Mal Besuch mitbringen, der mir das Dach über dem Kopf wegfrisst? Na, nun kommt schon rein.«

Alica drehte an ihrem Ring und sagte leise: »Groß, größer.« Sie wollte der Hexe nicht länger in Spielzeuggröße gegenüberstehen, auch wenn sie vermutete, dass Größe allein sie wohl nicht vor Knupers Zauberei schützen würde. Dann beeilte sie sich, den Anschluss an Wallerich nicht zu verlieren, der Seite an Seite mit Schnapper todesmutig in das Hexenhaus trat.

An der Tür blieb sie noch einmal kurz stehen. Dort hing ein Schild aus Zuckerguss, das aussah wie die Schilder, die man in ihrer Welt neben Arztpraxen aufhängte. *Séancen, Tränke, schwarze und weiße Magie nach Wunsch. An Halloween und Totensonntag Beschwörungen zum halben Preis*, stand dort in schnörkeliger Schrift und etwas kleiner: *Knupers Liebestränke und Amulette, von führenden Schwarzmagiern empfohlen.*

Alica las die Schrift auf der Tafel ein zweites Mal und runzelte die Stirn. Das passte nun so gar nicht zu der Hexe aus dem Märchen von Hänsel und Gretel. Zu wem hatte Wallerich sie hier nur geschleppt?

Als Alica über die Türschwelle trat, wurde sie vom Duft nach Bratäpfeln und Zimt empfangen. Die Hütte der Hexe war nur spärlich beleuchtet. Von innen erschien das kleine Haus viel größer, als Alica es eingeschätzt hatte. Es gab ein Kaminfeuer, über dem ein großer Kupferkessel hing, in dem es geheimnisvoll vor sich hin blubberte. Auf Regalen entlang der Wände standen Hunderte von Töpfchen und Tiegeln. Alica kam das hier wie die dunkle Version von Großmutters Kräuterkämmerchen vor. In allen Ecken und Winkeln gab es Staub und Spinnweben, und Alica wollte erst gar nicht darüber nachdenken, was die Hexe wohl in all den Töpfchen verwahrte.

»Nun, soll ich kraft meiner Zaubermacht für euch den Schleier der Zukunft zerreißen?« Knuper hatte es sich in einem riesigen Sessel bequem gemacht. Davor stand ein mit blauem Samt bespannter Tisch, auf dem eine Kristallkugel, groß wie ein Medizinball, ruhte. Weißgraue Nebel wirbelten in der Kugel. Alica nahm auf einem der harten Schemel Platz, die um den Tisch herumstanden. Fasziniert beobachtete sie die Kugel und versuchte in den Nebeln etwas zu erkennen. Wallerich ließ das alles ungerührt. Er hatte seinen langen Ledermantel aufgeknöpft, die Fliegerbrille in die Stirn geschoben und war zum Kaminfeuer hinübergegangen. Der Kristallkugel schenkte er nicht die geringste Beachtung.

»Willst du dich nicht auch hinsetzen?«, fragte die Hexe gereizt.

»Ich brauche keine Taschenspielertricks, sondern richtige Magie, Knuper.«

»Dann komm bitte herüber und lass uns anfangen.«

Der Heinzelmann zog die Brauen zusammen, sagte aber nichts. Mit schweren Schritten durchmaß er das Zimmer. Dann klopfte er mit der Faust auf den samtbespannten Tisch. »Ihr könnt herauskommen, Jungs. Hier ist kein einfältiger Tourist zu Besuch!«

Der wirbelnde Nebel in der Kristallkugel wurde ein wenig durchsichtiger. Knuper und Wallerich maßen einander mit eisigen Blicken. Dann klopfte auch die Hexe auf den Tisch. »Gut, es ist Schluss für heute.«

Die Decke wurde zurückgeschlagen und Alica zuckte vor Schreck zurück, als sie sah, was unter dem Tisch hervorkroch. Es waren drei Männlein, ein wenig kleiner als Wallerich. Sie hatten verschrumpelt aussehende, dunkle Gesichter und breite, lippenlose Münder, in denen spitze Zähne funkelten. Grüne Augen, groß wie Murmeln, musterten Alica auf dieselbe Art, wie Mike manchmal in den Kühlschrank starrte, wenn er den ganzen Tag nichts gegessen hatte. Ihre Kleider waren aus erdfarbenem Tuch geschneidert und sie trugen abgewetzte braune Zylinderhüte. Alle drei hielten dicke Zigarren in ihren kleinen Händen.

»Hallo, Süße, hast du heute Abend schon was vor?« Die kleinste der Gestalten grinste Alica frech an. »Du findest mich draußen unter der Dachschräge beim Brennholzstapel.« Er blies ihr einen Rauchkringel entgegen, der wie ein Herz aussah, woraufhin seine Kameraden zu kichern begannen.

»Kobolde«, erklärte Wallerich ruhig. »Große Klappe und nichts dahinter!«

»Plustere dich bloß nicht so auf, du Heinzelmannspießer.« Der Kobold blies noch ein weiteres Rauchherz in Alicas Richtung. »Wir sehen uns, Süße.«

»Was willst du also?« Erstaunlicherweise wirkte die Hexe nicht verärgert, sondern eher amüsiert. Der Rauch in der großen Glaskugel hatte sich inzwischen ganz verzogen, und Alica konnte drei dünne Strohhalme entdecken, die durch Löcher im Tischbrett in die Glaskugel hineinreichten. Zigarrenrauch, so also sehen die Schleier der Zukunft aus, dachte sie und fragte sich, ob man von der Hexe wirklich Hilfe erwarten konnte.

»Ich habe Ärger mit einem Geist«, erklärte Wallerich. »Genau genommen haben meine Assistentin Alica und ich den Ärger. Es geht um einen spukenden Falken, der immer angriffslustiger wird. Ich muss etwas über seine Vergangenheit erfahren, um einen Anhaltspunkt zu bekommen, wie man ihn erlösen könnte. Die Zeit drängt. Es kann jeden Tag ein Unfall passieren.«

Die Hexe grinste gehässig. »Dann geh doch zur Kirche und hol dir einen Exorzisten.«

Wallerich rollte mit den Augen. »Was soll das? Habe ich mich in irgendeiner Weise unhöflich benommen? Du weißt genau, wie das abliefe, wenn ich irgendeinen Pfaffen besuchte. Er könnte mich nicht sehen! Also spräche eine Stimme aus dem Nichts zu ihm. Wenn er sehr fromm wäre, würde er das vielleicht für die Stimme seines Herrn halten, so wie Don Camillo. Viel wahrscheinlicher würde er allerdings laut schreiend das Weite suchen. Und sollte der Priester ein echter Hardliner sein, dann würde er versuchen *mich* zu exorzieren statt des Falken. Nein, Knuper. Ich brauche die Hilfe einer Expertin. Deine Hilfe!«

Die Hexe errötete kurz und schlug die Augen nieder. »Du schmeichelst mir, Wallerich. Was also kann ich für dich tun?«

»Ich bräuchte etwas Ungewöhnliches. Einen Blick in die Vergangenheit. Ich muss herausfinden, warum dieser Falke spukt.«

»Kein Problem. Hast du irgendetwas mitgebracht – eine Feder vielleicht? Oder weißt du, wo und wann genau der Falke gestorben ist? Wenn ein Mensch oder Tier zum Geist wird, hat das meistens mit den Umständen des Todes zu tun.«

Wallerich drehte seine Bartspitze zwischen den Fingern. »Ich weiß nichts über diesen Falken. Rein gar nichts. Außer dass er in der Eifel um das Herrenhaus Greifenstein spukt. Deshalb komme ich auch nicht voran. Ich dachte …«

»Na, du bist mir gut! Was glaubst du, wie viele Falken es dort in den Wäldern gegeben hat. Ich muss schon etwas mehr wissen, wenn ich einen besonderen Falken in der Vergangenheit aufstöbern soll.«

»Du bist doch berühmt für deine Intuition. Du wirst das schon schaffen. Niemandem außer dir würde ich so etwas zutrauen, Knuper.«

»Ich bin nicht anfällig für Schmeicheleien, Wallerich. Versuche es erst gar nicht.« Sie wischte sich eine Haarsträhne, die unter ihrem Kopftuch hervorlugte, aus der Stirn. »Aber du hast völlig recht damit, zu mir gekommen zu sein. Wenn das jemand schafft, dann ich. Du bist dir aber darüber im Klaren, dass dich das einiges kosten wird.«

»Woran hattest du gedacht?« Wallerich versuchte es mit einem charmanten Augenaufschlag, aber die Hexe sah einfach darüber hinweg.

»Also, zunächst einmal benötige ich drei Zentner Weizenmehl, einen Zentner Roggenmehl, drei Fass Honig, einen Zentner Zucker, achthundert Eier und fünf Kilo Hirschhornsalz. Es stehen umfassende Restaurierungsarbeiten an meinem Lebkuchendach an. Des Weiteren brauche ich etwa hundert Heinzelmännerarbeitsstunden, denn als alte Frau kann ich nun wirklich nicht mehr auf dem Dach herumklettern oder die Schwerstarbeit am Ofen leisten.« Knuper rieb sich mit dem Zeigefinger über die Lippen. »Und drei Kilo Soßenbinder muss ich noch haben, um verschiedene Zauber zu binden. Damit funktioniert es besser als mit dem ganzen althergebrachten Kram. Und dann …«

»Halt!« Wallerich war aufgesprungen. »Bist du von allen guten Geistern verlassen? Ein paar Wagenladungen Lebensmittel nur für einen Blick in deine Kristallkugel?«

»Wie du schon ganz richtig bemerktest, Wallerich, bin ich die einzige Hexe, die vielleicht in der Lage ist, diese besondere Aufgabe zu lösen. Einmaligkeit hat ihren Preis. Wenn du es dir aber anders überlegt hast ...«

Der Heinzelmann ging unruhig auf und ab und drehte dabei an seiner Bartspitze. »Das ist zu viel, Knuper. Das kann ich nicht allein entscheiden. Ich brauche die Genehmigung des Ältestenrates.«

»Wie wäre es stattdessen mit einem netten fetten Kind, das ich nicht mehr mästen muss?«, fragte die Hexe und kicherte gehässig.

Alica traute ihren Ohren kaum. Also stimmte es doch, das Märchen von Hänsel und Gretel. Einen winzigen Augenblick lang war sie versucht ihr Paul anzubieten. Ihr Leben würde viel friedlicher werden, wenn dieses runzelige kleine Monster verschwand. Und es wäre ja für eine gute Sache ... Nein! Das konnte sie nicht machen.

Wallerich fand Knupers Frage offensichtlich überhaupt nicht komisch. »Wenn du glaubst, du könntest meiner Assistentin mit solchen Sprüchen Angst einjagen, dann bist du auf dem Holzweg. Ihr ist natürlich klar, dass die Märchen der Gebrüder Grimm zum überwiegenden Teil aus Lügen über uns bestehen. Schließlich sind wir Heinzelmänner ja auch nie aus Köln verschwunden.«

»Ja, ja, zum überwiegenden Teil.« Knuper warf Alica einen eigenartigen Blick zu. »Hast du mir vielleicht ein Angebot zu machen?«

»Ich ... Ich könnte Saxofon spielen für dich. Das kann ich ganz gut.«

Die Hexe winkte ab. »Für so eine Luftnummer habe ich keinen Bedarf.«

»Was hältst du davon, Knuper? Du schmeißt erst einmal deine Glaskugel an und wirfst für uns einen Blick in die Vergangenheit, und wenn alles klappt, dann bekommst du deinen Kram. Wenn wir aber nichts Vernünftiges herausfinden, dann gibt es gar nichts.«

»Einverstanden!«

Alica kam es seltsam vor, wie schnell die Hexe zugestimmt hatte. Sicher wollte Knuper sie beide austricksen.

Die Alte zog aus den Falten ihres Kleides eine kleine Schmuckschatulle hervor. »Sieh dir das gut an, Mädchen! Hier drin verbirgt sich eine echte Kristallkugel. Davon gibt es heutzutage nicht mehr viele!« Mit einem ihrer krummen Fingernägel ließ sie das Schloss aufschnappen. Das Innere der Schatulle war mit kitschig buntem Stoff ausgeschlagen. In einer Kuhle lag etwas, das wie eine große Murmel aussah. Knuper holte die Kugel heraus, spuckte darauf und polierte das Glas mit ihrem Ärmel.

»Das ist eine Kristallkugel?« Alica war einigermaßen überrascht. Sie hätte eine größere Kugel erwartet.

»Natürlich!«, entgegnete Knuper eingeschnappt. »Früher war sie mal größer, aber bei ihrer Erschaffung ist den Zauberern damals ein kleiner Fehler unterlaufen. Jedes Mal wenn man sie benutzt, schrumpft sie ein bisschen. Deshalb habe ich für Touristen auch die andere Kugel. Und jetzt mach dich mal nützlich, Mädchen.« Sie zog etwas aus dem Ärmel, das in zerknittertes Papier eingeschlagen war, und drückte es Alica in die Hand. »Auspacken und kauen!«, kommandierte Knuper.

Mit spitzen Fingern zog Alica das Papier auseinander. Darin lag ein unförmiger rosa Klumpen. Alica betastete das Ding vorsichtig. Es war klebrig.

»Erdbeerkaugummi!«, sagte Knuper. »Los, kaue es weich. Wir brauchen das!«

»Um in die Vergangenheit zu blicken?«

»Um in meine Küche zu blicken, brauche ich es jedenfalls nicht«, entgegnete die Hexe gereizt und klatschte in die Hände. Auf der anderen Seite des Zimmers schnellte die unterste Schublade einer großen Holzkommode auf. Knuper murmelte etwas und malte dabei mit dem ausgestreckten Zeigefinger Kreise in die Luft. Daraufhin schwebten drei große Lupen aus der Schublade und flogen langsam auf sie zu. »Man sieht so verdammt schlecht, was in der Kugel vor sich geht«, erklärte die Hexe, griff in die Luft und drückte Alica eine der Lupen in die Hand. »Wenn du jetzt vielleicht die Güte hättest, mit dem Kaugummi anzufangen.«

Alica sah zu Wallerich. Der nickte nur knapp. »Das ist schon in Ordnung. In Wahrheit ist Knuper nicht einmal halb so schlimm, wie sie sich gerne gibt.«

Zögernd schob sie den rosa Klumpen in den Mund. Er schmeckte tatsächlich nach Erdbeere! Alica hatte sich getäuscht. Es war das leckerste Kaugummi, das sie seit Langem probiert hatte.

»Das reicht!«, sagte Knuper und streckte ihr die Hand hin. »Ausspucken!«

Alica war nicht scharf darauf, zu erfahren, was geschah, wenn Knuper wirklich sauer wurde. Sie spuckte ihr das Kaugummi in die Hand und die Hexe klebte es oben auf die große Glaskugel. Dann drückte sie die kleinere Kristallkugel auf das Kaugummi und grunzte zufrieden. »Also, legen wir los.« In auf und ab schwellendem Singsang rezitierte sie einen Zauberspruch. Alle Lichter in der Hütte verloschen. Sogar das Glühen im Kamin. Dafür erglomm ein winziger Funke im Inneren der Kristallkugel. »Falke von Greifenstein, zeige dich!«

Der Funke im Kristall zerfloss in matt glühende Lichtschlieren. »Zeige dich, Falke von Greifenstein!«

Es lief Alica eiskalt über den Rücken. Die Stimme der Hexe hatte sich verändert. Sie klang, als stünde Knuper in einer großen Höhle mit einem Echo. Und sie war dunkler geworden. »Zeige dich!«

Etwas Goldenes erschien in der Mitte des Kristalls. Es war winzig klein. Alica hob die Lupe vors Auge und beugte sich so weit vor, dass sie fast mit Wallerichs Kopf zusammenstieß.

Es zeigten sich Konturen eines goldenen Vogels. Eines Adlers, der auf einer blauen Stange saß. Darunter flatterte ein Tuch mit goldenen Stickereien. Eine Fahne? Sie war quadratisch, mit einer großen weißen Raute in der Mitte. Zwei Ecken waren rot, zwei blau. In goldenen Buchstaben waren Namen auf die Fahne gestickt. »Aicha« und »Jena« konnte Alica erkennen. Das Tuch verblasste. Einen Moment lang sah man noch den goldenen Adler. Dann verschwand auch er in den Schlieren aus Licht, die sich plötzlich zu einem Gesicht formten. Es war ein Junge mit Zöpfen an den Schläfen. Schwacher erster Flaum zeigte sich über seinen Lippen. Er schien Alica geradewegs anzuschauen. Der Junge hatte dunkle, melancholische Augen. Seine Haut war gebräunt. Das Haar lockig und schwarz.

In der Kugel explodierte grelles Licht. Erschrocken zuckte Alica zurück. Einen Augenblick lang glaubte sie einen weißen Vogelflügel zu sehen. Knuper stieß einen spitzen Schrei aus. Das Licht in der Kristallkugel verlosch.

Alica blinzelte. Die dunklen Augen. Das war Unsinn! Sicher hatten auch Knuper und Wallerich das Gefühl, dass diese Augen nur sie angesehen hatten.

Die Hexe fluchte und tastete über ihre Stirn. Ein dünner Faden Blut lief seitlich an ihrer Nase vorbei. »Das Mistvieh hat mich angegriffen! So etwas habe ich ja noch nie erlebt. Das geht gar nicht! Er kann doch nicht aus der Kugel heraus.« Sie zog ein Tuch aus dem Ärmel und tupfte sich über die Stirn. Dicht über ihrer Nasenwurzel sah man einen kleinen halbmondförmigen Schnitt.

»Das war unser Falke!«, sagte Wallerich entschieden. »Das passt zu ihm. Er greift alles und jeden an. Wirf die Kugel noch mal an, Knuper. Du hast es geschafft. Du hast ihn tatsächlich aufgespürt!«

»Nein!«, zischte sie wütend. »In den Augen eines Heinzelmanns mag ich vielleicht nicht gerade hübsch erscheinen und dennoch ist es mir nicht egal, ob ich einen Schwung Narben in mein Gesicht bekomme. Diesmal war es nur der Schnabel. Beim nächsten Mal erwischt er mich vielleicht mit seinen Krallen.«

»Dann leg doch einen Schutzzauber um die Kugel. So schwer kann das doch nicht sein.«

»Red nicht über Magie, als würdest du etwas davon verstehen.« Knuper nahm die kleine Kristallkugel und verstaute sie wieder in der Schachtel. »Dieser Angriff ... Eigentlich kann das gar nicht passieren. Nichts kann aus der Kugel heraus! Dachte ich ... Gegen etwas, das ich nicht verstehe, kann ich mich nicht schützen.« Sie wandte sich an Alica. »Gibst du mir bitte das Kaugummipapier?« Die Hexe zupfte mit dem Papier das Kaugummi von der großen Kugel und knüllte es dann zusammen. »Du hast ja kaum darauf gekaut. Das kann man noch mal verwenden. Schmeckt gut, nicht wahr?«

Alicas Mund war plötzlich ganz trocken. Ihre Kehle zog sich zusammen. »Hast du das Kaugummi etwa auch schon mal benutzt?«

Die Hexe grinste. »Vielleicht?«

»Jetzt lasst doch mal diese Spielchen«, quengelte Wallerich. »Bitte Knuper, versuch es noch einmal. Wir waren auf der richtigen Spur!«

»Nein! Und damit du aufhörst zu jammern, betrachte unser Geschäft als geplatzt. Das hier war geschenkt. Steck dir deine drei Fass Honig und den Rest sonst wohin. Und wenn du einen guten Rat von einer erfahrenen alten Hexe willst, dann vergiss diesen Falken. Der ist wirklich gefährlich. Er ist so voller Zorn ... Ich konnte das spüren, als er mich berührt hat. Das habe ich bei einem Tier noch nie erlebt. So viel Zorn! Wer weiß, wozu der noch fähig ist.«

»Eben deshalb muss er aus der Welt der Langen verschwinden«, entgegnete Wallerich entschieden. »Ich kann nicht zurück nach Köln, bevor ich den Falken nicht erlöst oder nach Nebenan gebracht habe.«

»Und ich werde dich dabei nicht im Stich lassen«, sagte Alica.

Die Hexe sah sie kopfschüttelnd an. Zum ersten Mal an diesem Abend wirkte sie freundlich. »Ihr dummen, mutigen Dickköpfe. Dieser Falke steckt so voller Kraft, dass er vielleicht sogar körperliche Gestalt annehmen kann. Der Vogel kann euch wirklich gefährlich werden.«

Alica leckte sich nervös über die Lippen. Sie würde jetzt keinen Rückzieher machen und sich auch keine Angst einjagen lassen. »Gibt es einen anderen Weg, etwas über diesen Geisterfalken herauszufinden?«

Knuper zögerte. Schließlich nickte sie. »Man kann ihn beschwören und versuchen ihn zu befragen.«

»Einen Vogel befragen?« Jetzt redete die Alte offensichtlich wieder Unsinn.

»Natürlich. Wenn man die Schwanzspitze einer weißen Schlange isst, dann kann man die Sprachen aller Tiere verstehen. Eine Zeit lang zumindest. Dieser Zauber hat ein recht kurzes Verfallsdatum. Er verliert zum nächsten Vollmond seine Wirkung. Und das ist auch gut so. Es macht nämlich keinen Spaß, sich schon morgens beim Aufstehen Meisentratsch durch das offene Fenster anzuhören. Die machen einen wahnsinnig mit ihrem Gequatsche!«

»Wir könnten ihn also beschwören und dann ausfragen.«

Knuper nickte. »Aber stell dir das nicht zu leicht vor, Mädchen.« Sie tastete nach ihrer Stirn. »Du hast ja gesehen, was er anstellen kann. Und es gibt da noch einen anderen Haken. Manche Geister erinnern sich nicht mehr an die Umstände ihres Todes. Sie wissen gar nicht, warum sie spuken. Ja, einige haben sogar noch nicht einmal mitbekommen, dass sie gestorben sind. Die halten sich immer noch für lebendig und legen sich die verrücktesten Erklärungen zurecht, um damit klarzukommen, dass sich die Welt um sie herum plötzlich so sehr verändert hat. Ich glaube, euer Falke ist so ein Geist.«

»Du meinst, wir können ihn vielleicht gar nicht erlösen?«

»Jedenfalls ist es nicht wie eine Rechenaufgabe«, wandte Wallerich ein. »Es gibt keinen Weg, der sicher zum Erfolg führt. Das war mir von Anfang an klar. Gewiss ist nur, dass sich nichts ändert, wenn wir gar nichts tun.«

»Ich bin trotzdem dabei, Wallerich«, sagte Alica und hoffte, der Heinzelmann hörte ihrer Stimme nicht an, dass sie Angst davor hatte, dem Falken erneut zu begegnen.

»Na, dann will ich euch mal mit dem ganzen Kram ausstatten, den man zu einer Geisterbeschwörung so braucht.« Knuper begann damit, geschäftig in ihrer Hütte umherzulaufen, in Kisten und Kästen, Töpfen und Tiegeln und unter ihrem Bett zu suchen. Schließlich legte sie alles, was sie zusammengetragen hatte, auf den Tisch neben die falsche Kristallkugel. »Dies ist der Schwanz einer weißen Schlange.« Sie deutete auf etwas, das wie ein verschrumpeltes weißes Würstchen aussah. »Am besten isst man ihn in einer Vollmondnacht, dann hat man am meisten davon. Bis zum nächsten Vollmond versteht man dann die Sprache aller Tiere, es sei denn, sie nuscheln.«

Danach hob Knuper eine schwarze Kerze hoch. »Das hier ist etwas ganz Besonderes. Eine Beschwörungskerze. Ich sage euch lieber nicht, woraus sie gemacht ist, aber die Zutaten sind heutzutage ziemlich schwer zu besorgen. Die müsst ihr anzünden und dann den Geist rufen. Am besten bei seinem

Namen. Man weiß nie ganz sicher, was für ein Gespenst erscheint, wenn man keinen Namen nennt ... Manchmal hören Geister auch auf die Namen, die man ihnen nachträglich gegeben hat. Es kann also durchaus genügen, wenn ihr einfach befehlend ruft: ›Geisterfalke, zeige dich!‹« Knuper hatte die letzten Worte mit einer so dunklen und unheimlichen Stimme gesagt, dass es Alica wieder eiskalt den Rücken hinunterlief.

»Und hier haben wir noch die Kreide«, fuhr die Hexe fort. »Damit der Falke euch nichts tut, zeichnet ihr einen Bannkreis auf den Boden und stellt euch hinein. Das kann ein einfacher Kreis sein, ein fünf- oder sechszackiger Stern. Malt einfach, was ihr am besten könnt. Es wirkt auch immer sehr eindrucksvoll, wenn man ein paar fremdartige Schriftzeichen dazumalt. Für den eigentlichen Zauber sind sie aber unerheblich.«

Alica fand, dass die Kreidestücke aussahen wie die Schulkreide, die sie an der Tafel benutzten. Jedenfalls konnte sie nichts Auffälliges daran entdecken, abgesehen von einer Kleinigkeit. »Was bedeuten die Zahlen, die in die Kreidestücke geritzt sind?«

»Das ist das Verfallsdatum, Kleine. Nur die allermächtigsten Zauber halten ewig. Normale Gebrauchszauberei ist irgendwann nicht mehr wirksam. Aber mach dir keine Sorgen, ich habe mir die Kreidestücke alle genau angesehen. Die Zauber halten noch bis zweitausendzehn. Im Übrigen mag es noch ganz hilfreich sein, einen Spiegel zu benutzen. Damit fällt es manchmal leichter, Geister zu rufen; und Gespenster, die zu schwach sind, um in die Welt der Menschen überzutreten, zeigen sich immer als Spiegelbild.«

»Na, mit irgendwelchen Schwächen brauchen wir bei dem Geisterfalken wohl nicht zu rechnen«, knurrte Wallerich und ließ die Ausrüstung in seinem Rucksack verschwinden. »Danke für deine Hilfe, Knuper. Wir müssen dann.« Er winkte Alica und machte sich auf den Weg zur Tür.

»Hast du nicht was vergessen?«, fragte die Hexe.

Der Heinzelmann drehte sich um und verneigte sich, wobei er schwungvoll die Pilotenmütze von seinem Kopf zog. »Verzeih, Verehrteste. Meine Manieren sind in der Welt der Menschen etwas eingerostet.« Er verneigte sich noch einmal. »Der Besuch bei dir war wie jedes Mal ein großes Vergnügen.«

»Und wie jedes Mal vergisst du eine Kleinigkeit.«

Wallerich blickte sie mit großen Augen an.

»Was glaubst du eigentlich, wovon ich lebe?«

»Von dem Geld, das du Touristen aus der Tasche ziehst, und von Kindern, die sich hin und wieder in die Nähe deiner Hütte verirren ...?« Wallerich schaffte es gerade noch, einer Pfanne auszuweichen, die in seine Richtung flog. Knuper schnippte mit den Fingern und ein halbes Dutzend Töpfe erhob sich in die Luft.

Der Heinzelmann warf sich hinter einem Schemel in Deckung und Alica sah zu, dass sie aus der Schusslinie kam. »Ach das!«, rief Wallerich mit öliger Stimme. »Entschuldige, das muss das Alter sein. Das hätte ich fast vergessen. Du kannst nicht ermessen, wie peinlich mir das jetzt ist. Was bekommst du für deine freundliche Hilfe?«

»Peinlich ist dir doch höchstens, erwischt worden zu sein. Schon die Beschwörungskerze ist eigentlich unbezahlbar ... Machen wir es kurz. Hundert Päckchen von dem Soßenbinder, den du letztes Mal angeschleppt hast. Dieses Pülverchen verdoppelt die Haltbarkeit meiner Tränke fast, denn es bindet die Magie viel besser als gesalzene Krötenhaut. Außerdem ist Soßenbinder auch eine echte geschmackliche Verbesserung.«

Der Heinzelmann schien um Luft zu ringen. »Hundert Päckchen!«

»Komm, Wallerich. Das Zeug kriegst du in der Welt der

Menschen auf jedem Marktplatz. Ich kenn mich aus mit der Welt der Langen. Versuch nicht mich hereinzulegen!«

»Du meinst Supermarkt, Knuper. Heute heißt das Supermarkt.«

»Sag ich doch. Supermarktplatz! Also, sind wir handelseinig?« Mit einer lässigen Geste ließ Knuper die Töpfe in Wallerichs Richtung schweben, bis sie etwa einen Meter über dem Heinzelmann in der Luft verharrten.

»Ja, ja. Schon gut! Ich besorg dir den Soßenbinder. Frieden!«

Die Töpfe machten kehrt und verschwanden in einem dunklen Winkel des Zimmers. »Und weil du mich hereinlegen wolltest, bringst du mir auch noch eine große Flasche von dieser durchsichtigen Haarschmiere mit.«

»Gel, Knuper. Das Zeug heißt Haargel.«

»Mir egal. Hauptsache, du weißt, was ich meine.«

»Braucht sie das auch zum Zaubern?«, fragte Alica leise.

Wallerich zuckte mit den Schultern. »Keine Ahnung. Aber ich würde bei Knuper nie etwas essen und auch nur im äußersten Notfall einen ihrer Tränke zu mir nehmen.«

»Das habe ich gehört!«, keifte die Hexe. »Ich bin alt, aber nicht taub. Was wisst ihr Grünschnäbel schon über Magie! Sich einzubilden, man könnte Haarschmiere für irgendeinen Zauber benutzen.« Sie grunzte verächtlich. »Als Möwenpilot solltest du dir eigentlich vorstellen können, was ein Besenritt mit der Frisur einer Dame anstellt. Ich kann doch nicht völlig zerzaust zu meinen Hexenzirkeln erscheinen. Oder schlimmer noch, zur Walpurgisnacht auf dem Brocken. Haarschmiere wirkt da Wunder. Und nun zieht Leine, ihr Banausen.« Die Hexe machte eine kurze Pause, als wollte sie für eine weitere Schimpfkanonade Luft holen, doch dann setzte sie in versöhnlichem Tonfall hinzu. »Viel Glück, ihr zwei. Ihr werdet es brauchen.«

»Wir sollten verschwinden, bevor ihr plötzlich einfällt, dass sie mit dem Geschäft doch nicht zufrieden ist«, raunte Wallerich und trat hinaus in den Schnee. »Du hast ja selbst erlebt, dass die Gute ein wenig sprunghaft ist, und sie könnte ...«

Ein markerschütternder Schrei unterbrach Wallerich. »Nimm deinen missratenen Schnabel aus dem Bratheringsglas, du gefiederte Landplage. Wenn ich dich noch einmal beim Klauen erwische, dann verwandle ich dich in eine Küchenschabe, du diebischer Abschaum.«

Krächzend schoss Schnapper über ihre Köpfen hinweg und landete ein gutes Stück vom Lebkuchenhaus entfernt. Hinter ihnen schlug die Tür so kräftig zu, dass sich vom Dach ein paar falsche Eiszapfen aus Zuckerguss lösten und in den Schnee bohrten.

Aus dem Augenwinkel sah Alica herzförmige Rauchkringel hinter dem Brennholzstapel aufsteigen und beeilte sich zu Schnapper zu kommen. Geister, Hexen und Machokobolde! Was würde ihr wohl als Nächstes begegnen?

Ein fremder Freund

Schweißgebadet erwachte Alica in ihrem Himmelbett. Sie hatte ihren Mantel noch an! War sie denn so müde gewesen? Blinzelnd sah sie sich um. Das erste Morgenrot tauchte ihr Zimmer in warmes Licht. Auf dem Nachttisch lagen eine lederne Pilotenkappe und eine Fliegerbrille. Sie hatte also nicht geträumt.

Schlaftrunken richtete sie sich auf und strich sich das klebrige Haar aus dem Gesicht. Sie würde duschen und sich dann wieder in ihr Bett verkriechen. Das Haus war noch still. Das war ungewohnt. Einen Moment lang hatte sie das Gefühl, vielleicht ganz allein zu sein. Doch dann dachte sie an Walerichs Geschichte über die Baldriantropfen. Wie lange ihre Großeltern wohl schlafen würden?

Sie schwang sich aus dem Bett. Der eisige Holzboden ließ sie fluchend auf den Zehenspitzen balancieren. Wo zum Teufel waren nur ihre Pantoffeln? Fröstelnd zog sie sich aus und hängte ihre Kleider ordentlich über die Stuhllehne. Dann streifte sie das Nachthemd über, das Großmutter ihr überlassen hatte, und schlüpfte in einen alten Bademantel. Er hatte ein buntes Blumenmuster und statt eines Gürtels schloss man ihn mit einem großen Knopf, der aussah, als sei er aus Perlmutt. Wer um alles in der Welt hatte so etwas mal schön gefunden? Trotz seines Alters war er allerdings angenehm flauschig.

Die Pantoffeln blieben verschwunden und so eilte Alica

auf Zehenspitzen die kurze Treppe hinab und den Flur entlang bis zum kleinen Badezimmer. Mit klappernden Zähnen griff sie nach dem Duschhahn und drehte ihn bis zum Anschlag auf. Dann zog sie sich aus und legte sich ein großes Handtuch griffbereit. Aus der Dusche waberte warmer Wasserdampf. Alica regulierte die Temperatur am Wasserhahn und wartete einen Augenblick. Als sie unter den Duschstrahl trat, war das Wasser noch immer so warm, dass sie aufstöhnte. Sie drehte sich so, dass es über ihren Rücken perlte, und stützte sich mit einem wohligen Seufzer an der gekachelten Wand ab. Nichts war besser, als heiß zu duschen und zu träumen. Das Wasser massierte ihre Schultern und vertrieb die Kälte aus ihren Füßen. Wohlige Schauer durchliefen sie. Alica dachte an die letzte Nacht. An die Hexe, die Kobolde und den flammenden Mann im Schnee. Unter einer warmen Dusche, mitten in der Wirklichkeit erschien ihr das alles wie ein Märchen. Ein wunderbares Abenteuer. Und irgendwie kam es ihr auch nicht mehr bedrohlich vor. Die Helden in solchen Abenteuern kamen doch immer mit ein paar blauen Flecken davon. Jedenfalls wenn sie Kinder waren ... Was wohl der goldene Adler in der Glaskugel zu bedeuten hatte? Ob sie Großvater fragen sollte? Der Gedanke, ihn um Hilfe zu bitten, missfiel ihr. Er würde sich dann einbilden, dass sie in seiner Schuld stand. Vielleicht fand Wallerich ja heraus, was es mit dem Goldadler auf sich hatte. Das war sein Job! Sie war ja schließlich nur seine Assistentin.

Alica stellte das Wasser noch ein wenig heißer und seufzte behaglich. Mit etwas Glück war das Frühstück schon fertig, wenn sie gleich aus der Dusche stieg. Mit einer warmen Tasse Kakao in den Bademantel gekuschelt am Kachelofen zu sitzen – das war das Höchste! Selbst Großvater würde sie dann aushalten.

Leise summend massierte sie sich ihr Pfirsichshampoo in die Haare und rieb sich dann mit der sündhaft teuren Seife ein, die sie von Mutters Duschsachen stibitzt hatte. Mutter! Schlagartig war ihre gute Laune verflogen. Sie starrte auf das blassorange gemaserte Seifenstück mit seinem halb aufgelösten Schriftzug. Würde Mutter je wieder solche Seife benutzen? Alica schluckte, doch der Kloß in ihrem Hals saß fest. Das war ihr dritter Tag bei den Großeltern und sie hatte nicht eine Sekunde daran gedacht, Mutter anzurufen. Alica fühlte sich elend. Sie war eine Verräterin! Und gestern bei Knuper. Wer traf schon einmal in seinem Leben eine richtige Hexe? Sie hätte Knuper bitten sollen, einen Blick in die Zukunft zu werfen. Die Hexe hätte ihr sicher sagen können, wann Mutter aus dem Krankenhaus kam oder ... Alica drückte sich die Arme fest an den Leib und kauerte sich nieder. Plötzlich war ihr kalt. Und nach Vater! Sie hätte auch nach Vater fragen können ... Nein! Fragen müssen! Was war nur mit ihr los?

Die Großeltern hätten ihr bestimmt gesagt, wenn mit Mutter etwas passiert wäre. Hätten sie? Alica dachte daran, wie sie im Bett erwacht war und mit geschlossenen Augen das Gespräch von Maria und Carl belauscht hatte. Großvater hatte ihrer Mutter und Mike auch nicht gesagt, dass sie von der Treppe gestürzt war. Er behielt die schlechten Nachrichten für sich. Alica begann zu zittern. Das Wasser wärmte sie nicht länger. Hatte er vielleicht auch eine Nachricht für sie verschwiegen?

Plötzlich schoss eiskaltes Wasser aus dem Duschkopf. Es traf sie wie ein Schlag mit einem Knüppel. Mit einem Satz war sie aus der Dusche und wickelte sich in das Handtuch.

Auch der Kachelboden war eiskalt. Fluchend tanzte sie von einem Fuß auf den anderen und dann sah sie es. Der unheimliche Spiegel! Er war ganz von Eisblumen überzogen. Nein, nicht ganz ... In schnörkeliger Schrift hatte jemand ihren Namen auf das befrorene Glas geschrieben.

»Endlich se'en wir uns wieder, Alica«, sagte eine leise Stimme mit seltsamem Akzent. »So lange 'abe ich auf dich gewartet.«

Alica stand wie versteinert vor dem Spiegel. Die Stimme klang freundlich und doch wagte sie nicht, sich umzudrehen. Durch die Eisblumen konnte sie im Spiegel nichts mehr erkennen. Alicas Zähne klapperten und sie fürchtete, ihre Knie würden jeden Moment nachgeben. Sie zog das Handtuch fester um sich, doch es vermochte nicht, sie zu wärmen. Im Gegenteil. Die Kälte hatte es ganz steif werden lassen.

»Du bist noch schöner als bei unserem letzten Treffen, meine ge'eimnisvolle Braut. Mein weißes Mädchen aus dem Wald. Meine Märchenfee.« Die Stimme klang jetzt noch näher. Wer immer da sprach, stand unmittelbar hinter ihr.

Sie sollte schreien, dachte sie. Die Großeltern würden sie bestimmt hören. Aber sie brachte keinen Laut heraus.

Jetzt war er neben ihr. Sie konnte ihn sehen. Ein junger Mann, der wie aus Wasserdampf geformt schien. Oder doch noch ein Junge? Es war schwer zu sagen. Sein Antlitz wirkte erwachsen und kindlich zugleich. Außerdem war seine Gestalt unstet und verschwommen. Dennoch erkannte Alica dieses Gesicht sofort wieder. Vor allem die Augen! Selbst wenn sie jetzt nicht ihre natürliche Farbe hatten. Es war dasselbe Antlitz, das sie gestern Nacht in der Kristallkugel gesehen hatte. Der junge Mann war etwa einen halben Kopf größer als sie und merkwürdig angezogen. Solche Kostüme hatte Alica schon bei Karnevalsumzügen gesehen. Ein Hemd oder etwas Ähnliches voller Schnüre und eine kurze Jacke, die er lässig über der Schulter trug. Von seinem Gürtel hing ein prächtiger Säbel. Und seltsamerweise hatte er zwei Zöpfe, die ihm seitlich über die Wangen bis fast zum Kinn reichten, und einen dritten kurzen Zopf im Nacken. Nie zuvor hatte Alica einen Mann mit einem solchen Haarschnitt gesehen.

»Gefalle ich dir noch, meine Liebste? Wie du 'örst, 'abe ich sogar deine Sprache gelernt.« Er schenkte ihr ein warmes, freundliches Lächeln. Was hätte sie dafür gegeben, so von einem jungen Mann aus Fleisch und Blut angelächelt zu werden. Er war hübsch. Seine Züge waren ebenmäßig, die Nase vielleicht ein bisschen zu lang. Seine Augen blickten so melancholisch oder ... Nein. Nicht melancholisch. Verliebt!

»Freust du dich gar nicht, mich wiederzuse'en, Alica?«

Jetzt erkannte sie den Akzent. Er klang französisch. Was sollte sie ihm nur antworten? Sie war ihm nie zuvor begegnet. Trieb der Geist am Ende nur ein böses Spiel mit ihr? Nein. Diese Augen ... Er meinte es ernst. Aber sie war ihm ganz gewiss noch nie begegnet! So einen Jungen hätte sie nicht vergessen! Einen wie ihn gab es auf ihrer ganzen Schule nicht! Er hatte etwas Verwegenes an sich. Etwas Draufgängerisches, ohne dabei wie ein blöder Macho zu wirken.

»Du bist schön«, stammelte Alica, die endlich ihre Stimme wiedergefunden hatte. Und sofort verwünschte sie sich dafür. So etwas sagte man einem Jungen nicht. Nicht bei dem ersten Date. Was dachte sie denn? Das war doch kein Date! Man hatte keine Dates mit Geistern.

Sein Lächeln wurde noch breiter. »Es ist wunderbar, endlich deine Worte zu verste'en, ohne ständig jemanden nach einer Übersetzung fragen zu müssen.« Er hob die Hand und strich ihr sanft über die Wange. Es war, als berühre sie ein Eiszapfen. Alica zuckte zurück. Der Junge sah sie verwundert an. Seine Augen wirkten nun unendlich traurig. Plötzlich verschwamm seine Gestalt – und zurück blieb nur Wasserdampf.

»Wo bist du?«

Nur das Rauschen der Dusche war noch zu hören. Hinter

den Vorhängen quoll warmer Dampf hervor. Die Eisblumen auf dem Spiegel lösten sich in Tränen auf, die Alicas Namen forttrugen.

Intrigen und Preiselbeerpfannkuchen

Alica starrte nachdenklich in ihren Kakao. Gerade eben hatte sie mit ihrer Mutter in der Klinik telefoniert. Es ging ihr ganz gut, hatte sie behauptet. Alica wäre beruhigter gewesen, wenn Barbara nicht immer sagen würde, dass es ihr gut gehe. Aber was sollte sie machen? Sie konnte nicht einfach nach Krefeld fahren und nachsehen. Mutters Stimme jedenfalls hatte sich nicht gut angehört. Kraftlos war sie und rau. Und herzlich. Wäre Mutter nur eine bessere Lügnerin!

In der Zeit, während sie sprach, war Großvater mindestens fünf Mal unter irgendeinem Vorwand durch den Flur gelaufen. Und Alica hatte wirklich nicht lange telefoniert. Wahrscheinlich hatte Carl Sorge, dass sie von ihrem Treppensturz erzählte. Aber in diesem einzigen Punkt gab sie Großvater ausnahmsweise einmal recht. Warum sollte man Mutter aufregen? Sie hatte andere Probleme.

»Was magst du essen?« Alica schreckte aus ihren Gedanken auf. Großmutter lächelte freundlich, aber Alica hatte den Eindruck, dass sie gerade nicht zum ersten Mal nach ihren Essenswünschen gefragt worden war.

Sie zuckte lustlos mit den Schultern. »Egal.«

»*Egal* gibt es hier nicht«, knurrte Großvater.

»Dann eben noch einmal Omelett nach Art des Hauses.«

Großmutter sah sie bestürzt an. »Dasselbe wie gestern? Das ist doch nicht dein Ernst. Du kannst doch nicht zweimal dasselbe hintereinander essen. Das ist doch todlangweilig!«

Alica blickte sie verwundert an. In den letzten Wochen mit Mike hatte es zum Frühstück wahlweise Müsli und Müsli und an besonderen Feiertagen Müsli gegeben. An zwei Tagen hintereinander ein leckeres Omelett zu essen war im Vergleich dazu noch eine echte Abwechslung. »Was gibt es denn zur Auswahl?«

»Wie wäre es mit Pfannkuchen mit Preiselbeeren und einem Hauch Puderzucker darüber oder …«

»Nehm ich!«

Großmutter runzelte die Stirn. »Das war gerade mal der Anfang, du könntest noch …«

»Pfannkuchen mit Preiselbeeren habe ich schon ewig nicht mehr gegessen. Das wäre toll. Ich weiß gar nicht, wann ich die zuletzt bekommen habe.« Das war eine glatte Lüge. Alica erinnerte sich genau. Es war an einem Sonntag gewesen, nach einem großen Auftritt von Mike. Mutter hatte klasse Pfannkuchen gemacht. Alica schluckte. Nicht daran denken. »Pfannkuchen sind toll.« Da war er wieder, dieser verfluchte Kloß im Hals. Hoffentlich war die Debatte um das Frühstück jetzt beendet!

Maria sah Carl an. Hatte sie etwas gemerkt?

»Also ich kann mit Pfannkuchen leben«, sagte Großvater lächelnd. »Sehr gut sogar.«

Jetzt erst fiel Alica auf, dass er gar nicht Zeitung las. Etwas stimmte hier nicht.

»Nun gut. Dann also Pfannkuchen.« Maria ging zum Herd und machte sich daran, den Teig vorzubereiten.

»Du hast ihr nichts gesagt.« Großvater sah sie unverwandt an.

»Von dem Sturz? Das muss Mutter jetzt nicht wissen.«

Carl nickte. »In der Tat nicht.« Dann lächelte er. »Ich hätte darauf gewettet, du erzählst es ihr. Auch dass ich dich am Bahnhof verpasst habe.«

»Um dich anzuschwärzen?«

Wieder nickte Großvater.

»Das kann ich auch später noch, wenn es Mutter wieder besser geht.«

Einen Moment lang sah Großvater sie mit offenem Mund an. Dann wurde er langsam rot. Vielleicht eine Sekunde bevor er explodierte, ging Großmutter dazwischen. »Genug, ihr beiden Streithähne. Ich muss heute den ganzen Tag weg und ich will nicht erleben, wie ihr euch schon beim Frühstück gegenseitig an die Gurgel geht. Alica hat dir bewiesen, dass sie sich erwachsener verhält, als du es ihr zugetraut hättest. Jetzt versuche du dich zur Abwechslung auch mal wie ein Erwachsener aufzuführen!«

Alica hätte Großmutter für diese Worte umarmen können.

Carl grummelte etwas vor sich hin, griff kurz nach seiner Zeitung, legte sie dann aber wieder zurück und starrte sie an. Wusste er etwas? Hatte er auf irgendeine Weise mitbekommen, was geschah? Alica war sich ganz sicher, dass er von dem Falkengeist wusste. Vielleicht könnte er ihr sogar helfen. Sie setzte ihr strahlendstes Lächeln auf. Mike hatte dem nie widerstehen können. »Natürlich werde ich Mutter nichts von dem Unfall und der Panne mit dem Bahnhof erzählen. Bestimmte Dinge gehen sie nichts an.«

Großvater wirkte eher noch misstrauischer. Eigentlich hätte sie sich denken können, dass er nicht so leicht zu handhaben war wie Mike. Sie sollte besser erst gar nicht direkt nach dem Falken und dem goldenen Adler fragen. Sie musste einen besseren Weg finden.

»Du interessierst dich doch sehr für Geschichte?«

Er rollte mit den Augen.

Großmutter antwortete für ihn. »Ja. Oben hat er ein ganzes Zimmer voller Plunder stehen.«

»Das ist kein Plunder!«, entgegnete Carl eisig.

»Na, dann nennen wir es halt Staubfänger. Jedenfalls erfüllt es keinen wirklichen Sinn, dieses Zeug.« Maria ließ einen riesigen Pfannkuchen auf Alicas Teller plumpsen und streute noch ein wenig Puderzucker darüber.

»Kann ich die Sachen mal sehen?«, fragte Alica unschuldig.

»Das wird dich nicht interessieren.«

»Also wirklich, Carl! Freu dich doch, dass es wenigstens einen Menschen auf der Welt gibt, der sich all das Zeug, das du dort hortest, einmal ansehen möchte. Ich finde, du solltest für Alica eine kleine Führung veranstalten.« Die letzten Worte sagte Maria in einem Tonfall, der keinen Widerspruch duldete.

Die Dunkle Königin

»Das hier ist eine rotfigurige Schale, die stilistisch alle Merkmale des vierten vorchristlichen Jahrhunderts aufweist und vermutlich von einem Künstler aus einer attischen Schule geschaffen wurde.«

Alica hatte Mühe, ein Gähnen zu unterdrücken. Sie waren schon über eine Stunde in der »Rumpelkammer«, wie Großmutter Carls Sammlung nannte. Und Großvater schwafelte die ganze Zeit langweiligen Kram. Dabei wusste Alica genau, dass er spannend erzählen konnte, wenn er es nur wollte. Hinter diesem einschläfernden Gerede stand eine Absicht. Er wollte sie loswerden und erreichen, dass sie sich nie wieder für dieses Zimmer interessierte. Ihr Ärger belebte Alica wieder. So leicht würde sie sich nicht geschlagen geben. Im Übrigen hatte sie lange genug zugehört, um nun mit ihren Fragen zu beginnen.

»In der Schale sehen wir ein Bild des Minotaurus, jenes Ungeheuers, das vom Helden Theseus erschlagen wurde, als er im Labyrinth des Minos nach seiner geliebten Ariadne suchte. Soll ich dir die Geschichte erzählen? Klassische Bildung erwartet man ja wohl besser nicht von Vierzehnjährigen heutzutage, oder?«

»Das ist doch die Story von dem Mädchen, das diesen roten Faden durch das Labyrinth gelegt hat, damit ihr Freund sie finden konnte. Kenn ich, Carl.« Großvater hob kurz die Augenbrauen. Dann deutete er auf eine Vase direkt neben der Schale. »Dieses wunderbare Stück ist mutmaßlich hundert Jahre später entstanden. Es stammt aus einer Sammlung des …«

»Carl, was ist das eigentlich für eine Statue?« Alica deutete auf das weiße Standbild, vor dem sie sich in der Nacht ihrer Ankunft so sehr erschreckt hatte. Sie war darauf gefasst, dass Großvater sie auf seine brummige Art abwimmeln würde, doch er reagierte überraschend. Er drehte sich um und sah lange die weiße Frau an.

»Das ist etwas ganz Besonderes. Auf den ersten Blick ist das hier eine Statue aus der Zeit um neunzehnhundert. Sie schmückte ein Grab auf dem katholischen Friedhof in Steinstraß. Das ist … Nein, das *war* ein kleines Dorf im Braunkohlegebiet am Rand der Eifel. Man hat es völlig vernichtet und dort ein riesiges Loch gegraben, um die Kohle aus der Erde zu holen. Viele Dörfer sind auf diese Weise verschwunden. Sogar Burgen und Klöster. Die machen einfach alles platt. Manchmal, wenn so ein Dorf abgerissen wird und sich für bestimmte Dinge kein eindeutiger Besitzer mehr feststellen lässt, versteigert man sie. Häufiger noch werden sie allerdings geklaut. Wenn die Bewohner ihre Dörfer langsam verlassen und sie zu Geisterstädten werden, dann kommen Plünderer, die alles mitnehmen, was nicht niet- und nagelfest ist.« Großvater hatte sich in Rage geredet und Alica musste abwarten, bis er kurz Luft holte.

»Und die Toten? Ich meine … Wenn sie die Friedhöfe wegmachen, was passiert dann mit den Toten? Werden die auch verkauft?«

»Das ist ein düsteres Kapitel, Alica. Sie verlegen die Friedhöfe. Sie entstehen an anderer Stelle neu. Man bemüht sich das alles ordnungsgemäß zu machen. Aber ich habe erlebt, wie ein alter Mann verrückt geworden ist, weil man das Grab seiner Frau geöffnet und sie auf einem anderen Friedhof ein paar Kilometer weiter neu bestattet hat. Es wurden mehr als hundert Tote gleichzeitig exhumiert und er konnte einfach nicht glauben, dass tatsächlich seine Frau wieder unter dem Grabstein lag. Auch vermisste er die Parkbank, auf der er drei Jahrzehnte lang jeden Tag unter einer Eiche gesessen hatte. Er ist nicht damit fertig geworden, dass auf dem neuen Friedhof alles ganz anders aussah. Und er hatte Angst, dass es so wie mit dem Friedhof auch mit dem Grab war. Der Alte ist auffällig geworden, weil er versuchte das Grab zu öffnen, um nachzusehen, ob wirklich seine Frau darin liegt. Als man ihn zum dritten Mal dabei erwischt hat, wie er das Grab aufwühlte, ist er in die Nervenheilanstalt nach Düren gekommen.«

Alica starrte ihren Großvater mit weiten Augen an. »Und das darf man so einfach, ganze Friedhöfe verschwinden lassen?«

Carl nickte. »Ja, das darf man. Man sagt dann, es wäre im Interesse des Bundeslandes. Und wenn es um das Interesse von Ländern geht, müssen die Interessen von einzelnen Menschen zurückstehen. So ist die Welt, in der wir leben.«

Eine Zeit lang schwiegen beide. Alica stellte sich vor, wie es wäre, wenn es dort, wo sie zu Hause war, nur noch ein Loch gäbe. Die Straße verschwunden, an der sie gewohnt hatte. Die Schule, einfach alles weg. Jedes Haus, jeder Baum, alles.

»Aber du wolltest etwas über die Statue wissen«, durchbrach Großvaters Stimme die Stille. »Wie gesagt, sie stand auf einem Friedhof, und da diese Familie lange erloschen war und es niemanden mehr gab, der Anspruch auf das Grab und die Statue erhob, ist sie versteigert worden. So habe ich sie bekommen. Ich kannte sie schon viele Jahre und sie hat mich immer begeistert. Sie ist einfach schön und ich glaube, sie umgibt ein Geheimnis.« Jetzt lächelte Großvater verschwörerisch und winkte Alica, mit ihm näher an das schneeweiße Standbild zu treten. »Siehst du ihren Gürtel? Er setzt sich aus verschiedenen Platten zusammen. Sieh sie dir genau an. Was erkennst du?«

In jede der Platten war ein seltsames Tier geritzt. Es hatte den Kopf und die Vorderbeine einer Ziege, aber auch einen Fischschwanz. »Was ist das für ein Tier?«

»Der Ziegenfisch. Eine Figur aus der Welt des alten Babylon. Er ist ein Symbol des Schöpfergottes Ea. Man verbindet den Ziegenfisch mit Wasser, aber auch mit der Unterwelt, dem, was sich in der Tiefe verbirgt; so wie sich das Wasser in der Tiefe verbirgt, bevor es aus der Quelle ans Tageslicht tritt. Der Künstler wollte uns damit einen Hinweis geben. Ich glaube, dieses Standbild zeigt nicht irgendeine trauernde Frau. Es ist eine Statue der Arduinna Silva, einer alten Göttin aus dieser Gegend. Vielleicht kannte der Künstler sogar ein anderes Bildnis von ihr, das inzwischen verloren gegangen ist. Auch darauf könnte der Gürtel hinweisen. Solche Gürtel trug man im Orient zu Zeiten der Römer. Und viele Kulte aus dem Orient wurden durch die Römer bis hierher in die Eifel und ins Rheinland gebracht. Aber natürlich kann man das nicht beweisen. Das sind die verrückten Ideen deines Großvaters.«

»Was für eine Göttin war denn das, diese Ardu… Ardudingsda?«

»Arduinna Silva. Sie ist eine Göttin des Waldes. Vermutlich hatte sie eigentlich einen anderen Namen. Sie wurde von den Kelten verehrt. Als Caesar, der römische Feldherr und Tyrann, hier in diese Gegend kam, nannte er das Land Arduenna Silva. Das bedeutet *der steile Wald*. Der Name lebt noch heute in der Bezeichnung Ardennen weiter. Da die Römer es sich gerne einfach gemacht haben, ersetzten sie einen Buchstaben durch einen anderen und so hatten sie den Namen der Göttin. Arduinna Silva. Eine Göttin der dunklen Wälder und der Jagd. Geheimnisvoll und unbarmherzig. Und weil die Römer Verallgemeinerungen liebten, haben sie erklärt, sie sei so ähnlich wie Diana, ihre Göttin der Jagd. Als sich dann das Christentum ausbreitete, wurden alle alten Götter abgeschafft. Doch das Volk hat sie nicht ganz so schnell vergessen, wie sich das die neuen Priester wünschten. Lange wurden sie noch an verborgenen Orten verehrt. Mit den Jahrhunderten änderten sich die Geschichten. Aus der Jagdgöttin Arduinna Silva wurde die Dunkle Königin. Anfangs meinte man damit vielleicht noch, dass sie sich im Dunkel der Wälder verbarg, doch zuletzt ist sie in den Sagen in dieser Gegend eine Herrscherin unter der Erde. Vor allem die Bergleute hatten große Angst vor ihr. Sie glaubten, sie bestahlen die Dunkle Königin, wenn sie die Erze aus dem Stein brachen. Es heißt, wer sie erblickt, der ist des Todes.«

Alica runzelte die Stirn. »Das ist aber unlogisch. Wenn man sie erblickt und dann sterben muss, dann kann man doch gar nicht mehr davon erzählen, dass man sie getroffen hat.«

»Vielleicht haben sterbende Bergleute manchmal ihren Namen geflüstert. Jedenfalls hat man nicht offen über die Dunkle Königin gesprochen, weil man glaubte, dass man damit Unglück herbeiruft.« Auch Großvater hatte seine Stimme jetzt zu einem Flüstern gesenkt.

Alica durchschaute den Trick und trotzdem gruselte sie sich ein wenig.

»In Bergwerken kommt es häufig zu Unfällen. Und manche dieser Unfälle müssen unseren Vorfahren sehr geheimnisvoll erschienen sein. In der Gegend von Alsdorf hat man zum Beispiel nach Steinkohle gegraben. Dabei kann Grubengas in die Stollen treten. Man sieht und riecht es nicht. Es erstickt einen. Bevor die Menschen wussten, was da geschah, muss es sehr unheimlich für sie gewesen sein, wenn in einem Stollen plötzlich lauter Tote gefunden wurden, es aber kein Anzeichen für einen Steinschlag oder irgendeine Verletzung gab. Auch ist eine häufige Gefahr in Bergwerken, dass Wasseradern in die Stollen einbrechen. Wasser, Verborgenes, der Ziegenfisch als Symbol dafür. Wieder sind wir bei der Dunklen Königin, bei Arduinna Silva. So entstehen Geschichten. Und ich spüre solchen Geschichten gerne nach.«

»Kennst du viele Geschichten wie diese?«

Großvater machte eine wegwerfende Bewegung. »Ein paar.«

Alica war sicher, dass er untertrieb. Das war seine spezielle Art, anzugeben. Er hatte gute Laune. Jetzt war die Gelegenheit, ihn zu fragen. »Weißt du, ob es hier mal einen goldenen Adler gab? Einen Adler auf einer Stange.«

Carl sah sie aufmerksam an. »Wie kommst du darauf?«

»Ich ... Ich hab da so ein Bild gesehen, ich ... Ich erinnere mich nicht mehr genau. Es war von einem Adler auf einer Stange. Und es sah so ähnlich aus wie hier in den Bergen.« Das war's dann wohl. Was war sie nur für ein Trottel! Sie hätte sich denken können, dass Großvater danach fragen würde, warum sie das wissen wollte. Wieso hatte sie sich keine Geschichte dazu ausgedacht?

»Ein Adler auf einer Stange?« Carl kratzte mit den Fingernägeln über die Bartstoppeln an seinem Kinn. »Das ist ein Feldzeichen. Römer oder Franzosen würde ich sagen. Erinnerst du dich an mehr Details?«

Alica konnte ihr Glück gar nicht fassen. Keine Fragen! Hatte er tatsächlich angebissen? »Es gab darunter ein Tuch mit Goldstickerei. Es zeigte eine große weiße Raute. Neben der Raute gab es zwei rote und zwei blaue Ecken. Und dann war mit goldenem Faden etwas darauf gestickt. Namen glaube ich. Aicha und Jena.«

»Du hast aber ziemlich genau hingeschaut. Diese Fahne mit der Raute ... Hmmm ... Ich glaube, das ist eine Variante der französischen Fahne zur Zeit Napoleons. Wir sehen uns das mal genauer an. Dazu müssen wir in die Bibliothek.« Ohne sich umzusehen, ob sie ihm überhaupt folgte, ging Großvater auf den Flur hinaus und stieg die Treppe hinab. Die Bibliothek lag im Erdgeschoss und galt als sein Heiligtum. Alica hatte sie noch nie betreten. Mit klopfendem Herzen folgte sie Carl.

Als sie ihr Ziel erreichten, war Alica überrascht. Die Bibliothek erschien ihr riesengroß. Großvater lagerte hier Tausende von Büchern. Ein Mensch konnte doch unmöglich so viel gelesen haben. Sie trat in einen großen, dunklen Raum. Die Fensterläden waren geschlossen, dafür brannten zwei starke Tischlampen. Auch an einigen der Regale waren kleine Lampen angebracht. Alle vier Wände waren mit Büchern bedeckt. Es gab zwei große Schreibtische, deren Arbeitsplatten unter Büchern ertranken, ein altmodisches Stehpult und einen großen Ohrensessel, neben dem sich zwei bedenklich schiefe Bücherstapel erhoben. Das Zimmer roch nach kaltem Pfeifenrauch und Staub.

Ganz in Gedanken versunken ging Großvater an einem der Regale entlang. Schließlich schnippte er mit den Fingern, streckte sich und holte ein Buch mit einem leicht zerfledderten Schutzumschlag von einem der oberen Bretter. Er ging zum Schreibtisch und begann darin zu blättern. Die Hälfte der Seiten war mit Farbtafeln bedeckt, die Uniformen, Waffen und Fahnen zeigten. Schließlich stieß er ein zufriedenes Grunzen aus. Sein Kopf zuckte hoch und er sah sich nach Alica um. »Hier haben wir es.« Er deutete in das aufgeklappte Buch. »Sah deine Fahne so aus?«

Alica betrachtete das Bild und erkannte es auf den ersten Blick wieder. Sie nickte eifrig. »So hat sie ausgesehen.«

»Napoleon hat goldene Adler als Feldzeichen für seine Armee eingeführt, nachdem er sich achtzehnhundertvier zum Kaiser gekrönt hat«, erklärte Carl. »Auf die Fahnentücher waren in goldenen Buchstaben die Namen siegreicher Schlachten gestickt, in denen das Regiment mitgekämpft hatte.«

»Wie sahen denn die Soldaten Napoleons aus? Hatten sie enge Hemden voller Schnüre an, ein bisschen so wie die Karnevalsvereine?«

Carl brach in schallendes Gelächter aus. »Wie Karnevalsvereine? Das ist gut!«

»Das war nicht witzig gemeint«, sagte Alica gekränkt. »Ich habe nur versucht dir die Hemden zu beschreiben. Außerdem war da noch so eine komische Jacke, die über seiner Schulter hing.«

Großvater beruhigte sich. »Du musst wissen, Militär und Karnevalsvereine zu vergleichen ist schon ein sehr guter Witz. Im organisierten Frohsinn ahmen sie tatsächlich alte Uniformen nach. Und sie verstehen auch etwa genauso viel Spaß wie das Militär.« Er nahm das Buch mit den Fahnenbildern und blätterte ein paar Seiten weiter. Dann deutete Carl auf die Zeichnung eines Reiters. »Sah dein Fahnenträger so aus?«

Alica nickte. Der Mann auf dem Bild war zwar älter und hatte einen Schnauzbart, aber ansonsten glich er dem Geist aus dem Badezimmer buchstäblich bis aufs Haar. Er hatte sogar diese merkwürdigen Zöpfe.

»Das ist ein Husar«, erklärte Großvater. »Husaren sind Reiter auf wendigen, kleinen Pferden, die man tief ins Feindesland geschickt hat, um die gegnerischen Armeen auszuspähen oder um zu plündern. Verrückte Draufgänger waren das und sie waren auch noch stolz darauf. Es gibt da eine Geschichte, wie ein Trupp österreichische Husaren an allen Feinden vorbei bis nach Berlin geritten ist und die Stadt für ein paar Stunden besetzt hat. Ihr Anführer hat seine Pfeife auf dem Thron des Preußenkönigs ausgeklopft und sie haben eine Manufaktur geplündert, in der man besonders schöne Handschuhe herstellte. Aber wie gesagt, nach ein paar Stunden mussten sie wieder verschwinden. Es ging vor allem darum, den Preußenkönig zu beleidigen. Als sie dann zu ihrer Kaiserin Maria Theresia zurückkehrten, um von ihren Heldentaten zu berichten, stellte sich heraus, dass sie in der Eile nur linke Handschuhe eingesteckt hatten.«

»Das ist ja wie Schulstreiche spielen«, sagte Alica leise.

»Nur dass es bei diesen Streichen Tote gibt«, entgegnete Großvater ernst. »Ich finde nicht, dass man das miteinander vergleichen kann. Obwohl es sogar das Wort *Husarenstreich* gibt, wenn man von einer besonders tollkühnen Unternehmung spricht. Ich halte allerdings überhaupt nichts davon, wenn man Krieg zu einem großen Abenteuer verklärt. Er ist nichts als eine Riesendummheit, für die Tausende ihr Leben lassen müssen. Aber reden wir über etwas anderes. Wo hast du diese Fahne gesehen und den Husaren? Und jetzt sag nicht wieder, auf irgendeinem Bild!«

Alica leckte sich über die Lippen. Konnte sie ihm die Wahrheit sagen? Sie dachte daran, wie er den Falken zur Taube geredet hatte. Auf der anderen Seite war er den ganzen Mittag über wirklich nett gewesen. Vielleicht wusste er ja sogar etwas über den Husarenjungen. Immerhin war das hier sein Haus, in dem der Husar spukte. Vielleicht hatte er ihn auch schon einmal gesehen. Die ganze Geschichte konnte sie Großvater aber unmöglich erzählen. Den Flug auf der Möwe und all das. Das würde er niemals glauben.

»Also, ich war bei einer Hexe und die hat mich in ihre Kristallkugel blicken lassen. Da habe ich den goldenen Adler und die Fahne gesehen. Und einen Jungen in einer Husarenuniform. Und der hatte wunderschöne, traurige Augen und ...«

Sie sah, wie sich Großvaters Gesicht verschloss. Seine Lippen wurden schmaler. Er seufzte. »Natürlich, Alica. Eine Hexe mit Kristallkugel. Magst du nicht etwas hinausgehen, spielen? Ich muss noch arbeiten. Vielleicht können wir ja nachher zusammen einen Schneemann bauen.« Er bemühte sich sehr um ein freundliches Lächeln, aber es missglückte ihm gründlich.

Alica tastete kurz nach dem Zauberring an ihrem Finger. Sie könnte es ihm beweisen! Aber er war es nicht wert! Vermutlich würde er auch dafür noch eine plausible Erklärung finden, wenn sie vor seinen Augen auf Wallerichs Größe schrumpfte. Wortlos wandte sie sich ab und verließ die Bibliothek.

Falsche Spinnweben und ein harter Schädel

Alica stellte den Saxofonkoffer neben einer Kiste mit rostigen Schraubenschlüsseln ab und ließ die Verschlüsse aufschnappen. Das Instrument fühlte sich immer noch angenehm warm an. Sie hatte es zwei Stunden neben den Kachelofen in der Küche gestellt.

»Na, ich bin ja mal gespannt auf das Ständchen, das du mir bringen willst.« Wallerich blickte von dem breiten Eichenbalken hoch über ihrem Kopf herab und lächelte dabei. »Meinem Charme konnte noch niemand lange widerstehen.«

Alica zog den großen Wollpfropf aus dem Saxofon und legte ihn in den Instrumentenkoffer. Dieses wuschelige Monstrum war notwendig, um nach dem Spielen die Feuchtigkeit aus dem Instrument zu ziehen, denn sonst bildete sich Schimmel. Sie seufzte tief und blickte zum Dachgebälk empor. Das Letzte, worauf sie jetzt Lust hatte, war ein flirtender Heinzelmann. Sie wusste, er meinte es nett, deshalb riss sie sich zusammen. Aber am liebsten hätte sie es gesehen, wenn er für ein paar Stunden verschwunden wäre. An Tagen wie diesem wünschte sie sich allein auf der Welt zu sein. Zu Hause fuhr sie dann mit dem Rad raus auf die Felder vor der Stadt und spielte dort Saxofon. Besonders mochte sie den Spätsommer. Dann setzte sie sich mitten in ein Maisfeld und war für die Welt verschwunden. Niemand machte blöde Sprüche über ihre Musik. In ihrer Wohnung konnte sie nicht üben. Ganz gleich zu welcher Uhrzeit sie es probierte, ein paar Minuten später standen die ersten Nachbarn auf der Matte und beschwerten sich. Besonders dieser Widerling aus dem Erdgeschoss, der sie fast an jedem Wochenende mit seinem Rasenmäher oder seinem Laubgebläse beschallte. Dafür gab es geregelte Zeiten in der Hausordnung. Nur von Saxofonen stand keine Zeile in dem kleinen Büchlein. Deshalb fuhr Alica bei jeder Gelegenheit hinaus aus der Stadt und suchte die Einsamkeit zum Üben. Mike hatte ihr einmal einen Dämpfer geschenkt, damit sie nicht immer hinausmusste. Aber wenn sie das Ding vorne auf den Schalltrichter setzte, brachte sie nur noch ein klägliches, leises Gequake zustande. Dafür spielte man nicht Saxofon!

»Wann geht mein Konzert denn endlich los?«, ertönte es über ihr im Dachgebälk.

Genervt sah sie hinauf. Wallerich trug einen blauen Overall voller Ölflecken und einen Schal mit Schottenmuster. Die ganze Zeit über schraubte er an einer Parabolschüssel herum. Dabei brachte er es fertig, gleichzeitig eine lange, gebogene Pfeife zwischen seinen Lippen zu balancieren. Schnapper saß nur ein kleines Stück weiter auf dem Dachbalken und brütete mürrisch vor sich hin.

»Ich glaube nicht, dass Großvater die Schüssel da oben lange übersehen wird, wenn er hier in der Scheune herumfuhrwerkt.« Sie war fast so groß wie ein Frühstücksteller und ragte auf einer Seite ein gutes Stück über den Deckenbalken hinaus.

»Siehst du das hier, Alica?« Wallerich beugte sich gefährlich weit vor, um ihr eine kleine Spraydose zu zeigen. »Damit versprühe ich künstliche Spinnweben. Die sehen echter aus als richtige. Außerdem habe ich noch eine Puderdose voll gut abgelagertem Staub. Wenn ich mit dem Tarnen der Antenne hier oben fertig bin, dann werde selbst ich mich anstrengen müssen, um die Schüssel zwischen den Balken noch einmal wiederzufinden.«

»Wozu brauchst du das Ding überhaupt?«

»Ich bekomme nur sehr schlechten Empfang, wenn ich mich bei unserer Zentrale in Köln melde. Ich werde es also über Satellit versuchen, statt mich weiter in das Handynetz von euch Langen einzuwählen.«

»Über Satellit. Ja, ja. Erzähl das jemand anderem.«

»Du wärst überrascht, wenn du wüsstest, wo wir Heinzelmänner überall unsere Finger im Spiel haben. In siebzehn Prozent aller Satelliten, die über uns am Himmel kreisen, befindet sich heimlich eingeschmuggelte Heinzelmännertechnik. Und das sind die siebzehn Prozent, die am besten funktionieren.«

Alica verzichtete darauf, ihm zu sagen, was sie von seiner Aufschneiderei hielt. Heinzelmännertechnik in Satelliten. So ein Schwachsinn! Sie blickte auf die Auswahl von Plättchen für ihr Mundstück. Es war jedes Mal ein kleiner Kampf, sich zu entscheiden, welches sie nehmen sollte. Ihr Lieblingsplättchen hatte schon eine kleine Kerbe. Bald würde es einreißen und unbrauchbar werden. Mit ihm spielte sie aber am besten. Hier in der Kälte würde sie ohnehin nicht lange durchhalten. Es wäre Verschwendung, ihr Lieblingsplättchen zu nehmen!

Sollte das Schicksal entscheiden! Sie zog blind eines der Plättchen aus der Schutzhülle und setzte es dann in das Mundstück ein. Das Metall des Saxofons war schon deutlich kühler geworden. Sie hakte das Instrument in den Riemen um ihren Hals ein und setzte es an. Eiskalt schmiegte sich das Mundstück an ihre Lippen. Zum Aufwärmen spielte sie ein paar Tonleitern und begann dann mit *Don't worry be happy*. Das passte zwar überhaupt nicht zu ihrer Stimmung, aber sie hatte einfach keine Noten für ein Requiem.

Schnapper legte den Kopf schief und sah sie merkwürdig an. Dann begann die Möwe in den Beinen zu wippen und den Refrain mit schrillem Kreischen zu begleiten.

Alica machte mit *Yesterday* von den Beatles weiter. Der Begeisterung der Möwe tat das keinen Abbruch. Mit Schnapper könnte sie glatt in einer Fernsehshow auftreten. Vielleicht sogar bei *Wetten, dass ...?*

Wallerich störte ein wenig, als er begann, seine Spraydose zu schütteln und die Satellitenschüssel zu tarnen. Alica machte mit *The Last Unicorn* weiter, als es plötzlich kälter wurde. Der Frost biss ihr in die Lippen. Das war der Husarenjunge, dachte sie. Und wenn sie mit blutigen Lippen bezahlen müsste, sie würde ihr Bestes geben. Durch die plötzliche Kälte schwankte die Höhe einzelner Töne, als sei ihr Saxofon mit einem Mal in den Stimmbruch gekommen. Mit geschlossenen Augen, ganz auf die Melodie konzentriert spielte sie weiter und kämpfte um jeden Ton. Sie wollte ihn beeindrucken. Hoffentlich wusste so ein Husarengeist zu schätzen, was es hieß, bei dieser Eiseskälte zu spielen.

Schnapper hatte aufgehört zu krächzen, und als Wallerich einen lauten Fluch ausstieß, blickte Alica doch auf. Unter den Deckenbalken war der Geist des Falken erschienen.

Wallerich begann zu rennen, um eine Strickleiter zu erreichen, die hinab zum Boden des Stalls führte. Da geschah etwas Seltsames mit dem Falken. Er nahm immer schärfere Konturen an. Nicht länger konnte man durch ihn hindurch das Dach sehen. Mit einem Schrei stieß der Falke herab. Seine Krallen bohrten sich in Wallerichs Rücken.

Alica riss das Saxofon von den Lippen und warf es in die Strohballen. Warmer Blutgeschmack breitete sich in ihrem Mund aus. Sie bückte sich und griff in den Werkzeugkasten, während Wallerich verzweifelt in den Fängen des Falken strampelte. Der Greifvogel hielt auf eine Lücke zwischen den Schindeln zu.

Alica bekam einen Zehnerschlüssel zu packen und warf ihn dem Falken hinterher. Mit einem leichten Schlenker wich der

Vogel aus und kam von seiner Flugbahn ab. Er verfehlte den Durchschlupf im Dach und schlug einen weiten Bogen.

Schon hatte Alica einen neuen Schlüssel in der Hand. Auch Schnapper war jetzt in der Luft. Mit schweren Flügelschlägen hielt er auf den Falken zu, der mit seiner Last in den Fängen Mühe hatte, der Möwe auszuweichen.

Alicas zweites Geschoss traf einen der Flügel des Falken. Er stieß einen kurzen Schrei aus, dann wurde er durchscheinend. Wallerich stürzte in die Tiefe und schlug scheppernd irgendwo zwischen den alten Traktoren auf.

Der Falke verschwand so plötzlich, wie er aufgetaucht war.

»Wallerich?« Voller Sorge machte sich Alica auf die Suche nach dem Heinzelmann. Schließlich fand sie ihn auf der fast durchgerosteten Motorhaube eines Traktors, die vor einem halben Jahrhundert wohl einmal rot gewesen war. Wallerichs Kopf hatte eine Beule in das dicke Blech geschlagen. Der Heinzelmann streckte Arme und Beine von sich. Er blinzelte schwach, als Alica ihm über das Haar strich. Seine Lippen flatterten. »Sich den Kopf an einer Maschine zu stoßen hat noch keinen Heinzelmann umgebracht.«

Vorsichtig nahm Alica ihren Freund auf die Arme und trug ihn zu dem Versteck in den Strohballen. Sie überlegte fieberhaft, wen sie zu Hilfe rufen könnte. Carl kam nicht infrage. Fast alle Menschen würden Wallerich gar nicht sehen können. Allerdings könnte sie ihnen ja ihren Zauberring leihen. Vielleicht war Maria ja schon zurück? Sie war zwar mehr eine Expertin für Kühe und Pferde ... Dr. Pörtner! Ihm konnte sie gewiss trauen. Alica bettete Wallerich sanft auf das Stroh und fischte ihr Handy aus der Manteltasche.

»Bitte keine Langen«, murmelte Wallerich. »Ich komm schon wieder auf die Beine. Es gibt einen Riesenärger, wenn du mich den Langen zeigst. Mein Volk ist ganz glücklich damit, dass ihr nicht mehr an uns glaubt.«

»Aber ich kann dir nicht helfen! Jemand muss sich doch um dich kümmern.«

»Bring mich auf mein Feldbett. Ich schlafe ein bisschen und morgen bin ich schon wieder fit. Wir Heinzelmänner haben harte Schädel. Es geht mir ganz gut.«

Alica war nicht wirklich überzeugt. Trotzdem drehte sie den Ring und ließ sich auf die Größe des Heinzelmanns schrumpfen. Sie öffnete die Geheimtür zu seinem Versteck und brachte Wallerich mit Schnappers Hilfe ins Bett. Vorsichtig zog sie ihm den Overall aus. Darunter trug er eine dicke Fliegerjacke. Die Krallen des Falken hatten zwar die Jacke ruiniert, aber Wallerich war unverletzt. Allerdings hatte er eine riesige Beule am Kopf. Alica legte ihm eine kalte Kompresse darauf, kochte eine Kanne Kaffee und stellte sie ihm neben das Bett. Dann machte sie noch ein paar Käsebrote für den Heinzelmann.

Auf einem der Computertische lagen die Sachen, die Knuper ihnen mitgegeben hatte. Der Schlangenschwanz, die Kerze und die Kreide. Alica sah sie sich lange an und fasste schließlich einen Entschluss.

Hinter dem Spiegel

Alica saß auf dem gekachelten Boden des kleinen Badezimmers und beobachtete den Sekundenzeiger des Weckers, den sie auf die Toilette gestellt hatte. Noch fünf Minuten bis zur Geisterstunde. Alles war vorbereitet. Sie hatte den Spiegel von der Wand genommen und auf den Boden gelegt. Ein weiter Kreis war gezeichnet, den sie zusätzlich mit ein paar verschnörkelten Buchstaben geschmückt hatte. Ganz nach Hexenart hatte sie die Kerze mit einem alten Kaugummi auf einer der Bodenkacheln festgeklebt. Ein Päckchen Streichhölzer lag bereit. Es war nur noch eins zu tun. Sie hatte es bis zum Schluss hinausgezögert.

Nervös lauschte Alica in die Dunkelheit. Die Großeltern waren schon vor über einer Stunde ins Bett gegangen. Das alte Haus lag still. Gelegentlich knarrten die Dielen, doch sonst regte sich nichts.

Sie blickte zum Wecker. Noch drei Minuten bis Mitternacht. Ihr Magen zog sich zusammen. Vernünftig war das nicht, was sie hier tat. Aber es musste erledigt werden. Man konnte nicht noch länger warten! Wer weiß, was der Falke als Nächstes anstellte. Sie hätte sich wohler gefühlt, wenn Wallerich an ihrer Seite gewesen wäre, aber es mochte Tage dauern, bis der Heinzelmann wieder in Form war. Tage, in denen alles Mögliche passieren konnte. Entschlossen nahm sie den vertrockneten Schlangenschwanz und schob ihn sich in den Mund. Er knackte wie Chips, als sie zubiss. Sie versuchte an etwas anderes zu denken und kaute. Der Geschmack erinnerte ein bisschen an kalte, etwas ausgetrocknete Chicken Wings. Verdammt! Sie wollte doch an etwas anderes denken!

Mühsam würgte sie das Schlangenfleisch hinunter. Ob es wohl wirkte? Sie musste sich darauf verlassen. Nur noch eine Minute bis Mitternacht. Es blieb keine Zeit mehr, um nach Schnapper zu suchen und mit ihm einen kleinen Plausch zu halten. Sie hätte den verfluchten Schlangenschwanz schon früher essen sollen!

Mit einem Schluck Wasser spülte sie sich den Mund aus und trat zurück in den Bannkreis. Ihr war ganz flau im Magen. Der große Zeiger des Weckers rückte vor und verdeckte den kleineren. Mitternacht! Die Geisterstunde! In Filmen und Büchern war es immer Mitternacht, wenn man Beschwörungen vornahm. Es würde ganz bestimmt klappen! Sie würde den Geist des Falken rufen, ihn fragen, was ihn so zornig machte, und ihn dann erlösen. In der Theorie hörte sich das alles ganz einfach an.

Alica entzündete ein Streichholz und hielt es an die Kerze. Das Holz war bis fast an ihre Finger herabgebrannt, als der verdammte Docht endlich Feuer fing. Zunächst war es nur ein kleiner glühender Funken. Langsam fraß er sich weiter und blakend erwuchs eine Flamme. Die Kerze verströmte einen widerlichen Geruch. Woraus Knuper sie wohl gemacht hatte?

»Geisterfalke! Geisterfalke. Erscheine!«, murmelte Alica und versuchte dabei, so gut sie konnte, Knupers befehlende Stimme nachzuahmen. »Geisterfalke!«

Das Licht an der Decke begann zu flackern. Plötzlich gab es einen Knall und die Glühbirne verlosch. Nur die kleine Flamme der Kerze spendete noch Licht, doch das reichte gerade mal bis zu den Rändern des Bannkreises. Jenseits der Kreidelinie herrschte jetzt beklemmende Dunkelheit. Es wurde kälter. In der Dusche tropfte etwas.

Alica zitterte. Am liebsten wäre sie aufgesprungen und davongelaufen. Aber Knuper hatte ihnen ja eingeschärft, dass sie den Bannkreis nicht verlassen durften. Vielleicht lauerte dort draußen in der Finsternis schon der Falke.

»Geisterfalke, zeige dich.« Alicas Stimme klang nun nicht mehr befehlend, sondern kleinlaut und piepsig.

Sie hörte ein Geräusch. Schritte. Aber sie kamen nicht vom Flur. Sie kamen ... Voller Panik sprang sie auf. Das Geräusch kam aus dem Spiegel! Da näherte sich etwas. Die Oberfläche des Spiegels war ganz trüb geworden.

»Alica«, rief eine fremde Stimme. »Alica.«

Über die Oberfläche des Spiegels lief eine ringförmige Welle wie bei einer Pfütze, in die ein Stein gefallen war. »Alica, steig durch den Spiegel. Ich erwarte dich.«

Im Badezimmer wurde es immer kälter. Eisblumen krochen an den Kachelwänden hoch. Das Licht der Kerze flackerte. Was würde geschehen, wenn das Licht verlosch? Alica hatte Angst, allein in der Dunkelheit zu sein. Hätte sie nur gewartet, bis Wallerich wieder gesund war! Der Heinzelmann hätte bestimmt gewusst, was jetzt zu tun war.

Fröstelnd rieb sie sich über die Arme. Sie trug das lange weiße Nachthemd, das ihr Großmutter gegeben hatte, und dazu eine ausgefranste Strickjacke, die allmählich begann sich aufzulösen.

»Alica«, rief erneut die fremde Stimme. Wieder erklangen Schritte. Sie waren jetzt schon ganz nahe. Und da war noch jemand. Außerhalb des Bannkreises! Kurz hatte sie einen Schatten gesehen. Etwas formte sich dort in der Dunkelheit.

Der Spiegel war jetzt wieder ganz klar. Man konnte durch ihn hindurch in einen Tunnel sehen. Die Wände dort leuchteten in einem matten grünen Licht.

»Alica, ich kann nicht näher kommen. Steig durch den Spiegel!«

»Wer bist du?«

»Eine Freundin. Ich kann dir helfen. Ich weiß Antwort auf deine Fragen.«

Wieder spürte sie eine schattenhafte Gestalt dicht am Bannkreis vorbeistreichen. Ein Blitz flammte plötzlich auf. Hatte der Schatten versucht zu ihr zu kommen? War wirklich nicht die kleinste Lücke in dem Kreidekreis? Alica tastete nach dem Spiegel. Seine Oberfläche war kühl. Sie konnte hindurchgreifen, als sei es Wasser, doch wurde ihre Hand nicht nass dabei.

Erneut zuckte ein bläulicher Blitz am Rande des Bannkreises. Ganz kurz hatte sie etwas wie ein großes Messer gesehen. Was lauerte dort? War sie in Sicherheit, wenn sie durch den Spiegel ging? Dort würde sie niemand mehr finden können, es sei denn ... Sie dachte an die flache Schale in Großvaters Rumpelkammer und an Theseus. Vorsichtig zupfte sie einen Faden von Großmutters Wolljacke. Sie drückte ihn in das Kaugummi, auf dem die Kerze stand, und trennte den Ärmel der Jacke noch weiter auf, um mehr Faden zum Nachlassen zu haben. So würde Wallerich ihr folgen können, wenn er hierherkam.

Das lange Messer schnitt durch die Luft. Blitze zuckten in der Finsternis. Die Gestalt jenseits des Kreises hatte wieder versucht zu ihr zu kommen. Alica atmete tief ein, hielt die Luft an und schloss die Augen. Dann nahm sie all ihren Mut zusammen und trat durch den Spiegel. Ihre Haut prickelte. Warmer Dunst schlug ihr entgegen. Geröll knirschte unter ihren Füßen. Zögernd öffnete sie die Augen. Sie stand in einer Höhle. Bleiche Tropfsteine wuchsen aus Boden und Decke wie riesige Zähne. Die ganze Höhle leuchtete in einem fahlen grünen Licht. Alica wickelte den Wollfaden zweimal um einen der Tropfsteine. Die Laufmasche fraß sich nur langsam den Ärmel der Strickjacke hinauf. Sie würde sich für ein gutes Stück Weg keine Gedanken um die Markierung machen müssen.

Es gab drei Gänge, die aus der Tropfsteinhöhle führten. »Wo bist du?«, rief sie.

»Ist du? Ist du?«, hallte es als Echo von den Höhlenwänden zurück. Die fremde Stimme antwortete nicht.

»Was willst du von mir?«

»Du musst deinen Weg zu mir alleine finden.« Der Hall in der Höhle machte es unmöglich, zu sagen, aus welchem der drei Gänge die Stimme geantwortet hatte.

Was sollte das? Alica war wütend. Es war kalt hier. Sie trug nur Badelatschen. Warum hatte die Stimme sie hierhergelockt? Vielleicht sollte sie einfach zurückkehren. Sie sah sich um. Nirgends gab es einen Spiegel. Sie saß in der Falle! Ihr Wollfaden führte direkt in eine massive Felswand.

Sie saß in einem Labyrinth gefangen, genau wie Ariadne, die Freundin von Theseus. Aber der Minotaurus lockte bestimmt nicht mit einer Frauenstimme, dachte Alica. Bei der Vorstellung, wie ein stierköpfiges Ungeheuer mit einer solchen Stimme sprach, musste sie trotz ihrer Angst lächeln. Vielleicht hatte sie hier unten ja wirklich eine Verbündete. Bestimmt wurde sie nur auf die Probe gestellt.

Nachdenklich musterte sie die Gänge, die aus der Höhle führten. Der erste war groß und breit wie ein U-Bahn-Schacht. Der zweite hatte wenigstens noch das Format eines Hausflurs. Der dritte aber war kaum mehr als eine schmale Spalte. Ihn zu benutzen würde sicher sehr ungemütlich. Alica brauchte nicht lange zu überlegen, welcher der drei Wege der richtige war. In Märchen war es immer so, dass der beschwerliche Weg den Helden zum Ziel führte. Sie war in eine Welt geraten, in der Märchen Wirklichkeit wurden, also musste sie sich deren Gesetzen anpassen.

Sie zwängte sich in den engen Spalt und fand sich bald in

völliger Finsternis wieder. Vorsichtig tastend kam sie voran. Alica wünschte, sie hätte das Päckchen mit den Streichhölzern dabei. Sie konnte die Hand nicht vor Augen sehen. Oft stieß sie gegen vorspringende Felskanten oder ihr Haar verfing sich im rauen Gestein der niedrigen Decke. Sie fühlte sich wie verprügelt, als die Felsspalte endlich weiter wurde. Doch bald wich das Gefühl der Befreiung von der quälenden Enge einer neuen Angst. So weit wichen die Höhlenwände zurück, dass sie die Orientierung verlor. Weder rechts noch links ließ sich ertasten, wo es weiterging. Auch die Decke war nun hoch.

»Hallo?«, rief Alica zaghaft. Niemand antwortete. Es gab zwar kein Echo, doch der Hall ihrer Stimme verriet, dass sie sich in einer sehr großen Höhle befinden musste. Unsicher ging sie weiter. Alica fühlte sich verloren. Die Finsternis ringsherum bedrängte sie. Wäre doch nur Wallerich hier gewesen, um sie mit seinen Sprüchen abzulenken. Er hätte es in Sekunden geschafft, sie ihre Angst vergessen zu lassen.

Scharfe Steine lagen auf dem Weg. Hin und wieder kickte sie einen zur Seite. Ihre Zehen waren sicherlich schon blutig gestoßen. Von der Kälte waren die Füße ganz taub. Sie hielt erschrocken inne. Ein Stein war klackend zur Seite gerollt. Plötzlich veränderte sich das Geräusch. Es klang, als würde er in die Tiefe stürzen und dabei immer wieder auf vorspringende Felsen schlagen. Angespannt lauschte sie in die Dunkelheit. Zuletzt ertönte in weiter Ferne ein Platschen. Dann war es wieder still. Alicas Herz schlug jetzt wie rasend. Irgendwo ganz in ihrer Nähe gab es einen Abgrund. Was sollte sie tun? Minutenlang war sie nicht fähig, sich auch nur einen Millimeter zu bewegen.

»Ist hier denn niemand?«, rief sie flehend. »Wo bist du, Stimme?«

Niemand kam, um ihr zu helfen. Schließlich ging sie vorsichtig weiter. Langsam tastend setzte sie ihre Füße und prüfte jedes Mal den Boden, bevor sie es wagte, einen Schritt voran zu tun. In der Finsternis, ohne eine Orientierungsmöglichkeit war es unmöglich, zu schätzen, wie weit sie schon gegangen war. Auch das Gefühl für Zeit war ihr verloren gegangen. Ihr kam es vor, als wäre sie schon viele Stunden in der Finsternis, es konnten aber auch nur ein paar Minuten sein.

Einmal trat ihr Fuß ins Leere. Sie zuckte so heftig zurück, dass sie ausrutschte. Lag dort ein Abgrund oder war es nur ein kleiner Absatz, nicht höher als eine Stufe? Sie schwor sich, niemals mehr ohne Streichhölzer in der Tasche das Haus zu verlassen.

Du hast das Haus ja gar nicht verlassen, neckte sie die Stimme der Vernunft. Du bist nur ins Badezimmer gegangen. »Dann gehe ich eben nie wieder zu einer Geisterbeschwörung, ohne ein Päckchen Streichhölzer mitzunehmen«, murmelte sie leise. Jetzt führte sie schon Selbstgespräche. Es war ja weit mit ihr gekommen! Sie raffte sich auf und überprüfte, ob der Wollfaden noch immer nachgab. Wallerich würde sie hier finden, da war sie ganz sicher. Der Heinzelmann würde ihr sicher eine Standpauke halten, weil sie allein die Beschwörung des Falken versucht hatte. Und nüchtern betrachtet hatte sie es auch verdient, ausgeschimpft zu werden.

Alica richtete sich auf und tastete sich weiter in die Finsternis voran. Wenn ihr nur nicht so kalt wäre, dann ließe sich dieses verdammte Abenteuer wirklich besser aushalten.

Endlich entdeckte sie in der Ferne einen hellen Fleck, dicht neben einem nachtschwarzen Basaltblock. Etwas, das sich ganz schwach von der Dunkelheit abhob. Sie hielt darauf zu.

»Du hast also tatsächlich den Weg zu mir gefunden«, sagte die Frauenstimme, die Alica durch den Spiegel angesprochen hatte. »Du bist ein ungewöhnliches Mädchen.«

Es wurde heller ringsherum. Ein geisterhaftes grünes Licht ging von den Felsen aus. Es konnte die Dunkelheit nicht ganz vertreiben, doch es war hell genug, um Alica zu zeigen, auf welchem Weg sie hierhergekommen war. Hinter ihr lag eine schmale steinerne Brücke ohne Geländer. Sie war kaum breiter als ein großes Schulheft.

Alica wurde ganz übel, als sie erkannte, dass sie über einen Abgrund hinwegbalanciert war. Die Brücke spannte sich in weitem Bogen und war so lang, dass Alica das andere Ende nicht sehen konnte.

»Nur wer reinen Herzens ist, kann diesen Weg nehmen«, sagte die Frauenstimme. Aus dem Schatten des Basaltblocks trat eine hochgewachsene Gestalt hervor und wich vor Alica zurück. Das Antlitz der Fremden war ungewöhnlich blass. Sie hatte langes schwarzes Haar und trug einen schwarzen Umhang, der bis auf den Boden reichte. Das Gesicht der Frau kam Alica vertraut vor. Es erinnerte sie an die Statue in Großvaters Rumpelkammer.

»Ja, ich bin es«, sagte die Fremde, so als habe sie in Alicas Gedanken gelesen. »Ich bin die Arduinna Silva, die Dunkle Königin.«

Alica atmete tief ein. Die verleugnete Göttin. Sie dachte an die Geschichten des Großvaters. Wer die Dunkle Königin erblickte, der war des Todes.

»Das ist so nicht ganz richtig.«

Alica blickte erschrocken in das blasse Gesicht. Sie hatte schon wieder in ihren Gedanken gelesen!

»Wen ich besuche, der ist des Todes, Alica. Wer aber seinen Weg zu mir findet, der muss nicht sterben. Deshalb konnte ich dich rufen, dir aber keinen Schritt entgegenkommen, als du erst einmal hier unten warst. Du musstest von alleine den richtigen Weg wählen und über die Schicksalsbrücke gehen. Komm her zu mir.« Sie winkte Alica mit knapper Geste, dabei zerteilte sich ihr langer Umhang. Darunter trug sie ein strahlend weißes Kleid mit einem goldenen Gürtel.

Alica gehorchte und Arduinna legte ihr die Hand auf das Haar.

»Hättest du in einer anderen Zeit gelebt, wärst du eine Hexe geworden. Du besitzt ungewöhnliche Kräfte, Alica, die in deiner Welt fast ganz vergessen sind.« Die Dunkle Königin strich ihr über die Stirn. Alica verspürte einen kurzen stechenden Schmerz. »Du hast das verborgene Auge und du könntest zaubern, wenn du Nebenan lebtest und jemanden fändest, der dir helfen würde deine Kräfte zu formen.« Arduinna zog die Hand zurück. »Eines Tages werden wir vielleicht Feinde sein, aber heute gewähre ich dir einen Wunsch. Du konntest zu mir finden, weil nicht Gier und Eigennutz dein Handeln bestimmen. Also sprich aus, was dein Begehr ist.«

Alica war sicher, dass die Dunkle Königin längst wusste, warum sie hier war, aber sie fügte sich. »Ich möchte wissen, wie ein Falke und ein Husarenjunge starben. Sie müssen hier in der Zeit Napoleons gelebt haben. Ihre Geister spuken im Haus meiner Großeltern und ich möchte sie erlösen.«

»Bist du sicher, dass es das ist, was du dir wünschst?«

Alica sah Arduinna verwundert an. »Natürlich. Weißt du etwas über den Falken und den Jungen?«

»Gewiss. Ich kenne alle Geschichten in meinen Bergen. Doch mit dem Erzählen von Geschichten ist es so eine Sache. Jeder, der etwas berichtet, gibt einen Teil hinzu. Nie wird nur das gesagt, was wirklich geschehen ist. Wenn du deine Wahrheit suchst, dann musst du schon selbst Augenzeugin sein.«

Alica verstand nicht, was die Königin meinte. Wie sollte sie Augenzeugin von Ereignissen werden, die fast zweihundert Jahre zurücklagen.

»Leg dich hin, Mädchen. Ich werde dich zurückschicken in der Zeit.« Sie hatte schon wieder in ihren Gedanken gelesen!

»Du wirst wie ein Geist sein. Während du in die Vergangenheit reist, wache ich hier über deinen Körper. Dein Atem wird so flach gehen, dass man dich für tot hielte, wenn man es nicht besser wüsste. Vertraue mir.«

Alica war sich unschlüssig. »Und wenn ich dort als Geist erscheine, kann ich dann nur um Mitternacht ...?«

»Ich sagte, du wirst sein wie ein Geist!«, entgegnete Arduinna unwirsch. »Du wirst nicht sterben! Du kannst dich völlig frei bewegen und du wirst ihn treffen, deinen Husarenjungen. Ihm gehörte der Falke, der jetzt so viel Unheil anrichtet. Du kannst Zeugin dessen sein, was geschah, oder du kannst zurück in das Haus deiner Großeltern gehen. Die Wahl liegt bei dir.«

»Wie lange würde meine Reise dauern?«, fragte Alica misstrauisch.

»Nur bis zum Morgengrauen. Die Zeit fließt anders, wenn man als Gast in die Vergangenheit reist. In ein paar Stunden, die hier verstreichen, kannst du dort Tage und Wochen erleben. Ich werde dich wecken, bevor in deiner Welt der Morgen graut. Niemand wird dich vermissen.«

»Wo soll ich mich hinlegen?«, fragte Alica entschlossen.

Arduinna nahm den schwarzen Kapuzenumhang von ihren Schultern und breitete ihn auf dem Boden aus. »Gleich hier.«

Alica folgte ihren Worten. Der Umhang war erstaunlich dick und fühlte sich angenehm warm an. Trotzdem zog Alica noch die Strickjacke aus und legte sie sich unter den Kopf. »Werde ich frieren?« Es war nicht gerade warm in der Höhle.

»Die Kälte wird dir nichts ausmachen, solange du schläfst. Es gehört zum Zauber, dass ich deinen Leib kälter werden lasse wie bei einer Eidechse, die in Winterstarre fällt. Aber mach dir keine Sorgen. Dir kann nichts passieren. Ich bin in deiner Nähe.« Die Königin beugte sich über sie und begann in einer fremden Sprache zu singen. Ihre Hände zeichneten verschlungene Muster. Immer wieder streiften ihre Fingerspitzen sanft Alicas Gesicht. Arduinnas Lied hatte etwas Beruhigendes, so wie ein Gutenachtlied für Kinder. Alica dachte an die Geschichte, die Großvater über die Arduinna Silva erzählt hatte, und an die Worte der Königin. Wo lag die Wahrheit? War sie eine Freundin?

Kobolde und Hasenköttel

Alica stand mitten im Wald. Es war dunkel. In der Ferne hörte man ein dumpfes Geräusch, das sich langsam näherte. Sie drehte sich um und fuhr erschrocken zusammen. Sie befand sich zur Hälfte in einem dicken Baumstamm. Sie trat ein paar Schritte zurück und sah grüne Äste durch ihre Brust ragen. Jetzt stand sie in einem Haselbusch.

Verwundert blickte sie an sich hinunter. Sie war durchscheinend. Körperlos wie ein Geist. Ganz so, wie Arduinna es ihr erklärt hatte. Etwas ratlos blickte Alica sich um. Sie wusste nicht, wo sie hier war. Dicht neben dem Dickicht aus Haselnusssträuchern verlief ein schlammiger Lehmweg.

Das Geräusch war zu einem dumpfen Donnern geworden, das schnell immer näher kam. Sie sah ein Licht zwischen den Bäumen. Ein Reiter, der tief vorgebeugt im Sattel saß und eine Laterne hielt, preschte den Lehmweg herab.

Ohne die geringste Notiz von ihr zu nehmen, ritt er nur ein paar Meter an Alica vorbei. Er hatte einen breiten Schnauzbart und war gekleidet wie ein Husar. Sein Säbel klirrte. Auf den Rücken geschnallt trug er eine große Ledertasche.

Der Husar zügelte sein Pferd und wurde etwas langsamer. Alica lief ihm nach, doch der Soldat war nur langsamer geworden, weil der Weg eine enge Kehre machte. Als er sie hinter sich gelassen hatte, beschleunigte er sein Tempo wieder. Resignierend blieb Alica stehen. Sollte sie dem Reiter folgen? Würde er sie zu dem Husarenjungen führen? Sie drehte sich um und blickte den Waldweg zurück. Oder kam er von dort, wo sie den Jungen und den Falken finden würde? Wenn sie nur wüsste, wo sie war!

»Frau Geist!« Eine kleine Gestalt schlüpfte aus dem Dickicht am Wegesrand. Sie trug einen komischen dreieckigen Hut, eine abgetragene braune Jacke mit langen Schößen und dazu eine schmutzig grüne Hose. Die krummen Beine steckten in viel zu großen Reitstiefeln. Das Männchen verbeugte sich vor Alica und zog seinen Hut. »Ohne dir zu nahe treten zu wollen, Frau Geist, aber es ist besser, wenn du wieder vom Waldweg verschwindest. Es sind Heinzelmänner unterwegs in dieser Nacht und sie machen Jagd auf uns.« Er deutete zum Himmel hinauf. »Gleich tritt der Mond hinter den Wolken hervor. Sie reiten auf Möwen durch die Nacht. Wenn du auf Wegen oder Lichtungen unterwegs bist, haben sie es leicht, dich zu finden, Frau Geist.«

»Wieso kannst du mich überhaupt sehen?«, fragte Alica verwundert.

Der Kleine blickte beleidigt zu ihr auf. »Bin ich vielleicht ein Langer? Ich sehe die Welt, wie sie wirklich ist, mit all ihren Wundern und Geistern. Nicht so wie dieser blinde Husar, der fast durch dich hindurchgeritten wäre.« Er lachte spöttisch und die spitzen kleinen Mauszähne in seinem breiten Mund blitzten im Dunkel.

»Wer bist du eigentlich?«

Der Kleine duckte sich und huschte wieselflink ins Dickicht. Aus den Augenwinkeln sah Alica einen Schatten am Himmel.

»Nur eine Eule«, rief es aus dem Gebüsch. »Aber du solltest wirklich nicht so da herumstehen. Du leuchtest ein wenig. Man kann dich im Dunkeln ziemlich gut erkennen.«

Alica glitt zu ihm hinüber ins Gebüsch. Es war seltsam, sich zu bewegen, wenn man bei seinen Schritten den Boden unter den Füßen nicht spürte. Alica blickte ständig an sich hinab, weil sie in Sorge war, im Boden zu versinken. Ein bisschen war das Ganze so wie das Dahingleiten auf einem Skateboard.

»Wie heißt du eigentlich?«

Die kleine Gestalt hakte die Daumen in die Jacke und streckte die Brust vor. »Ich bin General Lollejan, Oberbefehlshaber aller Kobolde im kleinen Krieg von Wolfgarten.«

»Wolfgarten? Dann ist das Haus Greifenstein also ganz in der Nähe!«

Der kleine General blickte sie misstrauisch an. »Du kennst dich hier ja aus. Dabei habe ich dich in dieser Gegend noch nie gesehen. Wer bist denn du, Frau Geist?«

»Alica«, entgegnete sie schlicht. »Die Dunkle Königin hat mich geschickt.«

Der Kobold wich ein Stück zurück. »Ich wollte nicht unhöflich sein, Frau Geist. Ich habe mich nur gewundert, weil du so plötzlich da warst.«

»Du kennst also die Dunkle Königin.«

Der General nickte eifrig. »Natürlich! Alle Bewohner des Waldes kennen und fürchten die Arduinna Silva.«

Alica überlegte kurz, ob sie den Namen der Königin nutzen sollte, um sich einen treuen Helfer zu verschaffen. Doch dann dachte sie daran, dass ihr Leib tief in einer geheimen Höhle neben der unheimlichen Herrscherin lag. Nein, sie sollte nichts tun, womit sie Arduinna verärgern könnte. »Ich brauche Hilfe, Lol... ähm, wie heißt du gleich?«

»General Lollejan! Stets zu Diensten, Frau Geist. Welche Art von Hilfe brauchst du denn?«

»Ich suche einen französischen Husaren.«

Der Kobold klatschte in die Hände. »Das trifft sich gut! Von denen gibt es hier gerade reichlich. Sie haben ein ganzes Regiment in diese Gegend verlegt. Morgen schon werde ich ihnen eine Schlacht oben beim Kloster liefern!« Der General strahlte über das ganze Gesicht. »Sie werden sich noch lange an ihre Niederlage beim Kloster Mariawald erinnern! Du kannst gerne mitkommen.«

»Eine Schlacht?« Alica wollte den kleinen General nicht beleidigen, aber sie konnte sich beim besten Willen nicht vorstellen, was er gegen ein bis an die Zähne bewaffnetes Husarenregiment ausrichten wollte.

»Folge mir!« Der Kobold verschwand im Dickicht und eilte den steilen Berghang hinauf. »Man sollte nie zu lange an einem Ort bleiben. Du weißt ja, die Heinzelmännchen. Im Moment sind sie eine echte Landplage!«

Alica hatte Mühe, den kleinen General nicht aus den Augen zu verlieren. Ganz aus Gewohnheit versuchte sie anfangs noch, allen Hindernissen auszuweichen. Erst als sie sich traute durch Büsche und Bäume einfach hindurchzugleiten, fiel es ihr leichter, mit dem Kobold Schritt zu halten. Es war nicht ganz unpraktisch, ein Geist zu sein.

Schließlich erreichten sie eine Senke, die von Brombeerdickicht zugewuchert war. Lollejan verschwand in einem engen Tunnel zwischen den Dornenranken. Kein Mensch hätte ihn hier verfolgen können. Alica beugte sich nach unten. Sie blinzelte immer noch jedes Mal, wenn ein Ast durch ihr Gesicht glitt. Inmitten des Dickichts befand sich eine Laube, die dicht von Ranken umschlossen war. Dort warteten ein großer Hase und ein zweiter Kobold. Er war etwas kleiner als Lollejan und hatte eine lange rote Nase. Sein Mantel war in noch schlechterem Zustand als der des Generals, braun und mit bunten Flicken übersät. Die Hose des Kobolds war an den Säumen ausgefranst und er hatte keine Schuhe an. Wie sein Chef trug er einen großen dreieckigen Hut. An dessen Vorderseite war mit einem Lederbändchen ein Holzlöffel festgebunden.

»Soldat Knochenbeiß, stillgestanden! General in der Laube!«

Der Kobold, der eben noch auf einem Haufen Laub herumgelungert hatte, war mit einem Satz auf den Beinen und salutierte vor Lollejan.

Alica stand mitten im Dickicht und hatte sich vorgebeugt, sodass ihr Gesicht durch das Dach der verborgenen Laube glitt. Der Hase starrte sie entsetzt an und auch der Kobold Knochenbeiß wirkte beunruhigt.

»Rührt euch, Männer«, sagte Lollejan und ließ sich auf dem Laubhaufen nieder. »Die Dunkle Königin hat uns Verstärkung für unseren Kampf gegen die Franzosen geschickt. Jetzt, wo wir über zwei Regimenter verfügen, sollten wir den Plan für morgen noch einmal durchsprechen. Nun können wir noch mehr wagen.«

Alica war beeindruckt. Sie wusste zwar nicht ganz genau, wie viele Soldaten zu zwei Regimentern gehörten, aber es mussten mindestens ein paar hundert sein. Lollejan war offenbar ein wirklich bedeutender Kobold. Allerdings gefiel ihr die Aussicht nicht, dass es zu einem Kampf mit den Franzosen kommen würde. Sie wollte den Husarenjungen finden und mit ihm und dem Falken reden, wenn das irgendwie möglich war. Sie zu bekämpfen wäre ihr im Traum nicht eingefallen. »Was ist eigentlich der kleine Krieg, von dem du gesprochen hast?«

Lollejan hakte wieder die Daumen in seine Jacke ein und setzte ein wichtiges Gesicht auf. »Das ist die Art, wie das kleine Volk gegen euch Lange kämpft, und ich erlaube mir zu sagen, ich habe diese Form des Krieges zur Vollkommenheit entwickelt, wie du morgen sehen wirst. Wir bringen keine Langen um. Zum einen seid ihr recht schwer totzukriegen und zum anderen hätte ich alle Heinzelmännchen im Umkreis von hundert Meilen am Hals, wenn ein Langer sterben würde. Sie sind auch so schon sauer genug, weil es durch unseren Widerstand natürlich nicht ausbleibt, dass wir Aufsehen erregen. Das Ziel unserer Angriffe besteht darin, den Franzosen den Aufenthalt hier in der Eifel so unangenehm wie möglich zu gestalten. Wir wollen erreichen, dass jeder Einzelne von ihnen froh ist, wenn er an einen anderen Ort abkommandiert wird, und niemand von ihnen gerne wieder hierherkommt.«

»Warum wehrt ihr euch denn so entschieden gegen die Franzosen?«

Alle drei, der Hase, Knochenbeiß und der General, sahen sie entgeistert an. »Das ist doch ganz klar«, sagte Lollejan schließlich. »Sie gehören nicht hierher. Ich gebe ja zu, dass ich anfangs sogar ein Freund der Franzosen war. Als sie kamen, haben sie die Klöster geschlossen und viele Kirchen dichtgemacht.« Der Kobold grinste in Gedanken versunken. »Das war schon eine feine Zeit. Sie haben Kirchen zu Pferdeställen gemacht und alle Mönche und Pfaffen vertrieben. Du weißt ja, dass wir mit diesen Priestern nicht auf gutem Fuß stehen und sie immer mal wieder einen Exorzisten schicken, um uns Ärger zu machen. Aber dann haben die Franzosen den Bogen überspannt. Sie haben den Bauern ihr Vieh gestohlen, immer höhere Steuern für ihre Kriege erhoben, und jedes Regiment, das hier durchzieht, nimmt sich, was es gebrauchen kann. Sie bringen die Leute hier an den Bettelstab. Die sind schlimmer als ein Schwarm Heuschrecken. Und deshalb werden wir alles tun, um sie wieder zu vertreiben.«

»Jawohl!«, bekräftigte Knochenbeiß militärisch-zackig.

»Denen zeigen wir es!«, sagte der Hase.

Alica traute ihren Ohren kaum. Der Hase sprach und sie hatte jedes Wort verstanden! Der Zauber mit dem Schlangenschwanz funktionierte tatsächlich!

»Wie kommt denn ein Hase zum Militär?«, fragte Alica, nur um auszuprobieren, ob er sie verstand.

Der Hase legte den Kopf schief und zog die Nase kraus, als

würde sie stinken. »Was glaubst du, wie viele von meinen Verwandten die Franzosen ermordet haben! Sie fressen meine Sippe auf. Noch nie sind so viele Männer mit Flinten hier in den Bergen umhergelaufen. Ich werde alles tun, damit sie verschwinden!«

»Du kannst ja mit den Tieren sprechen«, meinte Lollejan überrascht. »Das ist aber eine seltene Gabe. Ich kann das zwar auch, doch Knochenbeiß versteht jetzt gerade kein Wort von dem, was gesprochen wird. Das wird uns sicher noch sehr nützlich sein.« Er deutete auf den Hasen. »Du musst entschuldigen, aber der vierbeinige Teil des Militärs hat nicht immer die besten Manieren. Darf ich vorstellen: Buddel. Seine Sippe steht schon seit sieben Generationen in meinen Diensten. Du wirst nirgends bessere Reithasen finden.«

Buddel trommelte verlegen mit den Hinterbeinen auf den Boden. Plötzlich legte er die Ohren an und verzog das Gesicht. Kleine, schwarze Hasenköttel kullerten in die Laube. »General, es ist wieder so weit. Wir müssen weiter.«

Lollejan nickte. »Die Zeit vergeht ja wie im Fluge. Knochenbeiß, du siehst nach, ob um den Eingang ins Dickicht die Luft rein ist!«

Der kleine Kobold salutierte zackig und verschwand.

»Leider besitze ich keine Taschenuhr«, murmelte der General. »Aber Buddel ist da eine große Hilfe. Er hat eine sehr regelmäßige Verdauung. Alle vier Stunden ist es so weit. Man könnte die Uhr danach stellen! Jedes Mal wenn er muss, wechseln wir danach die Stellung. Wegen der Heinzelmännchen ... Du weißt schon. Sie haben es viel schwieriger, mich aufzuspüren, wenn ich nicht lange an einem Ort bleibe.« Er wandte sich an den Hasen. »Wohin gehen wir jetzt?«

»Kleereißer hat uns eingeladen, bei ihm den Rest der Nacht zu verbringen. Es ist zwar immer etwas unaufgeräumt in seinem Junggesellenbau, aber dafür hat er jede Menge Platz.«

»Kleereißer ist ein guter Kamerad. Er wäre ein prima Soldat im Kampf gegen ...«

»Vergiss es, Lollejan. Sobald er einen Schuss hört, ist er auf und davon. Außerdem ist er zu blöd, um Erbsen von Hasenkötteln zu unterscheiden.«

»Ach, das schadet nicht«, murmelte Lollejan. »Zu viel Verstand bereitet einem Soldaten nur Kummer. Ich werde nachher noch mal mit ihm reden. Es wäre gut, wenn wir eine richtige Kavallerietruppe aufstellen könnten.«

Buddel zupfte ein paar halb verwelkte Blätter aus dem Laubhaufen und mümmelte lustlos daran herum. Alica hatte den Eindruck, dass der Hase eifersüchtig war und keinen seiner Artgenossen in der Armee von Lollejan sehen wollte.

Es raschelte im Dornendickicht und Knochenbeiß erschien im Zugang zu der Laube. »Die Luft ist rein, General. Wir können uns absetzen.«

Der Hase und Knochenbeiß verließen als Erste das Versteck, dann folgte ihnen der General. Alica glitt durch die verschlungenen Ranken. Der Himmel hatte aufgeklart. Es war fast Vollmond. Silbernes Licht durchflutete den Wald. Alica war sich unschlüssig, ob sie weiter mit den Kobolden ziehen oder sich auf eigene Faust auf die Suche nach dem Husarenjungen machen sollte.

»Du kennst die Franzosen gut, nicht wahr, General?«

Lollejan schwang sich auf den Rücken des Hasen. »Natürlich, Frau Geist. Ich kenne sie alle. Wir haben alle Stützpunkte ausgespäht, nicht wahr, Knochenbeiß?«

»Jawohl, Herr General. Alle ausgespäht!«

»Ich suche einen jungen Franzosen bei den Husaren. Weißt du, wo ich den finde?«

»Ach, Mädchen. Junge Franzosen gibt es viele.«

»Bei diesem Jungen gibt es auch einen Falken.«

Lollejan schob sich seinen Dreispitz in den Nacken. »Ein

Junge mit einem Falken? Vielleicht weiß ich etwas darüber. Vielleicht auch nicht. Morgen greifen wir zunächst das Kloster an, dann sehen wir weiter.«

»Hast du ihn schon einmal gesehen?«

»Ach, Frau Geist. Es gibt so viele Franzosen. Zieh mit uns in den kleinen Krieg und ich werde sie dir alle zeigen.« Mit diesen Worten hieb der General dem Hasen die Fersen in die Flanken. »Folgt mir, meine Soldaten!« Wie der Wind preschte er durch das Unterholz.

Knochenbeiß hatte Mühe, seinem General zu folgen. Alica schwebte an der Seite des jungen Kobolds. »Wo sind denn all die anderen Soldaten?«

»Welche anderen?«, keuchte er.

»Na, das Regiment, von dem er gesprochen hat.«

»Ich bin das Regiment!« Knochenbeiß lächelte stolz. »Und der General sagt, ich bin sein Eliteregiment!«

Alica traute ihren Ohren nicht. »Es gibt keine weiteren Kobolde?«

»Doch, doch. Aber die haben sich dem kleinen Krieg noch nicht angeschlossen.«

»Was soll das? Ich meine, wie kann man von einem Regiment reden, wenn man nur einen Soldaten hat.«

»Das macht Eindruck auf die Heinzelmännchen! Überall im Wald spricht man davon, dass Lollejan ein ganzes Regiment Kobolde befehligt. Seitdem sind sie viel vorsichtiger geworden.«

»Und ihr wollt morgen tatsächlich das Hauptquartier der Franzosen angreifen?«

»Natürlich! Wir sind doch zwei vollständige Regimenter und sie haben nur eine Kompanie. Wir werden siegen!«

Alica sah den Kobold fassungslos an. Ihr war nicht klar, ob er sie aufzog oder das, was er sagte, tatsächlich ernst meinte. »Zwei Regimenter?«

»Der General hat dich doch als ein Regiment Geister angeworben.«

Sie stöhnte. Das durfte doch alles nicht wahr sein. »Die Franzosen sind doch sicher viel mehr als wir. Wie sollen wir sie besiegen?«

»Regimenter sind stärker als Kompanien. Frag mal einen Offizier. Das ist einfach so. Wir werden siegen!«

Langsam begriff Alica, was einen guten Soldaten ausmachte. Und sie war sich ziemlich sicher, dass sie kein guter Soldat sein würde.

Die Schlacht um das Weinfass

Lollejan, Knochenbeiß, Buddel und Alica lagen am Waldrand und beobachteten das Kloster nun schon über eine Stunde. Die ganze Zeit über herrschte ein reges Kommen und Gehen. Wagen fuhren vor und wurden ausgeladen, Reiter mit Depeschen preschten heran. Offiziere überwachten, wie schwere Fässer in die Klosterkirche gerollt wurden, und zeichneten Listen ab. Entlang einer halb eingestürzten Mauer waren fast fünfzig Pferde angepflockt.

Auf dem Vorplatz stand ein großes Zelt und daneben befand sich eine offene Feuerstelle, über der ein Spanferkel gebraten wurde. Die Soldaten trugen alle knallbunte Uniformen. Alica hatte fast den Eindruck, dass sie Wert darauf legten, von ihren Feinden besonders gut gesehen zu werden. Mit roten Hosen und grünen Westen sahen sie irgendwie absurd aus. Und hübsch ... Ihre Uniformen waren eng geschnitten und die Männer hielten sich so gerade, als hätten sie einen Stock verschluckt. Fast alle Husaren trugen gezwirbelte Oberlippenbärte und auch die seltsame Mode mit den drei Zöpfen war unter ihnen weit verbreitet.

Plötzlich ritt ein Mann mit einer pelzbesetzten Jacke voller Goldschnüre vor. Unter seinem Sattel lag statt einer Pferdedecke ein Leopardenfell und er trug eine wuchtige Pelzmütze mit einem langen schwarzen Federbusch.

»Das ist Colonel Jean-Simon Domon, der Kommandant der achten Husaren«, flüsterte Lollejan. »Schön, dass er auch da ist. Ihr wisst hoffentlich alle noch, was ihr jetzt zu tun habt?«

Alica nickte. Der General hatte seinen Plan an diesem Morgen ein halbes Dutzend Mal mit ihnen durchgesprochen. Offenbar traute er Buddel und Knochenbeiß nicht allzu viel zu.

Lollejan zog eine flache Metallflasche unter seiner Jacke hervor und schraubte sie auf. »Auf den Sieg!« Er nahm einen tiefen Schluck und reichte sie an Buddel weiter. Der Hase hockte auf den Hinterbeinen und klemmte den Brustwärmer zwischen seine Vorderpfoten. Mit seinen langen Vorderzähnen war es für ihn nicht ganz leicht, aus einer Flasche zu trinken, und Alica schätzte, dass er den größeren Teil über sein Brustfell verschüttete. Dennoch hatte Buddel ganz glasige Augen, als er die flache Metallflasche absetzte, und einer seiner Löffel war zur Seite weggeknickt.

Knochenbeiß wischte mit seinem schmuddeligen Ärmel über den Flaschenhals und trank, dann reichte er den Brustwärmer an Alica weiter.

»Was ist das?«

»Siegerschnaps!«, antwortete der General. »Der verdoppelt deinen Mut. Ist aus Birnen gebrannt.« Er schloss die Augen und seufzte. »Köstlich, sage ich dir. Einfach köstlich. Allein der Schluck aus der Pulle ist es wert, jeden Tag eine Schlacht zu schlagen.«

Ihre Mutter hatte Alica strikt verboten, Alkohol zu trinken oder zu rauchen. Bislang hatte sie sich auch immer daran gehalten. Die Kameraden sahen sie erwartungsvoll an. Sie konnte doch nicht einfach mit deren Tradition brechen. Außerdem würde Mutter garantiert niemals erfahren, dass sie hier einen Schnaps getrunken hatte. Sie musste lächeln. Mutter würde überhaupt erst in etwa hundertsechzig Jahren geboren.

Neugierig, wie Birnenschnaps wohl schmeckte, griff sie nach der Flasche. Oder besser gesagt sie versuchte es, denn ihre Hand glitt durch das Metall hindurch. Sie versuchte es noch ein zweites Mal. Vergebens! Nicht nur dass sie in ihrer Geistergestalt keinen Körper hatte, im hellen Licht war sie obendrein so gut wie unsichtbar. Sie selbst musste schon genau hinsehen, um ihre Hände zu erahnen.

»Tja, dann werde ich mich wohl für dich opfern müssen«, sagte der General grinsend und nahm noch einen zweiten Schluck aus seiner Flasche. »Geister sind wirklich vorbildliche Soldaten. So genügsam! Man muss sich gar keine Sorgen um ihre Verpflegung machen. Knochenbeiß! Erinnere mich heute Abend daran, dass ich mir Gedanken darüber mache, noch ein weiteres Regiment Geister aufzustellen.« Mit diesen Worten trat Lollejan aus ihrem Versteck und deutete mit seiner Flasche auf das Kloster. »Zum Angriff, meine Helden! Wir werden siegen!«

Buddel und Knochenbeiß waren sofort auf den Beinen und folgten ihrem General. Alica, für die das alles nach dem endlosen Geschwafel des Generals etwas plötzlich kam, zögerte einen Moment. Dann folgte sie den dreien.

Buddel flitzte Haken schlagend über den Klosterplatz und verschwand in der Kirche, während Knochenbeiß vergeblich versuchte mit dem Hasen Schritt zu halten. Lollejan lief direkt auf das große Zelt zu.

Einer der Franzosen rief etwas und deutete auf den Hasen. Ein paar Männer lachten. Die beiden Kobolde blieben unbemerkt. Sicher konnten die Soldaten sie nicht sehen.

Alica glitt zu den Pferden hinüber. Die Tiere spürten ihre Anwesenheit, auch wenn sie unsichtbar war. Die Pferde begannen unruhig zu schnauben und mit den Hufen zu stampfen. Alica überlegte, ob sie mit ihnen reden sollte, aber sie wusste nicht recht, was sie ihnen sagen könnte. Ihr Auftrag im Schlachtplan des Generals war allein, die Tiere zu beunruhigen und so die Soldaten abzulenken. Dann kam ihr eine Idee:

»Dies ist kein guter Ort für Pferde«, hauchte sie mit schwacher Stimme. Ein Rappe wieherte schrill. Etliche der Pferde zerrten an ihrem Zaumzeug und versuchten sich loszureißen. Nur ein Hengst mit einer sternförmigen Blesse war etwas mutiger. »Wer bist du?«, fragte er.

»Der Geist eines Pferdes! Ich bin gekommen, euch zu warnen. Fresst hier nicht und bleibt nicht bei dieser Mauer. Hier lauert für Pferde der Tod!«

Ein Wallach wurde ohnmächtig. Jetzt zerrten alle Pferde an ihrem Zaumzeug. Eine rote Stute schaffte es, sich loszureißen, und preschte davon. Soldaten kamen herübergelaufen und bemühten sich die Tiere zu beruhigen.

»Warum machst du uns Angst?«, rief der Hengst, der zu den wenigen gehörte, die sich von der allgemeinen Panik nicht anstecken ließen. »Wer bist du? Zeig dich!«

»Ich bin der Geist einer Stute, die hier einst gestorben ist«, hauchte Alica. Sie dachte an die Geschichten, die Wallerich ihr erzählt hatte. Wenn ein Geist versuchte Gestalt anzunehmen, dann wurde es rings um ihn kälter. Vielleicht konnte sie die Pferde mit einem kalten Luftzug erschrecken.

Inzwischen kamen immer mehr Soldaten zu den Pferden gelaufen.

Alica glitt die Mauer entlang. Als sie die nackte Angst in den Augen der Tiere sah, packte sie das schlechte Gewissen. Das war kein Streich. Das war einfach nur gemein! Sie glitt durch die Mauer hindurch und machte sich davon. Überall rannten jetzt Soldaten durcheinander. Das ganze Lager war in Aufruhr. Der Colonel mit der goldbestickten Uniform rief irgendwelche Befehle. In seiner unmittelbaren Nähe herrschte halbwegs Ordnung. Einige seiner Männer hatten Gewehre und beobachteten aufmerksam den Waldrand.

Alica verstand kein Wort von dem, was die Soldaten sprachen. Sie schwebte weiter über den Platz und wollte nach Buddel und Knochenbeiß sehen, als sie aus dem Zelt seltsame gluckernde Geräusche hörte.

Sie glitt durch die Plane, die knisterte und steifer wurde. Auf einem großen Tisch lagen etliche Brotlaibe und Würste. Daneben stand ein Fass. Wieder gluckerte es. Neugierig blickte Alica hinein. Inmitten von Rotwein schwamm Lollejan. Der Kobold grinste sie selig an. »Bei allem wasch rescht ischt ... Hicks! Die Franschosen sind eine ... Hick! Eine echte Landplage, awer ihr Wein ischt wunnerbar!«

»Was machst du hier?«

»Isch opfere misch ... Hicks! Isch vernüschte den Wein.«

Vor dem Zelt krachte ein Schuss. Alica zuckte zusammen.

»Attacke!«, grölte Lollejan. »Wir siegen!« Er zog sich aus dem Fass hoch und balancierte auf dem Rand. Wein troff aus seinen Kleidern, während er seinen Hosenlatz öffnete. Sein Bauch war auf den Umfang eines Fußballs angeschwollen.

»Was hast du vor?«

»Isch fülle dasch Fass auf ... Hicks!« Er grinste gehässig. »Prosit, ihr Froschfresser!«

»Komm zu dir, General!« Alica wollte ihm einen Klaps auf die Wange geben, doch ihre Hand glitt durch ihn hindurch. Lollejan schüttelte sich. Seine Kleider wurden steif vor Kälte und knisterten so wie die Zeltwand, durch die Alica eben geglitten war.

»Brrrr!« Dem Kobold klapperten die Zähne. »Lass das, Frau Geist! Das fühlt sich an, als säße einem der Tod im Nacken!« Lollejan schien schlagartig nüchtern zu sein.

»Was soll der Unfug mit dem Weinfass?«

Der General stieß einen Rülpser wie einen Kanonenschuss aus und sein Bauch schrumpfte auf den ursprünglichen Umfang. Etwas beschämt blickte er zur Seite. »'tschuldigung, das war stärker als ich. Der Zauber, durch den man schlagartig nüchtern wird, hat immer irgendwelche Nebenwirkungen.

Aber Rülpsen ist immer noch besser als Blähungen. Und was das Fass angeht, sollte dir klar sein, dass ich mich geopfert habe! Jedem Soldaten hier steht pro Tag ein halber Liter Wein als Ration zu. Wenn aber der Inhalt eines halben Fasses verschwindet, dann wird es jede Menge Ärger und ungerechtfertigter Verdächtigungen geben. Das untergräbt die Moral der Soldaten.« Er klopfte sich auf die Schulter. »Das ist die Art, wie General Lollejan und seine Regimenter Schlachten gewinnen.«

Ein Schuss krachte. Ein schriller Schrei folgte. Ein Schrei, wie Alica noch keinen gehört hatte.

»Das klingt ja, als würde ein Hase vom Adler geholt!«, rief der General und rannte zum Zelt hinaus. Alica glitt durch die Zeltwand und war einen Augenblick später in der Kirche.

Buddel kauerte auf dem Boden. Erstarrt blickte der Hase zu einem Husaren, der mit einer Pistole auf ihn anlegte. Seine Ohren waren gerade aufgerichtet und sein Anblick erinnerte Alica an einen Soldaten, der die Hände hebt und sich ergibt. Dicht neben ihm stand Knochenbeiß. Er hatte tatsächlich die Hände erhoben, doch zielte der Franzose eindeutig nicht auf ihn. Beide waren ganz und gar mit feinem Mehl bestäubt.

Der Husar stützte seinen Arm ab und würde jeden Moment schießen. In Gedankenschnelle warf Alica sich nach vorn. Die Luft klirrte vor Kälte. Einen kurzen Moment lang hatte sie richtige Hände. Sie hieb nach der Waffe, als der Husar abdrückte. Ein Schuss bellte. Dichter Rauch wallte auf. Die Kugel prallte ein kleines Stück vor Buddel vom Steinboden ab und schlug in einen Sack, aus dem sich ein Rinnsal von Mehl ergoss.

Der Husar taumelte erschrocken zurück. Sein Schnauzbart war mit Raureif bedeckt. Er murmelte immer wieder ein Wort, das Alica nicht verstand, und sah sich dabei ängstlich um.

Lollejan trat aus dem Pulverrauch und packte Knochenbeiß bei seiner Jacke. »Raus hier! Dich kann doch keiner von den Langen sehen, du Trottel! Warum ergibst du dich?«

Buddel war aus seiner Starre erwacht und flitzte Haken schlagend aus der Kirche.

Alica sah sich um. In einer Ecke lag zertrümmertes Chorgestühl, das offenbar als Brennholzvorrat diente. Der größte Teil des Kirchenschiffs wurde als Lager genutzt. Es türmten sich Säcke und Fässer entlang der Mauern. Die Fenster hatte man offenbar schon vor langer Zeit zerschlagen. Einzelne bunte Glasscherben in verbogenen Bleigittern kündeten von der vergangenen Pracht der Kirchenfenster. Dunkle Wasserspuren auf dem Gemäuer ließen ahnen, dass es jahrelang in die Kirche hereingeregnet hatte. Jetzt waren die Fensteröffnungen mit Planen abgedeckt, um die Vorräte im Kirchenschiff vor Wind und Wetter zu schützen.

Das Kreuz hinter dem Altar fehlte, und die einst mit Blattgold geschmückte Kanzel sah aus, als hätten betrunkene Soldaten ein Zielschießen auf sie veranstaltet.

Ein Teil der Säcke war aufgeschlitzt worden und der Boden ringsherum war weiß von Mehl. Die kleinen nackten Füße von Knochenbeiß hatten deutliche Abdrücke im Mehl hinterlassen und auch die Spuren von Buddel waren nicht zu übersehen. Traurig über all die sinnlose Zerstörung wandte Alica sich ab. Sie glitt durch eine der Wände. Auf dem Platz zwischen der Kirche und den Klostergebäuden hatte der Colonel nun einigermaßen für Ordnung gesorgt. Husaren mit Säbeln und Musketen patrouillierten am nahen Waldrand entlang. Die Pferde hatten sich allerdings immer noch nicht beruhigt. Alica hielt einigen Abstand zu den Tieren, um sie nicht noch einmal zu erschrecken. Von Lollejan und seinen beiden Kumpanen war nichts zu sehen. Sie hatte keine große Lust, sich dem General noch einmal anzuschließen, und hoffte vom Kloster aus auch alleine den Weg zum Herrenhaus zu finden. Gewiss würde sie den Husarenjungen und den Falken auch ohne die Hilfe der Kobolde aufspüren.

Ein Trupp Reiter mit grünen Jacken voller roter Schnüre und weißer Knöpfe preschte auf den Klosterplatz. Sie trugen wuchtige Pelzmützen. Einer der Männer hielt eine Fahne mit einem goldenen Adler auf dem Fahnenstock. Es war dieselbe Fahne wie in Knupers Kristallkugel! Alica hielt den Atem an. Zwischen den Soldaten sah sie einen, der ganz in Rot gekleidet war. Er hielt mit der linken Hand eine Trompete. Das war der Junge! Er machte ein ernstes Gesicht und sah sich misstrauisch um. Seine rechte Hand lag auf dem Griff seines Säbels.

Der Anführer der Reiter, ein Mann mit einer schwarzen Binde über dem linken Auge, sprang aus dem Sattel und eilte dem Colonel entgegen. Dann rief er einen knappen Befehl und die Kolonne der Husaren fächerte zu einer weiten Linie auf. Alica musste sich ein Stück zurückziehen, als ihr ein älterer Husar mit grauem Schnurrbart zu nahe kam. Sein Brauner schnaubte unruhig und blickte mit weit aufgerissenen Augen in ihre Richtung.

Hoch am strahlend blauen Himmel kreiste ein weißer Vogel. Zuerst dachte Alica, es sei der Falke, doch schnell erkannte sie ihren Irrtum. Eine Möwe beobachtete das Kloster. Das konnte nur eins bedeuten! Heinzelmänner waren auf Lollejan und seine Regimenter aufmerksam geworden. Alica glitt in den Schatten der Kirche. Dann schlug sie einen weiten Bogen um die Reiter. Sie durfte nicht entdeckt werden. Nicht jetzt, wo sie den Husarenjungen endlich gefunden hatte.

Sie flüchtete zum Waldrand. Aus dem Schutz des Dickichts beobachtete sie den Trompeter noch eine Weile. Was hätte sie dafür gegeben, jetzt einfach zu ihm hinüberzugehen und mit ihm zu reden!

Eine zweite Möwe erschien am Himmel und deutlich erkannte Alica eine Gestalt mit roter Zipfelmütze auf ihrem Rücken. Nach allem, was Lollejan erzählt hatte, stellten die Heinzelmänner nicht viele Fragen, wenn sie ein Fabelwesen schnappten. Sie würden sie für einen Geist halten und nach Nebenan schaffen. Sie durfte nicht erwischt werden! Schweren Herzens zog Alica sich tiefer in den Wald zurück.

Von der Kunst, ein Geist zu sein

Niemals hätte Alica gedacht, dass man sich als Geist verlaufen könnte. Hilflos blickte sie sich um. Im dichten Wald konnte sie nicht weit sehen. Sie stand an einem Steilhang. Verwitterte Felsbänke ragten aus dem Waldboden. Nirgends gab es einen Weg. Irgendwo in der Nähe plätscherte leise ein Bach. Und überall wurde geredet! Alica hatte das Gefühl, ihr müsse noch der Kopf platzen von dem ganzen Geschwafel. Die Vögel in den Ästen, kleine Nagetiere in den Büschen, es war nicht auszuhalten. Und sie verstand alles. Jetzt war ihr klar, was Knuper mit Meisentratsch gemeint hatte. Sie redeten über alles Mögliche. Wo sich der Fuchs Blauzahn gerade herumtrieb. Eine Maus erzählte schluchzend, eine ihrer Nestschwestern sei letzte Nacht von einer Eule gepackt worden. Und immer wieder ging es um Alica. Die Tiere hatten offenbar keine Schwierigkeiten, sie zu sehen. Sie beunruhigte die Waldbewohner, und die Tiere flüsterten, wann sie wohl endlich weiterziehen würde.

»Sie hat einen komischen Schnabel«, zwitscherte ein Fink aufgeregt.

»Das ist ihre Nase, du Trottel«, erklang es unter einem Brombeerbusch.

Ein Zaunkönig, der über Alica auf einem Birkenzweig saß, berichtete stolz, dass sie zur Armee General Lollejans gehöre und außerdem eine Gesandte der Dunklen Königin sei. Daraufhin verstummte einen Moment lang das vielstimmige

Piepsen und Fiepen. Alica wunderte sich über den schlechten Ruf Arduinnas. Was hatte die verborgene Königin getan, dass man sie so sehr fürchtete? Und warum war Arduinna ausgerechnet zu ihr so nett gewesen?

Zwei Amseln waren die Ersten, die es wagten, wieder zu flüstern. Sie tuschelten, dass man vorsichtig sein müsse und die Dunkle Königin diesen Geist sicher mit irgendeiner üblen Absicht geschickt habe. Dann begann ein ganzes Teekränzchen von Mäuschen unter einem Busch zu reden und bald war das Geplapper noch schlimmer als zuvor. Alica hätte schreien können! Sie musste nachdenken. Sie brauchte Ruhe! Hier würde sie noch wahnsinnig! Doch ganz gleich wohin sie auch ging, das Getuschel folgte ihr. Ringsherum saßen jetzt kleine Vögel auf den Ästen und blickten halb neugierig, halb ängstlich zu ihr herunter.

Alica deutete auf eine Drossel, die besonders wichtigtuerisch auftrat. »Hörst du mich?«, rief sie mit dunkler Stimme. »Arduinna hat mich geschickt, denn sie braucht Diener in ihren Höhlen, tief im Fels, dort, wo niemals Tageslicht hingelangt. Ich soll ein paar von euch zu ihr hinabbringen.«

Hektisch flatternd stoben die Vögel davon. Es raschelte im trockenen Laub und nur einen Augenblick später herrschte Stille. Erleichtert atmete Alica auf. Sie folgte dem leisen Plätschern und fand einen kleinen Bach, der sich zwischen moosbewachsenen Felsen wand. Wie goldene Säulen brach das Licht durch das Laubdach. Alica trank die Schönheit des Ortes. Einige Augenblicke lang vergaß sie sogar ihre Sorgen. Doch als Wolken das Sonnenlicht auslöschten, kehrte die Erinnerung zurück. Sie war verloren in dieser fremden Zeit! Und bald würde Arduinna sie wieder in ihren Leib zurückrufen.

Wie sollte sie mit dem Husarenjungen sprechen, ohne Französisch zu können? Ihr kam der groteske Gedanke, dass sie sich dank des Schlangenschwanzes mit seinem Pferd unterhalten könnte, aber nicht mit ihm. Sie lachte bitter. Die Sprache war noch das kleinste Problem! Wie sollte sie sich ihm zeigen? Als Geist? Würde er dann nicht einfach davonlaufen? Was für ein Ereignis hatte sie beide miteinander verbunden? Er kannte sie, das stand außer Zweifel! Und er kannte auch ihren Namen. Aber wie war es dazu gekommen? Könnte sie sich einfach darauf verlassen, dass schon alles gut gehen würde, wenn sie sich begegneten? Schließlich war er ihr in der Zukunft als Geist begegnet. Es musste also geklappt haben mit dem Kennenlernen! Und wenn sie sich irrte? Würde sich die Zukunft verändern, falls sie jetzt einen Fehler machte? Das Risiko wollte sie nicht eingehen. Sie musste ihr Bestes geben! Und damit alles glattlief, musste sie es zuerst einmal schaffen, auf Dauer körperliche Gestalt anzunehmen! Sie hatte es ja auch gekonnt, als sie in der Kirche die Pistole des Husaren zur Seite geschlagen hatte.

Alica dachte an Wallerichs Worte. Sie musste Energie aus ihrer Umgebung ziehen. Sie konzentrierte sich und versuchte nach einer kleinen Blüte zu greifen, die am Bach wuchs. Ihre Hand glitt hindurch.

Sie tat es wieder und wieder. Wohl hundert Mal oder öfter wurde sie enttäuscht. Aber es gab nur noch diese eine Aufgabe in ihrem Leben! Sie musste es schaffen, die Blüte zu berühren. Licht und Schatten zogen über sie hinweg. Es schneite. Wieder zogen Schatten über den Wald.

Die kleine Blume war von einem Eispanzer überzogen, als jemand Alicas Namen rief. Niedergeschlagen wandte sie sich um. Lollejan saß auf einem Stein. Er trug einen dicken Schal und rieb sich die frostroten Finger. Rings um Alica lag Schnee. Der kleine Bach war unter einer matt spiegelnden Eisdecke verschwunden.

»Lass mich raten: Du magst den Frühling nicht!« Der Koboldgeneral grinste frech. »Vielleicht kann ich dir helfen?«

Alica funkelte ihn böse an. »Ich werde für dich keine Pferde mehr erschrecken. Deinen kleinen Krieg kannst du ohne mich führen.«

Lollejan hob abwehrend die Hände. »Habe ich vom Krieg gesprochen? Ich wollte dir Hilfe anbieten. Die Tiere beschweren sich schon, und wenn du noch drei weitere Tage hierbleibst, dann bin ich mir fast sicher, dass die Heinzelmännchen dich holen kommen. Du benimmst dich viel zu auffällig, um nicht entdeckt zu werden. Aber wenn du es so haben willst ...« Er wandte sich ab und hüpfte von dem Stein, auf dem er gesessen hatte.

»Halt!« Alica traute ihm nicht, doch sie wollte ihn auch nicht einfach ziehen lassen. »Was soll das mit den drei Tagen heißen?«

Der General setzte eine Unschuldsmiene auf. »Das musst du doch selbst am besten wissen. Du hast drei Tage damit verbracht, die Gegend hier unter einem Eispanzer verschwinden zu lassen. Ich war gestern schon einmal hier, aber du warst so versunken in deinen seltsamen Zauber, dass du mich nicht wahrgenommen hast.«

Alica blickte zum Himmel. Die Sonne stand tief. Es musste später Nachmittag sein. War das eine Koboldlist? Es konnten doch nicht drei ganze Tage verstrichen sein! Andererseits hatte die Dunkle Königin sie ja gewarnt, dass ihr Zeitgefühl sich verändern könnte.

»Warum willst du mir helfen?«, fragte sie misstrauisch.

Lollejan zwinkerte unschuldig mit den Augen. »Weil ich ein guter Kobold bin. Außerdem hast du mir zu einem großen Sieg verholfen. Wenn du in meine Armee zurückkehren würdest, dann könnte ich glatt vergessen, dass du desertiert bist. Ja, ich würde dich zum Leutnant befördern und dich für den Orden der Goldenen Haselnuss vorschlagen, denn ...«

»Auf keinen Fall! Ich kämpfe nicht mehr für dich.«

Der General stieß einen tiefen Seufzer aus. »Was für ein Verlust. Du hättest sicher eine glänzende Karriere vor dir. Vielleicht wärst du eines Tages sogar General so wie ich.«

Alica schnaubte verächtlich. Fast hätte sie dem Kobold verraten, dass sie ohnehin jeden Moment verschwinden konnte. Wie viel Zeit ihr wohl noch blieb?

»Du hast Buddel das Leben gerettet«, sagte der Kobold ernst. »Dafür stehe ich in deiner Schuld. Mein Volk mag zwar einen schlechten Ruf haben, aber wir nehmen es sehr ernst, wenn wir etwas schuldig sind. Du siehst aus wie jemand, der Hilfe gebrauchen kann, Frau Geist. Ich bin zwar nur ein Kobold, aber vielleicht liegt es in meiner Macht, dir zu helfen oder zumindest jemanden zu finden, der dies vermag.«

Alica war beeindruckt. Eine solche Rede hätte sie von Lollejan zuallerletzt erwartet. Sie erklärte ihm, was für eine Sorte Geist sie war, und dass sie hoffte, sich zumindest für kurze Zeit einen richtigen Körper verschaffen zu können.

Der General hörte ihr ruhig zu. Dann lächelte er auf eine Art, die Alica sofort bereuen ließ ehrlich zu ihm gewesen zu sein. Aber vielleicht konnten Kobolde ja nicht anders, als verschlagen zu grinsen? »Ich denke, ich weiß, zu wem wir gehen müssen. Es gibt hier ganz in der Nähe noch einen Geist, auf den die Heinzelmännchen bisher nicht aufmerksam geworden sind. Sie ist ein wenig seltsam ... Aber sie weiß mehr über Gespenster und dergleichen als jeder andere hier. Sie spukt immerhin schon seit ein paar hundert Jahren. Folge mir, Frau Geist.«

Sie verließen den kleinen Bach, dessen Wasser wieder zu tauen begann, und wanderten am Fuß des steilen Hangs entlang. Bald hatte Alica völlig die Orientierung verloren. Aufgrund dessen, wie sich die Position der Sonne änderte, die ab und an durch das dichte Blätterdach blitzte, bekam sie den Eindruck, dass der General sie im Zickzackkurs führte.

Ob das nun am unwegsamen Gelände lag oder aber geschah, damit sie sich den Weg nicht merken konnte, vermochte sie nicht zu beurteilen.

Endlich hielt Lollejan am Fuß einer schroffen Felswand. Halb im Laub verborgen lagen hier behauene Steine. Der General deutete die Klippe hinauf. »Dort oben stand einmal eine Kapelle. Welcher Idiot von einem Langen die Idee hatte, sie so dicht an die brüchige Klippe zu bauen, weiß ich nicht. Jedenfalls ist schon vor langer Zeit bei einem Erdrutsch die halbe Kapelle hier unten gelandet. In der anderen Hälfte, die noch oben steht, spukt es. Wart nur ab, bis es dämmert, dann wirst du es sehen.«

»Kommst du denn nicht mit?«, fragte Alica verwundert.

Der Kobold winkte ab. »Nein, nein. Das brauch ich nicht. Ich bin alt und schreckhaft. Eine Begegnung mit der Freifrau, das tue ich mir nicht an. Ich habe jetzt meine Schuld bei dir beglichen. Du hast den besten Reithasen, den ich jemals hatte, vor dem Bratspieß bewahrt und ich habe dich zu einem waschechten Geist gebracht. Damit sind wir quitt. Im Übrigen betrachte dich als ehrenhaft aus meiner Armee entlassen, Frau Geist. Du bist keine Deserteurin. Und du kannst jederzeit zu uns zurückkommen.« Er verneigte sich und zog seinen seltsamen Hut.

Alica war ganz gerührt. Noch bevor sie etwas sagen konnte, verschwand der Kobold zwischen den Steintrümmern. So ganz allein war ihr mulmig. Warum wollte der General den Geist oben in der Kapelle nicht treffen? Alica ermahnte sich, dass sie selbst fast ein Geist war und es deshalb keinen Grund gab, sich zu fürchten. Wie sollte man ihr denn etwas tun, wenn sie keinen Leib hatte?

Es dämmerte und der Steilhang war in rotgoldenes Licht getaucht. Der bröckelnde Fels, der für jeden sterblichen Kletterer eine ernste Herausforderung gewesen wäre, stellte für

Alica kein Hindernis dar. Mit Leichtigkeit schwebte sie daran empor.

Am oberen Rand der Klippe lag die Ruine fast vollständig unter dichten Brombeerranken verborgen. Ein spitz gewölbtes Tor führte ins Nichts. Nur dicht neben dem Tor war ein Platz, an dem nicht einmal ein Grashalm wuchs. Dort, bei einer Mauer, die kaum noch kniehoch aufragte, lag eine große Steinplatte. Ihre Oberfläche war völlig glatt.

Ein schmaler Weg führte von der Kapelle in den Wald, der sich vom Rand der Klippe westwärts erstreckte. Vor dem Torbogen lagen verwelkte Blumen. In den Schwellenstein der Kapelle war ein einfaches steinernes Kreuz geritzt. Ein wenig weiter fand sie ein vergittertes Loch im Boden. Vielleicht ein alter Brunnenschacht.

Von hier oben hatte man einen guten Blick über ein flaches Tal und die Berge, die weiter im Westen lagen. Die Aussicht schien Alica vertraut, doch war sie sich ganz sicher, noch nie zuvor hier gestanden zu haben. Schwere graue Wolken zogen bei den Bergen auf und verschluckten das Abendrot. Es wurde rasch dunkel.

Ungeduldig wartete Alica, was geschehen würde. Während sie den Himmel betrachtete, begannen die Wolken sich plötzlich wie im Zeitraffer zu bewegen. Wie Wellen brandeten sie gegen die Berge. Dann war es Nacht. Der Mond stieg in steilem Bogen am Himmel empor. Plötzlich verharrte er in der Bewegung. Ganz in der Nähe schrie ein Käuzchen. Alica spürte, dass sie nicht mehr allein war.

»Kommst du aus Cöln?«, wisperte eine Frauenstimme. Blaugraues Licht fiel durch den Torbogen der Ruine. »Hast du meinen Hannes gesehen?« Die Stimme hörte sich unendlich traurig an. Zwischen den Ruinen erschien eine seltsame Frauengestalt. Sie war groß und hager. Ihre Frisur, die einmal kunstvoll hochgesteckt gewesen sein musste und von Perlenschnüren gehalten wurde, hatte sich halb aufgelöst. Wirre Strähnen hingen ihr ins Gesicht. Sie trug ein Kleid mit aufgeplusterten Ärmeln und einem Stehkragen aus Spitze. An den Säumen war es ganz ausgefranst und schmutzig.

So wie eine frisch aufgeblühte Rose sich in ihren Duft hüllt, war diese Erscheinung von einer Aura der Traurigkeit umgeben, der sich niemand entziehen konnte, der ihr begegnete. Alica musste an ihre Mutter denken und wie es ihr in dieser Nacht wohl ging. Und auch daran, wie ein Leben ohne Mutter sein würde.

»Hast du den Hannes gesehen?«, hauchte der Geist. »Er ist nach Cöln geritten, beim Goldschmiedemeister Franziscus Aurelius die Ringe zu holen. Er müsste längst zurück sein.«

Die Frau hatte die Ruine verlassen und stand nun unmittelbar vor Alica. Ihr Gesicht war eingefallen. Tiefe, dunkle Ringe hatten sich unter ihre Augen gegraben.

»Ich kenne keinen Hannes«, antwortete Alica schüchtern. »Es tut mir leid.«

»Aber vielleicht hast du ihn trotzdem gesehen. Er ist ein großer Kerl mit langen blonden Haaren. Und er hat den Schalk im Nacken. Das sieht man ihm sofort an. Er lächelt immer auf so eine besondere Art. Auf einem Schimmel ist er geritten. Und er ist ein wenig eitel. Er trägt ein feines Wams aus Rehleder und einen großen Hut mit einer weißen Feder daran. Ist er dir vielleicht auf der Straße begegnet? Mein Hannes ist ein Mann, der auffällt. Immer drehen sich die Weiber nach ihm um.«

Alica schüttelte den Kopf. »Nein. Ich bin niemandem begegnet, der so aussieht.«

Die Geisterfrau nickte. Eine Zeit lang starrte sie Alica an, dann drehte sie sich abrupt um. »Ich muss nach ihm Ausschau halten. Er wird kommen, das weiß ich.« Die Erscheinung glitt zum Rand der Klippe und sah über das bewaldete Tal.

Alica scheute sich, die Geisterfrau von sich aus anzusprechen. Was sollte sie ihr sagen? – Hallo, ich heiße Alica und brauche deine Hilfe? Was wohl mit Hannes geschehen war? Sicher war er zu Lebzeiten der Frau nicht mehr gekommen.

Alica überwand sich und glitt hinüber zum Rand der Klippe. Sie brauchte den Rat dieser Geisterfrau! Und sie konnte nicht warten! Vielleicht blieben ihr selbst nur noch wenige Stunden, um herauszufinden, was mit dem Husarenjungen und dem Falken geschehen war.

»Entschuldigung, ich ...«

Die Erscheinung drehte sich ruckartig um. Ihre Augen strahlten. Sie hatten sogar plötzlich Farbe bekommen. Sie waren hellgrün, mit kleinen goldbraunen Flecken. »Bringst du mir Nachricht von meinem Hannes?«

»Nein.« Alica senkte den Blick. »Nein, ich bin hier, um dich um Hilfe zu bitten. Sieh mich an. Ich bin selbst ein Geist so wie du. Und auch ich suche jemanden.«

Die Augen der Frau verblassten wieder. Ihre Lippen zitterten. Kurz schien es, als wollte sie zu weinen beginnen, dann hatte sie sich wieder in der Gewalt. »Du kennst also den Schmerz, den ich leide.«

Alica traute sich nicht, darauf zu antworten. Was wusste sie schon von der Geisterfrau?

»Wie kann ich dir helfen?«

Alica erzählte von ihrer Suche nach dem Falken und dem Husarenjungen, von der Dunklen Königin und warum sie in geisterhafter Gestalt erschien, ohne tot zu sein. Auch berichtete sie von Wallerich und dem, was er über Geister gesagt hatte: Wie sie die Wärme der Umgebung nutzen, um Gestalt anzunehmen und manchmal sogar einen richtigen Körper zu bekommen.

Als Alica ihren Bericht beendet hatte, schüttelte die Geisterfrau den Kopf. »Heinzelmänner. Sie waren schon immer bestrebt, die Welt zu erklären und alles beherrschen und vorhersagen zu können. Aber oft beschreiben sie einfach nur, was geschieht, ohne die wahren Hintergründe zu begreifen.«

»Ähm ... Und was bedeutet das jetzt?«, fragte Alica vorsichtig.

»Was hast du getan, als du versucht hast Gestalt anzunehmen?«, wollte die Geisterfrau wissen.

»Ich ... Ich habe mich konzentriert. Ich habe versucht, die Umgebung um mich herum zu spüren und ihre Wärme in mich aufzunehmen. Aber es hat nicht funktioniert. Ich meine, um mich herum wurde es wirklich kälter, doch ich bekam keinen Körper, sosehr ich mich auch anstrengte.«

»Und wie war es, als du den Hasen rettetest? Hast du lange nachgedacht, bevor du die Waffe des Soldaten zur Seite schlugst?«

»Nein. Das ging alles viel zu schnell. Ich hatte Angst, dass er Buddel tötet. Da blieb mir gar keine Zeit, noch an etwas anderes zu denken.«

Die Geisterfrau nickte erneut. »Da liegt die Lösung. Es sind die Gefühle, aus denen die Kraft der Geister erwächst. Wenn ein starkes Gefühl uns so sehr beherrscht, dass der Tod zur Nebensache wird, dann kann manchmal ein Geist entstehen. Sei es nun Wut oder Liebe, Trauer, Verzweiflung oder auch ein Schuldgefühl. Jeder Geist, den du triffst, ist letzten Endes die Verkörperung eines Gefühls. Das ist es, was uns daran hindert, unseren Frieden zu finden. Dieses Gefühl ist auch der Schlüssel zu unserer Erlösung. Wer spukt, weil er sich schuldig fühlt, der wird erlöst werden, wenn man ihm seine Schuld vergibt. Wer zornig ist, der wird erlöst, wenn er das Gefühl hat, dass ihm Gerechtigkeit widerfährt. Je stärker das Gefühl ist, desto körperlicher wird der Geist. Poltergeister zum Beispiel können Gegenstände verrücken oder sogar herumwerfen, wenn sie sehr zornig sind. Manchmal, wenn meine Traurigkeit zu groß wird, kann ich die Blumen berühren, die die Sterblichen hier herauf zur Kapelle bringen. Vergiss, was der Heinzelmann dir gesagt hat! Wenn du dich ganz deinen Gefühlen hingibst, wirst du es schaffen, eine Gestalt aus Fleisch und Blut anzunehmen. Was um dich herum geschieht, ist nur Nebensache. Das Wesentliche bist du und was in dir vorgeht. Manche Geister können sogar ihr Aussehen und ihre Kleidung verändern. Wir erscheinen so, wie wir uns an unser Äußeres erinnern. Hältst du dich für schön, dann wirst du schön sein. Und es genügt, dass du dir vorstellst, ein anderes Kleid zu tragen. Ist deine Vorstellung lebendig genug, wird sich dein Aussehen anpassen. So schwer und zugleich so einfach ist es, ein Geist zu sein.«

Alica war der Fremden dankbar für ihren Rat, fragte sich aber, ob dies nun wirklich der richtige Weg sei. Sie hatte Wallerich bedingungslos geglaubt und war enttäuscht worden. Nun war sie skeptischer. Zugleich empfand sie tiefes Mitleid mit der geisterhaften Frau, denn sie vermeinte aus ihren Worten ein Echo ihres eigenen Schicksals herauszuhören. »Wie kommt es, dass du spukst? Und ... Entschuldige, ich vergesse ganz, wie man sich benimmt. Ich heiße Alica.«

»Ich bin ... oder vielleicht besser ich *war* die Freifrau Magdalena von Greifenstein. Ich war die Letzte aus der Linie derer von Greifenstein. Und ich weiß, dass sie mich alle hinter meinem Rücken die Verrückte genannt haben. Vielleicht hatten sie sogar recht. Ich habe zu sehr geliebt, Mädchen. Hüte dich davor. Es kann dein Leben zerstören.« Sie straffte sich und deutete hinab auf das bewaldete Tal. »Dort unten auf dem Weg hätte er kommen müssen. Er ist immer lieber dort entlanggeritten, obwohl es ein Umweg war. Mein Verlobter Johannes Reisigendorf ist nach Cöln gereist, um dort unsere Eheringe vom Goldschmiedemeister Franziscus Aurelius zu holen. Das war im Jahr des Herrn sechszehnhundertfünfundsechzig. In dieser Zeit wütete die Pest im Lande. Uns erreichte die Nachricht am Mittag des Tages, nachdem Hannes aufgebrochen war. In Schleiden haben sie darauf die Stadttore verschlossen und keinen Reisenden mehr hineingelassen. Und die Bauern haben die Fremden mit Steinen und Heugabeln vertrieben. Doch die Pest kam trotzdem zu uns. Da haben alle Vertreibungen und alles Beten nicht geholfen. Vielleicht kam sie sogar gerade deshalb, weil wir jedes christliche Mitgefühl mit den Elenden unter Angst begraben hatten und der Herr unsere Hartherzigkeit strafen wollte. Man fürchtete jeden, der von Cöln her und aus dem Osten kam, denn in dieser Zeit breitete sich der schwarze Tod vom Ungarnland her im Reich aus. Von diesem Tag an habe ich nie wieder von meinem Hannes gehört. Ich war in Cöln und habe nach ihm gesucht, obwohl mir jeder davon abriet, die Stadt zu betreten. Der Goldschmied, seine Familie und die Bediensteten waren tot. Niemand konnte mir sagen, ob Hannes sie je erreicht hat. So groß war die Zahl der Toten, dass man sie zuhauf in Gräber warf und niemand mehr die Namen aufschrieb. Ich suchte Hannes in Spitälern und Siechenhäusern. Vergebens. Er war verschollen. Meine Bediensteten hatten das Haus verlassen, als ich zurückkehrte. Man mied mich lange Wochen aus Angst, ich hätte die Pest an mir. In der Zeit stand ich jeden Tag hier oben am Kliff. Ich ließ eine Kapelle bauen und dem heiligen Rochus, dem Schutzpatron gegen die Pest, weihen. Im Jahr des Herrn sechzehnhundertsechsundsechzig wütete die Seuche so schlimm, dass die Franziskanermönche die jährliche Prozession zur *Schmerzhaften Mutter* im Kloster Heimbach verboten haben. Es war das Jahr, in dem ich starb. Noch am Tag vor meinem Tod stand ich hier oben auf der Klippe und wartete auf Hannes. Ich wurde in der Kapelle beigesetzt. Auf meinen Wunsch hin wurde ein zweites Grab für Hannes vorbereitet. Die

Grabplatte blieb leer. Kein Name steht dort. Kein Todestag. Hannes wurde niemals gefunden. Und ich fand niemals Ruhe. Nacht für Nacht stehe ich hier, halte Ausschau und wache über sein leeres Grab. Und ich frage mich, wie unser Leben verlaufen wäre, hätten wir uns an diesem Morgen geliebt oder miteinander gestritten. Wäre sein Aufbruch nur um zwei Stunden verzögert worden, dann hätte die Nachricht von der Pest uns erreicht und ich hätte ihn niemals ziehen lassen.«

»Aber warum war es so wichtig für dich, ihn tot zu sehen oder sein Grab zu finden?«, fragte Alica.

»Es gab Leute, die seinen Namen beschmutzten. Es wurde getuschelt. Es hieß, er sei vor der Hochzeit geflohen. Er hätte ein Jüngere, Schönere gefunden. Niemand sagte mir das offen ins Gesicht. Aber ich weiß, was geredet wurde. Mein Hannes hätte das niemals getan!« Sie legte die Hände auf ihr Herz. »Sie ahnten nicht, wie sehr er mich liebte. Und es fraß an mir, dass sie mit ihrem Gerede unsere Liebe in den Schmutz zogen. Ich wollte ihnen allen beweisen, dass er mich niemals verlassen hätte. Dann fanden die Ringe ihren Weg zu mir. Jemand hatte sie in aller Heimlichkeit bei einem Pfandleiher versetzt. Mein Verwalter hat das entdeckt. Danach wurde das Gerede noch schlimmer. Ich weiß, nur der Tod konnte Hannes von mir fernhalten. Er hat mich nicht betrogen! Dies ist meine Geschichte, mein Kind. Meine Geschichte und der Grund, warum das Haus Greifenstein verloschen ist und ich hier in jeder Nacht spuke. Ich habe zu sehr geliebt, Alica. Hüte dich davor.«

»Warum glaubten die Leute denn, dass er durchgebrannt sei, wenn ihr euch so sehr geliebt habt?«

Die Freifrau schnaubte verächtlich. »Weil er die Taschen voller Geld hatte. Unsere Ringe sollten mit Brillanten besetzt sein. Und er musste sie beim Goldschmiedemeister noch bezahlen. Aber er hätte mich niemals so schändlich betrogen. Das weiß ich!«

Alica überlegte, ob Magdalena vielleicht spukte, weil auch sie Zweifel an der Treue von Hannes hegte. »Hast du im Haus Greifenstein gelebt? Ein großes Herrenhaus, zu dem ein Turm gehört.«

»Ja, so sah das Stammhaus meiner Familie aus. Ein schönes Haus. Es gab dort einen wunderbaren Kachelofen. Ich habe ihn mit Kacheln aus Holland verkleiden lassen. Ich liebte es, dort zu sitzen und dem leisen Knistern des Feuers zuzuhören.«

Alica fühlte einen warmen Schmerz in der Magengegend. Der Ofen! Dass Magdalena vor Jahrhunderten am selben Ofen gesessen hatte, an dem auch sie so gerne saß, raubte ihrer Geschichte alle Distanz. Es war, als hätte Alica eine Urahnin getroffen. Auch wenn das unmöglich war, denn die Freifrau hatte ja gesagt, dass ihr Geschlecht erloschen sei. Magdalena hatte an den Orten gelebt und geliebt, die auch ihr vertraut waren. Vielleicht war sie sogar im Himmelbett im Turmzimmer gestorben. Ein Schauder überlief Alica. Nein, das Bett war bestimmt nicht so alt! Es brachte nichts, sich von solch unsinnigen Gedanken gefangen nehmen zu lassen. Sie musste einen klaren Kopf behalten, ermahnte sich Alica. Im Herrenhaus waren die Husaren einquartiert, nach denen sie suchte. »Wie komme ich von hier aus zum Haus Greifenstein?«

Die Freifrau deutete auf den schmalen, fast zugewachsenen Waldpfad, der von der Kapelle den Hang hinaufführte. »Geh dort entlang, dann wirst du es finden. Der Weg ist ein wenig beschwerlich. Aber er ist nicht weit.«

»Ich werde nun aufbrechen, Magdalena. Ich hoffe, ich werde im Herrenhaus den jungen Soldaten finden, den ich suche.«

Die Freifrau wirkte entrückt. Sie starrte wieder ins Tal hinab. »Wenn du von meinem Hannes hörst, dann komm mich noch einmal besuchen, Alica. Johannes Reisigendorf, so ist sein Name. Und er ist gebürtig aus Schleiden.«

Alica brachte es nicht übers Herz, ihr zu sagen, dass keine Chance bestand, etwas von ihrem Hannes zu hören. »Das mache ich«, sagte sie mit belegter Stimme. »Ganz sicher.« Langsam glitt sie den Waldweg hoch. Sie war schon ein gutes Stück von der Kapelle entfernt, als sie die Freifrau rufen hörte: »Glaube an deine Gefühle, Alica. Sie sind der Schlüssel!«

Ein Reiter in stürmischer Nacht

Das Haus Greifenstein sah kaum anders aus als zweihundert Jahre später. Der Putz war zum Teil von den Außenwänden abgefallen und unterhalb der Fenster liefen Schmutzbahnen die Wände hinab. Aber die grünen Fensterläden, der rostige Wetterhahn auf dem Turm, all das war Alica wohlvertraut. Allerdings stand der Hof voller Zelte und der Pferdestall war in besserem Zustand. Sein Dach war noch nicht von den Jahren gebeugt. Auf einem Rasenstück waren weitere Pferde angepflockt, zu deren Schutz man eine Zeltplane aufgespannt hatte.

Zwischen den Zelten brannten Wachfeuer in eisernen Körben. Soldaten mit kurzen Gewehren patrouillierten über das Gelände. Lollejans kleiner Krieg hatte die Franzosen offenbar in Alarmbereitschaft versetzt.

Unsichtbar für die Wachen glitt Alica durch das Lager. Ein Hund begann zu kläffen. »Eine Fremde ist hier«, bellte er heraus. »Schnell, kommt her! Sie schleicht zum Haus!« Wachen liefen herbei. Sie konnten den Hund zwar nicht verstehen, doch war sein lautes Gekläff Warnung genug. Die Gewehre im Anschlag sahen sie sich um. Verschlafene Soldaten lugten aus den Zelten. Jemand fluchte lauthals.

Alica ging so dicht an einer der Wachen vorbei, dass sie den Mann hätte berühren können. Er erschauderte und rieb die Hände aneinander. Einer der Soldaten kniete neben dem Hund, tätschelte ihm den Kopf und redete beruhigend auf ihn ein.

Alica glitt die Treppe hinauf. Vorbei an einem alten Husaren, der auf den Stufen saß und tief in Gedanken versunken eine Pfeife rauchte. Durch das offene Küchenfenster drangen Stimmen. Nur einen Gedanken später war Alica in der Küche. Es war schon praktisch, durch Wände gleiten zu können.

Drei Offiziere in goldbetressten Uniformen standen über eine Karte gebeugt am Küchentisch. Ein großer vierarmiger Kerzenständer spendete warmes gelbes Licht. Ein Tintenfass und ein Fernrohr waren auf die Enden der Karte gestellt, damit sie sich nicht wieder aufrollte. Die drei fuhren mit den Fingern Wege auf der Landkarte entlang. Alica verstand einzelne Städtenamen. Koblenz, Mainz. Einmal wurde auch von Warschau gesprochen. Doch worum es in dem Gespräch ging, konnte sie nur ahnen. Sollte das Regiment die Eifel verlassen? Bereiteten sie sich auf einen Marsch weiter nach Osten vor? Einer von ihnen, der Wortführer, trug eine schwarze Binde über dem linken Auge. Er hatte ein schmales Gesicht. Ein Schatten dunkler Bartstoppeln lag auf seinen Wangen. Die obersten Knöpfe seiner Uniform waren geöffnet. Er bewegte sich lässig und selbstbewusst. Alica musste nichts über Uniformen und Rangabzeichen wissen, um in ihm den Befehlshaber der beiden anderen zu erkennen. Der Jüngste, ein Blondschopf, erschien Alica auf den ersten Blick arrogant. Der Dritte im Bunde hatte einen üppigen Walrossbart und einen leichten Bauchansatz. Er wirkte gemütlich und war wohl der älteste unter den Offizieren. Er sprach ruhig, mit einer tiefen Bassstimme. Der Mann mit der Augenbinde schien großen Wert auf seine Meinung zu legen, während um die Lippen des Jungen manchmal ein überhebliches Lächeln spielte.

Erst jetzt bemerkte Alica die Stange, die beim Küchenfenster stand. Darauf hockte ein goldbrauner Vogel mit heller Brust. Er trug eine rote Lederkappe auf dem Kopf, die seine Augen bedeckte. Der Falke! Neugierig glitt Alica näher. Er schien ihre Anwesenheit zu spüren. Der Falke plusterte sein Gefieder auf und schlug unruhig mit den Flügeln. Er war mit einem Lederriemen an der Stange festgebunden.

Alica zog sich bis dicht neben den Ofen zurück. Das Tier beruhigte sich. Einer der Offiziere stand auf und öffnete eine Flasche Wein. Die drei Männer schienen sich über etwas einig geworden zu sein. Der Jüngste von ihnen nahm einen Bogen Papier und eine Feder und schrieb hastig ein paar Zeilen. Seine Handschrift war seltsam. Voller großer Bögen, die Buchstaben geschwungen und schön. Allerdings fand Alica die Schrift etwas angeberisch. Sie war zu hübsch. Er unterschrieb den Brief und setzte noch einen verschlungenen Schnörkel unter seinen Namen. Auch die beiden anderen Offiziere zeichneten den Brief ab. Dann streuten sie feinen Sand darüber, um die Tinte schneller trocknen zu lassen.

Der Offizier mit der Augenbinde nahm schöne Kristallgläser aus einem Schrank, der gegenüber dem Kachelofen stand. Er goss den beiden anderen ein und zündete sich eine dünne Zigarre am Kerzenständer an.

Alle drei hoben feierlich die Gläser. Und dann riefen sie etwas, das selbst Alica verstand: »Es lebe der Kaiser!« Sie prosteten einander zu und tranken den Wein in großen Schlucken.

Der Offizier mit der Augenbinde hatte als Erster sein Glas geleert. Er stellte es ab und ging zur Küchentür. »François!«

Irgendwo im Haus erklang eine Antwort. Dann hörte man hastige Schritte und ein junger Husar trat in die Küche. Alica blieb fast das Herz stehen. Es war ihr Husar! Endlich wusste sie wenigstens seinen Namen!

Der junge Offizier faltete den Brief zusammen. Dann hielt er eine Stange Siegelwachs an eine der Kerzen und ließ etwas von dem zähen dunkelroten Wachs auf den Brief tropfen. Der Mann mit der Augenbinde drückte einen Ring auf das Wachs. Dann gab er dem Husarenjungen den Brief und eine fleckige Ledertasche. Sie sprachen kurz miteinander und der Junge salutierte zackig. Dabei grinste er, als sei er mit dem Kommandanten wohlvertraut, und auch der Offizier mit der Augenbinde lächelte. Eilig verließ der Husarenjunge die Küche und lief durch das Lager zu den Ställen hinüber. Alica folgte ihm, wagte sich aber nicht zu nahe an den Stall heran.

Der Junge führte einen schönen grauen Hengst heraus und saß auf. Er tätschelte dem großen Pferd über den Hals, beugte sich weit vor und flüsterte ihm etwas ins Ohr. Der Hengst schnaubte. Alica war zu weit entfernt, um das Pferd deutlich zu verstehen. Aber es hatte etwas von *fliegen* gesagt.

Stolz warf der Hengst den Kopf in den Nacken. Dann preschte er los, den steilen Weg zur Straße hinauf, die nach Wolfgarten und zum Kloster führte.

Von den Bergen im Westen ertönte dumpfes Donnergrollen. Der Himmel hatte sich zugezogen. Mond und Sterne waren hinter Wolken verschwunden. Alica konnte dem Jungen ohne Mühe folgen. Als Geist war sie schneller als sein Pferd. Sie musste es nur wollen und an sich glauben.

Manchmal wagte es Alica, ein wenig näher zu kommen. Es hatte jetzt zu regnen begonnen. Wasser perlte vom Gesicht des Husarenjungen. Er hatte die Lippen zu einem schmalen Strich zusammengepresst. Seine Bewegungen waren vollkommen auf das Pferd abgestimmt. Die enge Uniform betonte seine gute Figur. Die Jacke war so geschnitten, dass sie seine Schultern breiter erscheinen ließ. Um die Hüften hatte er eine rot und weiß gestreifte Binde geschlungen. Der Ärmste war schon triefnass. Ob er wohl weit reiten musste?

Alica überholte François und eilte den Weg voran. Die Straße führte hinab nach Schleiden und dann weiter an einem Fluss entlang. Was war nur so wichtig, dass man ihn bei solchem Wetter hinausgeschickt hatte? Blitze schnitten verwinkelte Muster ins Schwarz der Nacht. Das Gewitter rückte näher.

François passierte Schleiden, ohne anzuhalten. Der Regen fiel immer dichter. Sein Grauer musste jetzt langsamer gehen. Das Unwetter hatte den Lehmweg aufgeweicht. Schlamm spritzte bei jedem Schritt des Hengstes. Der Husarenjunge saß leicht vorgebeugt im Sattel. Unbeirrt setzte er seinen Weg fort, bis die Straße nach einigen Meilen steil anstieg.

Alica wartete an einem Wegkreuz. Sie sollte ihn von diesem Wahnsinnsritt abhalten. Zumindest solange es so stark regnete. Warum hatte François nicht Zuflucht in der kleinen Stadt gesucht? Wollte er seinem Offizier etwas beweisen?

Alica betrachte ihre Hände. Sie leuchteten blaugrau. Sie war jetzt halb durchscheinend. Eilig versteckte sie sich im Gebüsch. Nahm sie vor lauter Wut über diesen sinnlosen Ritt Gestalt an?

François passierte das Wegkreuz, ohne sie zu bemerken. Nur sein Grauer hob kurz den Kopf und blickte in ihre Richtung. Er schien keine Angst vor ihr zu haben. Ahnte er, dass sie seinem Reiter nichts Böses wollte?

Alica glitt zwischen den Bäumen am Weg entlang und beobachtete François. Er schlug den Pelzkragen seiner Weste hoch, doch das bot keinen Schutz gegen den Regen. Seine Pelzmütze war mit einem Lederüberzug bedeckt, von dem das Wasser in Strömen abperlte und seine Schultern herablief. Die rote Uniform war dunkel vor Nässe.

Ein Kribbeln durchfuhr Alica, als sie durch einen dicken Baumstamm glitt. Sie veränderte sich. Sie musste an etwas anderes denken als an den Husarenjungen, wenn sie nicht ausgerechnet jetzt feste Gestalt annehmen wollte.

Hastig eilte sie weiter die Straße hinauf. Wie auf Flügeln glitt sie dahin und bald erreichte sie den Höhenrücken des Berges. Breite Schneisen waren hier in den Wald geschlagen. Und dunkle Spuren im zerwühlten Boden zeigten, wohin die Baumstämme geschleppt worden waren. Ein Stück neben der

Straße lag eine einfache Hütte. Nein, das Wort Hütte war geschmeichelt für diese Behausung. Sie war aus Ästen gebaut, die man miteinander verflochten hatte, und so niedrig, dass man darin nicht aufrecht stehen konnte. Rings um die Hütte war der Boden gezeichnet von großen Kreisen aus grauschwarzer Asche und verklumpter, ausgebrannter Erde. Köhler hatten hier gearbeitet und ihre Meiler aus den frisch geschlagenen Bäumen errichtet, um Holzkohle zu brennen.

Die Schutzhütte war verlassen. Jemand hatte in einer Ecke dürres Geäst und ein paar schmale Scheite Holz aufgestapelt. Es gab eine kleine, von Steinen eingefasste Feuerstelle auf dem Boden und an der Rückwand ein Lager aus Moos und einem alten zerrissenen Sack, der als Decke darauf lag.

Das geflochtene Laubdach war erstaunlich dicht. Nur an wenigen Stellen drang der Regen durch. Als Alica die Hütte verlassen wollte, stieß sie mit dem Kopf gegen das Laubdach. Erschrocken sah sie an sich hinab. Es war geschehen! Sie hatte wieder einen Körper! Sie stand in einem Nachthemd mitten im Wald. Und ihr war kalt. Dort, wo eben noch Regen vom Laubdach getropft war, wuchsen nun langsam Eiszapfen.

Alica nahm einen der dünnen Äste vom Reisighaufen und stocherte verzweifelt in der Asche des Feuers. Tief unten fand sie ein einzelnes glühendes Kohlestückchen. Vorsichtig schichtete sie dürre Äste darüber und blies die Glut an. Langsam fraß sich der Funken weiter. Dann sprang ein kleines blaues Flämmchen aus dem Holz. Vorsichtig legte sie Äste nach. Die Flamme wurde größer. Der Eiszapfen direkt über der Feuerstelle begann zu tauen. Alica streckte die Hände den Flammen entgegen. Wohlige Wärme kroch ihre Arme hinauf, doch vermochte sie die Kälte in ihr nicht gänzlich zu vertreiben.

Draußen erklang dumpfer Hufschlag. Alica musste sich tief hinabbeugen, um durch die Türöffnung der Laubhütte zu gelangen. Ringsherum war alles weiß. Hatte sie das getan? In weitem Kreis lag frischer Schnee um die Hütte. Als François sie sah, richtete er sich kerzengerade im Sattel auf und bemühte sich verwegen dreinzublicken. Doch nass und durchgefroren, wie er war, missglückte sein Auftritt als stolzer Husar.

Alica winkte ihm und deutete auf die Laubhütte. Kein vernünftiger Mensch würde bei diesem Wetter draußen bleiben. Dennoch schien es zunächst so, als wolle François einfach weiterreiten. Doch sein Hengst schnaubte unwillig und ließ den Kopf hängen. François strich ihm über die Mähne, in der nun Schneeflocken hafteten. Dann stieg er ab. Er deutete verlegen auf sein Pferd und sagte etwas, das Alica nicht verstand. Vermutlich redete er sich damit heraus, dass sein Pferd erschöpft sei.

»Komm ans Feuer!« Alica deutete auf den Eingang zur Laubhütte, doch der Husarenjunge schüttelte den Kopf. Er schnallte den Sattel von seinem Hengst und fragte etwas, worauf Alica nur hilflos mit den Schultern zucken konnte. Dann kam er herüber und blickte in die winzige Hütte. Er deutete auf den zerschlissenen Sack und fragte noch einmal. Alica nickte, ohne verstanden zu haben. François führte sein Pferd auf die windgeschützte Rückseite der Hütte. Dann nahm er den Sack und rieb damit den Hengst trocken. Schließlich warf er ihn über die Satteldecke und wickelte die Zügel locker um den Stamm einer jungen Birke.

Alica beobachtete ihn durch die Lücken im Laubgeflecht. Jetzt erst wurde ihr bewusst, wie jämmerlich sie aussah. Sie war barfuß! Und sie trug nur das Nachthemd ihrer Großmutter. Gut, wenn man nicht zu genau hinsah, mochte das als ein Kleid durchgehen, doch es war viel zu dünn für dieses Wetter. Und weil der Boden der Hütte nur aus gestampfter schwarzer Erde bestand, war es schon voller Schmutzflecke. Sie sah sicher wie eine Bettlerin aus, dachte sie beschämt. Was würde François nur von ihr halten?

Der Husarenjunge duckte sich unter dem Eingang. Sein Säbel geriet ihm zwischen die Beine, sodass er fast stolperte. Er schob den schweren Sattel herein und räusperte sich dann. Wieder schien er irgendeine Erklärung abgeben zu wollen. Alica vermutete, dass er sich über das elende Wetter beschwerte, und nickte wieder. Wenn sie doch wenigstens ein paar Worte Französisch verstehen könnte!

Unbehagliches Schweigen breitete sich aus. Verlegen legte sie ein paar Scheite Holz nach und stocherte mit einem langen Stock im Feuer herum. François sah sie unverwandt an. Hoffentlich wurde sie jetzt nicht rot, dachte sie. Aber im flackernden Licht der Flammen würde das vielleicht auch nicht auffallen. Ihr war immer noch eiskalt. Der Husarenjunge war ganz dicht ans Feuer gerückt. Seine nasse Uniform dampfte in der Wärme.

François zog seine enge pelzgesäumte Jacke aus und hängte sie an einen Ast, der von der Decke ragte. Dann schnallte er seinen Säbel ab und lehnte ihn in Griffweite an den Sattel. Eine schöne Waffe, deren Griff in einem goldenen Vogelkopf endete. Der junge Husar nestelte am Verschluss einer abgewetzten Ledertasche und holte schließlich eine Wurst, etwas Brot und ein Stück weichen Käse hervor, der in Papier eingeschlagen war. Das Papier faltete er sorgfältig auseinander und benutzte es als Unterlage für das Essen. Er schob die Sachen neben das Feuer und lud Alica mit einer Geste ein, sich zu bedienen.

Wieder beobachtete er sie. Diese dunkle Wurst mit den hellen Stücken darin ... Normalerweise hätte sie so etwas niemals gegessen. Aber sie durfte sie nicht zurückweisen! Wie würde das aussehen! Er wollte sich bei ihr revanchieren. Sie musste hochmütig wirken, wenn sie nichts von seinem Essen nahm.

So riss sie ein Stück vom Brot ab und biss auch in die

Wurst. Sie schmeckte überraschend gut. Würzig und irgendwie auch nach Rauch.

François lächelte sie an. Dann nahm er seine Feldflasche vom Sattel. Er drehte den Verschluss auf, schnupperte über der Öffnung und seufzte. Er schüttelte die Flasche und erklärte etwas. Das einzige Wort, das Alica dabei verstand, war Cognac. Der Husarenjunge nahm einen Schluck und reichte ihr die Flasche.

Sie zögerte keine Sekunde. Mit ihren Lippen den Flaschenhals zu berühren, den er zuvor an seine Lippen gesetzt hatte ... Das war fast, wie ihn zu küssen.

Der Cognac brannte auf ihrer Zunge. Sie schluckte ihn hastig hinunter. In ihrem Bauch breitete sich eine angenehme Wärme aus.

Der Husarenjunge deutete auf seine Brust: »François Ibrahim de la Croix.«

Alica legte sich die Hand auf die Brust und verneigte sich leicht: »Alica Bräuer.«

»Alica?«, wiederholte der Husar leise. »Alica.«

Sein Akzent verlieh ihrem Namen einen neuen Klang. Er war wie veredelt und hörte sich aus seinem Mund fremd und abenteuerlich an.

François erzählte ihr etwas und unterstrich seine Worte mit Gesten. Alica vermutete, er wollte ihr klarmachen, dass er ein bedeutender Soldat war. Sie nickte ab und an. Es war ganz egal, was er sagte, solange sie ihn nur anschauen durfte. Er sah wunderbar aus! Nur einen einzigen, kleinen Makel konnte sie entdecken. Seine Zähne waren etwas zu groß und zwischen den beiden oberen Schneidezähnen gab es eine kleine Lücke.

François hatte die Fellmütze längst abgenommen, sodass sie sein dichtes blauschwarzes Haar sehen konnte. Einzelne Locken hingen ihm in die Stirn. Sein dunkler Teint, die sinnlichen Lippen. Sie stellte sich vor, wie er sie küsste.

François hatte Spaß daran, zu erzählen. Seine Stimme war dunkel und wohlklingend. Wenn sie seine Gesten richtig deutete, behauptete er gerade, dass er einmal Kaiser Napoleon von Weitem gesehen hatte. Dann brach er mitten im Satz ab. Zunächst hatte Alica Angst, sie habe etwas falsch gemacht. Ihn durch irgendeine unbewusste Geste beleidigt. Doch François beugte sich zum Eingang der Laubhütte und blickte nach draußen. Das Gewitter war nach Osten weitergezogen und es hatte aufgehört zu schneien. Er straffte sich und wirkte traurig. Dann nahm er seine Jacke vom Ast und zog sie wieder an. Alica konnte sehen, dass seine Kleider noch nicht trocken waren.

»Du kannst so nicht reiten. Du wirst dir den Tod holen.«

Der Husar zuckte hilflos mit den Schultern und murmelte etwas, das Alica nicht verstand. Er knöpfte seine Jacke zu und nahm seinen Säbel.

Ohne auf ihre Einwände zu achten, griff er nach dem schweren Sattel und schob ihn nach draußen.

Alica nieste und hustete, dann zeigte sie zum Feuer. Sie hoffte, er hatte begriffen, dass er sich erkälten würde, wenn er jetzt ginge.

François deutete auf die Ledertasche mit dem Brief der Offiziere und sagte etwas, das wohl *wichtig* bedeutete. Er ging um die Laubhütte herum, wo ihn sein Grauer mit einem Schnauben begrüßte. Schnell war das Pferd gesattelt.

Hilflos stand Alica im Schnee und sah ihm zu. Sie war so aufgewühlt, dass sie die Kälte kaum spürte.

Der Husarenjunge redete auf sie ein und gab ihr den zerlumpten Sack zurück. Vermutlich wollte er sich für den Platz am Feuer bedanken. Plötzlich griff er nach ihrer Hand und führte sie an die Lippen, um einen zarten Kuss auf den Handrücken zu hauchen. Bevor sie etwas sagen konnte, war er schon im Sattel. Entschlossen gab er dem Grauen die Sporen und trabte über die Rodung davon. Dort, wo der Weg wieder in den Wald mündete, zügelte er noch einmal kurz sein Pferd und winkte ihr. Einen Augenblick später war er zwischen den Bäumen verschwunden.

Alica legte die Linke schützend über ihre Hand, so als könnte sie den Kuss dadurch festhalten. Sie fühlte noch deutlich, wo seine Lippen ihren Handrücken berührt hatten.

Langsam kroch die Kälte ihre Waden hoch. Schlotternd ging sie zurück und legte neue Scheite ins Feuer. François hatte Brot, Käse und Wurst zurückgelassen. Sicher hielt er sie für eine Bettlerin, so wie sie aussah. Alica versuchte Ordnung in all die widerstreitenden Gefühle zu bringen, die sie bewegten. Sie hatte sich verliebt! Verliebt in einen jungen Soldaten, den sie vielleicht nur noch als Gespenst wiedersehen würde. Und sie konnte nicht einmal mit ihm reden. Was sollte sie nur tun? Sie durfte auch nicht vergessen, warum sie hier war. Warum spukte der Falke? Und was war mit François? Warum hatte er keine Ruhe in seinem Grab finden können? War es wirklich ihretwegen? Hatte er fast zweihundert Jahre auf sie gewartet? Sie wünschte, sie wüsste, was noch geschehen würde.

In der Wärme wurde sie langsam schläfrig. Sie zog den schmutzigen Sack um ihre Schultern, der jetzt nach Pferdeschweiß stank, und rollte sich in das Bett aus Moos neben dem Feuer ein. Bald war sie in einen unruhigen Schlaf versunken.

Vegetarier, welke Blumen und tote Tauben

Als Alica erwachte, fühlte sie sich ganz behaglich. Warmer Wind raschelte in den trockenen Blättern der Laubhütte. Helle Flecken von Sonnenlicht tanzten vor ihr auf dem Boden aus gestampftem Lehm. Sie streckte ihre Glieder und gähnte.

Das Feuer war heruntergebrannt. Noch immer ein wenig schlaftrunken setzte Alica sich auf. Benommen starrte sie auf ihre Füße oder besser gesagt dahin, wo ihre Füße hätten sein sollen. Sie war wieder ein körperloser Geist und im Schlaf waren ihre Beine durch die Wand der Laubhütte geglitten, als sie sich auf dem Lager herumgewälzt hatte.

Alica schwebte durch die Wand aus Ästen. Es war ein strahlender Frühlingstag. Die Sonne stand hoch am Himmel. In den Bäumen sangen die Vögel. Am Rand der Rodung entdeckte sie eine Gruppe junger Füchse, die unter den wachsamen Augen ihrer Mutter umhertollten.

Wie lange sie wohl geschlafen hatte? Vom Schnee war nichts mehr zu sehen, ja der Boden war sogar so trocken, als hätte es die Nacht mit dem Unwetter nie gegeben.

Unschlüssig, was sie als Nächstes tun sollte, glitt Alica um die Hütte herum. Neben dem Eingang lag ein Strauß welker Blumen. War François noch einmal hier gewesen? Ganz schwindelig vor Aufregung kniete sie nieder. Es waren Tulpen. Ihre Finger tasteten über die roten Blüten. Schon bei der geringsten Berührung fielen die Blätter ab. Wie lange hatten sie wohl schon hiergelegen und ... Alica stutzte. Sie hatte die Blüten berührt! Ungläubig rieb sie ihre Hände aneinander. Sie besaß wieder einen Körper! Die Freifrau hatte recht! Es waren die Gefühle, die bestimmten, wie weit man als Geist in die Welt der Menschen zurückkehren konnte. Ob man wieder einen Körper hatte oder nur ein durchscheinender Schemen blieb.

Mit dem Körper kam der Hunger. Ihr Magen meldete sich knurrend. Alica kroch zurück in die Hütte und aß ein wenig von den Vorräten, die François ihr dagelassen hatte. Der Käse schmeckte wie Gummi. Die Wurst war zäh wie Leder und so salzig, dass sie großen Durst bekam, aber es gab nichts zu trinken in der Hütte.

Mit brennender Kehle machte sie sich auf in den Wald, um nach einem Bach zu suchen. »Komm zurück, Flämmchen!«, erklang eine zornige Stimme. »Von Menschen hat man mit einem Fuchspelz nichts Gutes zu erwarten.«

Aus einem Busch brach ein wuscheliges, kleines Fellknäuel hervor und tollte um ihre Füße herum. Alica kniete nieder. »Du brauchst keine Angst vor mir zu haben.«

Der junge Fuchs verharrte und sah sie mit großen dunklen Augen an. »Du kannst ja sprechen!«

Alica kraulte dem Kleinen den Nacken. »Ich bin anders als die anderen Menschen.«

Der Fuchs schüttelte sich. »Brrr. Du hast ja ganz kalte Pfoten.«

Nun drängte sich die Füchsin zwischen Alica und ihr Junges. »Lass Flämmchen in Ruhe, Menschenweibchen!«

»Ich wollte ihm nichts tun.«

»Mich täuschst du nicht. Ich rieche, dass mit dir etwas nicht stimmt.«

»Wenn du mir verrätst, wo ich frisches Wasser finde, dann werde ich dir und deinen Jungen etwas zu fressen geben.«

Die Füchsin packte Flämmchen mit den Zähnen im Nacken und trug ihn ein Stück weit von Alica fort.

»Sie tut doch nichts!«, protestierte der Kleine. »Hör auf sie. Ich habe großen Hunger.« Auch die anderen Jungen hatten sich inzwischen um ihre Mutter versammelt und begannen zu jammern. Schließlich ließ sie Flämmchen auf den Boden purzeln und deutete mit der Schnauze über die Straße hinweg. »Dort lang musst du gehen, Menschenweibchen. Dann wirst du bald einen Bach finden.«

Alica bedankte sich und machte sich auf den Weg. Sie war noch keine zweihundert Schritt gegangen, als sie schon lauthals darüber fluchte, barfuß im Wald unterwegs zu sein. Sie wünschte sich, wieder Geistergestalt anzunehmen, doch nichts geschah.

Endlich fand sie einen kleinen Bach, der zwischen grauen Felsblöcken dahinplätscherte. Sie kniete sich nieder und begann gierig zu trinken. Nie zuvor hatte ihr Wasser so gut geschmeckt. Es war angenehm kühl und hatte einen leichten Beigeschmack, den Alica nicht genauer benennen konnte. Vielleicht war es der Geschmack von Steinen und Wald.

Als Alica sich satt getrunken hatte, setzte sie sich auf einen großen Stein und streckte ihre geschundenen Füße ins eisige Wasser. Die Kälte betäubte den Schmerz. Sie lehnte sich zurück und genoss die warme Mittagssonne. Sie döste vor sich hin. Hunger, Durst und Schmerz waren bald vergessen.

»Du siehst aber komisch aus«, riss sie eine vertraute Stimme aus ihren Tagträumen. Flämmchen und seine Geschwister hockten im Halbkreis um den Stein, auf dem sie sich niedergelassen hatte, und blickten erwartungsvoll zu ihr auf.

Verwundert sah Alica an sich hinab und erschrak. Sie hatte sich fast vollständig aufgelöst. So blass und unscheinbar waren ihre Konturen, dass man sie im Sonnenlicht so gut wie nicht mehr sehen konnte. Würde sie so aus der Vergangenheit verschwinden und in ihre Zeit zurückkehren? Einfach verblassen! Das durfte nicht sein!

Jetzt konnte sie ihre Beine schon wieder etwas besser sehen. Die Angst verlieh ihrem Körper deutlichere Formen. Alica schloss die Augen und versuchte gegen ihre Gefühle anzukämpfen. Du bist noch hier, sagte sie sich stumm. Beruhige dich. Du kannst deine Erscheinung beherrschen!.

»Du hattest uns Futter versprochen.«

Alica blinzelte zu den jungen Füchsen hinüber. »Ja. Und ich werde mein Versprechen auch halten. Kommt mit!« Sie erhob sich und schwebte den Hang hinauf. Sie sollte in Zukunft mehr Nutzen daraus ziehen, dass sie ein Geist war, und besser auf sich aufpassen. Körperlos durch den Wald zu gleiten war wesentlich angenehmer, als sich an Steinen und Ästen die Füße wund zu stoßen.

Als sie die Laubhütte erreichten, waren die kleinen Füchse völlig außer Atem. Alica duckte sich gerade durch den niedrigen Eingang, als eine scharfe Stimme erklang. »Ihr werdet nicht in den Menschenbau gehen! Das ist gefährlich! Daraus wird nichts Gutes erwachsen! Silberschnauze, Flämmchen, Streifenbauch, Nussauge, hört gefälligst, was ich sage.«

Die jungen Füchse maulten vor sich hin, gehorchten aber.

»Wenn du Futter für uns hast, Menschenweibchen, dann wirf es heraus!«

Was hatte sie dieser Füchsin denn getan, dachte Alica entnervt und griff nach der Wurst. Ihre Finger glitten hindurch. Mist! Verärgert versuchte sie es noch einmal, aber sie war offenbar nicht ärgerlich genug. Wieder vermochte sie die Wurst nicht zu packen. Alica seufzte. Sie musste es anders versuchen. Sie setzte sich gerade hin, schloss die Augen und dachte an den Husarenjungen. Daran, wie er sie über die Flammen hinweg angeblickt hatte und wie wunderbar er in seiner bunten Uniform aussah. Sie wünschte, dass sich die Jungs in ihrer Zeit nur halb so schick kleiden würden. Nicht mit den Gedanken abschweifen, ermahnte sie sich!

Dann dachte sie an den Kuss. Sie spürte die Haut auf ihrem Handrücken prickeln, dort, wo seine Lippen sie flüchtig berührt hatten. Und sie spürte die Schmerzen in ihren Füßen. Alica schlug die Augen auf. Ihre Füße waren ganz rot. Die Sohle brannte und an drei Stellen hatten sich dunkle Krusten gebildet. Ein Geist zu sein hatte seine Vorteile, dachte sie und griff nach der Wurst.

Leise fluchend humpelte Alica aus der Hütte und warf der Füchsin die Wurst zu. Diese fing die Wurst noch im Flug auf und machte sich dicht gefolgt von ihren Jungen davon. Enttäuscht sah Alica ihnen nach. Sie hatte gehofft mit der Füchsin reden zu können. Vielleicht hatte sie ja gesehen, wann der Husarenjunge zurückgekehrt war. Alica bekam das ungute Gefühl, dass vielleicht Tage vergangen waren, während deren sie geschlafen hatte.

In der Hütte starrte sie vor sich hin und malte mit den Fingern Muster in die kalte Asche der Feuerstelle. Wie sollte sie nur mit François reden? Sie würde alles tun, um ihn verstehen zu können. Ja, sie würde sogar noch einen Schlangenschwanz hinunterwürgen, wenn sie dafür Französisch sprechen könnte.

Vielleicht sollte sie sich auf das Wesentliche besinnen. Sie war hier, um den Spuk des Falken zu beenden, und nicht, um mit François zu flirten. Sie wusste, dass der Falke im Haus Greifenstein war. Sie hatte ihn ja sogar gesehen. Nun galt es, dahin zurückzukehren. Und François sollte sie sich aus dem Kopf schlagen! Was dachte sie sich eigentlich dabei, eine Liebesgeschichte mit einem Geist anzufangen? Das konnte nur unglücklich enden. Wann immer sie sich begegneten, ob jetzt oder in der Zukunft, einer von ihnen war eine Spukgestalt.

Ein ganz anderer Gedanke drängte sich Alica auf. Wusste François vielleicht sogar schon, dass sie ein Gespenst war? Hatte er in die Hütte hereingeschaut, als sie schlief? Und was hatte er gesehen? War sie völlig durchscheinend gewesen und so gut wie unsichtbar, so wie vorhin am Fluss, oder hatte sie vielleicht von ihm geträumt und war als unheimlich leuchtende Geistergestalt deutlich zu sehen gewesen? Waren die Blumen vielleicht nicht einfach in den Eingang der Hütte gelegt worden, sondern dem Husarenjungen vor Schreck aus der Hand gefallen, als er begriff, dass ein Gespenst ihm Gastfreundschaft gewährt hatte?

»Solche Grübeleien bringen nichts!«, sagte Alica laut und doch vermochte der Klang ihrer Stimme die düsteren Gedanken nicht zu vertreiben.

Wie würde die Geschichte zwischen ihr und François enden? Alicas Blick fiel auf die verschlungenen Muster, die sie in die Asche gemalt hatte. Es gab einen Weg, eine Antwort zu finden. Sie strich die Asche glatt. Sie würde jetzt eine große Acht in die Asche malen. Stieß ihr Finger dabei an ein Stückchen Holzkohle, das unter der Asche verborgen lag, dann würde sie François nicht wiedersehen!

Vorsichtig begann sie zu malen. Ihre Fingerkuppe berührte die Asche kaum. Es reichte gerade aus, eine dünne Spur zu hinterlassen. Eigentlich war das geschummelt. Vorhin hatte sie viel deutlichere Muster in die Asche gemalt. Doch je tiefer sie den Finger in die Asche drückte, desto größer war die Wahrscheinlichkeit, dass sic an cin vcrborgenes Stück Kohle stieß. Aber sie war diejenige, die hier die Regeln festlegte! Hauptsache, man sah eine Acht in der Asche.

Ein etwas eiförmiger Kreis war gezogen. Die Hälfte der Acht war geschafft. Ihr Herz klopfte schneller. Ganz langsam führte sie den Finger voran. Ein weiterer Halbkreis war vollendet. Nur ein kleines Stück noch. Vielleicht fünf Zentimeter, dann hatte sie den Punkt erreicht, an dem die Linie sich schließen würde. Noch drei Zentimeter. Alles ging gut! Zwei Zentimeter. Ihre Fingerkuppe streifte etwas. Alica fluchte. Sie griff in die kalte Asche. Etwas Kleines, Hartes schmiegte sich in ihre Hand. Sie holte es aus der Asche. Es war ein Stein. Nur ein Stein! Kein Stück Holzkohle. Gar nichts war entschieden.

»Frau Geist?« Im Eingang zur Laube saß die Füchsin. »Ich wollte mich für das Fleisch bedanken.«

»Ist schon gut. Warum bist du mit der Wurst weggelaufen?«

Die Füchsin legte den Kopf schief. Sie sagte nichts, aber ihr Blick vermittelte Alica den Eindruck, dass sie gerade eine unglaublich dumme Frage gestellt hatte. »Wegen der Kleinen«, sagte die Füchsin schließlich. »Sie sollen im Schutz der Bäume bleiben, sonst holt sie noch ein Bussard oder ein Falke. Unter den Bäumen und Büschen ist es sicherer.«

»Hm. Das habe ich nicht gewusst. Ich wollte euch nicht in Gefahr bringen.«

»Hast du ja auch nicht.« Die Füchsin richtete sich auf. »Ich wollte mich nur bedanken. Kann ich vielleicht etwas für dich tun?«

Noch ganz in Gedanken zuckte Alica mit den Schultern.

»Ich muss zurück zum Bau. Die Kleinen sollten dort schlafen, aber sicher spielen sie wieder am Eingang.«

Die Füchsin eilte über die Rodung davon und hatte schon fast den Waldrand erreicht, als Alica wieder ihre Frage einfiel. »Hast du den Reiter gesehen, der die Blumen vor der Hütte abgelegt hat?«

Die Füchsin schüttelte den Kopf.

»Oder weißt du, wie viele Tage vergangen sind, seit es hier nachts geschneit hat?«

»Ich schlafe nachts. Es hat hier geschneit?«

Alica seufzte. Sie hatte doch geahnt, dass man von Füchsen keine Hilfe erwarten durfte.

»Frag die Vögel!«, rief die Füchsin herüber. »Sie wissen alles, was im Wald geschieht. Und sie reden gerne.« Mit diesen Worten wandte sie sich um und war bald im Schatten verschwunden.

Alica nahm das trockene Stück Brot und ging hinaus auf die Rodung. Dort zerbrach sie den Brotkanten in kleine Krümel und rief dann nach den Vögeln. Doch kein Vogel kam. Im Gegenteil, das ohnehin nur verhaltene Trällern und Zwitschern ringsherum in den Bäumen verstummte gänzlich.

Immer und immer wieder rief Alica nach den Vögeln. Schließlich ließ sich ein Zaunkönig in angemessener Entfernung auf einem Baumstumpf nieder. »Du bist Frau Geist, nicht wahr? Du hast eine kalte Haut über das Wasser gezogen und suchst nach Dienern, die dir in die Dunkelheit zu deiner Herrin Arduinna folgen. Warum sollten wir zu dir kommen? Wir Vögel lieben das Licht. Es ist wunderbar, steil in den Himmel der Sonne entgegenzufliegen. Du wirst keine Diener finden, die dir in deine Höhlen folgen. Du brauchst nicht länger zu rufen.«

Alica schämte sich dafür, wie sie die Vögel mit ihren Drohungen erschreckt hatte. »Es tut mir leid. Ich bin nicht so, wie ich scheine. Ich will von euch nur eine Auskunft.«

Der winzige Zaunkönig stieß ein verächtliches Zirpen aus. »Du bist eine Gefahr für uns. Wir alle wären glücklich, wenn du fort wärst. Um dich herum ist immer Kälte, Frau Geist. Wenn du unseren Nestern zu nahe kommst, stirbt unsere Brut, noch bevor sie ausschlüpfen kann. Sag uns, was du willst. Und wenn du versprichst, dich von unseren Nestern fernzuhalten, dann werden wir dir vielleicht helfen.«

Alica schluckte. Sie hatte keine Ahnung gehabt, dass sie eine Gefahr für die Eier war. Sie erinnerte sich dunkel, im Biologieunterricht davon gehört zu haben, dass schon eine leichte Temperaturschwankung reichen konnte, um einen Vogelembryo im Ei zu töten. Und wenn sie Gestalt annahm, gab es mehr als nur leichte Temperaturschwankungen.

»Bin ich auch jetzt eine Gefahr?«, fragte sie betroffen.

Der Zaunkönig wippte unruhig auf und ab. »Nein, nein.

Wir brüten weit genug von deinem Nest entfernt. Bleib nur von den Bäumen und Büschen fort, wenn der Atem des Winters dich umhüllt. Dann wird uns nichts geschehen. Und nun sag schon, was du wissen willst. Ich fliege dann zu meinen Vogelbrüdern und wir beratschlagen, ob wir dir helfen wollen.«

»Hat jemand den Reiter gesehen, der die Blumen vor meiner Hütte abgelegt hat? Ich muss wissen, wie er sich dabei verhalten hat.«

Der Zaunkönig wiegte sich hin und her. »Das ist alles?«

Alica nickte.

»Ich werde sehen, was ich erfahren kann. Vielleicht kommen ja ein paar Vögel, deren Hunger größer ist als die Angst vor dir. Lass das Futter auf jeden Fall liegen.« Der kleine Vogel stieß sich vom Baumstumpf ab und flog pfeilschnell davon.

Als Erstes kam eine Blaumeise. Doch sie war nur daran interessiert, in den Brotkrümeln herumzupicken, und wusste nichts. Ihr folgten einige geschwätzige Finken, die viel über die bunten Männer erzählten, die neuerdings durch den Wald ritten, doch über François wussten auch sie nichts. Eine Taube und ein Star gesellten sich zu der Vogelschar zu Alicas Füßen. Die Taube kratzte nur in der Erde und hatte keine Lust zu fressen, während der Star erst einmal die Meise vertrieb und sich dann den Bauch vollschlug.

»Wie kannst du nur an einem solchen Tag fressen, Regensänger?«, gurrte die Taube. »Heute Morgen hat der fremde Falke Sturzflieger und Eisfeder geholt. Eisfeder hatte gerade erst ihr Nest fertig gebaut. In ein paar Tagen hätte sie Eier gelegt.«

»Tja, das ist wohl das Schicksal von fetten Täubchen«, zwitscherte der Star zwischen zwei Bissen. »Von meinen Verwandten ist noch keiner von einem Falken geholt worden.«

»Herzloser Vielfraß«, jammerte die Taube.

»Die Falken, die in Kumpanei mit den Menschen stehen, sind die Schlimmsten. Die töten mehr, als sie fressen können.

Kein Falke im ganzen Wald würde zwei Tauben an einem Tag schlagen. Es heißt, sie würden ihr Fressen mit den Menschen teilen.«

»So ein Unsinn«, zwitscherte der Star. »Hat vielleicht einer von euch jemals gesehen, wie ein Falke und ein Mensch von einer Beute fraßen? So einen Unsinn können sich doch nur Finken ausdenken!«

»Was willst du über den jungen Husaren wissen?«, erklang eine krächzende Stimme hinter Alica. Ein großer Rabe mit struppigem Gefieder hatte sich auf dem Dach der Laubhütte niedergelassen.

Alica wiederholte noch einmal ihre Frage. Das Gezwitscher der anderen Vögel war verstummt. Sie schienen großen Respekt vor dem Raben zu haben.

»Ich habe an dem Mittag in der alten Eiche auf der anderen Seite der Rodung gesessen. Es war ein ruhiger Tag. Nur zweimal sind Ochsenfuhrwerke vorbeigekommen. Die Mittagsstunde war schon verstrichen, als der Reiter kam. Er ist abgestiegen und zu dir in die Hütte gekommen.«

Alica hielt den Atem an. »Und?«, fragte sie besorgt.

»Und dann kam er wieder heraus.«

War der Rabe etwas einfältig oder hatte er Spaß daran, sie auf die Folter zu spannen? »Wie kam er heraus? Ist dir etwas Besonderes an ihm aufgefallen?«

»Nun, er hat in aller Ruhe die Blumen abgelegt und ist dann davongeritten.« Der Rabe blinzelte. »Das ist schon die ganze Geschichte. Ich bin recht alt, Frau Geist, und ich weiß einiges über deinesgleichen, obwohl du wirklich ein seltsames Kraut bist. Du hast große Macht, aber mir scheint, du weißt gar nicht, wie man damit umgeht. Es war ein schöner *warmer* Frühlingsnachmittag, als der Reiter hier auf die Rodung kam. Du verstehst? Es war warm. Nicht so wie jetzt, wo jeden, der dein Brot frisst, die Kälte ins Gefieder zwackt. Ich glaube nicht, dass der junge Soldat weiß, was du bist. Er wird dich nicht bemerkt haben, obwohl du in der Hütte warst.«

Vom Himmel ertönte ein lang gezogener Schrei. Über der Lichtung war ein Falke erschienen. Unruhe kam unter die Vögel. Die Meise und die Finken flogen eilig davon.

»Das ist der Falke deines Husaren!«, krächzte der alte Rabe. »Möge der Sturmwind ihm die Flügel brechen, diesem elenden Räuber.«

»Zwei bunte Männer kommen!«, trällerte der Zaunkönig und flog dicht über ihre Köpfe hinweg. »Sie sind nicht mehr weit entfernt.«

Alica hörte Hufgetrappel näher kommen. Nun stoben auch die anderen Vögel davon. Nur der alte Rabe blieb.

Ein Trompetensignal hallte wie ein Jubelruf durch den Wald. Zwei Reiter erschienen am Eingang zur Rodung. Einer der beiden war ganz in Rot gekleidet. Alica erkannte ihn sofort. François! Der zweite Reiter schien ein Offizier zu sein. Seine Uniform war mit Goldtressen geschmückt. Als sie näher kamen, erkannte Alica auch ihn. Es war der ältere Offizier, der an der Besprechung in der Küche teilgenommen hatte.

François zügelte sein Pferd dicht vor Alica und sprang aus dem Sattel wie ein Zirkusreiter. Aufgeregt auf sie einredend stürmte er Alica entgegen. Dann griff er nach ihrer Hand und verstummte plötzlich.

Überprüfte François gerade, ob sie ein Geist war?, fragte sich Alica beklommen. Was zum Teufel redete er da?

Der ältere Husar war indessen abgestiegen und zu ihnen gestoßen. Er verneigte sich förmlich. »Ihr gestattet, dass ich mich vorstelle, mein Fräulein? Maréchal des logis-chef Franz-Josef Bäumer. Ich bin Freund, Vertrauter und Dolmetscher dieses jungen Heißsporns, der die ganze Garnison verrückt gemacht hat, um Euch wiederzusehen. Entschuldigt bitte sein

Auftreten, mein Fräulein, aber ich fürchte, er ist bis über beide Ohren in Euch verliebt.« Der alte Husar lächelte freundlich. »Und wenn ich Euch so ansehe, kann ich ihn gut verstehen.«

François redete auf seinen Freund ein. Der Alte beschwichtigte ihn. »Er macht sich Sorgen, dass Ihr Hunger habt, Mademoiselle.«

Alica entging nicht, wie der Offizier sie verstohlen musterte. Dünn, in einem seltsamen Kleidchen und mit nackten Füßen musste sie zum Erbarmen aussehen.

Franz-Josef rieb sich die Hände. »Es ist frisch hier oben auf dem Berg. Der Winter scheint sich hier noch ganz gut der Attacken des Frühlings zu erwehren. Unten bei unserem Quartier ist es schon viel wärmer.«

François hatte einen Tuchbeutel von seinem Sattel genommen. Er holte ein Brot daraus hervor, ein Töpfchen mit Schmalz, zwei Flaschen Wein und zwei gerupfte Vögel. Sie waren viel kleiner als die tiefgefrorenen Hähnchen, die Alica aus den Gefriertruhen der Supermärkte kannte. Kopf und Füße waren abgetrennt. Das Fleisch war dunkel mit einem leicht rosa Schimmer.

Der junge Husar sah seinen Freund erwartungsvoll an. Der Offizier seufzte. »Er will, dass ich für Euch koche. Manche sagen, ich wäre ganz gut darin.« Er deutete zur Hütte. »Ihr habt dort eine Feuerstelle, nicht wahr? Darf ich sie benutzen?«

»Ja sicher.«

Vielleicht hatte Franz-Josef ihre skeptischen Blicke missverstanden. »Die Tauben sind ganz frisch. Sein Falke hat sie heute Morgen geschlagen. Zarte, junge Ringeltäubchen. Sie werden köstlich schmecken.«

Alica musste an die Klage der Vögel denken. Sturzflieger und Eisfeder. Der Rabe, der noch immer über dem Eingang der Laubhütte hockte, schien sie vorwurfsvoll anzublicken. Als Franz-Josef auf ihn zukam, spreizte er das Gefieder und flog mit lautem Flügelschlag davon. »Willkommen unter den Aasfressern, Alica!«, krächzte er zum Abschied höhnisch.

Der alte Husar lachte. »Wenn Ihr ein altes, runzeliges Weib wärt, dann würde ich Euch jetzt wahrlich für eine Hexe halten. Ist das Euer Haustier, der Rabe? Habt Ihr ihn gezähmt?«

Alica schüttelte den Kopf. Sie war unfähig auch nur ein Wort zu sagen. Ihr Magen hatte sich auf die Größe einer Murmel zusammengezogen. Ihr wurde ganz übel, wenn sie an die Tauben dachte. Sie hatte noch nie etwas gegessen, das Namen hatte.

François zog sich einen schweren Handschuh an. Er stieß einen trällernden Pfiff aus und reckte den linken Arm hoch. Der Falke, der bisher über ihren Köpfen gekreist war, stieß in weitem Bogen herab. Erst im letzten Moment bremste er den Sturzflug ab. So dicht schoss er über Alicas Kopf hinweg, dass sie sich erschrocken duckte. Dann landete er auf dem ausgestreckten Arm seines Herrn.

Der Falke sah sie durchdringend an. »Ich kenne dich. Du hast dich zu den Offizieren geschlichen und sie belauscht. Du bist eine Spionin.«

»Du irrst dich. Ich habe François gesucht. Und außerdem verstehe ich nicht einmal Französisch.«

François sah sie mit großen Augen an und wich etwas zurück. Schlagartig wurde Alica bewusst, dass es vermutlich sehr seltsam aussah, wenn sie mit einem Tier sprach. Und wie mochte es sich wohl erst anhören?

Der Falke stieß einen schrillen Schrei aus, der entfernt an ein Lachen erinnerte. »Du kannst mit mir reden und behauptest, du würdest meinen Herrn nicht verstehen! Das kannst du vielleicht einfältigen Spatzen erzählen, aber nicht mir. Außer dir bin ich erst einem einzigen Menschen begegnet, der mit Vögeln sprechen konnte. Aber untereinander verstehen sich die Menschen sehr gut. Versuche nicht, mich zu betrügen. Mein Falkenmeister diente am Hof von Algier. Ich habe schon für Prinzen gejagt. Ich kenne mich mit Lügen und Intrigen aus, Menschenweib. Du bist eine Zauberin, so wie auch mein Falkenmeister ein Zauberer war, der die Geheimnisse der verborgenen Völker kannte. Ich werde dich beobachten, Menschenweibchen. Von nun an werde ich nie sehr weit weg von dir sein. Und wenn du versuchst meinem jungen Herrn zu schaden, dann werde ich dir die Augen aushacken.« Der Falke stieß sich von François' Arm ab und gewann mit kräftigen Flügelschlägen schnell an Höhe. Dann kreiste er wieder über der Lichtung, und Alica hatte das Gefühl, seine Blicke spüren zu können.

François bestürmte sie mit aufgeregten Fragen, und da sie ihn nicht verstand, winkte er ihr, ihm in die Laubhütte zu folgen, in die Franz-Josef verschwunden war.

»Ihr könnt gut mit Tieren umgehen, Mademoiselle«, bemerkte der alte Husar, während er die beiden toten Tauben auf zwei dünne Bratspieße schob.

»Die meisten Tiere mögen mich«, antwortete Alica ausweichend.

»Mein junger Freund ist der Meinung, Ihr hättet mit dem Falken gesprochen. Ich konnte selbst hören, wie Ihr Falkenrufe nachgeahmt habt. Hat er recht?«

»Nein. Das ist nichts Besonderes. Eine Begabung vielleicht … nicht der Rede wert.«

Franz-Josef blickte kurz auf. Dann übersetzte er François, was sie gesagt hatte. Der junge Husar antwortete etwas, worauf sein Kamerad kopfschüttelnd lachte. »Er lädt Euch ein, seine Falknerin zu werden, Mädchen. Dann könntet Ihr mit der großen Armee nach Osten marschieren. François ist der Meinung, das wäre besser für Euch, als einsam auf einem Berg in einer schmutzigen Hütte zu sitzen. Ihr müsst ihm verzeihen. Er ist jung und er ist davon überzeugt, dass es kein besseres Leben gibt, als ein Husar des Kaisers zu sein. So sind sie fast alle im Regiment. Lasalle, einer unserer berühmtesten Husarengenerale, hat einmal gesagt: Ein Husar, der mit dreißig noch nicht tot ist, ist ein Schurke.«

»Was soll das denn heißen?«

»Dass man zu Tollkühnheit und Heldenmut verpflichtet ist, wenn man die Husarenuniform trägt. Man zählt nicht die Köpfe der Gegner, bevor man angreift. Und man reitet, ohne zu zögern, gegen Kanonen, wenn man den Befehl bekommt. Auf diese Weise wird man nicht alt.«

Diese Art zu denken war Alica sehr fremd. »Und dieser Lasalle, der solchen Unfug redet, wie alt ist der geworden?«

»Ich glaube, vierunddreißig Jahre.«

François fragte etwas und der alte Husar beschwichtigte ihn. »Der Junge ist ein großer Verehrer von General Lasalle. Er hat verstanden, dass wir über ihn gesprochen haben. Ich sagte, wir hätten Lasalles Heldenmut gerühmt. Es ist sinnlos, mit ihm über Lasalle und die Husarentugenden zu diskutieren.« Franz-Josef holte einen kleinen Topf, der mit Wachspapier verschlossen war, aus seiner Satteltasche neben dem Feuer. Dann begann er die Tauben mit einer klebrigen Paste einzustreichen, während François vorsichtig die Spieße über dem Feuer drehte.

Alica überlegte, dass sich Lollejan in so einer verrückten Husarentruppe vermutlich sehr wohlgefühlt hätte. Sie musterte Franz-Josef, der ganz darin versunken war, seine beiden Tauben einzustreichen. Es war schwer, zu schätzen, wie alt der Husar sein mochte. Sein Gesicht war wie Leder. Von Wind und Wetter gegerbt. Sein Schnauzbart und auch die Haare waren grau. »Nach den Worten dieses Generals müsstest du ein schlechter Husar sein«, sagte sie leichthin.

Franz-Josef blickte auf. Seine Augen waren hart, sie hatte

ihn verletzt. »An meinem Mut zweifelt keiner im Regiment. Ich reite immer mit denen, die zuerst auf den Feind treffen. Die meisten meiner Kameraden sind der Meinung, es ist einfach nur *Pech*, dass mich meine Kugel bisher noch nicht gefunden hat.« Er sah zu François hinüber, der angespannt ihrem Gespräch lauschte, und sein Blick wurde milder. »Ich fürchte, mein junger Freund wird weniger Glück haben. Er ist zu tapfer und zu ehrgeizig. Dieser Ritt nach Koblenz war eine große Dummheit.« Er redete kurz auf François ein. Es hörte sich an, als machte er ihm Vorwürfe. Doch der Junge wollte nichts davon wissen und hob abwehrend die Hände. Dann sagte er etwas über Alica und sah sie auf eine Weise an, dass ihr das Herz schmelzen wollte.

»Hätte er mich nicht kennenlernen sollen?«, fragte Alica spitz und rückte näher zu François.

»Nein, nein. Er war diesen Winter sehr krank. Er hatte ein Fieber und wäre fast gestorben. Vor zehn Tagen hat er zum ersten Mal wieder die Kraft gehabt, auf einem Pferd zu sitzen. Und eine Woche später macht er solchen Unsinn! In einem Gewittersturm so weit reiten. Hier oben auf dem Berg soll es sogar geschneit haben.« Franz-Josef ließ den Pinsel, mit dem er die Paste auf die Tauben gestrichen hatte, in den Tiegel fallen und rieb sich die Hände am Feuer. »Erst habe ich ihm das gar nicht glauben wollen, aber hier ist es wirklich verdammt kalt.«

François' Hand streifte sie wie zufällig am Handgelenk. Ihre Haut prickelte, wo er sie berührt hatte. Eine Welle durchlief sie und nistete sich in ihrem Bauch ein. Es war so ein wohliges Gefühl, dass sie am liebsten einen Freudenschrei ausgestoßen hätte. Nie zuvor hatte sich eine Berührung so angefühlt. Sie musste sich ablenken, sonst würde sie noch ohnmächtig vor Glück. »Was ist das eigentlich, womit du die Tauben da eingerieben hast?«

»Ha, Ihr glaubt doch nicht, dass ich eines meiner geheimen Rezepte verraten werde, Mademoiselle!« Der Alte lachte. »Selbst der Kaiser hat keinen Koch, der so köstliche Täubchen in Honigkruste bereiten kann. Ihr werdet sehen, Ihr habt nie zuvor so etwas Wunderbares gegessen.«

Alica musste an das Gerede der Vögel denken. Sturzflieger und Eisfeder waren dort aufgespießt. Ganz gleich wie köstlich die Tauben dufteten und wie viel Mühe sich Franz-Josef gab, sie würde nicht davon essen können. »Ich ...«, begann sie zögerlich. »Ich fürchte, ich muss etwas gestehen. Ich bin Vegetarierin.«

»Ach, das macht doch nichts. Bei den Franzosen gilt: Freiheit, Gleichheit, Brüderlichkeit! Daran hat sich auch nichts geändert, seit sie wieder einen Kaiser haben. Ganz gleich auf welch verschrobene Art Ihr Gott anbetet, daran stört sich niemand, solange Ihr den Kaiser nicht beleidigt.«

»Ich gehöre nicht zu irgendeiner Sekte. Ich bin nur Vegetarierin, das heißt ...«

»Vegetarierin.« Franz-Josef sprach das Wort ganz langsam und überbetont aus, so als wollte er kritisch jeden Buchstaben schmecken. Alica hatte einmal gesehen, wie ein Weinkenner einen jungen Wein verkostete. Er ließ einen Schluck davon im Mund kreisen und konzentrierte sich mit geschlossenen Augen. So sah Franz-Josef jetzt aus. »Vegetarierin!« Jetzt hatte er das Wort schnell und hart ausgesprochen, so als wollte er es ausspucken, nachdem er seinen Geschmack geprüft hatte. »Was soll das sein? Ein Geheimbund? Eine Freimaurerloge für Weibsbilder vielleicht?«

»Nein. Das heißt nur, dass ich kein Fleisch esse.«

»Also doch irgendeine Religion. Wie bei den Moslems, die kein Schweinefleisch essen.«

Alica rollte mit den Augen. Wollte der Kerl denn nicht begreifen! »Nein, das hat nichts mit Religion zu tun. Ich habe mich nur entschieden, kein Fleisch zu essen.«

Franz-Josef schüttelte den Kopf und übersetzte François, was sie gesagt hatte. Zwischendurch sah er sie besorgt an. »Das kann nicht gesund sein, Mädchen. Ich finde, Ihr seht auch recht blass aus.«

»Kühe fressen auch ihr Leben lang Gras und werden nicht krank davon.«

Der alte Husar nickte. »Jaja, nur seid Ihr keine Kuh, Fräulein.«

François sagte etwas und Alica fiel siedend heiß ein, dass sie in der stürmischen Nacht von seiner Wurst gegessen hatte. Jetzt war sie überführt. Verdammte Lügen! Sie musste den beiden zuvorkommen. »Ganz genau genommen essen Vegetarier kein Vogelfleisch. Anderes Fleisch ist mir erlaubt.«

Franz-Josef runzelte die Stirn. Hatte er sie durchschaut? Er sagte kurz etwas zu François. Dieser lächelte und nickte. Ganz offensichtlich hatte er ihr die Lüge abgenommen.

»Dann werdet Ihr eben die besten Tauben verpassen, die man jemals für Euch gebraten hat, meine Kleine«, erklärte der Alte mit einem Schulterzucken. »Zum Glück haben wir auch etwas Brot und Wein mitgebracht.«

Alicas Hand tastete nach François. Sanft berührte sie seine Fingerspitzen. Da war es wieder, dieses wunderbare Prickeln und die warme Welle. Sie zog die Hand zurück aus Angst, das Wunder könne vergehen, wenn sie einander zu lange berührten.

Sie saßen schweigend beisammen. Alica sah François an und wusste, dass sie gerade rot wurde. Der junge Husar erwiderte ihren Blick. Er bemühte sich, nicht scheu zu wirken, sondern selbstbewusst, wie es sich für einen tollkühnen Husaren gehörte. Doch seine Stirn schimmerte feucht und seine Augen glänzten wie im Fieber. Ob auch er diese wunderbaren warmen Wellen spürte?

Franz-Josef hustete. Ihm stand der Atem vorm Mund. »Hölle, ist das kalt hier! Das ist wie mitten im Winter. Wie haltet Ihr das hier nur aus, Mademoiselle?«

Alica konnte ihm nicht antworten. Sie war ganz im Zauber des Augenblicks gefangen. Sie hätte in François' dunklen Augen versinken mögen. Jetzt auch nur ein Wort zu sprechen würde den Bann brechen.

Der junge Husar strich ihr zärtlich über die Wange und flüsterte etwas.

»Du bist das schönste Mädchen, das ich jemals gesehen habe«, übersetzte Franz-Josef leise. »Ich wünschte, ich könnte immer nur bei dir sein. Als ich dich zum ersten Mal gesehen habe – in jener Sturmnacht –, dachte ich, du seist eine Fee wie aus dem Märchen. Schön wie Sternenlicht und ganz in Weiß schienst du von innen heraus zu leuchten. Und du hast mich an dein Feuer gebeten. Einen Eroberer, der obendrein wie ein nasser Straßenköter aussah. Ich weiß, dass deine Leute uns nicht lieben. Aber du hast es mich nicht einen Herzschlag lang spüren lassen. Als ich fortmusste, habe ich mein Herz bei dir gelassen, meine Fee Alica. Es liegt in deinen Händen.«

Unfähig etwas zu erwidern sah Alica ihn einfach nur an. Das war ja eine Liebeserklärung wie in einem Hollywood-Film. Niemals hätte sie auch nur zu träumen gewagt, dass ein Junge so etwas zu ihr sagen könnte. Eher hätte sie mit einem gestammelten *Du bist hübsch. Wollen wir miteinander gehen?* gerechnet.

Franz-Josef stach mit einem Messer in die Tauben auf den Grillspießen. Heißes Fett spritzte ins Feuer. Der Alte grunzte zufrieden. »Sie sind gar, meine Turteltäubchen. Wir sollten sie essen, sonst verbrennen sie noch.« Er reichte François einen der Spieße und gab Alica einen Kanten dunklen Brots.

Sie aß zwar, aber sie hätte genauso gut Sägemehl in sich hineinstopfen können, ohne etwas zu merken. Keine Sekunde konnte sie den Blick von François abwenden. Und auch er hatte nur Augen für sie.

»Eigentlich sind wir aus einem ganz bestimmten Grund gekommen«, sagte Franz-Josef, auf beiden Backen kauend. Dunkler Fleischsaft klebte in seinem Schnauzer wie ein Trauerrand. »François möchte Euch auf den Regimentsball morgen Abend einladen, aber ich bin mir ehrlich gesagt nicht sicher, ob das eine gute Idee ist, mein Fräulein.«

Alica spürte, wie ihr erneut das Blut in die Wangen schoss. Ein Ball! Sie würde die ganze Nacht hindurch mit François tanzen. »Warum sollte ich nicht kommen?«

Franz-Josef räusperte sich verlegen. »Wie soll ich es sagen, Fräulein ...? Also, ich möchte Euch nicht verletzen. Dort werden lauter große Damen sein. Die sind wie Hyänen untereinander. Ihr würdet Euch dort sicher nicht wohlfühlen.«

»Glauben Sie, ich könnte mich nicht wie eine Dame benehmen?«, fragte Alica zornig. Sie hatte aufgehört den Alten zu duzen, damit er begriff, wie wütend sie war.

Er musterte sie vom Scheitel bis zu Sohle. »Nein, ich habe keinen Zweifel an Euren Umgangsformen. Aber in Eurer Garderobe würdet Ihr dort ... ähm ... auffallen.«

»Lassen Sie das meine Sorge sein, Maréchal des Dingsdabums. Ich verspreche Ihnen, Sie werden morgen eine Überraschung erleben!«, entgegnete Alica eisig.

François redete auf seinen Freund ein und wollte offenbar wissen, was sie beide gesprochen hatten. Der Alte gab nur eine knappe Antwort. Dann wandte er sich wieder an Alica. »Ich habe ihm gesagt, dass Ihr seine Einladung mit Freuden annehmen werdet.« Er hatte die Taube gänzlich verzehrt und warf die Knochen ins Feuer. »Es ist für uns nun an der Zeit, zu gehen. Wir müssen bis zum Zapfenstreich wieder im Lager sein.« Franz-Josef sammelte seine Kochutensilien ein und verstaute sie wieder in den Satteltaschen.

»Versteht mich nicht falsch, Fräulein. Ich will Euch nicht verbieten, Euch mit François zu treffen. Doch morgen ist kein gut gewählter Zeitpunkt. Und im Übrigen müsst Ihr wissen, dass wir schon in drei Tagen die Eifel verlassen werden, um nach Osten zu marschieren. Macht Euch nicht unglücklich, Mädchen.« Er gab François ein Zeichen, ihm zu folgen. Der junge Husar drückte noch einmal Alicas Hand, dann eilte er hinaus. Hastig sattelten die beiden die Pferde und brachen auf. Doch plötzlich riss François die Zügel seines Grauen herum und setzte seine Trompete an die Lippen. Er blies eine Melodie, die Alica noch nie zuvor gehört hatte. Mal fordernd und wild, mal langsam und melancholisch schien sie ihr wie ein Spiegel der Seele des Husarenjungen. Nie hätte sie gedacht, dass eine einfache Trompete, die dazu geschaffen war, auf lärmenden Schlachtfeldern Männer in den Tod zu rufen, solch wunderbare Töne hervorbringen könnte.

Als das Lied verstummte, winkte François ihr noch ein letztes Mal zu, dann verschwanden die beiden Husaren im Wald.

Mathematik und Hexerei

Alica betrachtete sich in der spiegelnden Oberfläche einer großen Pfütze. Sie war fertig mit den Nerven! Was sollte sie nur tun? Was die Freifrau Magdalena ihr über das *Umziehen* als Gespenst erzählt hatte, war wirklich wahr. Allerdings gab es ein paar Tücken bei der Sache. Man musste sich schon sehr genau vorstellen, wie etwas aussehen sollte, sonst erschien man in seiner Kleidung irgendwie verschwommen. Kritisch musterte Alica das Resultat ihrer Bemühungen. Die Jeansjacke war ganz gut gelungen. Bei näherem Hinsehen zeigte sich allerdings, dass die Knopflöcher fehlten. Und natürlich war eine Jeansjacke völlig unpassend, um darin zu einem Ball zu gehen. Mit der Jacke hatte sie nur versucht, ob sie es überhaupt hinbekam, sich neu einzukleiden. Vorher hatte sie es auch schon mit ihrem Kommunionkleid probiert, aber das taugte nichts. Darin sah sie aus wie ein braves, kleines Mädchen und heute Nacht sollte François schließlich nur Augen für sie haben. Als kleines Mädchen verkleidet wollte sie auf gar keinen Fall auf diesen Ball kommen! Das Einzige, was ihr von ihrem Kommunionoutfit gefallen hatte, war die Frisur. Mutter hatte ihr damals ihre schöne, lange Perlenkette in die Haare geflochten. Das sah einfach klasse aus. Daran würde sie nichts ändern. Besser war sie nie in ihrem Leben frisiert gewesen. Wenn Mutter jetzt nur hier wäre! Sie könnte ihr sicher helfen. Sie wünschte, sich zu verändern, sei so einfach, wie es bei Magdalena geklungen hatte. Man dachte nur fest an ein Kleid und dann hatte man es auch an. Fast wie eine Matheaufgabe. Etwa in der Art: Vorstellungskraft + die besonderen Möglichkeiten eines Geistes = neues Outfit.

Was wohl die anderen Frauen so trugen? Alica blickte aus ihrem Versteck am Waldrand zu den hell erleuchteten Klostergebäuden. Es hatte bereits zu dämmern begonnen und immer mehr Kutschen fuhren vor dem Kloster vor. Der Ball würde bald anfangen und sie war noch nicht einmal umgezogen. Sicher wartete François schon voller Ungeduld auf sie.

Alica spürte, dass sie sich zu manifestieren begann. Ganz ruhig, ermahnte sie sich. Ganz ruhig. Sie würde sich in eines der Häuser schleichen und sehen, was die anderen Frauen so trugen. Sie hatte absolut keine Ahnung von der Mode des Jahres 1812. Wahrscheinlich liefen die alle ziemlich spießig herum und schnürten sich mit Korsetts ein. Oder war das später?

Vorsichtig glitt sie an der Klostermauer entlang, drang durch den Stein und kam an der Rückseite eines Zeltes vorbei. Dort duftete es herrlich nach Gebratenem. Männer mit weißen Schürzen standen an großen Kesseln. Alica sah Franz-Josef, der sich wie ein Fürst herausgeputzt hatte. Er ging von Topf zu Topf, sah hinein, probierte manchmal etwas mit einem kleinen silbernen Löffel und würzte bei Bedarf noch etwas nach.

Eilig schwebte Alica weiter. Überall herrschte hektische Betriebsamkeit. Irgendwo stimmte ein ganzes Orchester seine Instrumente. Ein Hund kläffte. Er hatte sie entdeckt und schlug Alarm, doch niemand achtete auf ihn.

Alica glitt durch eine kalte, dicke Wand und fand sich in einem Raum voller Gewehre. Sie waren in Ständern entlang der Wände ordentlich aufgereiht. Es roch seltsam. Alle Waffen waren blank geputzt. Eilig drang sie durch die nächste Wand. Sie kam auf einen engen Flur, von dem aus eine Treppe hinaufführte. Sie hetzte weiter, bis sie Kichern hörte.

Diese Art des Lachens war unverwechselbar. Genau so hörte es sich an, wenn sie mit ihren Freundinnen zusammen war und über Jungs redete. Alica durchquerte eine Tür und war in eine Kammer voller Kerzen gelangt. Vier junge Frauen standen um einen hohen Spiegel und zupften an ihren Kleidern herum, während sie ein wenig Champagner tranken. Eine hochgewachsene Blondine malte sich mit einem Pinsel die Lippen rot. Sie war wunderschön und schien sich dessen auch bewusst zu sein. Aus ihren Bewegungen sprach die Arroganz einer Frau, die es gewohnt war, ohne Mühen jedem Mann den Kopf verdrehen zu können.

Alle vier trugen weiße oder cremefarbene Kleider. Sie waren seltsam geschnitten. Die Taille war bis direkt unter die Brüste hochgezogen. Das sah merkwürdig aus, aber es war nicht unattraktiv. Die Kleider hatten kurze Ärmel, die knapp ein Drittel des Oberarms bedeckten. Und die Dekolletés! Sie gewährten tiefste Einblicke und bedeckten die Brüste gerade einmal zur Hälfte.

Die Frau, die sich die Lippen geschminkt hatte, fluchte und rieb sich wärmend über die Arme. Dann zog sie lange Seidenhandschuhe an, die bis über die Ellenbogen reichten. Alica stockte der Atem. Spießig waren diese Kleider nicht. Im Gegenteil, sie fragte sich, ob sie so etwas tragen könnte, ohne den ganzen Abend lang puterrot zu sein.

Draußen erklang eine Fanfare und die jungen Frauen beeilten sich hinab auf den Klosterhof zu kommen. Alica dachte an François und sofort begannen ihre Konturen deutlicher zu werden. Das Kerzenlicht schien durch ihren Leib, aber sie hatte wenigstens wieder eine Gestalt. In ihrer Jeansjacke kam sie sich sehr schäbig vor. Alica schloss die Augen und dachte an die Kleider der Frauen. Sie hatte sie sich sehr genau eingeprägt. Wie sie wohl darin aussehen würde? Sie malte sich in Gedanken aus, wie sie mit François tanzte. Wie ihr Kleid wirbelte. Die langen Handschuhe, der seltsame Schnitt. Das alles sah sie ganz deutlich vor ihrem inneren Auge. Eine Haarsträhne hatte sich aus ihrer Frisur gelöst und hing ihr keck in die Stirn. Alica seufzte. Wenn sie nur so aussehen könnte! Sie wäre die Königin des Balls. Blinzelnd öffnete sie ein Auge. Sie traute sich kaum nachzuschauen, was bei ihrem Experiment herausgekommen war. Vor Schreck stieß sie einen kurzen, spitzen Schrei aus! Die Gestalt dort im Spiegel! War sie das? Sie wirkte älter. Ihr Brüste waren etwas größer – und das Kleid! Sie sah aus wie die vier Frauen! Ungläubig tastete sie über die langen Seidenhandschuhe. Das war nicht sie! Selbst die Haarsträhne in der Stirn ... Alles war so, wie sie es sich vorgestellt hatte. Nein, es war sogar noch besser! Fast hatte sie den Verdacht, dass eine fremde Macht ihr zu Hilfe gekommen war. Hier schien wahre Hexerei im Spiel zu sein! Aber wer hätte ihr helfen sollen? Bestimmt nicht Lollejan. Wenn er mit der Sache zu tun gehabt hätte, stünde sie jetzt wahrscheinlich in einem abenteuerlichen Flickenkleid vor dem Spiegel.

Alica betrachtete sich eingehend. Das Kleid stand ihr gut und doch war sie nicht ganz zufrieden. Sie brauchte eine Weile, bis ihr klar wurde, was ihr nicht gefiel. Sie würde aussehen wie all die anderen Frauen. Natürlich, ihre Frisur war anders, sie hatte ein anderes Gesicht. Niemand würde sie verwechseln und doch war es unbefriedigend. Sie wollte auffallen, die Königin des Balls sein!

Sie ging zum Fenster. Unten auf dem Hof hatten sich schmuck herausgeputzte Offiziere versammelt. In ihren scharlachfarbenen Hosen und den grünen Husarenjacken mit Goldtressen sahen sie umwerfend aus. Warum gab es diese Männermode heute nicht mehr! Was war ein Smoking im Vergleich zu diesen Uniformen? Nicht mehr als ein schäbiger Sack! Als sie die Offiziere so betrachtete, kam ihr eine Idee.

Wie wäre es, wenn sie zu Ehren des Regiments seine Farben tragen würde? Scharlachrot und Dunkelgrün. Sie eilte zum Spiegel zurück und schloss noch einmal die Augen. Ihr Kleid sollte scharlachfarben sein. Die Handschuhe auch. Und locker um die Schultern gelegt wollte sie eine dieser Husarenjacken tragen.

Als sie die Augen wieder öffnete, war sie begeistert. Es war geglückt. Kleid und Handschuhe hatten die Farbe geändert und um ihre Schultern lag tatsächlich die Jacke. Ein weicher schwarzer Pelzkragen schmiegte sich an ihre Wangen. Die goldenen Schnüre der Jacke leuchteten hell im Kerzenlicht. Was würde sie dafür geben, diesen Sich-verkleiden-Trick nur einen Tag lang auch zu Hause zu beherrschen. Wenn hier wenigstens jemand gewesen wäre, der ein Foto von ihr hätte machen können. Ihre Freundinnen würden grün vor Neid, wenn sie sie so sehen könnten. Sie seufzte. Nein, all diese Pracht war nur für eine einzige Nacht.

Alica dachte an François und eine wohlige warme Welle durchlief sie. Heute Nacht würde sie ihn küssen. Sicher war es die einzige Nacht in ihrem ganzen Leben, in der sie aussah wie eine Märchenprinzessin. Der Kuss wäre der krönende Abschluss für dieses Fest.

Ein seltsamer Duft lag in der Luft. Er war Alica vertraut. Es roch nach Sandelholz. Mutter benutzte manchmal ein Parfüm, das so duftete. Ihre Husarenjacke war ganz durchtränkt vom Sandelholzduft. Dabei hatte sie sich gar kein bestimmtes Parfüm zu ihrem Outfit vorgestellt. Alica betrachtete sich misstrauisch im Spiegel. Ihre Wimpern waren länger als sonst. Die Augen mit Eyeliner umrandet. Das alles hatte sie sich gar nicht vorgestellt! Jemand hatte ihr geholfen! Sie sah sich im Zimmer um. Es war leer. Wer konnte das gewesen sein?

Auf dem Hof begann die Musik zu spielen. Ein Walzer erklang. Sie wollte keine Sekunde des Festes versäumen. Noch einmal blickte sie sich um. Nichts. Eigentlich sollte sie dankbar sein für die Hilfe. So sah sie noch besser aus. Sie war noch unwiderstehlicher. Trotzdem hatte Alica ein ungutes Gefühl bei der Sache. Warum zeigte sich ihr Helfer nicht? »Danke«, flüsterte sie und eilte dann zur Tür hinaus.

Ihre Schritte hallten auf dem Steinboden. Sie trug sogar Schuhe! Daran hatte sie gar nicht mehr gedacht. Ihr geheimnisvoller Helfer hatte wirklich nichts vergessen.

Alica raffte ihr Kleid und stieg vorsichtig die enge Stiege nach unten. Auf dem Flur waren einige Soldaten. Sie machten ihr Platz und sie sonnte sich in den bewundernden Blicken.

Als Alica aus dem Haus trat, war sie von dem Anblick überwältigt. Rings um den Hof waren Fackeln aufgestellt. Prächtig gekleidete Männer und Frauen standen in kleinen Gruppen zusammen und plauderten.

Ihr Selbstbewusstsein war wie weggeblasen. Wie sollte sie sich hier zurechtfinden. Sie war doch nur ein Mädchen. Und sie sprach nicht einmal Französisch.

»Alica?« Jemand berührte sie sanft an der Schulter. »Potz Blitz, Ihr seid es wirklich!« Franz-Josef musterte sie vom Scheitel bis zur Sohle. »Also wenn ich es nicht mit eigenen Augen sehen würde …« Er schüttelte den Kopf. »Unglaublich. Kennt Ihr das Märchen von Aschenputtel, Fräulein? Seid Ihr vielleicht Aschenputtel?« Er lachte. »Gestern noch saßet Ihr verfroren in einem dünnen Kleidchen in einer Waldhütte und heute … Ihr seht aus wie eine Prinzessin, Mademoiselle!« Er hielt ihr galant den Arm hin. »Gestattet Ihr einem alten Mann, ein wenig mit Euch anzugeben? Die jungen Lieutenants hier werden sich sicher überschlagen, um auch nur einen freundlichen Blick von Euch zu erhaschen. Sehen wir nach François. Er ist schon ganz verzweifelt. Eben noch war er bei mir. Er fürchtete, Ihr würdet Euch nicht hierhertrauen, wenn Ihr all die Frauen in den prächtigen Kleidern seht.«

Der alte Husar führte sie durch die Festgesellschaft hinauf zur Straße, wo immer noch neue Kutschen eintrafen.

»Ihr habt ja ganz kalte Hände«, sagte Franz-Josef besorgt. »Das fühlt man sogar durch die Handschuhe. Seid Ihr krank, Mademoiselle?«

»Nein, mir geht es gut. Ich bin sehr aufgeregt. Vielleicht liegt es daran. Es ist mein erster Ball heute Nacht.«

»So seht Ihr nicht aus.« Der Alte musterte sie erneut. »Nein, beileibe nicht. Und auch Eure Schüchternheit steht Euch gut zu Gesicht. Aber sagt mir eins, wie kommt ein Köhlermädchen an so prächtige Kleider?«

»Du kennst doch das Märchen von Aschenputtel. Frag also nicht, wie all das geschehen konnte. Wenn ich dir ehrlich antworten würde, wäre der Zauber dieser Nacht zerstört.«

Franz-Josef runzelte die Stirn. »Ihr seid das wunderlichste Mädchen, das mir jemals begegnet ist, Mademoiselle. Und der alte Franz hat schon viele Mädchen getroffen!«

»Alica!« François hatte sie bemerkt und kam mit weiten Schritten von der Straße herbeigelaufen.

Alica war froh, dass sie dem Alten nicht länger Rede und Antwort stehen musste. François hätte sie am liebsten stürmisch in die Arme geschlossen. Man merkte ihm an, welche Mühe es ihn kostete, sich an die Etikette zu halten. Er griff nach Alicas Hand und hauchte einen Kuss darauf. »Es ist mir eine Freude, Euch 'eute Abend 'ier zu begrüßen, Mademoiselle.«

Alica war überrascht. »Du sprichst ja doch meine Sprache.«

»Zumindest vier oder fünf Sätze«, mischte sich Franz ein. »Den ganzen Tag über ist er nicht von meiner Seite gewichen, und ich musste ihm immer wieder ein paar Sätze wiederholen, die er Euch heute Abend unbedingt sagen will.« Der Alte lächelte mild. »Ich weiß also genau, was Euch noch alles erwartet.«

François hakte sich bei ihr ein. Er wirkte verkrampft, so als fühlte er sich auf dem Fest sehr unwohl. Die drei gingen zur Kirche hinüber, deren Pforten weit geöffnet waren. Goldenes Licht fiel in die Dämmerung. Musik erklang.

Als Alica eintrat, war sie verblüfft, so sehr hatte sich hier in wenigen Tagen alles verändert. Die Vorräte waren fortgeschafft worden. Man hatte entlang der Wände alle nur erdenklichen Spiegel aufgehängt. Kleine Handspiegel, Schranktüren mit Spiegeln, Rasierspiegel der Soldaten. Und Hunderte von Kerzen waren auf eiserne Ständer gestellt, die in den Wänden verankert waren. Die ganze Kirche war in wunderbares goldenes Kerzenlicht getaucht. Dort, wo einmal der Hochaltar gestanden hatte, spielte nun die Regimentskapelle und zwischen den gotischen Bögen des Kirchenschiffs drehten sich Tanzpaare zum Klang eines Walzers.

Kaum dass sie die Kirche betreten hatten, kamen zwei Offiziere auf sie zu. Der Mann mit der Augenbinde, den Alica schon vor ein paar Tagen in der Küche gesehen hatte, und Colonel Jean-Simon Domon, den Alica von Lollejans Angriff auf das Kloster kannte.

»François, wie ’ast du es geschafft, diese wunderschöne junge Dame vor uns zu verstecken?«, rief der Colonel überschwänglich. Er verbeugte sich elegant vor Alica und küsste ihr die Hand. »Bitte entschuldigt, wenn ich mit meinem Akzent Eure wunderbare Sprache verunstalte, aber ich möchte nicht in der Sprache der Eroberer zu einer Dame sprechen, vor deren Schön’eit sich jedes ’erz unterwirft, ganz gleich ob es nun in einer französischen oder einer deutschen Brust schlägt.«

Alica räusperte sich. Noch nie hatte jemand so schwülstig auf sie eingeredet. Sie wusste nicht recht, was sie antworten sollte.

»Als Kommandant der achten ’usaren erfüllt es mich mit Stolz, dass Ihr uns die Ehre erweist, die Farben unseres Regiments zu tragen. Was für eine wunderbare Idee! Scharlachrot und Dunkelgrün ste'en Euch ausgezeichnet, Mademoiselle.« Er streckte ihr auffordernd den Arm entgegen. »Darf ich Euch um diesen Tanz bitten, meine Schöne?«

»Sie müssen mir verzeihen, Colonel. Ihr Angebot ehrt mich, doch den ersten Tanz des Abends muss eine Dame stets dem schenken, dem sie auch ihr Herz geschenkt hat. Als ein Mann, der weiß, wie die deutschen und französischen Herzen schlagen, werden Sie das gewiss verstehen.«

Franz-Josef stieß sie sanft in die Seite. »Das ist nicht klug«, flüsterte er. Auch der Offizier mit der Binde über dem Auge wirkte unruhig.

Einen Herzschlag lang herrschte Schweigen. Dann begann der Colonel herzhaft zu lachen. »Wer bin ich, dass ich mich einer jungen Liebe in den Weg stelle?«, rief er amüsiert. »Seid gnädig mit mir, Mademoiselle, und vergesst mich nicht ganz an diesem Abend. Das wird mir schon genügen.« Mit diesen Worten wandte er sich anderen Gästen zu, die einen kleinen Mann mit einem Skizzenblock umringten. Als Einziger weit und breit trug er keine Uniform. Offenbar zeichnete er Porträts der Gäste.

Alica hörte François erleichtert aufatmen.

Der Offizier mit der Augenbinde lächelte sie an. »Das war ein wahres 'usarenstück, Mademoiselle«, sagte er in holprigem Deutsch. »Jean-Simon ist ein ausgezeichneter Offizier, aber ... er ist es nicht gewohnt, dass man ihm einen seiner Wünsche ausschlägt. Manchmal kann er sehr aufbrausend sein. Doch verzeiht, wo sind meine Manieren? Ich bin Major Louis-Michel de la Croix. Mein Sohn 'at mir schon viel von Euch erzählt, Mademoiselle, doch seine Worte vermochten es nicht, Eure Schön'eit einzufangen.«

Die Musik verstummte und die Tanzpaare blieben stehen, um der Kapelle zu applaudieren.

Major de la Croix verbeugte sich. »Dieser Abend ist zu schade, um ihn mit dem Gerede alter Männer zu vertun. Geht und tanzt. Ich werde derweil versuchen den Colonel davon abzu'alten, Euch gleich bei der nächsten Gelegen'eit wieder zu be'elligen.«

»Sein Vater ist sehr nett«, sagte Alica zu Franz-Josef, nachdem der Major gegangen war.

»Er ist sein Stiefvater«, verbesserte sie der alte Husar. »Aber ja, Ihr habt Recht, er ist nett und sehr ritterlich. François eifert ihm nach und setzt alles daran, so zu sein wie er oder ihn am besten noch zu übertreffen. Und der Major ist sehr stolz auf ihn.«

»Der Stiefvater?«

Franz-Josef winkte ab. »Das ist eine lange Geschichte. Vielleicht erzähle ich sie Euch ein anderes Mal, Mädchen.«

François deutete auf die Tanzfläche und Alica spürte ihr Herz schneller schlagen. Nervös sah sie den anderen Tanzpaaren zu. Vor einer Weile hatte sie einen Tanzkurs besucht und theoretisch konnte sie Walzer tanzen. Doch die anderen Paare schwebten leicht wie Federn durch die alte Kirche. Sie hatte Sorge, unangenehm aufzufallen. Hoffentlich konnte François gut führen!

Franz-Josef nahm ihr die Husarenjacke ab. Alica versuchte sich auf den Dreivierteltakt einzustimmen. Wie ging dieser verfluchte Walzerschritt doch gleich? Noch bevor sie sich erinnerte, zog François sie mit sich auf die Tanzfläche. Alica streifte eine Tänzerin und erntete einen giftigen Blick. »'tschuldigung«, murmelte sie verlegen und taumelte um ein Haar in das nächste Tanzpaar.

François nahm ihre Hand und legte ihr den linken Arm um die Hüften. Noch bevor sie richtig begriff, was geschah, drehten sie sich mit den anderen Tanzpaaren und sie trampelte auf François' Füßen herum. Irgendwer in der Nähe kicherte. Alica biss wütend die Zähne zusammen. Sie wäre am liebsten im Boden versunken. Blicke bohrten sich wie glühende Dolche in ihren Rücken. Vor Scham schloss sie die Augen.

François redete beruhigend auf sie ein. Sie spürte seinen warmen Atem auf ihrem Gesicht. Da war sie wieder, diese wunderbare Welle! Alles andere ringsherum war vergessen. Sie hielt die Augen fest geschlossen und badete in ihren Gefühlen. Das Kreisen zum Walzertakt machte sie ein wenig schwindelig. Sie trieb auf einem Ozean des Wohlgefühls. François duftete angenehm. Sein Haar roch nach Wind und Wald und auch ein wenig nach Pferd. Es war ein sehr männlicher Geruch. Er hielt sie fest in seinen Armen und sie musste nur den Bewegungen folgen, die sein Körper vorgab. Die Tollpatschigkeit der ersten Schritte war vergessen. Sie gab sich ihm hin, vertraute ganz seiner Führung und sie glitten wie auf Wolken durch das Kirchenschiff.

Plötzlich blieb François stehen. Blinzelnd öffnete Alica die Augen. Applaus erklang. Mit Schrecken bemerkte sie, dass sie beide inmitten des Kirchenschiffs standen. Die anderen Tanzpaare applaudierten ihnen. War François so gut? Oder war da wieder diese helfende Kraft, der sie ihr wunderschönes Kleid verdankte?

Ein bunt gekleideter Mann mit einem Hut voller Federn stieß einen großen Stab auf den Steinboden und verkündete feierlich etwas. Ein erfreutes Raunen lief durch die Reihen der Gäste. Dann begannen sie die Kirche zu verlassen.

»Was ist los?«, fragte Alica.

François deutete mit seiner Hand auf den Mund.

Das Festmahl! Natürlich. Gemeinsam mit den anderen gingen sie hinaus. Auf dem Hof hatte man inzwischen eine wohl zwanzig Meter lange Tafel aufgestellt. Sie war mit schneeweißen Leinentüchern gedeckt. Tulpen in Kristallvasen schmückten den Tisch. Einige Offiziere wiesen den Gästen Plätze an.

Die Stühle um die Tafel waren bunt zusammengewürfelt. Nur selten fand man mehr als vier, die zueinanderpassten.

Aus den Augenwinkeln sah Alica eine Gruppe junger Frauen, die miteinander tuschelten und in ihre Richtung blickten. Ihre Wortführerin war die groß gewachsene Blondine, der Alica zugesehen hatte, wie sie sich die Lippen schminkte. Sie redete auf eine etwas pummelige Rothaarige ein und warf Alica dabei ganz unverhohlen giftige Blicke zu.

Ihr und François wurden Plätze am unteren Ende der Tafel zugewiesen. Offenbar ging es hier nach Rang. Ganz oben an der Tafel thronte Colonel Jean-Simon Domon. An seiner Seite saßen François' Vater und die große Blondine. Je weiter es dann die Tafel hinabging, desto weniger Gold glänzte auf den Uniformen der Husaren.

Franz-Josef hatte Alica wieder die Husarenjacke um die Schultern gelegt. Nun dirigierte er einen Trupp Soldaten, der Suppenteller auftrug und den Gästen Wein einschenkte. Etliche der Frauen rieben sich fröstelnd die nackten Oberarme. Die galanteren Offiziere beeilten sich, ihnen Mäntel zu besorgen. So vermummt verlor die Festgesellschaft einiges von ihrer Pracht.

Einmal glaubte Alica zu hören, wie François mit den Zähnen klapperte, doch als sie sich umwandte und ihn ansah, strahlte er sie nur lächelnd an. Und sie begriff, er würde niemals zugeben, wenn ihm etwas fehlte. Seine Augen glänzten wie Edelsteine im Kerzenlicht. François wirkte, als würde in ihm ein Feuer brennen, das er nur schwer zu bändigen vermochte.

Während der Colonel aufstand und eine Rede hielt, griff François nach ihrer Hand. Sanft drückte er sie. Alica wünschte sich, sie beide wären allein oder zumindest wieder auf der Tanzfläche. Hoffentlich würde das Festmahl nicht zu lange dauern.

Der Colonel hob sein Glas und beschloss seine Rede mit dem Trinkspruch: »Es lebe der Kaiser!«

Geräuschvoll standen die Gäste auf und hoben nun ebenfalls die Gläser. »Es lebe der Kaiser!«, riefen auch sie. Alica machte mit, doch war ihr dieses Pathos fremd. Sie sah den Soldaten und den Frauen an, dass der Trinkspruch für die meisten mehr als nur eine Floskel war. Sie wirkten wirklich ergriffen.

Plötzlich erschien eine vertraute Gestalt vor Colonel Domon auf der Festtafel. Für die anderen unsichtbar stand dort Lollejan, den linken Fuß in einem Suppenteller und die rechte Hand so wie Napoleon in seinen Gehrock geschoben. Argwöhnisch sah sich Alica um, ob auch noch eines von Lollejans *Regimentern* in der Nähe war, doch sie konnte weder Buddel noch Knochenbeiß entdecken. Offenbar war der Koboldgeneral allein.

»Es lebe der Kaiser!«, rief Lollejan und schüttete der Blondine ein Glas Wein ins Dekolleté. Dann hüpfte er von Suppenteller zu Suppenteller die Tafel hinab. Dabei sang er schrecklich schief die Marseillaise, die französische Nationalhymne.

Einige Augenblicke lang starrten die Gäste auf das Wunder, das sich an der Festtafel vollzog. Da der Kobold für sie unsichtbar war, konnten sie nur sehen, wie auf rätselhafte Weise Fontänen aus den Suppentellern spritzten und Weingläser über die Tafel rollten. Obendrein wurde für alle deutlich hörbar die Revolutionshymne verunstaltet.

Mit einem Schrei sprang schließlich die pummelige Rothaarige auf und tupfte sich ihr mit Suppe bekleckertes Dekolleté ab. Damit war der Bann gebrochen. Eine hagere, schon etwas ältere Dame hieb energisch mit ihrem Löffel in die Richtung, wo die nächste Suppenfontäne hätte emporschießen müssen. Doch Lollejan duckte sich geschickt unter dem Hieb hinweg und bewarf sie mit Suppenklößen, bis sie die Flucht ergriff. Eine Frau neben Alica fiel in Ohnmacht. Einer der Husaren zielte mit seiner Pistole auf die Festtafel, um den unsichtbaren Feind zur Strecke zu bringen. Major de la Croix fiel ihm noch rechtzeitig in den Arm, bevor ein Unglück geschehen konnte.

»Du versaust mir den wunderbarsten Abend meines Lebens!«, zischte Alica wütend.

Der Kobold schnitt eine freche Grimasse. »Krieg ist eben Krieg, Mädchen. So ist das nun mal.«

»Ich bitte dich in aller Freundschaft, geh! Diese Franzosen werden ohnehin die Eifel verlassen. Du musst sie nicht mehr vergraulen. Diese Schlacht ist längst gewonnen.«

Lollejan hüpfte in den nächsten Teller. »Ich werde an diesen Husaren ein Exempel statuieren! Man wird noch in hundert Jahren vom schrecklichen Spuk im Kloster Mariawald auf dem Kermeter sprechen! Nie wieder wird ein Franzose hierherkommen.« Der Kobold duckte sich unter einem Hieb hinweg. »Und das Witzige ist, es hat nicht einmal ein Geist bei diesem Spuk mitgeholfen!«, fügte er hämisch hinzu.

Alica schäumte vor Wut. »Hör sofort auf damit!«

»Oder was? Ich werde ...« Klirrend zersprangen die Gläser ringsherum. Wie purpurne Blüten auf Eisstängeln blieb der gefrorene Rotwein auf den Stielen der Kristallgläser stehen. Auch die Suppe um die Füße des Kobolds war gefroren. Unfähig, sich auch nur einen Zoll zu bewegen, stand er im Teller.

»Toller Trick!« Der Kobold applaudierte ihr anerkennend.

Die Festgesellschaft hatte sich von der Tafel zurückgezogen. Bei manchen war das Haar weiß von Raureif. Die Damen in ihren dünnen Kleidern klapperten mit den Zähnen. Nur François war noch an ihrer Seite geblieben. Er zitterte vor Kälte.

»Du wirst umgehend von hier verschwinden und mit deinem Unsinn aufhören!«

Am anderen Ende der Tafel begann die Blondine zu keifen. Mit ausgestrecktem Arm deutete sie auf Alica.

»Sie nennt dich gerade eine Hexe.« Lollejan kicherte zufrieden. »Ich glaube, du hast gleich größere Probleme als ich.« Er mühte sich, seine Füße freizubekommen, vermochte aber immer noch nicht, sich zu bewegen.

»Siehst du diesen Ring?« Alica hob die rechte Hand und zeigte ihm den Zauberring, den ihr Wallerich geliehen hatte. »Wenn ich ihn dir über einen Finger streife, wird dich hier jeder sehen können, Lollejan. Was, meinst du, werden die Franzosen mit dir machen, wenn sie dich sehen?«

Der Kobold erbleichte. »Nun gut, du hast die Schlacht gewonnen, Frau Geist. Was sind deine Bedingungen?«

»Lass die Husaren in Frieden, bis sie abgezogen sind, dann kannst du gehen, sobald die Suppe auftaut.«

Franz-Josef fing lauthals an zu lachen. Er wiederholte mehrfach ein Wort und begann dann mit großen Gesten etwas zu erklären. Einige der Offiziere nickten zustimmend. Die meisten Gäste starrten jedoch immer noch Alica an.

»Der Dicke erklärt gerade, dass es eine Schande für einen aufgeklärten Menschen sei, an Hexerei zu glauben«, sagte Lollejan. »Er meint auch, Ende April könne das Wetter noch die verrücktesten Kapriolen schlagen und er habe noch viel seltsamere Dinge erlebt als plötzlichen Frost und verrückte Winde, die Gläser auf einem Tisch umstürzten. »Der zerredet mir meine ganzen Streiche hier«, setzte der Kobold ärgerlich hinzu. Mit einem Ruck zog er den linken Fuß aus der Suppe. Dann nahm er den Stiel eines zerbrochenen Weinglases und stocherte im Eis herum, bis er auch den anderen Fuß freibekam. »Ich glaube, ich habe es mir anders überlegt, Alica. Für heute Abend soll Frieden herrschen, aber ab morgen geht der kleine Krieg wieder weiter.« Mit einem Satz war er vom Tisch und verschwand zwischen den Beinen der Gäste.

François hatte indessen schützend den Arm um Alica gelegt. Franz-Josef klatschte in die Hände und die Suppenteller wurden vom Tisch genommen. Daraufhin redete er noch einmal beschwörend auf die versammelten Gäste ein. Als Erstes nahm François' Vater wieder Platz. Dann setzten sich nach und nach auch die anderen, doch Alicas Tischnachbar rückte demonstrativ von ihr ab.

Franz-Josef trat hinter das Mädchen. »Ich weiß nicht, was hier gerade geschehen ist, aber es darf sich um Himmels willen nicht noch einmal wiederholen. Die Baronin würde Euch am liebsten steinigen lassen, meine Liebe. Sie wird Euch nicht verzeihen, dass die Blicke aller Männer auf Euch ruhten, als Ihr getanzt habt. Benehmt Euch also möglichst unauffällig.«

Alica nickte.

»Wir werden das Festmahl jetzt fortsetzen. Es wird zartes Lamm an Kartoffeln aufgetragen. Ich hoffe, das Mahl ist mir so gut gelungen, dass niemand mehr von dem Vorfall eben spricht.«

Alica wagte das ganze Festmahl über nicht, aufzublicken. Sie aß, was immer ihr vorgesetzt wurde. Dank Lollejan fühlte sie sich wie eine Aussätzige. Sie hätte den verdammten Kobold an die Franzosen ausliefern sollen!

Nach dem Essen spielte die Kapelle wieder zum Tanz auf. Die Männer rauchten und redeten über den bevorstehenden Krieg, während die Frauen in kleinen Gruppen beieinanderstanden und tuschelten. Alica spürte, wie sie immer wieder verstohlen gemustert wurde. Nur die Baronin wirkte sehr selbstgefällig. Das Gift, das sie verspritzt hatte, zeigte seine Wirkung. Natürlich hätte niemand hier zugegeben, noch an Hexen und finstere Magie zu glauben, doch ihre Blicke sprachen eine andere Sprache.

Sehnsüchtig sah Alica zu der Kirche, wo sich bereits wieder erste Tanzpaare drehten. François deutete hinüber, doch Alica würde dort heute nicht mehr tanzen. Sie wollte die anderen nicht um sich haben, wollte nicht die Ausgestoßene sein. Der junge Husar zuckte resignierend mit den Schultern. Dann eilte er mit weiten Schritten davon. Jetzt hatte sie also auch ihn noch vergrault!

Ihr war zum Heulen zumute, als sie der kleine Mann mit der Brille ansprach, der ihr vorhin schon in der Kirche aufgefallen war. »Entschuldigt, Mademoiselle, wenn ich mir die Freiheit nehme, Euch anzusprechen, ohne dass man uns einander vorgestellt hat. Mein Name ist Robert Grubner. Ich fertige handkolorierte Kupferstiche. Würdet Ihr mir gestatten, eine Skizze von Euch anzufertigen? Es tut mir leid, zu sehen, wie man Euch an diesem Abend behandelt. Doch große Schönheit stößt leider nur allzu oft auf große Missgunst.«

Alica schluckte. Ihre Stimme klang belegt, als sie antwortete. »Sie müssen mir nicht schmeicheln, Herr Grubner. Es ist aber sehr nett, wenn Sie mich malen wollen.«

»Ich fertige heute Abend nur Skizzen. Impressionen für das Bild vom Fest, das ich dann machen werde. Und Ihr dürft da auf keinen Fall fehlen, Mademoiselle.«

Eine ältere Dame ging nah an den beiden vorbei und Alica konnte sehen, wie sie sich bekreuzigte und über die linke Schulter spuckte.

»Wie es aussieht, wird man wohl auch immer von mir reden, wenn in Zukunft noch einmal von dem Fest gesprochen wird.«

Grubner machte eine abwehrende Geste. Er hatte einen kleinen Block hervorgeholt. Flink huschte sein Zeichenstift über das Papier. »Schönheit ist stets einsam, Mademoiselle. Darf ich mir erlauben Ihnen zu sagen, dass Rot Ihnen ausgezeichnet steht?«

Seine Versuche, sie aufzumuntern, hatten etwas Rührendes. Eine Weile standen sie schweigend. Grubner arbeitete schon an der dritten Skizze, als François im Gefolge von Franz-Josef zurückkehrte.

»Mein junger Freund hatte eine wahrhaft außergewöhnliche Idee. Wir haben eine kleine Überraschung für Euch, Alica.«

François wirkte ganz aufgeregt.

»Sind Sie mit Ihrer Arbeit fertig?«

»Einen Augenblick noch.« Grubner fügte noch ein paar letzte Striche hinzu, dann nickte er zufrieden.

»Darf ich Ihre Bilder sehen?«

Der Künstler klappte den Skizzenblock zu. »Verzeiht, Mademoiselle, doch diese Zeichnungen sind es nicht wert, herumgezeigt zu werden. Sie dienen allein als Stütze für meine Erinnerung. Ich werde Euch aber gerne einen der fertigen Stiche zukommen lassen. Wohin soll ich das Bild schicken?«

Alica biss sich auf die Lippen. Ihr war klar, dass sie niemals eines dieser Bilder sehen würde. »Wo finde ich Sie, Herr Grubner? Ich werde Sie aufsuchen.«

»In Heimbach, Mademoiselle. Meine Werkstatt liegt in einem Gässchen direkt unterhalb der Burgruine. Fragt nach dem Kupferstecher. Man wird Euch dann den Weg zeigen.«

Als sie sich verabschiedet hatte, führten François und der alte Husar sie zu dem Haus, in dem sich die Damen für das Fest umgekleidet hatten. Statt zu erklären, was sie dort wollten, lächelten sie sich nur verstohlen zu. Sie brachten Alica über zwei Stiegen bis zum Speicher hinauf. Der Dachboden war völlig leer geräumt. Etwa zwei Dutzend Kerzen standen auf dem Boden und tauchten den Raum in helles Licht.

»Wir haben die Fenster geöffnet, sodass die Musik gut zu hören ist. Hier oben werdet ihr beide völlig ungestört sein.« Franz-Josef deutete auf ein silbernes Tablett mit Gläsern und einen Holzeimer, aus dem eine Flasche ragte. »Ich habe auch etwas Champagner aus dem Vorrat des Colonels gestohlen.

Er wird die Flasche nicht vermissen.« Er warf François einen strengen Blick zu und sagte etwas auf Französisch. Dann wandte er sich noch einmal an Alica. »Mein junger Freund wird sich Euch gegenüber wie ein Kavalier verhalten, Mademoiselle. Nun entschuldigt mich, meine Pflichten unten beim Fest rufen.«

Als hätte er seinen Abtritt darauf abgestimmt, erklangen mit dem Verschwinden des alten Husaren die Schlussakkorde des Walzers, der unten in der Kirche gespielt wurde. François goss ihnen beiden Champagner ein und trat an Alicas Seite. Sie blickte durch eines der Dachfenster hinunter in den Hof. Die Blondine stand umringt von Offizieren und sonnte sich in deren Aufmerksamkeit. Alica wünschte sich, sie wäre wirklich eine Hexe. Dann würde sie dieser blöden Ziege einen Schwung Warzen ins Gesicht hexen.

François' Lächeln vertrieb ihre schlechte Laune sofort. Was interessierte sie diese Intrigantin dort unten! Es gab nur einen, der wichtig war, dachte Alica, und der stand zu ihr. Der Husarenjunge reichte ihr ein Glas Champagner und sie prosteten einander zu. Alica war überrascht, wie bitter Champagner schmeckte.

»Darf ich um diesen Tanz bitten?« Der Akzent des Franzosen war hinreißend.

Alica neigte den Kopf, so als sei sie verlegen. Hätte sie ihm jetzt noch einen schmachtenden Blick über einen Fächer zuwerfen können, wäre das Bild perfekt gewesen. »Es wäre mir eine Ehre, mit dir zu tanzen«, entgegnete sie und reichte ihm die Hand.

François nahm sie in den Arm. Sie schloss die Augen, um seine Berührung noch intensiver zu spüren. Sie bemerkte, dass seine Uniform klamm vor Schweiß war. Er war also mindestens genauso aufgeregt wie sie. Sanft glitten sie dahin, begleitet vom leisen Knarren der Bodendielen.

Der junge Husar war ein himmlischer Tänzer. In seinen Armen vergaß Alica Raum und Zeit. Nie hätte sie gedacht, dass Tanzen so wunderbar sein könnte. In der Tanzschule war sie immer nur von pickelübersäten Trotteln aufgefordert worden, die nach dem Aftershave ihrer Väter dufteten und glaubten, man könne sich für zwei spendierte Colas den ersten Kuss erkaufen. Und wenn man mit ihnen tanzte, konnte man froh sein, mit heilen Füßen nach Hause zu kommen. Wie anders war doch François. Sie tanzten selbst dann noch weiter, als die Kapelle unten in der Kirche längst verstummt war.

Zuletzt lehnten sie nebeneinander in einem der kleinen Dachfenster und warteten auf das Morgengrauen. Die Fackeln auf dem Hof waren herabgebrannt und auch die meisten ihrer Kerzen waren verloschen. Ganz langsam verblassten die Sterne im Osten. Ein feiner Silberstreif zeigte sich am Horizont. François' Atem ging schwer. Ihm stand Schweiß auf der Stirn. Im Morgenlicht wirkte er sehr blass. Alica war froh, dass sie sich nicht im Spiegel sehen musste. Sicher sah auch sie übernächtigt aus und hatte dunkle Ringe unter den Augen.

Die Augen des jungen Franzosen strahlten vor Begeisterung. Jetzt wäre der Augenblick, dachte Alica.

François räusperte sich. »Ich ...« Seine Stimme klang rau. Er nahm einen Schluck Champagner und setzte ein zweites Mal an. »Alica. Ich liebe dich. Mein 'erz ge'ört dir. Ich ...« Er hob hilflos die Arme und sagte etwas auf Französisch.

Nun küss mich doch endlich, dachte Alica. Jetzt ist der Augenblick! Das kann doch nicht schwerer sein, als in eine Schlacht zu reiten. Sie beugte sich ein wenig vor, um ihm entgegenzukommen.

»Ich störe nur ungern«, erklang Franz-Josefs Stimme von der Tür zum Speicher. »Aber in weniger als einer Stunde ist Appell vor dem Herrenhaus. François darf dort nicht fehlen.«

»Wann werden wir uns wiedersehen?«

Der alte Husar schüttelte traurig den Kopf. »Ich hatte Euch gewarnt, mein Kind. François wird nicht fortkönnen. Das Regiment macht sich abmarschbereit. Er kann nicht mehr zu Eurer Laubhütte reiten oder nach Schleiden oder wo auch immer Ihr in Wahrheit leben mögt.«

»Und wenn ich zum Herrenhaus komme? In einem kleinen Wald verborgen liegt die Ruine einer Kapelle. Das ist keine fünfhundert Meter von Haus Greifenstein entfernt.«

Franz-Josef übersetzte, was sie gesagt hatte, und François antwortete mit einem Schwall Französisch und gestikulierte verzweifelt. Schließlich seufzte der Alte. »Ich werde sehen, was ich für euch beide tun kann. Wenn er dorthin geht, wird er das Gelände des Herrenhauses ja nicht verlassen. Aber er wird auf keinen Fall vor Einbruch der Dämmerung fortkönnen.« Er fügte etwas auf Französisch hinzu und winkte ärgerlich.

François ballte in hilfloser Wut die Fäuste. Plötzlich umarmte er Alica so stürmisch, dass sie beinahe gestürzt wäre. »Mein 'erz ge'ört dir!«, sagte er verzweifelt und küsste sie. Dann lief er zur Treppe.

Alica blieb am Fenster stehen und sah den beiden zu, wie sie davonritten. Warme Tränen rannen ihr über die Wangen. Was hatte sie nur getan! Ihre Liebe hatte keine Chance.

Der Sohn des Mamelucken

»Er wird nicht mehr kommen«, sagte Magdalena düster. »Die Männer sind so.«

Alica blickte den schmalen Waldweg entlang. Längst war die Sonne untergegangen und der Mond stand schon hoch am Himmel. Es kam ihr vor, als warte sie schon seit Stunden. Sie trug die Festtagstracht eines Bauernmädchens. Einen langen roten Rock mit einer blau und weiß gestreiften Schürze, eine weiße Bluse mit breitem Kragen und darüber eine bunte Stola. Ihre Frisur war hochgesteckt und wurde von einer merkwürdigen Haube mit bunten Bändern gehalten. Sie hatte den halben Tag in ihrer Geistergestalt in Schleiden verbracht und beobachtet, was die Frauen dort trugen. Daraus hatte Alica sich ihre eigene Garderobe erdacht. Das mochte zwar vielleicht nicht ganz der üblichen Eifeltracht entsprechen, doch so wie sie gestern Abend auf dem Ball aufgefallen war, spielte das nun auch keine Rolle mehr.

»Du bist ein sehr seltsames Gespenst«, sagte Magdalena. »Du bist zu viel unterwegs. Am Ende verpasst du deinen Liebsten noch, wenn er kommt und du wieder einmal fort bist.«

»Er wollte erst heute Abend kommen«, antwortete Alica gereizt. »In der Dämmerung. Ich war pünktlich hier.«

»Geht die Pest wieder um im Land? Es ist schlimm mit der Pest. Damals ist sie über ein Jahr geblieben. Die Leute sind tot auf der Straße zusammengebrochen.«

Alica stieß einen langen Seufzer aus. Das war jetzt genug.

»Wir haben das Jahr achtzehnhundertzwölf und es gibt keine Pest im Land!«, sagte sie entschieden.

»Bist du sicher? So habe ich auch gedacht, als ich meinen Hannes nach Cöln geschickt habe.«

Ruhig, ganz ruhig, ermahnte sich Alica stumm. Magdalena ging ihr schon den ganzen Abend über auf die Nerven. Die Freifrau redete immer nur von Hannes, der Pest und davon, dass man Geduld haben müsse, um auf die Männer zu warten. Alica konnte das nicht länger ertragen. Sie würde hinauf zum Herrenhaus gehen und nachsehen, warum François nicht kam. Wahrscheinlich gab es einen ganz banalen Grund dafür. Immerhin rückte sein Regiment morgen früh aus in den Krieg. Da waren sicher noch tausenderlei Dinge zu erledigen.

»Ich werde ihn jetzt suchen«, sagte sie entschlossen und machte sich auf den Weg.

»Wenn du meinen Hannes siehst, dann sag ihm, dass ich hier auf ihn warte«, rief ihr die Freifrau noch nach.

Verzweifelt kämpfte Alica sich durch das kleine Wäldchen. Wie Krallenhände griffen die Äste und Dornenranken nach ihrem Rock. Sie hörte Stoff reißen. Dornen stachen in ihre Beine. Ein dicker Ast, den sie übersehen hatte, riss ihr fast die Haube vom Kopf. Es war so dunkel, dass man kaum die Hand vor Augen sah.

Plötzlich erklang unmittelbar vor ihr eine barsche Stimme. Alica sah etwas metallisch blitzen. Zwei Männer mit kurzen Gewehren traten aus dem Dickicht. Noch einmal wurde sie etwas gefragt, doch Alica verstand nicht. Sie zuckte hilflos mit den Schultern und sagte: »François Ibrahim de la Croix. Es ist wichtig! Ich muss zu ihm.«

Die beiden Männer sprachen leise miteinander, dann senkten sie die Waffen. Einer nahm Alica beim Arm und führte sie schweigend aus dem Wäldchen.

Die meisten Zelte auf dem Vorplatz des Herrenhauses waren verschwunden. Vor dem Stall standen fünf große Planwagen und wurden mit Kisten und Fässern beladen. Zunächst beachtete man Alica und den Wachtposten nicht. Die beiden hatten schon fast die Treppe zum Haus erreicht, als ihr Name vom anderen Ende des Platzes gerufen wurde.

Franz-Josef kam von den Planwagen herübergelaufen. Er trug jetzt eine schmucklose, abgewetzte Uniform. Seine Hose war an den Innenseiten der Beine mit schwarzem Leder verstärkt. Seine Sporen klirrten auf dem gepflasterten Boden. An seiner Seite hing ein silberner Säbel. Er hielt ihn dicht unter dem Säbelkorb gepackt, damit er ihm nicht bei jedem Schritt gegen die Beine schlug. »Alica, Ihr seid also doch gekommen.« Mit einem knappen Befehl schickte er den Wachsoldaten zurück auf seinen Posten.

»Wo ist François?«

»Ihr werdet ihn sehen, Mademoiselle.« Er griff nach ihrer Hand und zuckte zurück. »Kalt wie der Tod seid Ihr.« Eine steile Falte bildete sich zwischen seinen Brauen. »Kommt mit mir. Ich muss mit Euch reden.« Die letzten Worte sprach er schroff wie einen militärischen Befehl.

Franz-Josef führte sie die aus dem Haus der Großeltern vertraute Treppe hinauf und dann in ein dunkel getäfeltes Rauchzimmer, in dem ein großer Spiegel hing. Es gab eine Kommode, auf der eine Kristallkaraffe und Gläser standen. Mehrere bequeme Lehnstühle luden dazu ein, sich niederzulassen. Doch Franz-Josef forderte sie nicht etwa auf Platz zu nehmen, sondern drängte sie zum Spiegel hinüber. Erst als er ihr Spiegelbild sah, beruhigte er sich etwas. »Ihr seid also keine Wiedergängerin. Kein Schatten aus dem Grab, der gekommen ist, um den Lebenden zu schaden.« Vorsichtig berührte er noch einmal ihre Hand und schüttelte den Kopf. »Was seid Ihr für ein Geschöpf, Alica? Eine Hexe oder eine gute Fee?

Ich war heute in Schleiden und auch in Heimbach. Niemand kennt Euch. Eine Alica Bräuer scheint es nicht zu geben. Ich habe sogar den Köhler gefunden, der die Laubhütte errichtet hat, in der Ihr François zum ersten Mal begegnet seid. Auch ihm seid Ihr nicht bekannt, Mademoiselle. An einem Tag kleidet Ihr Euch wie eine Bettlerin, den nächsten Tag tragt Ihr feine Seide und heute scheint es, als wäret Ihr eine wohlhabende Bürgerstochter. Wer seid Ihr wirklich?«

»Ich bin in diesem Augenblick hier, weil ich François liebe. Das muss als Antwort genügen.«

»Nein, das genügt mir nicht!«, entgegnete der alte Husar entschieden. »Ich kenne François fast seit seiner Geburt. Ihr habt ihm völlig den Kopf verdreht. Wisst Ihr, dass er heute beim Morgenappell vom Pferd gestürzt ist? Er war völlig entkräftet und glühte vor Fieber. Seit Tagen sollte er im Bett liegen. Er bringt sich noch um, und das nur, weil er sich in Euch verguckt hat, Mademoiselle.«

»Ich muss zu ihm und du musst mich begleiten, damit ich mit ihm sprechen kann.«

Der alte Husar verschränkte die Arme vor der Brust. »Mademoiselle, ich bin kein Mann, der Weibsbilder schlägt, aber ich schwöre Euch beim Adler unseres Regiments, Ihr werdet dieses Zimmer nicht verlassen, bis ich von Euch erfahren habe, wer Ihr seid und was Ihr von François wollt.«

Alica überlegte kurz, ob sie sich nicht einfach hinauswerfen lassen sollte, um später in Geistergestalt zurückzukehren. Doch damit wäre nichts gewonnen. Sie brauchte jemanden, der übersetzte, sonst konnte sie nicht mit François reden. Zumindest er musste erfahren, wer sie wirklich war. Vielleicht würde er dann niemals spuken. Und auch sein Falke nicht. Hatte sie die Macht, die Zukunft zu verändern? Oder konnte sie lediglich erfahren, wie es zu der Zukunft gekommen war, die sie kannte?

»Bringst du mich zu François, wenn ich dir erzähle, wer ich wirklich bin?«

Franz-Josef nickte ernst. »Ihr habt mein Wort darauf, Mademoiselle Alica.«

Wie würde der Alte wohl reagieren, wenn sie ihm von Zeitreisen und der Arduinna Silva erzählte? Sie musste ihn gleich zu Anfang überzeugen, sonst würde er ihre Geschichte nur als das wirre Gerede einer Wahnsinnigen abtun. Alica versuchte sich zu entspannen. Sie dachte an den klaren Bach, an dem sie die jungen Füchse gesehen hatte. An den weiten Himmel und ziehende Wolken.

»Nun, Mademoiselle, was habt Ihr mir zu sagen?«

Alica blickte an sich hinab. Ihre Hände erschienen ihr leicht durchscheinend. Unauffällig tastete sie nach ihrem Kleid. Sie war so weit. »Es ist also abgemacht. Ich sage dir die ganze Wahrheit über mich und du bringst mich zu François. Schlag darauf ein!«

Es war dem Alten anzusehen, dass er dies für Kinderei hielt, doch er spielte mit. Er streckte ihr die Hand entgegen und sie glitt durch Alicas Finger. Mit einem Schreckensschrei wich Franz-Josef zurück. Er war kreidebleich. Zitternd bekreuzigte er sich und murmelte etwas.

»Ich bin kein Geist«, sagte Alica ganz ruhig. »Auch wenn es so aussieht.« Und dann erzählte sie dem Husaren die ganze Geschichte. Sie berichtete von ihrem Treffen mit dem Geisterfalken, von dem Husarenjungen und der Arduinna Silva, die sie in die Vergangenheit geschickt hatte, um herauszufinden, wie man die Geister erlösen konnte.

Während Alica erzählte, war Franz-Josef zu der Kommode gegangen und hatte sich aus der Karaffe ein großes Glas Cognac eingeschenkt. Als sie ihre Geschichte beendete, war der alte Husar immer noch sehr blass, aber er zitterte wenigstens nicht mehr. »Das ist das Ungeheuerlichste, das ich jemals gehört habe.« Er schenkte sich noch einmal nach und trank das Glas in einem Zug leer.

»Glaubst du mir nicht?«

»Ich wünschte, ich könnte Euch nicht glauben.« Er rieb sich mit Daumen und Zeigefinger über die Brauen. »Mein armer François. Es ist den meisten Orientalen nicht gegeben, im nassen, kalten Europa lange zu leben. Schon als Kind hat er immerzu gefroren. Er war für die Sonne geboren. Nicht für dieses Leben.« Der alte Husar stierte in das leere Glas, als könnte er darin die Zukunft ablesen. »Und Ihr sagt, er wird ein Geist sein? Und mit ihm sein Falke?«

»Ich bin gekommen, um herauszufinden, wie es dazu kam und ...« Alica stockte. Sie rang mit den Tränen. »Und um ihn zu erlösen, wenn ich in meine Zeit zurückkehre. Erzähl mir alles von ihm, was du weißt. Jede Kleinigkeit kann wichtig sein. Und bring mich zu ihm! Ich muss ihn sehen.«

»Nein, nicht jetzt. Ihr müsst Euch gedulden. Sein Stiefvater ist bei ihm, um Abschied zu nehmen. Wir werden die beiden nicht stören.« Franz-Josef ließ sich stöhnend in einem der Lehnstühle nieder. Er wirkte jetzt sehr alt. Sein Gesicht war grau und voller Falten. Mit fahriger Geste fuhr er sich über die Augen und lehnte sich zurück. »Ein halbes Leben ist vergangen, seit wir mit dem jungen Konsul Bonaparte nach Ägypten segelten. Es war noch im letzten Jahrhundert.« Er schloss die Augen, und als er weitersprach, hatte Alica den Eindruck, dass der Alte im Geiste noch einmal alles sah. »Am zweiten Juli siebzehnhundertachtundneunzig landeten wir in Ägypten und haben gleich am ersten Tag Alexandria im Sturm erobert. Es war heiß wie in der Hölle. Der Kampf um die Stadt hat nicht lange gedauert. Ihr müsst den Orient gesehen haben, Alica, alles ist dort anders. Nicht nur dass sich die Leute seltsam kleiden und ein Kauderwelsch reden, das kein rechtschaffener Christenmensch verstehen kann. Nein, es ist ...« Er rang um Worte. »Die Düfte ... sie überwältigen dich. Sogar das Licht ist dort klarer. Man fühlt sich wie in einem Märchen und einem Albtraum zugleich. Geheimnisvolle Sänften werden auf verschwiegene Hinterhöfe getragen. Reiter, geschmückt mit Gold und Silber, jeder ausstaffiert wie ein Fürst, drängen sich durch die Basare. Und es gibt alle erdenklichen Krankheiten. Die Pest, Lepra. Alles! Und das Licht ist so hell, dass es dich manchmal blind macht, wenn du in der Wüste bist. Ich träume noch oft von Ägypten. Und trotz allen Leids möchte ich keinen der Tage missen, die ich dort war.« Er strich sich über den Schnauzer und brütete vor sich hin. Dann setzte er sich plötzlich kerzengerade auf und sah Alica an. »Entschuldigt, ich schweife ab. Damals in Ägypten habe ich François' Stiefvater kennengelernt. Er war Lieutenant bei den siebten Husaren und man hatte mich seiner Kompanie zugeteilt. Gekämpft haben wir gegen die Mamelucken. Wilde Reiter waren das und die Herren von Ägypten. Geborene Soldaten. Sie waren schlecht geführt, aber die wunderbarste Kavallerie, die ich je in meinem Leben gesehen habe. In Seide gekleidet, mit Turbanen und jeder auf einem Pferd, das für sich allein schon ein Vermögen wert war. In einem Reiterkampf mit ihnen stürzte Lieutenant de la Croix aus dem Sattel und er wäre wohl zwischen den stampfenden Hufen zertrampelt worden, wenn ich ihn nicht herausgeholt hätte. Er hatte eine tiefe Schnittwunde im Arm. Die Mamelucken hatten Säbel aus feinstem Damaszener Stahl. Ich sage Euch, Mademoiselle, nichts ist so verteufelt robust wie dieser bunt schillernde Stahl. Sie haben uns unsere Säbelklingen einfach zerschlagen damit. Man kann mit solch einer Waffe sogar Stein zersplittern. Na ja, der Lieutenant kam ins Lazarett und dort hat er neben einem Mameluckenfürsten gelegen, den wir verwundet gefangen hatten. Ein eitler Stutzer mit Öl im Haar und Haut so braun wie altes Leder. Ich weiß nicht, wie de la Croix es geschafft hat, aber irgendwie hat er den Mamelucken davon überzeugt, dass die Franzosen nur das Beste für sein Land wollten.« Der alte Husar lachte. »Bei mir haben sie es ja auch geschafft. Bin einfach zu Hause abgehauen und hab mich der französischen Revolutionsarmee angeschlossen. Gleich zu Anfang, als alle gegen sie Krieg geführt haben. *Freiheit, Gleichheit, Brüderlichkeit!* Ich habe daran geglaubt. Und verdammt noch mal, sie sind auch die einzige Armee der Welt, wo Bauernsöhne Marschälle werden und nicht nur verfluchte Adelige!«

Franz-Josef drehte eine Spitze seines Schnauzbartes zwischen Daumen und Zeigefinger. »Ibrahim Bey wurde die Freiheit geschenkt und er hat Lieutenant de la Croix zu sich in seinen Palast eingeladen. Die beiden waren bald wie Brüder. Der Bey hatte einen kleinen Sohn, der auch Ibrahim hieß.« Der alte Husar lächelte versonnen. »Seine ersten Reitstunden hat der Kleine auf meinen Knien genommen. Ibrahim Bey und de la Croix haben versucht die einfachen Menschen davon zu überzeugen, dass es ihnen unter der Herrschaft der Franzosen besser gehen würde. Wilde Zeiten waren das. Wir haben viele Abenteuer erlebt. Der Mameluck wurde von Bonaparte zu einem Offizier in der französischen Armee ernannt. Er war mit uns auf diesem verdammten Syrienfeldzug. Die Monate vergingen und immer mehr Feinde versammelten sich. Engländer, Türken und Mamelucken. Dann kam die große Schlacht von Aboukir. Die zweite, die alle Schande vergessen machen sollte, denn im Jahr zuvor hatten die Engländer in dieser Bucht unsere Flotte versenkt. Seitdem haben wir alle gewusst, dass es keinen Weg zurück nach Frankreich mehr gibt. Doch in der zweiten Schlacht bei Aboukir hat Bonaparte all sein Können gezeigt. Die Engländer und Türken versuchten eine Armee an Land zu bringen und wurden vernichtend geschlagen. Es war ein großartiger Kampf. Ein glorreicher Tag. Und es war der Tag, an dem Ibrahim Bey eine Kugel durch die Brust geschossen wurde. Zwei Tage hat er gelitten, bis er starb. Die ganze Zeit war der Lieutenant an seinem Lager. Und er hat ihm einen Eid geleistet. Sie sind seltsam diese Orientalen. Der Lieutenant musste dem Sterbenden schwören, dass er dessen Frau zum Weib nehmen würde. Jene, die ihm Ibrahim geboren hatte. Sie sollte nicht ins Elend stürzen. Und dieser verrückte Lieutenant, er hat es tatsächlich getan, obwohl er sie nie zuvor gesehen hatte, denn die reichen Orientalen verstecken ihre Weiber. Mein Lieutenant hat Glück gehabt.« Wieder lächelte der alte Husar sinnend. »Mehr Glück als Verstand. Sie war eine wunderbare Frau und schön wie eine Prinzessin. Auch wenn ich glaube, dass sie ihn vor allem dafür liebte, dass er ihren Jungen wie seinen eigenen Sohn aufnahm. Er hat ihm sogar seinen Namen gegeben. Nun hieß er François Ibrahim de la Croix. Richtig geheiratet haben sie, mein Lieutenant und Leila. General Bonaparte musste zurück nach Europa, weil Frankreich von allen Seiten von Feinden bedrängt wurde. Und wir, wir saßen in der Falle in Ägypten. Noch zwei Jahre haben wir gekämpft. Dann wurde Frieden geschlossen und die letzten Überlebenden wurden auf englischen Schiffen zurück nach Frankreich gebracht. Die Frauen und Kinder der Offiziere haben sie mitgenommen. Die einfachen Soldaten hatten dieses Glück nicht. In Frankreich wurden wir zum achten Husarenregiment verlegt. Leila und Ibrahim haben meinen Lieutenant überallhin begleitet. Immer wollte der Kleine einer von uns sein. Leila hat ihm Uniformen in den Farben der achten Husaren geschneidert. Aber sie war oft krank. Sie war nicht für das Leben im Feld geschaffen. Es war im Frühjahr achtzehnhundertneun, wir kämpften gegen Österreich, als Leila starb. Gerade hatte das Regiment in der Schlacht von Aspern Ruhm an seine Fahnen geheftet, obwohl die Österreicher unsere Armee an diesem Tag besiegten. General Lasalle, der schillerndste unter Napoleons Husaren, hat uns damals in die Schlacht geführt. Ich erinnere mich noch, als sei es erst gestern gewesen. Wir haben sie auf einem kleinen Dorffriedhof beigesetzt. Der Ort hieß Essling. Der General kam zu ihrer Beerdigung. Er stand neben François und hielt eine kurze Rede. Er fragte uns, was unser Schlachtenruhm noch zähle, wenn uns die Frau genommen sei, der wir unseren Lorbeer zu Füßen legten. Das hört sich jetzt sicher so an, als habe irgendein romantischer Dichter diese Geschichte gesponnen, Alica, aber es ist nichts als die Wahrheit. Ihr hättet dabei sein sollen an jenem verregneten Frühlingsmorgen! Kirschbäume wuchsen dort. In der Nacht hatte der Sturm ihnen die Blüten abgerissen. Der ganze Friedhof sah aus, als hätte man ein riesiges weißes Leichentuch über ihn gebreitet. Lasalle hat uns allen an diesem Morgen aus dem Herzen gesprochen. Wir kannten Lasalle noch aus Ägypten, wo er Chef d'escadron war. Er war sehr düster in diesem Frühling. Zwei Monate später traf ihn in der Schlacht bei Wagram eine Kugel in den Kopf. Von den alten Kriegern aus Ägypten gibt es nur noch wenige in der Armee. Es ist das Schicksal von uns Husaren, immer weiterzuziehen. Wir verlieren die Gräber unserer toten Kameraden schnell aus den Augen. Aber mein Lieutenant konnte seine Leila nicht vergessen. Mein junger Lieutenant ist längst Major geworden, und wenn der Gott der Schlachten wieder Offiziersblut fordert, dann wird er wohl zum Colonel werden, sobald ein Regiment der leichten Kavallerie seinen Kommandanten verliert. Louis-Michel ist im Februar vierunddreißig Jahre alt geworden. Er gehört zu den alten Männern in dieser Armee. Und François, den hat er immer mitgenommen, egal wohin wir zogen. Er wird den Jungen zum Lieutenant machen, sobald François sechzehn ist. Ich halte mich immer an seiner Seite, um auf ihn aufzupassen.« Der Alte sah sie eindringlich an. »Das wisst Ihr ja. Aber es ist unmöglich, ihn vor sich selbst zu beschützen. Er brennt darauf, in seiner ersten Schlacht zu kämpfen, um sich zu beweisen. Er will ein Held sein. Deshalb hat er sich freiwillig für den Botenritt nach Koblenz gemeldet. Es ist tollkühn, bei Nacht und schlechtem Wetter über die Berge zu reiten. Er wollte allen im Regiment beweisen, dass er auch ohne die Protektion seines Vaters ein richtiger Mann ist. Und nun hat ihn das Fieber wieder gepackt. Er wird morgen nicht mit uns reiten können. Die Verletzten und Kranken aus dem Regiment werden hier in Haus Greifenstein bleiben und dann nach und nach wieder zu uns stoßen. Es wird François das Herz brechen, wenn er hört, dass er zurückbleiben muss. Und jetzt kommt Ihr und erzählt mir, dass einst sein Geist in diesem Haus spuken wird.«

Der Alte blickte zur Seite. Seine Augen schimmerten feucht. »Ihr werdet dem Major nichts davon sagen. Er kann nicht hierbleiben. Das wäre schlecht für die Moral. Zu viele Männer müssen ihre Liebsten zurücklassen, wenn das Regiment weiterzieht. Louis-Michel muss ihnen ein Beispiel sein. Er ist ein guter Offizier. Aber wenn er wüsste, dass sein Junge hier sterben wird, dann könnte er nicht gehen. Er glaubt, François wird in ein oder zwei Wochen wieder gesund sein. Dabei soll es bleiben.«

Alica wollte das so nicht hinnehmen. Für sie stand noch nicht fest, dass François sterben musste. Sie würde ihn doch auch erlösen, wenn sie half ihn zu heilen. Dann würde er niemals spuken. Und auch der Falke würde nicht zum Geist. Sie mochte nicht akzeptieren, dass François' Zukunft unabänderlich war. »Gibt es denn keinen Arzt im Regiment? Man muss doch etwas gegen das Fieber unternehmen können.«

»Der Arzt wollte heute Nacht noch einmal nach ihm sehen. François soll kalte Umschläge bekommen, die das Fieber senken.«

»Lass mich zu ihm, Franz-Josef«, bat Alica flehentlich. »Du weißt, dass ich ihm nichts Böses will. Es ist immer kalt um mich, wenn ich einen richtigen Körper habe. Das wird François nutzen.«

»Ich will ehrlich zu Euch sein, Alica, so wie Ihr es wart. Ich wünschte, François hätte Euch niemals getroffen. Und ich wünschte auch, Ihr hättet mir nicht von der Zukunft erzählt. Es ist besser, nicht im Voraus um das Schicksal eines Freundes zu wissen.« Leicht schwankend erhob sich der alte Husar aus dem Lehnstuhl. »Aber ich weiß, dass es François' Herzenswunsch ist, Euch zu sehen. Also kommt!«

Skalpell und Säbel

Als Alica vor der Tür zu François' Zimmer stand, begannen ihr die Beine zu zittern. Sie hätte es wissen müssen! Franz-Josef öffnete und sie blickte in eine winzige Kammer. Zweihundert Jahre später würde dort das kleine Badezimmer mit der Dusche sein. Der Raum wurde von einer schmalen Pritsche fast zur Hälfte ausgefüllt. Auf einem Schemel kauerte François' Stiefvater. Der junge Husar schlief. Nur eine einzige Kerze beleuchtete die kleine Kammer, doch das blassgelbe Licht war stark genug, um Alica erkennen zu lassen, dass das Antlitz des Kranken vor Schweiß glänzte.

Neben dem Bett stand die Stange mit dem Falken. Der Vogel empfing Alica mit einem unfreundlichen Krächzen. Am Fußende lehnte ein prächtiger Säbel an einem der Bettpfosten. Seine Scheide war ganz aus Gold und auch der Knauf der Waffe schimmerte golden. Er zeigte einen Adlerkopf und Rubinsplitter waren ihm als Augen eingesetzt.

Der Major erhob sich und verneigte sich förmlich. »Mademoiselle.« Alica bemerkte den fragenden Blick, den er dem alten Husaren zuwarf.

Ein stickiger Geruch lag in dem kleinen Zimmer. Säuerlicher Schweiß, der Duft von klammem Leinen und ein Hauch von Honig. Alicas erster Gedanke war, das Zimmer vernünftig zu lüften, doch es gab hier kein Fenster. Mit ihrer beklemmenden Enge erinnerte die Kammer an eine Gruft.

François schlief. Seine Brust hob und senkte sich nur

schwach. Er trug ein dünnes, schweißdurchtränktes Hemd. Sein Gesicht wirkte wie aus Wachs modelliert. Aus seinen Lippen war fast alle Farbe gewichen. Sein Anblick erinnerte Alica an ihre Mutter. Etwas tief in ihrem Inneren zog sich schmerzhaft zusammen. Das durfte einfach nicht sein! War sie denn dazu verdammt, dass alle Menschen sterben mussten, die sie liebte?

»Darf ich an François' Lager wachen?«

Man sah ihm deutlich an, dass er ihr nur ungern seinen Platz überließ, doch Louis-Michel war zu höflich, um ihr das ins Gesicht zu sagen. Er erhob sich von dem kleinen Schemel und warf Franz-Josef erneut einen fragenden Blick zu.

Alica setzte sich und strich François sanft über die Stirn. Er glühte vor Fieber. Die Berührung ihrer kalten Hand schien ihm gutzutun. Er seufzte leise im Schlaf. Seine Lippen bewegten sich. Für einen Moment glaubte sie, dass er ihren Namen flüsterte.

Alica wusste, man musste sterben, wenn das Fieber zu stark anstieg. Sie untersuchte François. Um seine Waden waren feuchte Tücher geschlagen, die jedoch schon wieder ganz warm geworden waren. Sie legte ihm eine Hand auf die Brust und die zweite wieder auf die Stirn. Dann konzentrierte sie sich darauf, es kälter werden zu lassen.

Im Hintergrund hörte sie die beiden Offiziere miteinander flüstern, doch sie nahm das nur am Rande wahr. Sie richtete ihre ganze Aufmerksamkeit auf François. Sein Atem ging nun etwas regelmäßiger und sein Gesicht sah nicht mehr ganz so elend aus.

An seinem rechten Arm bemerkte Alica einen blutbefleckten Verband. Offensichtlich hatte er sich bei dem Sturz verletzt.

»Alica?« François' Augenlider flatterten. Dann sah er sie an. Jetzt erst begriff Alica, dass das Fieber seine Augen so sehr hatte glänzen lassen. Auch nun strahlten sie. Ein Lächeln huschte über das erschöpfte Gesicht. Er flüsterte etwas.

»Es tut ihm leid, dass er Euch versetzt hat«, sagte Franz-Josef hinter ihr. Seine Stimme klang rau, so als habe der alte Husar Mühe, seine Gefühle unter Kontrolle zu halten. »Er schwört beim Säbel seines Vaters, dies wird nicht noch einmal geschehen. Er wünscht sich, dass Ihr ihm den Ort beschreibt, an dem ihr euch hättet treffen wollen.«

Alica schilderte ihm die verfallene Kapelle in allen Einzelheiten. Nur Magdalena erwähnte sie nicht. François könnte sie nicht sehen. Aber falls sie sich überhaupt jemals in der Kapelle träfen, würde das Wissen um ihre Anwesenheit für ihn wie ein Schatten über ihrem Rendezvous liegen.

»Ihr habt Euch an einem leeren Grab mit ihm verabredet?«, fragte Franz-Josef schockiert.

»Es musste doch nahe bei dem Herrenhaus sein. Du hast die Bedingungen gestellt«, entgegnete sie müde. Sie wollte sich jetzt nicht mit ihm streiten. Sie wollte nur für François da sein.

Es schien ihm etwas besser zu gehen. Sie konnte ihm ein wenig aus einer Feldflasche zu trinken geben, die neben dem Bett stand.

Es klopfte. Ohne eine Antwort abzuwarten, trat ein Mann in einem blau-roten Uniformrock ein. Man sah auf den ersten Blick, dass er kein Husar war. Seine Uniform war einfach geschnitten und, abgesehen von einem roten Stehkragen und einem Bruststück in der gleichen Farbe, eher schmucklos. Der Fremde war sehr groß und dürr wie eine Vogelscheuche. Auf seiner Nase saß eine Nickelbrille mit kleinen runden Gläsern. Unter den Arm geklemmt trug er eine flache Metallschale und ein aufgerolltes Stoffbündel.

Er sagte etwas. Seine Stimme klang müde und schroff.

»Er bittet Euch, ihm Euren Platz zu überlassen«, übersetzte

Franz-Josef. »Das ist Lieutenant Fournier, der Arzt, der unserem Regiment zugeteilt wurde.«

Alica stand auf und stellte sich an das Fußende.

Der Doktor fühlte François den Puls und legte ihm seine große sehnige Hand flach auf die Stirn. Dabei nickte er zufrieden. Er blickte zu Alica auf. »Ihrem Liebsten geht es besser«, sagte er völlig akzentfrei. Als er ihre Überraschung bemerkte, fügte er hinzu: »Ich komme aus dem Elsass, Mademoiselle. Das Deutsche ist meine zweite Muttersprache. Wie Ihr seht, ist meine Behandlung bei ihm sehr gut angeschlagen. Ein Fieber entsteht, wenn das Gleichgewicht der vier Säfte im Körper durcheinandergerät.« Fournier stellte die verschrammte Metallschale auf das Bett und rollte das Stoffbündel auseinander. Im Stoff eingeschlagen lagen seltsam gebogene Messer und Scheren, eine kleine Säge und andere Geräte, die an verbogene Nägel oder übergroße Angelhaken erinnerten.

»Was für Säfte?«, fragte Alica verwirrt.

»So wie in der Natur ein Gleichgewicht zwischen Feuer, Wasser, Erde und Luft, also den vier Elementen, herrscht, so gibt es in unserem Leib ein Gleichgewicht zwischen den Säften Blut, Schleim, gelbe und schwarze Galle. Gerät dieses Gleichgewicht durcheinander, dann werden wir krank.« Der Arzt wickelte einen dünnen Lederriemen mit einer merkwürdigen Metallschließe um François' Arm. »Um den Kranken zu heilen, muss man ihn dann zur Ader lassen. So hilft man dem Körper sein Gleichgewicht wiederzufinden.«

Alica starrte den Arzt fassungslos an. So einen Unsinn hatte sie noch nie gehört. Wenn sie Fieber hatte, gab Mutter ihr ein Aspirin.

François hatte von alldem nichts verstanden. Er lag ganz still im Bett und war offenbar bereit über sich ergehen zu lassen, was immer der Arzt mit ihm vorhatte. Fournier strich ihm durch das schweißverklebte Haar. »Sein Fieber ist gesunken. Die Behandlung tut ihm gut.« Er blickte zu Alica und runzelte die Stirn. »Auch die Liebe zu einer Frau kann die Säfte eines Mannes durcheinanderbringen. Vielleicht solltet Ihr ihn in den nächsten Tagen nicht zu oft besuchen, damit er sich besser erholen kann.«

Der Arzt tastete jetzt François' Arm ab. Dann griff er nach einem krummen Messer und schnitt ihn. Dunkles Blut troff in die Metallschale. Alica glaubte nicht, was sie da sah.

»Hören Sie damit auf!«

»Meine Herren, bringen Sie bitte dieses hysterische Weibsbild raus«, sagte Fournier, ohne sich auch nur nach ihr umzudrehen.

Aus den Augenwinkeln sah Alica, wie der Major sie packen wollte. Verzweifelt griff sie nach dem Säbel, der vor ihr am Bettpfosten lehnte. Sie musste diesem Irrsinn ein Ende setzen. Klirrend glitt der Säbel aus der Scheide. Die Klinge war mit dunklen, verschlungenen Mustern geschmückt.

»Bindet François den Arm ab und hört auf mit diesem Unsinn!«

Fournier hob beschwörend die Hände. »Macht jetzt keinen Fehler, Mademoiselle. Sie werden Euch hängen, wenn Ihr mir etwas zuleide tut.« Die Metallschale verrutschte und fiel klirrend zu Boden. Dunkles Blut floss aus François' Arm und durchtränkte das Betttuch.

»Stoppt die Blutung!« Alica hob den Säbel, als wollte sie dem Arzt jeden Moment einen Hieb verpassen. Plötzlich wurde sie von hinten gepackt. Eine starke Hand verdrehte ihr den Arm. Der Säbel fiel zu Boden. Sie wurde rückwärts zur Tür gezerrt. »Schafft diese Furie hier weg!«, rief Fournier empört. »Ich verbiete, dass dieses Weibsbild meinen Patienten noch einmal zu sehen bekommt. Vermutlich ist sie schuld an seinem Fieber.«

François richtete sich halb im Bett auf, doch der Arzt

drückte ihn zurück in die Laken. Der junge Husar führte seine Hand an die Brust. »Mein 'erz schlägt nur für dich!« Dann rief er noch etwas auf Französisch.

Franz-Josef zerrte Alica aus dem Zimmer. Laut krachend fiel die Tür hinter ihnen ins Schloss. »Was habt Ihr Euch nur gedacht, törichtes Frauenzimmer! Ich wünschte, ich hätte Euch nicht hierhergebracht.«

»Du musst verhindern, dass der Arzt ihn bluten lässt!« Alica versuchte vergeblich, sich aus dem Griff des Husaren zu befreien. »Der Arzt wird ihn töten!«

»Seid Ihr auch eine Heilerin?«, fragte der alte Husar bissig. »Bis gerade wusstet Ihr ja nicht einmal, was das ist, jemanden zur Ader zu lassen. Und jetzt behauptet Ihr, dass es schadet. Man macht das schon immer so.«

»Und es ist ein Fehler!«, begehrte Alica auf. »In meiner Zeit kennt man das gar nicht mehr! Es ist ein Fehler, Kranke so bluten zu lassen. Sie werden nur schwächer dadurch.« Alica hatte es aufgegeben, sich gegen Franz-Josef zu wehren. So würde sie diesen Irrsinn nicht beenden können. »Glaube mir. Dieser Arzt schadet François nur. Es ging ihm besser, weil meine Kälte das Fieber vertrieben hat. Du hast doch selbst gesehen, dass er noch fieberte, als wir gekommen sind. Wenn du mir schon nicht glaubst, dann vertrau wenigstens auf das, was du mit eigenen Augen siehst.«

Der alte Husar schüttelte den Kopf. »So wird es schon immer gemacht. Das kann doch nicht falsch sein.« Zweifel schwang in seiner Stimme mit.

»Bitte, Franz…« Alica hatte das Gefühl, als griffe etwas nach ihren Füßen. Ihr Leib begann durchscheinend zu werden. »Nicht jetzt!«, rief sie und kämpfte mit aller Kraft dagegen an. »Nicht jetzt!«

In den Augen des alten Husaren stand das blanke Entsetzen. Er bekreuzigte sich und wich vor ihr zurück.

Alica spürte, wie sie zerfloss. Ihr Leib wurde durch den Boden gezogen. Um sie herum wurde es dunkel. »Hilf François!«, schrie sie. »Rette ihn vor diesem Arzt!«

Alica war kalt. Ihr Rücken schmerzte. Über sie beugte sich ein blasses Gesicht. Die Arduinna Silva! Sie war wieder in der Höhle jenseits des Spiegels.

Alica wollte sich aufrichten, doch sie war wie eine Marionette, deren Fäden man durchtrennt hatte. Hilflos lag sie auf dem Boden, unfähig, sich auch nur einen Zentimeter zu bewegen.

»Du brauchst ein wenig Zeit, um wieder zu Kräften zu kommen«, sagte die Dunkle Königin. »Du musst dich erholen. In die Vergangenheit zu reisen verlangt dem Körper und der Seele viel ab. Du bist erschöpfter, als du dir vorzustellen vermagst.«

»Warum hast du mich zurückgerufen?«

»Jemand ist durch den Spiegel getreten und auf dem Weg hierher. Du musst wach sein, wenn er kommt. Er darf dich nicht für tot halten.«

»Nein! Warte, du musst mir helfen!« Vergebens versuchte Alica nach dem Gewand der Königin zu greifen. Noch immer konnte sie sich nicht bewegen.

»Ich habe dir geholfen, Kindchen. War nicht ich es, die dir die Reise in die Vergangenheit schenkte? Und was glaubst du, wer es war, der dir mit dem Kleid für den Ball half oder deine Schritte setzte, als du versucht hast Walzer zu tanzen.«

»Ich muss noch einmal zurück.« Alica war nun kleinlaut geworden. »Bitte, schenk mir noch ein wenig Zeit.«

»Hat man dich keine Demut gelehrt, Kind?«, grollte die Königin und die Wände der Höhle hallten wider von ihrer Stimme. »Die Zeit der Geschenke ist vorbei. Nun ist es an dir, etwas zu geben!«

»Was willst du?«

»Bring mir einen Schlüssel, der die Tore nach Nebenan öffnet. Ich weiß, dein Freund, dieser Heinzelmann, besitzt einen solchen Schlüssel. Das ist mein Preis. Und überlege es dir gut, denn außer mir lebt hier weit und breit niemand mehr, der den Husarenjungen oder den Falken erlösen könnte. Du brauchst meine Hilfe!« Mit einem Ruck zog sie den Umhang fort, auf den sie Alica gebettet hatte. »Komm nicht wieder, wenn du nicht mein Geschenk mitbringst!« Sie wirbelte den schwarzen Umhang um ihre Schultern und war im nächsten Augenblick in der Finsternis verschwunden.

Schwere Schritte wie von Stiefeln klangen durch das Dunkel. Am anderen Ende der Höhle erschien ein schwankendes Licht.

»Vorsicht!«, rief Alica. »Dort ist ein Abgrund. Nur eine sehr schmale Brücke führt herüber.«

»Ich 'abe es gese'en«, antwortete eine vertraute Stimme.

»François?« Alica traute ihren Ohren nicht. Nein, das konnte nicht sein! Wie hätte der Husar hierhergelangen sollen?

Die Schritte wurden langsamer und ihr Geräusch veränderte sich. Ihr Retter musste jetzt auf der Brücke sein. »Alica, mein 'erz. Ich 'abe dir doch versprochen, dass ich auf dich warten werde. Warten bis ans Ende der Zeit!«

Im Licht der Blendlaterne, die ihr Retter trug, erkannte sie die Uniform. Die scharlachrote Husarenjacke, die im ganzen Regiment allein die Trompeter trugen. Die prächtige Fellmütze. Er war es! Alica standen Tränen in den Augen.

Endlich kniete der junge Husar neben ihr nieder. Er stellte die Blendlaterne ab und sah sich noch einmal misstrauisch um. In der Rechten hielt er den Säbel, mit dem Alica den Arzt angegriffen hatte.

»Sie ist fortgegangen«, sagte Alica. Ihre Gefühle übermannten sie. Sie musste um jedes Wort kämpfen. »Die Dunkle Königin ist nicht mehr hier.«

François schob seinen Säbel in die Scheide. Sanft strich er ihr über das Gesicht. »Ich 'atte dir doch gesagt, ich warte auf dich.« Er zwinkerte mit den Augen. »Aber ich 'atte nicht gedacht, dass es so lange dauern würde.«

Alica erinnerte sich nicht an ein Versprechen. Der junge Husar bemerkte die unausgesprochene Frage in ihrem Blick. »Als sie dich 'inausgebracht haben. Ich konnte es dir nicht in deiner Sprache sagen.«

»Aber du müsstest doch längst ...« Alica biss sich auf die Lippen. Nein, das konnte sie ihm nicht sagen. Nicht jetzt. Offenbar wusste er nicht, dass er längst gestorben war.

François hob sie auf. Alica war noch immer nicht fähig, auch nur ein Glied zu rühren. Sie schmiegte den Kopf an seine Brust. Er war so echt. So wie eben noch ... Eben vor zweihundert Jahren. Was hatte ihn Gestalt annehmen lassen?

»Du 'ättest nicht durch den Spiegel ge'en dürfen, Alica. Ich kenne sie, die Dunkle Königin. Wer einen Pakt mit ihr schließt, der wird immer betrogen sein. Ich 'abe alles versucht, um dich davon abzu'alten, zu ihr zu ge'en. Selbst mit meinem Säbel 'abe ich gegen den Zauber angekämpft, aber ich konnte den Bannkreis nicht durchbrechen. Erst als der alte Mann kam, konnte ich dir folgen, mein 'erz.«

Sie hatten die Brücke hinter sich gelassen und zwängten sich durch den engen Tunnel. »Welcher alte Mann?«

»Er kam plötzlich durch die Tür. Ich 'abe ihm erzählt, dass du in großer Gefahr bist. Er 'at ein Stück vom Kreidekreis weggewischt.«

»Wie sah dieser alte Mann aus?«

»Oh, er 'atte einen kahlen Kopf. Und er war schlecht rasiert. Das ganze Gesicht voller grauer Stoppeln. Er war sicher nie beim Militär. Sah fast aus wie ein Vagabund.«

»Großvater!« Alica schluckte. Das würde alles noch komplizierter machen. Wie sollte sie nur erklären, was vorgefallen war? Er würde ihr niemals glauben! Zumal François im Moment nicht gerade wie ein Geist aussah.

»Du wirst jetzt ge'en müssen.« François strich ihr zärtlich durch das Haar. »Du wirst es schaffen. Das weiß ich.«

Alica lehnte sich gegen den Fels. In ihre tauben Finger war etwas Gefühl zurückgekehrt. Manchmal, wenn sie sich beim Lesen lange auf die linke Hand abgestützt hatte und das Blut nicht mehr richtig zirkulierte, fühlte es sich genauso an. Ihre Beine spürte sie gar nicht, aber es war so eng im Tunnel, dass sie nicht stürzen konnte.

Zentimeter um Zentimeter zog sie sich am Felsen entlang. François redete ermutigend auf sie ein. Er war hinter ihr und half ihr vorwärts. Ohne ihn hätte sie es niemals geschafft. Sie klapperte mit den Zähnen, so kalt war ihr.

Einen Moment lang hatte sie die Vorstellung, hier unten lebendig begraben zu sein. War sie einer jener Geister, die nicht gemerkt hatten, dass sie gar nicht mehr unter den Lebenden weilten? Waren es nur ihre Gefühle, die ihr diesen Körper gaben, und lag sie in Wirklichkeit tot auf dem nackten Fels, dort, wo sie die Dunkle Königin getroffen hatte?

»Was ist mit dir, Liebste?«

Alica spürte François' kalten Atem im Nacken. Sie schluchzte. Die Angst übermannte sie. Sie war unfähig, sich auch nur einen Zentimeter weiterzubewegen. War dies das Ende ihres Abenteuers? Zwei Geister, gefangen in einem kalten unterirdischen Labyrinth. Kälte ... Eine Stimme in ihrem Inneren meldete sich. Das war es! Sie konnte feststellen, ob sie ein Geist war. Jetzt sofort und ohne Mühen! Sie hob die Hand und hauchte darauf. Ihr Atem fühlte sich warm und ein wenig feucht an. Sie lebte! Als Geist wäre ihr Atem kalt gewesen.

»Wir müssen weiter, meine wunderschöne Braut.«

Alica drehte sich um. »Was ist geschehen, als Franz-Josef mich aus dem Zimmer gebracht hat? Damals, in der Nacht, in der wir getrennt wurden.«

»Doktor Fournier 'at getobt. Du 'ättest dich wirklich nicht einmischen sollen, Alica. Er ist ein guter Arzt. Ich selbst 'abe gese'en, wie er auf dem Schlachtfeld, als rings um ihn die Kugeln einschlugen, Verletzte verbunden 'at. Wenn er amputiert, überlebt mehr als die 'älfte der Männer. Du 'ast ihm unrecht getan.« François blinzelte sie an. »Kann es sein, dass du mein Blut nicht se'en konntest?«

»Was geschah noch, als ich fort war?«

»Oh, auch mein Vater war böse mit dir. Er glaubte, du schadest mir. Er 'at auf mich eingeredet, warum ich mir ausgerechnet so ein seltsames Weibsbild aussuchen muss. Da 'abe ich ihn daran erinnert, dass auch er auf sehr seltsame Weise an ein Weib gekommen ist. Einen Moment war sein Gesicht wie Stein. Ich weiß, wie sehr er meine Mutter geliebt 'at. Sie war wunderschön. Aber niemand 'at verstanden, dass er sie tatsächlich ge'eiratet 'at, statt sie zur Mätresse zu nehmen. Plötzlich begann Vater zu lachen und er 'at sich bei mir entschuldigt. Dann rief er nach Franz-Josef. Der Alte sagte, du seist gegangen und würdest nicht mehr wiederkommen. Ich 'abe ihm das nicht geglaubt. Ich wusste, du würdest zurückkehren. Wir beide, wir sind füreinander bestimmt. Du bist meine gute Fee.«

Alica schluckte. Sie war den Tränen nahe. Sie musste ihm sagen, was geschehen war. Dass er nicht mehr lebte. Aber sie konnte es nicht.

»Kannst du wieder ge'en? Dies ist ein sehr ungemütlicher Ort zum Plaudern.«

Alica nickte. »Ja.« Das Wort schien in ihrer Kehle zu kratzen. Mehr brachte sie nicht hervor.

Inzwischen waren ihre Beine nicht mehr so taub. Sie spürte den kalten Felsboden unter ihren Füßen.

Bald hatten sie die Enge hinter sich. Aber wie würden sie zurück ins Badezimmer finden? In der Höhle hinter dem Tunnel gab es keinen Spiegel, durch den man gehen konnte.

»Alica?«, rief jemand vor ihnen. Es war zu dunkel, um etwas sehen zu können, doch Alica erkannte die Stimme auch so.

»Großvater?« Hoffentlich war er nicht auch durch den Spiegel gekommen. Es wäre schon schwer genug, ihm zu erklären, warum ein Husar im Badezimmer gewesen war.

Der Tunnel öffnete sich in eine weite Höhle. François hob die Laterne hoch über den Kopf, damit sie besser sehen konnten. Der Wollfaden der Strickjacke spannte sich durch das Dunkel und verschwand in der Felswand.

»Mon Dieu!«, rief François und fast wäre ihm die Laterne aus der Hand gefallen.

Alica klammerte sich an den Arm des Husaren. Etwas stimmte mit dem Felsen nicht. Er bewegte sich! Ein Gesicht malte sich im rot geaderten Stein ab. Die Wand schien wie aus Gummi zu sein. Sie dehnte sich und dann brach das Gesicht ganz durch. Es war Großvater!

»Komm nicht hier herein!«, rief Alica.

Carl drehte den Kopf und sah sich mit großen Augen um. »Was hat das alles zu bedeuten?«

»Bleib, wo du bist. Wir brauchen dich, um hier hinauszukommen!«

Großvater runzelte die Stirn. »Ich glaube nicht …«

Alica lief ihm entgegen. »Du musst uns hier hinausziehen.« Sie wusste zwar nicht, ob das stimmte, aber solange Carl beschäftigt war, würde er keine Fragen stellen. »Streck deine Hand durch den Spiegel.«

Es funktionierte. Großvater sah sie einen Augenblick lang ganz seltsam an. Dann drückte sich seine Hand aus dem Fels. Alica griff nach den sehnigen Fingern und wurde mit einem

Ruck ins Badezimmer gezogen. Dort stank es bestialisch nach ranzigem Fett und verbranntem Haar. Die Kerze von Knuper war fast herabgebrannt. Nur ein winziger Stummel war noch übrig.

Als Großvater auch François durch den Spiegel geholt hatte, blies Alica die Flamme aus. Wallerich würde stinksauer sein, wenn er erfuhr, dass es keine Kerze mehr gab.

Als sie die Kerze vom Kaugummi am Boden pflückte, drehte Großvater sich zu ihr um. Er strich ihr über den Kopf, als wollte er sich davon überzeugen, dass wirklich sie es war, die vor ihm stand. Erstaunlicherweise schien er nicht wütend zu sein. Er machte auch keinen seiner bissigen Sprüche. Stattdessen wirkte er traurig und erschrocken.

Alica wäre es lieber gewesen, von ihm ausgeschimpft zu werden. Diese stille, bedrückte Art kannte sie von Carl nicht. Fast war er wie ein Fremder.

»Du bist ja eiskalt«, sagte er schließlich. Und als seien seine Worte ein Kommando gewesen, begannen ihre Zähne wieder zu klappern.

»Wir drei gehen jetzt in die Küche. Du setzt dich an den Ofen und ich mache dir einen Kakao. Und dann werdet ihr mir erzählen, was das alles zu bedeuten hat. Wer ist dieser …?« Er sah sich um. François war verschwunden. Eben noch hatte er neben dem Spiegel gestanden.

Alica kam ein schrecklicher Gedanke. Hatte sie ihn etwa erlöst? War der Bann damit gebrochen, dass er sie noch einmal wiedergesehen hatte? Das durfte nicht sein! Sie wollte ihn zwar erlösen, aber zugleich auch nicht aufgeben. Sie schluchzte und versuchte ihre Tränen zu unterdrücken. Das war nicht gerecht! Sie hätte noch einmal Walzer mit ihm tanzen wollen. Oder zusammen einen Sonnenaufgang sehen. Noch einmal hören, wie er *Mein 'erz* zu ihr sagte.

Großvater schloss sie in die Arme und drückte sie fest an

sich. Das hatte er noch nie getan. Sie vergrub das Gesicht in der groben Strickjacke, die er über seinem Schlafanzug trug. Mit ihrer Selbstbeherrschung war es nun endgültig vorbei. Sie begann hemmungslos zu weinen.

Von der Schönheit alter Motoren

»Sind euch die Zähne zusammengewachsen?«, fragte Großmutter. »Den ganzen Morgen bringt ihr schon kein Wort heraus. Alleine zu frühstücken wäre weitaus angenehmer, als euch beide auszuhalten. Was ist los?«

Alica sah Großvater fragend an. Sie hatte ihm alles erzählt und er hatte sie gebeten, darüber nicht mit Maria zu sprechen.

»Du kennst doch meinen Porsche-Traktor drüben im Stall?«

»Dieses ölige Ding, das nur noch aus Rost und abblätternder roter Farbe besteht? Das kenne ich. Was hat der Traktor mit eurer miesen Laune zu tun?« Maria schüttete Alica eine Portion gebackene Bohnen auf den Teller und packte gleich noch einige Würstchen und ein Spiegelei daneben. Heute Morgen gab es ein englisches Frühstück. Selbst die Orangenmarmelade fehlte nicht.

»Dieses Ungeheuer, das sich als ein harmloser Teenager tarnt, hat mir eine riesige Beule ins Kühlerblech geschlagen.«

Alica klappte der Mund auf. Das war nicht fair! Was erzählte dieser blöde alte Kerl?

Carl bat sie mit einem Blick um Verzeihung, als Großmutter den Bohnentopf auf den Herd zurückstellte.

»Das ist jetzt nicht dein Ernst, Carl. Ihr habt Ärger, weil einer dieser Blechhaufen eine Beule hat?« Großmutter klang eher fassungslos als ärgerlich.

»Mir bedeutet dieser *Blechhaufen* eben etwas. Ich frage ja auch nicht nach, warum in dieser Gegend nicht eine Stute ihre Fohlen bekommen kann, ohne dass du ihr dabei die Hufe hältst.«

Maria hantierte geräuschvoll mit einer Pfanne herum. Dann fragte sie sehr leise: »Du wirst jetzt nicht tote Maschinen, die eigentlich Sondermüll wären, mit lebenden Tieren vergleichen?«

Carl schlug seine obligatorische Zeitung auf und ging hinter den Schlagzeilen in Deckung. »Ich meine nur, dass Alica mit mir in den alten Stall gehen wird, um den Traktor auszubeulen. Wir beide werden schon klarkommen, nicht wahr, Alica?«

»Ja, ja«, beeilte sie sich zu sagen. Sie hatte die ganze Zeit über still ihre Bohnen gegessen. Nie zuvor hatte sie ihre Großeltern so dicht vor einem echten Streit erlebt. Sie war noch sehr durcheinander von ihrer Reise in die Vergangenheit und dem Verschwinden von François. Dass sich die beiden jetzt stritten, brachte ihre ohnehin schon schwankende Welt noch mehr aus dem Gleichgewicht. Am liebsten wäre sie unsichtbar geworden, so wie als Geist im hellen Licht. Wieder musste sie an François denken. Wo war er geblieben?

Das Frühstück verging in gereizter Stimmung. Kaum hatte sie die letzten Reste vom Spiegelei und der Bohnensoße mit etwas Toast vom Teller gewischt, da stand Carl schon auf. »Ich denke, wir sollten einen Spaziergang machen und ich werde dir etwas über die Schönheit alter Motoren erzählen.«

Großmutter blickte auf. »Du könntest auch mit mir kommen. Ich werde nach dem kleinen Fohlen sehen, das ich vor ein paar Tagen auf die Welt geholt habe.«

Alica war klar, dass Großvater nicht wirklich über Motoren sprechen wollte. Sie hatte ihm gestern Nacht in der Küche alles erzählt. Da hatte er nur zugehört und zuletzt gesagt, er müsse über ihre Geschichte etwas nachdenken. Im Grunde wollte sie nicht mit ihm gehen und sich anhören, was er sich diesmal ausgedacht hatte, um Geister zu weißen Tauben zu reden. Zugleich hatte sie aber auch das Gefühl, ihm etwas schuldig zu sein. Gestern Nacht hatte er sie einfach nur reden lassen und zugehört. Und es hatte gutgetan, mit jemandem über all dies zu sprechen. Sie konnte jetzt nicht kneifen, wo *er* mit ihr reden wollte.

»Ist schon gut, Maria. Ich werde das schon aushalten.«

Großmutter sah sie überrascht an und sie wirkte auch ein kleines bisschen beleidigt. »Du musst hier nichts *aushalten*. Schon gar nicht die Schrullen von diesem alten Brummbären. Du kannst ruhig mit mir kommen.«

»Ich will ihm zeigen, dass mir die Sache mit der Beule leidtut«, spann sie die Lügengeschichte von Carl weiter. »Ich will keinen Ärger mit ihm. Ich habe so schon genug Sorgen.«

Großmutter wirkte plötzlich verlegen. »Ich wollte dich nicht bedrängen. Du wirst schon wissen, was am besten für dich ist. Mike hat heute Morgen angerufen. Er sagt, deiner Mutter geht es besser.«

Alica schluckte. Mutter hatte sie völlig vergessen. Und auf die Geschichten von Mike gab sie einen Dreck. Der sagte jeden Tag, es ginge ihr besser, und in Wirklichkeit änderte sich gar nichts. Das mochte vielleicht Ausdruck seiner Liebe sein, aber ihr half das nicht. Im Gegenteil. Er hatte nur erreicht, dass sie ihm nichts mehr glaubte.

»Darf ich telefonieren?«, fragte sie leise.

»Wenn du das noch einmal fragst, werde ich so brummig wie dein Großvater!« Maria versuchte witzig zu sein, aber irgendwie klang es nicht echt. »Frag nicht nach Dingen, die selbstverständlich sind«, setzte sie noch nach. »Du willst deine Mutter anrufen, nicht wahr?«

Alica nickte nur. Großmutter verschonte sie mit weiteren Fragen. Froh, sich endlich zurückziehen zu können, trat sie auf den Flur hinaus. Es war kalt hier. Sofort sah Alica sich um. Doch es gab keine Anzeichen für die Anwesenheit eines Geistes. Wahrscheinlich war ihr nur deshalb kalt, weil sie die ganze Zeit neben dem warmen Ofen gesessen hatte.

Sie starrte auf das Schachbrettmuster aus schwarzen und weißen Bodenfliesen. Wenn das Telefon über einer schwarzen Fliese hing, dann erwartete sie eine schlechte Nachricht, dachte sie.

Jedes Mal, wenn sie im Krankenhaus anrufen musste, hatte sie Angst. Etwas nicht zu wissen war manchmal nicht das Schlechteste. Sie zögerte den Weg hinaus und setzte die Schritte so, dass sie nie auf die Fugen der Fliesen trat. Schließlich kam sie doch an. Der Apparat hing mitten über zwei Bodenkacheln. Ohne es genau auszumessen war es unmöglich, zu sagen, ob er vielleicht um einen Millimeter mehr über der schwarzen oder der weißen Fliese hing. Sie musste sich also dem Anruf stellen.

Alica tippte die Nummer des Apparats an Mutters Krankenbett ein. Normalerweise hatte sie Schwierigkeiten damit, sich Telefonnummern zu merken, doch mit dieser war es anders. Schon nach ihrem ersten Anruf hatte sie die Zahlenfolge auswendig gekonnt. Vielleicht weil sie solche Angst vor diesen Anrufen hatte.

Das Telefon klingelte, doch niemand ging ran. Sie rief zu Hause an, um mit Mike zu sprechen, aber auch dort ging niemand ans Telefon. Sicher ist Mutter wieder bei einer Untersuchung, redete sich Alica ein. Die sind meistens morgens. Und Mike kommt fast immer mit ihr. Es war einfach nur eine blöde Zeit, um anzurufen. Das waren logische Argumente ... Und doch vermochten sie die Angst nicht zu besiegen. Was war, wenn Mutter nicht mehr ans Telefon gehen konnte?

»Vielleicht schläft sie auch nur«, flüsterte Alica. Gesprochene Worte waren irgendwie überzeugender als Gedanken. »Sie bekommt starke Medikamente. Deswegen schläft sie manchmal sehr tief.«

»Du solltest dich besser warm anziehen. Draußen ist es eisig.«

Alica hatte Großvater nicht kommen hören. Manchmal hatte er die Unart, zu schleichen. Sie konnte es nicht ausstehen, wenn man sie erschreckte. Ob er wohl gehört hatte, dass sie Selbstgespräche führte? Zumindest ließ er sich nichts anmerken.

»Wir werden einen kleinen Ausflug machen«, erklärte er geheimnisvoll und zog sich eine bunte Wollmütze mit Ohrenklappen über seinen kahlen Schädel. »Natürlich kenne ich das Grundstück gut und alle Geschichten über dieses Haus.« Er lauschte kurz in Richtung der Küche, wo Großmutter geräuschvoll die Spülmaschine einräumte. »Wir sollten aber besser draußen weiterreden.« Er senkte die Stimme zu einem Flüstern. »Bestimmte Dinge muss sie nicht wissen. Sie ist da sehr eigen und ihr würde es nicht gefallen, wenn sie wüsste, dass es Gräber auf unserem Grundstück gibt.«

Ohne dass ihm noch etwas zu entlocken gewesen wäre, ging Großvater hinaus und geradewegs zum Stall. Es war ein wunderschöner Wintertag. Hellblau und wolkenlos spannte sich der Himmel über ihren Köpfen. Von den Dachrinnen des Herrenhauses hingen Eiszapfen wie Drachenzähne. Als wären sie aus geschmolzenem Glas, funkelten sie im hellen Licht. Über den verschneiten Vorplatz liefen Tierspuren. Großvater betrachtete sie kurz und stapfte dann voran zur Scheune. Alica hielt sich in der Gasse, die er durch den frischen Schnee pflügte.

Alles ringsherum wirkte so frisch und klar an diesem Morgen. Und so viel Schnee, wie hier lag, gab es bei ihr zu Hause nie. Auf dem Dach des Stalls hockte ein weißer Vogel. Schnapper! Siedend heiß fiel Alica Wallerich ein. Wie es dem

Heinzelmann wohl ging? Sie hätte nach ihm sehen sollen. Sah die Möwe sie vorwurfsvoll an?

»Morgen, Alica!«, krächzte Schnapper vom Dachfirst herab. »Tolles Flugwetter heute.«

»Wie geht es Wallerich?«

»Gut genug, um schlechte Laune zu haben. Ich habe ihm gestern einen Knochenflicker aus Köln geholt. Der hätte den alten Wallerich am liebsten mitgenommen. Aber du weißt ja, was für ein Dickkopf unser Chef ist. Der wollte unbedingt hierbleiben.« Die Möwe brach in heiseres Gelächter aus. »Du solltest ihn mal sehen.«

Carl war am Stalltor stehen geblieben und starrte sie verwundert an. Die Vogelsprache! Auch wenn sie das Gefühl hatte, sich ganz normal zu unterhalten, musste es für andere sehr seltsam wirken, was sie gerade tat. Sie stand mitten auf dem Hof und stieß schrille Möwenschreie aus. Aus den Augenwinkeln sah sie, dass Großmutter am Küchenfenster stand.

»Wir müssen später reden«, sagte Alica etwas leiser, dann ging sie eilig zum Tor.

»Es ist unheimlich, wie du mit den Tieren redest«, murmelte Großvater und blickte besorgt zum Küchenfenster. »Ich kann verstehen, dass sie dich bei deinen Husaren für eine Hexe gehalten haben.«

»Was willst du mir zeigen?«, wechselte Alica das Thema.

»Wir brauchen nur einen Besen und vielleicht eine Brechstange. Alles Weitere siehst du, wenn wir angekommen sind.« Großvater verschwand im Halbdunkel der Scheune.

Diese Geheimnistuerei ging ihr auf die Nerven. Sie dachte an Wallerich. Wieder packte sie das schlechte Gewissen. Entschlossen trat sie in die Scheune. Großvater hantierte in einer Ecke herum, in der jede Menge rostiges Werkzeug lag.

Alica huschte zwischen den alten Traktoren hindurch zu den Heuballen. Noch einmal spähte sie in die Richtung, in der sie Carl herumkramen hörte. Sie hatte ihm zwar von Wallerich erzählt, aber sie wollte nicht, dass er wusste, wo genau das Versteck des Heinzelmanns war.

Alica ging in die Knie und öffnete die Geheimtür zu dem Strohballen des Heinzelmanns. Wallerichs Hightechunterkunft war in gedämpftes grünes Licht getaucht. Aus einem verborgenen Lautsprecher ertönte leise ein Klavierkonzert. Der Heinzelmann lag in einem hohen Ledersessel und begleitete das Klavierspiel mit gurgelndem Schnarchen. Sein rechter Arm stand fast waagerecht vom Körper ab. Er war völlig eingegipst und wurde von einer Stützstrebe hochgehalten, die an Wallerichs Gürtel verankert war. Auch der Kopf des Heinzelmanns war bandagiert. Er sah zum Erbarmen aus.

Neben der Espressomaschine lag der TRÖT. Einen Augenblick lang war Alica versucht, den Schlüssel nach Nebenan einfach an sich zu nehmen. Sie dachte an die Worte der Arduinna. Die Dunkle Königin wusste, was in der Vergangenheit geschehen war. Sie könnte alle Rätsel um den Falken und François lösen, wenn sie wollte. Warum half sie ihnen nicht, obwohl sie es könnte? Und wozu wollte sie den Schlüssel benutzen?

Wallerichs Schnarchen wechselte die Tonlage und Alica schloss die Geheimtür im Heuballen. Ohne mit Wallerich zu sprechen, würde sie den TRÖT nicht anrühren. Eilig ging sie zum anderen Ende der Scheune.

Großvater kratzte sich nachdenklich über seine Bartstoppeln, als sie zu ihm kam. Sein Gesicht war voller Rostflecken. Neben ihm auf dem Boden stand eine alte Sporttasche, die mit jeder Menge Werkzeug gefüllt war. »Ich glaube, wir haben alles.« Er drückte Alica eine Schaufel und einen Reisigbesen in die Hand. »Hier, ich bin ein alter Mann und kann nicht alles selber schleppen.«

»Könnte ich vielleicht erfahren, was du vorhast?«

»Später.« Großvater winkte ab. »Wir sollten hier nicht herumtrödeln. Ich habe das Gefühl, dass das Wetter bald umschlagen wird. Bis dahin müssen wir fertig sein.« Ohne ein weiteres Wort marschierte er aus dem Stall hinaus und ging auf ein kleines Wäldchen weiter unten am Hang zu.

Alica kannte den Weg. Sie war ihn vor zweihundert Jahren schon einmal gegangen. Dort unten lag die Kapelle.

Großvater hieb mit einer Machete einen Pfad durch das dichte Unterholz des Waldes. Sie beide waren ganz mit feinem Pulverschnee eingestaubt, als sie endlich die Ruine erreichten. Die Kapelle kam Alica kleiner vor. Noch ein Stück schien den brüchigen Felshang hinabgestürzt zu sein.

Als hätte er ihre Gedanken gelesen, wandte sich Großvater zu ihr um. »Wir müssen uns hier sehr vorsichtig bewegen. Der ganze Felsen ist unsicherer Grund. Eine größere Erschütterung und der Hang gerät ins Rutschen. Ich konnte deiner Großmutter unmöglich sagen, dass wir hierhergehen würden. Sie hätte das niemals gestattet.«

»Aber musstest du unbedingt behaupten, ich hätte eine Beule in diesen Traktor geschlagen? Ich meine, wie hört sich das an? Ziehe ich vielleicht mit einem Baseballschläger randalierend durch die Scheune?«

»Nun stell dich nicht so an. Ich musste Maria eine glaubwürdige Erklärung für unser seltsames Verhalten am Frühstückstisch liefern. Sie weiß, dass ich sehr eigen bin, wenn es um meine Sachen geht. Außerdem werde *ich* den Ärger mit ihr haben, nicht du.«

Alica war nicht wirklich überzeugt und nach wie vor gefiel es ihr nicht, wie eine Idiotin dazustehen. Sie hatte noch nie eine Beule in ein Stück Blech geschlagen.

»Du darfst deiner Großmutter niemals von deinem Abenteuer erzählen, hörst du?« Carls Stimme klang jetzt traurig. »Sie würde das nicht verkraften.«

»Du meinst, sie würde mir nicht glauben?«

Großvater schüttelte den Kopf. »Nein, das Gegenteil wäre der Fall. Sie weiß, es gibt Geister und Heinzelmänner und all die anderen Geschöpfe. Sie weiß auch, dass sie manchmal um uns herum sind, obwohl man sie nicht sehen kann. Dein Vater hat uns oft von ihnen erzählt.«

Alica starrte Carl mit großen Augen an. »Er kannte das Geheimnis? Konnte mein Vater sie sehen?«

»Ja. Ich glaube, es war eine besondere Gabe. Oder vielleicht sollte ich besser sagen, ein Fluch.« Großvater wischte den Schnee von einem Mauerrest und setzte sich. »Er konnte sie sehen und mit ihnen reden. Ja, ich glaube, sie haben regelrecht seine Nähe gesucht. Sie mochten ihn. Die meisten jedenfalls. Sie waren das Geheimnis hinter seinen Erfolgen. Sie haben ihm vieles über die Vergangenheit verraten. Mit so einem Wissen hast du es viel leichter als Archäologe. Wenn du mit jahrhundertealten Augenzeugen reden kannst, dann musst du nicht mehr herumraten. Dein Vater wusste, wo die Schlacht im Teutoburger Wald stattgefunden hat und wo die Gebeine und Rüstungen der toten Römer lagen. Er wusste, wo die alten Kultplätze hier in der Eifel sind und wo unsere Urahnen ihren Göttern geopfert haben. Er hätte reich sein können, wenn er die verborgenen Schätze gehoben hätte, die in den Maaren versenkt wurden. Aber er hat dieses Wissen nie missbraucht. Und deshalb hat er auch nie das Vertrauen dieser Geschöpfe verloren. Wäre er nur hiergeblieben!«

Alica traute ihren Ohren nicht. Sie hatte geglaubt ihren Vater wirklich gut zu kennen. Und, ja, er war immer ein wenig seltsam gewesen. Aber das hier … »Was ist denn geschehen?«

»Bei einer großen Ägyptenausstellung in Bonn hat er einen Geist aus der Zeit des alten Reiches kennengelernt. Einen Gelehrten, der ihm von einer verschollenen Stadt im Ennedi erzählte. Seitdem war dein Vater besessen von der Idee, diese

Stadt zu entdecken. Ich wünschte, ich hätte es ihm damals ausgeredet. Er hat uns alles erzählt und uns mit seinem Entdeckerfieber angesteckt. Gott weiß, was dann in den Bergen geschehen ist. Ich war dort mit den Suchtrupps. Es ist unmöglich, in dieser Gegend jemanden zu finden. Man kann die Schluchten und engen Täler vom Hubschrauber aus oft gar nicht einsehen. Banditen benutzen die Gegend als Versteck. Und es ist riesig.« Großvater stützte den Kopf auf die Hände. »Wäre er nur hiergeblieben! Wir haben uns viele Vorwürfe gemacht. Hätten wir etwas ändern können? Für mich war die Liebe zur Geschichte und zur Archäologie immer mein geheimer Motor. Das ist es, was mich im Innersten antreibt, woraus ich Kraft schöpfe und was mein Leben mit Sinn erfüllt. Wie hätte ich es deinem Vater ausreden sollen, als er ähnliche Pfade beschritt? Nur dass er viel weiter gegangen ist als ich ...«

Carl deutete auf die verschneite Ruine der Kapelle. »Hierher hat uns unsere erste gemeinsame Expedition geführt. Natürlich kannte ich die Ruine, aber dein Vater hatte etwas entdeckt, was ich bisher übersehen hatte. Er war damals zwölf. Und ich war verdammt stolz auf ihn. Sag Maria bloß nicht, dass wir hier waren. Sie würde wahnsinnig. Wir wollen nicht noch ein Kind verlieren.«

Alica war ganz aufgewühlt. Sie wusste, ihr Vater lebte, und Carls Geschichte hatte sie in ihrer Überzeugung nur bestätigt. Vater war an irgendeinen Ort gegangen, an den ihm die meisten Menschen einfach nicht folgen konnten. Und jetzt wartete er darauf, gefunden zu werden. So musste es sein! Diese lästige Stimme in ihrem Hinterkopf rechnete ihr vor, wie gering die Chancen waren, dass sie Recht hatte. Alica versuchte sie zu ignorieren. Sie wollte nicht vernünftig sein. Sie wollte, dass ihr Vater lebte! Und sie wusste, sie würde ihn finden, sobald sie alt genug war, um sich auf die Suche nach ihm zu machen.

Großvater erhob sich und nahm Alica die Schaufel ab.

»Dein Vater hat immer ganz genau hingesehen. Dazu brauchte er keine Hilfe von Geistern und dergleichen. Das hier hat er ganz alleine entdeckt.« Carl ging in die Kapelle und begann den Schnee von der leeren Grabplatte zu schaufeln. Dort, wo das Grab für Hannes angelegt war.

»Natürlich kannte ich die Geschichte von der verrückten Freifrau«, erzählte Großvater. »Sie muss schon eine sehr überdrehte Nudel gewesen sein.«

»Das ist nicht gerecht«, meinte Alica. »Du solltest nicht so über jemanden sprechen, den du nie getroffen hast. Sie ist seltsam, das stimmt schon. Aber ich denke, das würden eine Menge Leute auch von dir behaupten.« Alica fragte sich, ob Magdalena jetzt hier war? Oder hatten die Heinzelmänner sie nach Nebenan geschafft, so wie den brennenden Mann, den sie auf dem Flug zu Knuper gesehen hatte?

Großvater nahm jetzt den Besen und fegte den letzten Schnee von der Grabplatte. Der Stein war ganz mit grünem Moos bewachsen. Carl kniete nieder und fing an, es mit einem Spachtel abzukratzen. »Ich habe in den alten Chroniken über die Pestkapelle gelesen. Dort stand, wie die Freifrau hier beigesetzt wurde. Ihren Verlobten aber hat man nie gefunden und so blieb das zweite Grab leer. Deshalb habe ich mir den Stein auch nicht genauer angesehen. Ich hätte mir nie die Mühe gemacht, das Moos zu entfernen. Es gab ja keinen Anlass, zu glauben, dass man darunter etwas finden würde. Aber dein Vater, der hat es getan.« Er winkte Alica. »Sieh dir das einmal an.« Großvater hatte ein handgroßes Stück vom Grabstein freigelegt. »Nun, was siehst du?«

Alica ließ sich auf die Knie nieder und betrachtete den Stein. Seine Oberfläche war unregelmäßig und rau. Vor zweihundert Jahren war die Grabplatte ganz glatt gewesen. Vielleicht war sie ja verwittert. Alica tastete über die Oberfläche. »Der Stein sieht anders aus als früher«, sagte sie schließlich.

Großvater schob das abgeschabte Moos zu Seite. »Es ist natürlich hilfreich, wenn man weiß, wie der Grabstein früher ausgesehen hat. Dein Vater wusste das nicht, aber er hat das Geheimnis trotzdem entdeckt. Wir haben es allerdings nie lösen können.«

Alica sah schweigend zu, bis Carl das oberste Drittel der Grabplatte freigelegt hatte. Der Stein sah aus, als hätte er Pockennarben. Überall waren Stücke abgeplatzt. Allerdings folgten die Schäden einem bestimmten Muster. Sie lagen in drei Reihen übereinander.

»War dort eine Inschrift?« Alica beugte sich vor und sah sich die Platte genauer an.

»Jemand hat einen Namen auf dieses Grab geschrieben. Und jemand anders hat ihn später wieder gelöscht«, bestätigte der Großvater. »Allerdings ist der Grabschänder nicht sehr gründlich vorgegangen. Sieh mal, hier ist ein Rest eines Buchstabens übrig geblieben. Gleich am Anfang der ersten Zeile. Es könnte ein E oder ein F gewesen sein. Und hier in der zweiten Zeile der Bogen, das war sicher ein C. Und ganz zum Schluss sieht man noch eine Zahl. Das muss eine Zwölf sein.«

»François Ibrahim de la Croix. Das muss sein Grab sein! Ich glaube, er starb achtzehnhundertzwölf«, sagte Alica leise.

»Das dachte ich auch, als du mir gestern deine Geschichte erzählt hast. Zuletzt haben sie die Franzosen hier gehasst wie die Pest. Die Froschfresser haben den Bauern alles genommen: Vieh, Heu, Salz. Die Söhne hat man für die Armeen rekrutiert. Hunderte von Eifelbauern sind für Napoleon in Russland verreckt. Selbst die Kirchenglocken haben die Franzosen gestohlen, um daraus neue Kanonenrohre zu gießen. Es würde passen, dass man aus Wut ein Franzosengrab geschändet hat. Zumal wenn es in einer Kapelle liegt, zu der die Verzweifelten pilgerten, um für ihre Kranken zu beten. Allerdings bleibt da ein Rätsel, denn das Grab ist leer.«

»Du hast hineingesehen?«, fragte Alica baff. »Ist das denn erlaubt?«

»Wir haben nichts gestohlen«, sagte Großvater ausweichend. »Es geschah nur aus wissenschaftlichen Gründen. Ich bin Archäologe. Manche nennen die Mitglieder meiner Zunft auch *staatlich lizenzierte Grabräuber*. Dein Vater hat mir dabei geholfen. Nur ein paar Stofffetzen liegen da unten. Wir hatten gehofft, wir könnten herausfinden, wen man da beigesetzt und warum man die Grabinschrift gelöscht hat. Darauf, dass dort ein Franzose liegen könnte, sind wir nicht gekommen. Alles Mögliche haben wir uns ausgemalt. Leute, deren Namen man auslöscht, sind meistens etwas sehr Besonderes gewesen. So wie zum Beispiel der verfluchte Pharao Echnaton. Man fürchtet sie selbst nach dem Tod noch und mit ihren Namen möchte man alle Erinnerungen an sie tilgen.«

»Vielleicht hat man das getan, weil François im Herrenhaus spukt.«

Großvater hob hilflos die Hände. »Vielleicht. Aber ich glaube, es ist einfach nur aus Wut geschehen. Oder es hat einen Grund, den wir nicht kennen. Würdest du in das Grab hineinsehen wollen?«

Alica spürte, wie sich ihr Magen zusammenzog. Sie ahnte, warum sich François diesen Ort als letzte Ruhestätte ausgesucht hatte. Hier hätten sie einander treffen sollen. Es war der Platz ihres letzten Rendezvous, das niemals stattgefunden hatte. Tränen stiegen ihr in die Augen. Was hatte er nur von ihr gedacht? Hatte er sie dafür gehasst, dass sie nie mehr zurückgekehrt war? Aber wie hätte sie wiederkommen sollen? Es sei denn, sie würde sich auf den Handel mit der Arduinna Silva einlassen. Hätte sie den TRÖT stehlen sollen? Wie sah ihre Zukunft aus? War sie noch einmal in die Vergangenheit zurückgekehrt?

»Sollen wir lieber gehen?«, fragte Carl. »Ich wollte dich

nicht quälen. Ich dachte nur, du würdest es vielleicht gerne wissen.«

»Wie würde man denn so eine schwere Steinplatte anheben?«

Großvater deutete auf eine Stelle, an der ein Stück aus der Grabplatte geplatzt war. »Hier kann man gut einen Hebel ansetzen. Wenn man sie anhebt, muss man Keile einschieben. Um die Platte richtig vom Grab zu nehmen, bräuchten wir einen Flaschenzug. Sie ein Stück hochzuhebeln wird aber völlig reichen, um mit Taschenlampen die gemauerte Gruft auszuleuchten.«

»Und du glaubst, wir könnten einen Hinweis darauf finden, was mit François geschehen ist?«

Carl hob abwehrend die Hände. »Das weiß ich nicht. Ich dachte nur, dir könnte vielleicht etwas auffallen, was uns damals entgangen ist. Du hast François gekannt. Andererseits, vielleicht war er hier nie beerdigt. Es ist schon sehr seltsam, dass niemand im Grab liegt. Dass Räuber ein Grab plündern, kommt immer wieder vor. Sie werfen die Knochen durcheinander und nehmen alles an sich, was irgendwie von Wert ist. Aber für gewöhnlich nehmen sie die Leiche nicht mit. Deshalb bin ich mir nicht sicher, ob dein Husar hier jemals beerdigt war.«

Alica hätte den Anblick von François' Leiche nicht ertragen können. Ein Schauder überlief sie. Die Vorstellung, jemanden zu lieben, der seit fast zweihundert Jahren tot war, war ihr unheimlich. Aber schuldete sie es ihm nicht, herauszufinden, was damals geschehen war? »Was soll ich tun, wenn du die Platte anhebst?«

Großvater öffnete die alte Sporttasche und holte fünf große Holzkeile und einen Hammer heraus. »Schlag sie in die Spalte, wenn ich es dir sage. Und pass auf deine Finger auf.« Er nahm die rostige Eisenstange und setzte sie an. Mit aller

Kraft drückte er den Hebel hinab. Eine dicke blaue Ader schwoll auf seiner Stirn. Sein Gesicht wurde puterrot. Knirschend hob sich die Platte. »Jetzt!«, stieß Carl gepresst hervor.

Alica nahm den ersten der Keile und schlug ihn in den Spalt, der nicht einmal bleistiftdick war.

Großvater stöhnte.

Den zweiten Keil konnte Alica schon ein wenig tiefer hineintreiben.

»Weiter hinten an der Platte«, keuchte Carl. »Du musst sie mehr verteilen.«

Alica robbte auf Knien zum anderen Ende des Grabes und schlug dort den dritten Keil ein.

»Achtung!« Mit einem Aufstöhnen ließ Großvater die Stange los. Er wischte sich mit dem Ärmel über die schweißglänzende Stirn. »Verdammt!« Er streckte sich. Alica hörte seine Knochen knacken.

»Das letzte Mal war ich mehr als zwanzig Jahre jünger.« Er lächelte schief. »Das ist keine Arbeit für alte Männer und junge Mädchen. Gib mir den Hammer.«

Mit ein paar wuchtigen Hieben trieb er die Keile tiefer in den Spalt. Er war nun so breit, dass Alica den Arm hätte hindurchschieben können.

Carl holte zwei starke Taschenlampen aus der Sporttasche. »Dann sehen wir mal.« Er grinste sie an wie ein Schuljunge, dem ein Streich geglückt war. Ohne eine Antwort von ihr abzuwarten, legte er sich lang in den Schnee und leuchtete in das Grab.

Alica schaltete ihre Lampe ein und legte sich neben ihn. Die Gruft war kaum mehr als einen halben Meter tief. Ihre Wände hatte man aus Bruchstein gemauert. Weiße Schlieren liefen aus den Fugen hinab. Auf dem Boden lag etwas, das Alica zuerst für welkes Laub hielt. Erst auf den zweiten Blick bemerkte sie die ausgefransten Ränder. Das war Stoff. Er war von ausgeblichener roter Farbe. An einem Stück haftete zerzaustes schwarzes Fell.

Alica atmete schwer aus. »Das ist von seiner Jacke«, sagte sie tonlos. Der Strahl ihrer Lampe tanzte durch die Gruft. Sie hatte zu zittern begonnen. Wortlos rutschte sie vom Grab weg. Die Lampe ließ sie im Schnee liegen. Ihr Mund war trocken geworden. Sie zitterte am ganzen Leib, ohne zu frieren.

»Wie kannst du dir sicher sein, dass es seine Jacke ist?«, fragte Großvater. »Sie könnte doch irgendjemandem gehört haben.«

»Nein. Nur die Trompeter haben rote Jacken getragen.« Alica stand jetzt am Rand der Klippe und blickte hinab auf das verschneite Tal. Das war nicht gerecht! Warum hatte sie sich in ihn verlieben müssen? Und was hatte François verbrochen, dass man ihm im Grab nicht seinen Frieden lassen konnte?

Carl schlug die Keile aus dem Spalt und die Platte schloss sich über der leeren Gruft.

Etwas Kaltes streifte Alicas Wange. Es hatte zu schneien begonnen. Der Blick auf das Tal verwischte im Schneegestöber.

»Wir sollten ins Haus zurückgehen.« Großvater hatte die Sporttasche geschultert. Er streckte ihr die Hand entgegen, doch sie konnte jetzt keine Berührung ertragen. Auch zu reden war ihr unmöglich. Sie nickte nur knapp und folgte ihm dann.

Alica hatte keine Worte für das, was sie empfand. Ihr ganzer Körper fühlte sich taub an und zugleich war sie bis ins Innerste verletzt. Sie musste diesen Schmerz herauslassen, aber sie wusste, sie könnte nicht darüber reden.

Offiziere und Grabräuber

Erschöpft ließ Alica das Saxofon sinken. Schwer wie ein Fels hing es an dem Lederriemen um ihren Hals. Sie hatte sich in dem kleinen Badezimmer eingeschlossen. In jener Kammer, in der aller Wahrscheinlichkeit nach François gestorben war.

Alica hatte all ihre Enttäuschung und Traurigkeit in ihr Spiel gelegt. Ihre Emotionen waren nun verbraucht. Es blieb nur noch Müdigkeit. Sie hatte gehofft mit ihrer Leidenschaft den Geist François' herbeizurufen, doch er war nicht gekommen. Einen Moment überlegte sie, ob sie den kleinen Stummel von Knupers Kerze holen sollte, um sie anzuzünden und noch einmal eine Beschwörung zu wagen. Alica war sich sicher, dass es die Sorge um sie gewesen war, die François gestern Gestalt verliehen hatte. Warum konnte er jetzt kein Gefühl empfinden? Und sei es auch nur so schwach, dass er als blasser durchscheinender Schemen erschien.

»Ich liebe dich, François. Und ich sehne mich nach dir«, flüsterte sie. Nichts geschah.

Sie hob das Saxofon an die Lippen und spielte *The Last Unicorn*. Die schwermütige Melodie entsprach vollkommen ihrer Stimmung. Die Musik vermochte ihre Traurigkeit nicht zu vertreiben und doch fühlte sie sich besser. Das Lied drückte aus, was sie nicht in Worte zu fassen vermochte. Als sie ihr Spiel beendet hatte, applaudierte jemand vor der verschlossenen Tür. Es war kein hektisches, einschmeichelndes Klatschen. Es klang ruhig und ehrlich. Und dennoch störte es

Alica. Es war, als habe ihr jemand heimlich beim Duschen zugesehen. Nüchtern betrachtet war ihr klar, dass man ihr Saxofonspiel vermutlich im ganzen Herrenhaus hören konnte, ob man wollte oder nicht. Aber das war etwas anderes ... Sie wollte allein sein. Und es sollte sich niemand in ihre Gefühle einmischen.

»Du hast Talent, Alica«, sagte eine fremde Stimme. »Es war ein Genuss, dir zu lauschen.«

Alica starrte die Tür an. Wer war dort? Wie kamen ihre Großeltern dazu, irgendjemanden einzuladen, der ihr zuhörte! Oder war dort noch ein Geist?

»Carl und Maria meinten, ich sollte dich einmal ansehen. Ich bin es, Doktor Pörtner.«

»Ich bin nicht krank!«, entgegnete sie wütend. Warum ließ man sie nicht einfach in Ruhe? Wäre sie erwachsen, hätte man sie nicht so belagert!

Pörtner lachte. »Das habe ich deinen Großeltern auch gesagt, als sie mir erzählten, du hättest dich schon seit drei Stunden im Badezimmer eingeschlossen und würdest Saxofon spielen. Ich habe Feierabend und ich gestehe, ich war neugierig zu hören, was du so draufhast.«

Mit seiner Antwort hatte der Arzt Alica den Wind aus den Segeln genommen. Es gab jetzt keinen vernünftigen Grund mehr, wütend auf ihn zu sein. Aber gerade das machte sie noch gereizter. Sie wollte wütend sein!

»Hast du schon einmal mit Klavierbegleitung gespielt?«

»Nein.«

Alica glaubte hinter der Tür einen Seufzer zu hören, war sich aber nicht ganz sicher.

»Wenn du etwas älter wärst, würde ich dich fragen, ob du nicht Lust hättest, mit mir einen Baileys zu trinken und die halbe Nacht hindurch Musik zu machen. So kann ich dir nur Irish Cream Tea anbieten. Der schmeckt fast genauso gut und man kann ihn literweise trinken, ohne beschwipst zu werden.«

Alica war müde und unten aus der Küche roch es verführerisch nach Gebratenem. Sie hielt das Saxofon über das Waschbecken und ließ Speichel und Kondenswasser ablaufen. Dann nahm sie das Instrument auseinander und reinigte es mit einem Lederwischer. Zuletzt schob sie den großen Wollpropf in das Korpus, das das letzte Kondenswasser aufsaugen würde. Dann legte sie das Instrument in den Koffer zurück. Irgendwie hatte sie das Gefühl, dass es keine dummen Fragen geben würde, wenn sie mit Pörtner nach unten ging. Sie konnte sich nicht ewig hier im Bad einsperren.

Als sie die Tür öffnete, war der Doktor noch immer da. Er nickte ihr nur einfach zu. Es kam kein blöder Spruch. Alica wünschte, sie hätte sich auch mit Carl so wortlos verständigen können. Der Arzt kam ihr kleiner vor als am ersten Abend, an dem er sie im Auto mitgenommen hatte. Er überragte sie nicht einmal um einen halben Kopf. Pörtner war leger gekleidet. Er trug ein schlichtes Hemd und eine sportliche Wildlederjacke. Mit seinem Schnauzer und den grauen Haaren wirkte er irgendwie wie ein englischer Landadliger aus einem alten Edgar-Wallace-Film. Und er hatte einen entwaffnenden Charme. Ein Blick von ihm genügte und man musste ihn einfach mögen.

Gemeinsam gingen sie hinunter in die Küche. Es war für vier gedeckt. Offenbar hatten ihre Großeltern es für selbstverständlich gehalten, dass sie mit dem Doktor herunterkommen würde. Neuer Ärger keimte in Alica auf. Sie war nicht so berechenbar! Und Pörtner war keine Wunderwaffe gegen den Frust einer Vierzehnjährigen!

Wütend wartete Alica darauf, dass sie jemand ansprach. Aber alle benahmen sich so, als wäre überhaupt nichts passiert. Sie bekam einfach keine Gelegenheit, sich mit jemandem anzulegen. Pörtner und Großvater unterhielten sich über Politik. Großmutter warf ab und an ein paar spitze Kommentare ein. Dann trug sie das Essen auf. Es gab selbstgemachte Spätzle, dazu Hirschgulasch und Preiselbeeren.

Stumm begann Alica zu essen. Das Gulasch war wunderbar. Das Fleisch zerfiel einem auf der Zunge, die Soße war ein Gedicht. Alica schloss die Augen und genoss es. Zweimal nahm sie nach. Und als sie satt war, war auch ihre Wut endgültig verraucht.

Großvater und der Doktor gingen nach dem Essen nach draußen, um zu rauchen. Alica sah ihnen vom Küchenfenster aus zu. Pörtner rauchte Pfeife. Vielleicht sollte sie ja doch mit ihm fahren. Für ein paar Stunden wegzukommen, etwas zu plaudern und zusammen zu musizieren würde ihr sicherlich guttun. Kurz entschlossen ging sie nach oben und holte ihren Saxofonkoffer aus dem Badezimmer. Kritisch überprüfte sie das Instrument. Es sollten keine Flecken auf dem golden schimmernden Bronze sein. Wie würde das aussehen! Wahrscheinlich wohnte Pörtner in einer Luxusvilla, in der nirgends ein Staubkörnchen zu finden war. Zumindest machte er so einen Eindruck.

Als sie die Treppe hinabstieg, kamen die beiden Männer gerade vom Hof zurück. Durch die offene Tür wehte ein eisiger Luftzug. Unvermittelt sah Alica sich um. Nein, es war nur Zugluft! François blieb verschwunden. So plötzlich sich ihre Laune verbessert hatte, so schnell sackte sie nun wieder in den Keller. Sie war jedoch nicht mehr wütend, sondern nur noch unendlich traurig.

»Du willst doch mitkommen!« Pörtner lächelte überrascht. Er hatte den Saxofonkoffer in ihrer Hand bemerkt. »Ich hatte das schon nicht mehr zu hoffen gewagt.«

Alica nickte. Raus hier, wo ein Luftzug schon reichte, um sie aus dem inneren Gleichgewicht zu bringen!

Ihr Aufbruch war fast schon eine Flucht. Sie schlüpfte in den Mantel und wickelte sich ihren Schal um den Hals. Pörtner erklärte den Großeltern, er würde sie später zurückbringen. Eine Minute darauf fuhren sie im großen Geländewagen des Arztes die tief verschneite Auffahrt hoch.

Pörtner sagte nichts. Er fragte nicht, woher ihr plötzlicher Sinneswandel rührte. Er wirkte auch nicht angespannt wegen der Stille. Der Doktor bog auf die Landstraße Richtung Kloster ab. Irgendwie schaffte es Pörtner, sie spüren zu lassen, dass er zu einem Gespräch bereit war, ohne den Eindruck zu erwecken, er fordere es.

Sie hatten das Kloster hinter sich gelassen und fuhren die Serpentinen Richtung Heimbach hinab, als Alica so weit war etwas zu fragen. »Mein Vater, was für einen Eindruck hatten Sie von ihm?«

Pörtner seufzte. »Das kann man nicht in einem Satz beantworten. Er war ein netter Kerl. Aber er war anders als die anderen Jungs, die ich hier habe aufwachsen sehen. Er war nicht eigenbrötlerisch, aber als Teenager hat er sich seltsam benommen. Alle Jugendlichen hier sind ab einem bestimmten Alter sehr genervt davon, am Ende der Welt zu leben, wo die nächste Disco oder das nächste Kino für jemanden ohne Auto in fast unerreichbarer Ferne liegt. Deinem Vater hat das nie etwas ausgemacht. Er war oft allein in den Wäldern unterwegs. Er konnte dort regelrecht verschwinden. Wenn er nicht gefunden werden wollte, hatte man keine Chance, ihn aufzustöbern. Einmal hat er ...« Pörtner brach mitten im Satz ab. Sie fuhren gerade unterhalb der Burg entlang.

Alica schluckte. War das die Lösung für Vaters Verschwinden? Hatte er vielleicht gar keine Lust, gefunden zu werden? War er ganz bewusst im Ennedi-Gebirge untergetaucht? Dieser Gedanke war Alica noch nie gekommen. Es würde heißen, dass er gut ohne sie leben konnte. Dass es ihm egal war, ob sie unter seinem Verschwinden litt! Nein, das konnte nicht sein!

»Dein Vater schreibt sehr gut«, fuhr Pörtner fort. Er war hörbar bemüht seinen Fauxpas zu überspielen. Seine Leichtigkeit war jetzt dahin. »Ich habe fast alle seine Aufsätze gelesen. Archäologie und Geschichte sind mein Hobby. Daher kenne ich auch deinen Großvater. Wir sind beide im Geschichtsverein.« Er lachte. »Es gibt niemanden auf der Welt, mit dem ich mich so gerne streite und wieder vertrage wie mit deinem Großvater. Irgendwie fordert er es heraus, sich mit ihm in die Wolle zu kriegen.« Der Wagen hielt vor einem wuchtigen Eisentor. Pörtner drückte auf eine Fernbedienung und leise surrend glitt das Tor zur Seite. Am Ende einer kurzen Auffahrt lag eine Villa mit spitzen Giebeln, Erkern und verspielten Türmchen.

Der Arzt fuhr den Wagen in eine Garage, die wie ein kleines Fachwerkhaus aussah. Er stieg aus und öffnete Alica formvollendet die Wagentür. Hatte er andeuten wollen, dass sich ihr Vater abgesetzt haben könnte? Oder war ihm seine Bemerkung vorhin nur so herausgerutscht? Alica wünschte, sie würde den alten Landarzt besser kennen. Waren seine guten Manieren und sein Charme nur eine Fassade? Aber wenn es so wäre, könnte er dann ein Freund ihrer Großeltern sein? Bestimmt nicht! Alica beschloss ihm den Ausrutscher zu verzeihen.

Schweigend gingen sie hinüber zum Haus. Ein Strahler flammte auf, als sie sich der Tür näherten. Der Schnee knirschte leise unter ihren Schuhen. Alica stampfte auf den Stufen zum Eingang der Villa, um möglichst wenig Schmutz hineinzutragen.

Aus den Augenwinkeln sah sie eine Bewegung. Ein weißer Vogel hatte sich auf dem Garagendach niedergelassen. War das Schnapper?

»Willkommen in der Villa Pörtner«, sagte der alte Arzt stolz und schob die Tür auf. Dahinter lag eine Eingangshalle, die größer war als das Wohnzimmer zu Hause in Krefeld. Weit über ihren Köpfen spannte sich eine Kuppeldecke aus buntem Glas. Es gab eine Galerie, die man über eine dunkle Holztreppe erreichte. Seitlich der Tür war eine Garderobe mit Kleiderhaken aus poliertem Messing. Auf einer Säule stand eine chinesische Vase mit Reiterfiguren. Der Boden war rot und weiß gekachelt und größtenteils unter einem dicken Orientteppich versteckt.

Bevor Alica eintrat, blickte sie noch einmal kurz zurück. Der Vogel auf der Garage war verschwunden. Hatte Wallerich die Möwe geschickt, um ihr nachzuspionieren? Oder war es der Falke gewesen?

»Darf ich bitten?« Pörtner ging ganz in der Rolle des Gentlemans auf. Und Alica gefiel es, sich wie eine Dame behandeln zu lassen. Neugierig sah sie sich weiter um.

Die Wand gegenüber der Eingangstür war ganz mit altmodischen Fotos in ovalen Rahmen bedeckt. Einige der Bilder waren in einem warmen Sepiaton gehalten, bei den meisten handelte es sich jedoch um Schwarz-Weiß-Aufnahmen. Nur weit oben an der Wand gab es auch ein paar Farbbilder. Die Fotos zeigten Offiziere mit gezwungen lächelnden Frauen und Kindern in Matrosenanzügen.

»Meine Familie«, kommentierte Pörtner, während er Alica höflich den Mantel abnahm. »Meine Sippe stand in dem Ruf, aus lauter Militaristen zu bestehen. Dass ich Arzt geworden bin, hat mich zum schwarzen Schaf unter den meinen gemacht.« Er öffnete eine verspiegelte Tür und führte sie durch einen Flur in ein großes Wohnzimmer.

»Was darf ich dir zu trinken anbieten?«

»Ein Irish Cream Tea wäre nett, wenn es nicht zu viel Arbeit macht.«

»Aber nein.« Der Arzt lächelte schelmisch. »Das war schließlich mein Vorschlag. Wenn du mich für ein paar Minuten entschuldigst. Fühl dich hier wie zu Hause.« Mit diesen Worten verschwand Pörtner.

Das Wohnzimmer war in gedämpftes Licht getaucht. Es hatte eine hohe stuckverzierte Decke, und eine Seite des Raumes wurde ganz von gotischen Bogenfenstern eingenommen, die jetzt, bei Nacht, wie schwarz schimmernde Spiegel aussahen. Es gab einen Kamin, der groß genug war, dass man darin einen Ochsen hätte braten können. Das Zimmer war sparsam möbliert. Ein großer Flügel beherrschte es. Ein Instrument, wie man es sonst in Konzertsälen fand. Um den Flügel herum lagen Notenblätter in kleinen Stapeln auf dem Boden. Auf einem Beistelltisch standen eine Kristallkaraffe mit einer bernsteinfarbenen Flüssigkeit und mehrere Gläser.

Die Wand gegenüber den Fenstern war mit Waffen dekoriert. In einem großen Halbkreis hingen Säbel und Schwerter, seitlich davon alte Gewehre und Pistolen. Über den Waffen hing eine Fahne aus verblichenem Stoff. Gemälde von Schlachten rundeten den militaristischen Eindruck ab. Auf einem der Bilder erkannte Alica Husaren, die ganz ähnlich aussahen wie jene, denen François angehört hatte. Sie bemerkte, wie Pörtner hinter ihr ins Zimmer zurückkehrte.

»Interessierst du dich für Geschichte?«

»Nicht so sehr wie mein Großvater«, antwortete sie ausweichend.

»Das meiste hier haben meine Vorfahren zusammengetragen. Ich lasse es aus Gewohnheit einfach, wo es ist. Nur die besonders peinlichen Stücke habe ich auf den Dachboden verfrachtet.«

»Besonders peinlich?«, hakte Alica nach. Sie fand die ganze Waffensammlung nicht sonderlich geschmackvoll.

»Na ja, mein Urgroßvater war ... Nein, es war sogar dessen

Vater. Also mein Ururgroßvater war ein hemmungsloser Sammler.« Pörtner stellte die beiden großen Teetassen, die er mitgebracht hatte, auf das Tischchen neben den Flügel. »Er war eigentlich Ingenieur, aber weil er für die Preußen und ihr Militär Eisenbahnen durch die Eifel gebaut hat, bekam er auch einen militärischen Rang. Von ihm ist auch dieses Haus erbaut worden. Er wurde sehr reich und hat zum Teil sehr seltsame Dinge gesammelt. So besaß er zum Beispiel einen Nachttopf, den Napoleon angeblich in der Nacht vor der Schlacht von Austerlitz benutzt haben soll.« Der Arzt lachte. »Nach allem, was ich über meinen Ururgroßvater weiß, würde es mich nicht überraschen, wenn er ihn selbst auch benutzt hätte. Er war ein großer Bewunderer Napoleons. Auf seine alten Tage, als er schon wunderlich war, hat er wie Napoleon immer eine Hand in seinen Mantel gesteckt. Und er ließ sich von allen nur noch mit Oberst anreden. Wenn wir gehen, kann ich dir draußen im Flur ein Bild vom ihm zeigen.«

Erst jetzt, als Pörtner zurück war, wagte es Alica, sich den Flügel näher anzusehen. Das Instrument war wunderschön und sicher sehr wertvoll. Ganz vorsichtig ließ sie die ausgestreckte Hand über den schwarzen Lack gleiten. Er fühlte sich kalt an.

»Mein Lieblingserbstück«, kommentierte Pörtner. »Ich spiele hier abends sehr oft.«

Alica betrachtete die Noten, die herumlagen. Eine verwirrende Mischung aus Klassik, Pop und Jazz. Der Arzt schien einen sehr breit gefächerten Musikgeschmack zu haben.

»Wie sieht es bei dir mit dem Jazzen aus?«

»Es geht so.« Alica hatte der Mut verlassen. Sie hatte das Gefühl, dass sie neben dem Arzt nur eine schlechte Figur machen konnte. Fast täglich Saxofon zu üben, das wäre ein Traum!

Pörtner reichte ihr den Tee. Er duftete wunderbar. Während sie trank, spielte er ein wenig. Er hatte die Leichtigkeit eines Profis.

»Wie lange spielen Sie schon?«, fragte Alica.

»Fast ein Leben lang. Mit fünf Jahren hat meine Mutter mich gezwungen Klavierunterricht zu nehmen. Heute denke ich manchmal, es war so etwas wie der Wunsch nach Rache an meinem Vater, der sie dazu veranlasst hat. Sie wollte aus mir einen Künstler machen und keinen weiteren Soldaten großziehen. Erst habe ich die Unterrichtsstunden gehasst, aber mit der Zeit hat es begonnen, Spaß zu machen. Später, als ich in Köln Medizin studierte, habe ich zweimal die Woche in der Bar eines Luxushotels gespielt. Ich fürchte, damals habe ich mir einen recht eigentümlichen Musikgeschmack zugelegt.« Er schloss die Augen und verlor sich in ein paar improvisierten Jazzrhythmen.

Alica klappte ihren Saxofonkoffer auf und bereitete das Instrument vor. Sie legte ihr bestes Plättchen ein. Das mit der kleinen Kerbe. Sie brauchte ein paar Minuten, um sich warmzuspielen. Das war wie Spießrutenlaufen. Bei jedem schiefen Ton zuckte sie innerlich zusammen, obwohl sie wusste, dass es selbst den besten Saxofonspielern der Welt nicht besser ergangen wäre.

Nervös blickte sie zu Pörtner, doch der ließ sich nichts anmerken. Langsam kam Alica in Fluss. Das Spiel wurde besser. Der alte Arzt passte sich ihr an und variierte Themen, die sie anspielte. Er war großartig und er versuchte nicht eine Sekunde lang, sich in den Vordergrund zu drängen oder sie mit seinem viel größeren Können blass aussehen zu lassen. Alica schloss die Augen und gab sich ganz der Musik hin. Es war wunderbar. Fast so schön wie die Ballnacht mit François. Es war, als würden ihre beiden Seelen miteinander sprechen. Und so absurd es sich anhören mochte, die Musik hatte etwas

Heilendes. Die Düsternis fiel von ihr ab. Sie schöpfte neue Zuversicht.

Als Alica die Augen wieder öffnete, wurde sie für einen Moment durch einen rötlichen Lichtreflex abgelenkt. Sie blickte zur Wand mit den Säbeln. Da war es wieder. Am Knauf einer der Waffen schimmerte etwas rötlich. Abrupt brach sie ihr Spiel ab. Der Säbel steckte in einer goldenen Scheide. Und der Knauf am Ende des Griffes war geformt wie ein Adlerkopf. Als Augen waren dem Vogelkopf Rubinsplitter eingesetzt.

»Ist etwas nicht in Ordnung?«, fragte Pörtner.

Alica deutete zu der Wand mit den Waffen. »Der Säbel dort oben. Der mit dem Vogelkopf. Wo kommt der her?«

Der Arzt blinzelte und folgte ihrem Blick. »Du hast ein gutes Auge für besondere Waffen. Das ist vielleicht das kostbarste Stück in der Sammlung. Ein orientalischer Säbel, vermutlich im achtzehnten Jahrhundert in Syrien gefertigt. Seine Klinge ist aus bestem Damaszener Stahl, das Säbelgefäß aus Gold mit einem aufwendigen Muster aus Federn und Blütenranken. In den Griff sind Rubine eingelassen. Säbel wie diesen gibt es nur sehr wenige auf der Welt.«

»Wie kommt dieser Säbel hier ins Haus?« Alica schnallte ihr Saxofon ab und trat dicht vor die Wand.

»Mein Ururgroßvater hat ihn einem Bauern abgekauft. Tausend Taler hat er dafür gezahlt, ein Vermögen damals. Er bekam auch noch eine verbeulte Trompete und ein paar Uniformknöpfe dazu. Der Bauer kam eines Tages zu ihm, weil sich herumgesprochen hatte, dass sich der Oberst für alte Waffen interessierte. Die Geschichte gehörte zu dem Tratsch, der immer wieder auf Familienfesten die Runde macht. Die Waffe war das Geld wert, aber der Bauer hatte sich wahrlich eine goldene Nase daran verdient. Nachdem mein Großvater gezahlt hatte, erfuhr er, dass der Bauer den Säbel und das andere Zeug als junger Mann eingetauscht hatte. Es war im Hungerjahr von achtzehnhundertsiebzehn. Ein Landarbeiter brachte die Waffe. Er glaubte, die Scheide sei aus Messing und die Vogelaugen aus Glas. Er hat zwei Sack Kartoffeln und eine Speckseite dafür bekommen. Angeblich war er hochzufrieden mit dem Tausch.«

»Darf ich den Säbel mal in die Hand nehmen?«

Pörtner runzelte die Stirn. Dann verschwand er kurz und kam mit einer Trittleiter zurück. »Die Waffe wird etwas verstaubt sein«, brummte er. »Ist eine Weile her, dass ich sie das letzte Mal geputzt habe.« Er reichte Alica den Säbel.

Mit einem Ruck zog sie die Klinge aus der Scheide. Es war derselbe Säbel, mit dem sie vor zweihundert Jahren den Arzt Fournier bedroht hatte. »Das Schwert des Ibrahim Bey«, sprach Alica zu sich selbst. »Gestohlen aus dem Grab seines Sohnes.«

»Was sagst du da?« Pörtner war von der Trittleiter gestiegen.

»Die Waffe ist gestohlen.«

»Nein, vorher, der Name!« Der alte Arzt war völlig aus dem Häuschen. »Was für einen Namen hast du da gesagt?«

»Ibrahim Bey«, wiederholte sie tonlos. »Der leibliche Vater von François Ibrahim de la Croix, Trompeter bei den achten Husaren.«

Pörtner nahm ihr den Säbel ab und drehte die Klinge. »Weißt du, was das hier ist?« Er deutete auf das dunkle, verschlungene Muster, das den alten Stahl schmückte.

»Eine Verzierung.«

»Nein! Das ist eine Kalligrafie. Es sind kunstvoll verfremdete Buchstaben. Dort steht in arabischer Schrift der Name Ibrahim Bey. Vermutlich wurde der Säbel von einem Meisterschmied für diesen Bey maßgefertigt. Woher kennst du die Waffe? Sie wurde niemals irgendwo ausgestellt und taucht in keinem Antiquitätenkatalog auf. Erst mein Vater hat entdeckt, dass das vermeintliche Muster eine Kalligrafie ist. Nur sehr wenige Leute wissen, welcher Name dort steht. Und dein Großvater gehört nicht zu ihnen. Woher kennst du den Namen?«

Sie sah Pörtner an. Er wirkte ganz aufgewühlt. Natürlich hatte er mit dem Diebstahl nichts zu tun. Vom Verstand her war Alica das völlig klar. Und dennoch fühlte sie sich, als stünde vor ihr der Mann, der François' Grab geschändet hatte. »Ich möchte Sie nicht mit einer Geschichte langweilen, die Sie mir ohnehin nicht glauben würden. Ich weiß, wem der Säbel gehörte. Und ich weiß, dass ein Grab geschändet wurde, damit er hierhergelangen konnte. Man hat den Leichnam des Besitzers verschwinden lassen und sogar seinen Namen vom Grabstein getilgt. So viel kann ich Ihnen sagen. Würden Sie mich jetzt bitte nach Hause bringen?« Alica hatte alle Kraft aufbieten müssen, um ihre Gefühle unter Kontrolle zu halten. Sie nahm Pörtner den Säbel aus der Hand und schob ihn zurück in die Scheide. Dann lehnte sie François' Waffe an den Flügel. Ohne ein weiteres Wort säuberte sie ihr Saxofon und legte es zurück in den Lederkoffer.

»Diese Waffe ist ein Vermögen wert, Alica. Was erwartest du? Dass ich sie irgendwohin zurück in die Erde lege, damit sie da verrottet? Wer hätte etwas davon?«

Tja, wer hätte etwas davon? Eigentlich sollte sie das sogar verhindern. Vielleicht wäre François endgültig erlöst, wenn der Säbel in sein Grab gelegt würde. Vielleicht war er auch schon fort. Ihre Gedanken begannen sich wieder im Kreis zu drehen. Sie wollte den Husarengeist nicht einfach gehen lassen.

Pörtner brachte ihren Mantel. Höflich half er ihr ihn anzulegen. Dann gingen sie beide zum Wagen. Der alte Arzt schwieg. Er musterte sie aus den Augenwinkeln. Wahrscheinlich hielt er sie für ziemlich verrückt. Sollte er Großvater nur erzählen, was geschehen war! Der würde es wenigstens verstehen.

Vielleicht konnte sie Wallerich ja dazu bringen, den Säbel zu stehlen. Allerdings, so wie er im Moment zugerichtet war, konnte der Heinzelmann kaum eine Kaffeetasse halten. Einen tollkühnen Einbruch durfte man in nächster Zeit wohl nicht von ihm erwarten.

Der Wagen glitt die Auffahrt hinab. Tausende schimmernder Schneeflocken stürzten ihnen durch das Scheinwerferlicht entgegen. Das Tor zum Grundstück war offen. Pörtner bog nach rechts in eine steile Straße ein. Für Alicas Geschmack fuhr er etwas zu schnell. Er war wütend.

Mit aufheulendem Motor preschte der schwere Geländewagen die Hauptstraße entlang. Die Straßenlaternen wurden vom immer dichter fallenden Schnee verdunkelt. Er klebte an den Glaszylindern und erstickte das Licht. Die Welt bestand nur noch aus wirbelndem Weiß und undeutlichen schwarzen Schemen.

Pörtner bog nach rechts ab. Alica konnte kaum die Straße erkennen. Es ging nun steil bergauf. Der Doktor war hier schon Tausende Male gefahren. Er würde den Weg zu den Großeltern vermutlich sogar im Schlaf finden.

Der Arzt drosselte das Tempo. Die Scheibenwischer kämpften in der höchsten Schaltstufe gegen den pappigen Schnee. »Die Sache mit dem Namen geht mir nicht aus dem Kopf. Du kannst doch kein Arabisch, oder? Du hast den Schriftzug nicht lesen können, nicht wahr?«

»Nein.«

»Weißt du, wer dieser Ibrahim Bey war? Ich habe es nie herausfinden können.«

»Ein Mameluckenfürst, der sich der Armee Napoleons angeschlossen hat«, antwortete Alica knapp.

Pörtners Hände hatten das Lenkrad so fest umschlossen,

dass seine Knöchel weiß hervortraten. »Wie kannst du das alles wissen, Alica? Das steht doch in keinem Geschichtsbuch. Das ...« Etwas Großes, Weißes flog auf die Scheibe zu. Der Arzt trat auf die Bremse und riss das Lenkrad herum. Im selben Augenblick war der Wagen erfüllt von schlagenden Flügeln und grellem Kreischen. Pörtner hob die Hände schützend vors Gesicht. Es gab einen mörderischen Schlag. Ein Airbag sprang Alica an und drückte sie in den Sitz.

Der Wagen wurde wild hin und her geschleudert. Glas splitterte. Plötzlich schien das Auto zu schweben. Alica sah im Scheinwerferlicht die Schatten von Bäumen. Der Wagen überschlug sich mehrmals. Zuletzt gab es einen Ruck. Metall knirschte, als versuchten Riesenkrallen es zu zerreißen. Dann endlich war es vorbei. Leise zischend wich die Luft aus Alicas Airbag. Sie hing mit dem Kopf nach unten im Sicherheitsgurt. Die Windschutzscheibe musste zerschlagen sein. Schnee rutschte ins Auto. Die Scheinwerferlichter waren verloschen.

Alica bemühte sich verzweifelt den Sicherheitsgurt zu öffnen, doch sosehr sie sich auch streckte, sie kam nicht an den Verschluss. Sie verwechselte oben und unten, rechts und links. Mit geschlossenen Augen versuchte sie sich zu orientieren. Ihr Schädel dröhnte.

»Doktor?«, flüsterte sie leise. Sie bekam keine Antwort. Alica begann schneller zu atmen. Im Fernsehen explodierten die Autos immer gleich nach einem schweren Unfall oder sie gingen zumindest in Flammen auf. »Doktor! Wir müssen hier raus! Helfen Sie mir!«

Sie konnte die Decke des Wagens ertasten. Hier war überall schon Schnee. Wie konnte der so schnell ins Auto kommen? War sie bewusstlos gewesen? Alica schob den Schnee zur Seite. Sie konnte spüren, wie er von draußen nachrutschte. Endlich fand sie die Deckenlampe. Sie fingerte an dem kleinen Schalthebel herum, bis Licht aufflammte. Jetzt sah sie, was sie sich bisher nur ausgemalt hatte. Der Wagen lag auf dem Dach. Durch die zerschmetterte Windschutzscheibe rutschte Schnee ins Innere.

Pörtner hing neben ihr. Sein Gesicht war zerschnitten, die Wildlederjacke blutverschmiert. In einer Hand hielt er ein paar weiße Federn!

»Doktor!«, rief sie und bekam wieder keine Antwort. In Panik zerrte Alica an ihrem Sicherheitsgurt, doch je mehr sie daran zog, desto fester fesselte er sie an den Sitz. Sie bäumte sich auf, warf sich hin und her! Todesangst hatte sie erfasst. Es würde immer mehr Schnee in den Wagen rutschen und sie beide ersticken!

Plötzlich gab es ein berstendes Geräusch. Mit einem Ruck setzte sich der Geländewagen wieder in Bewegung. Er rollte zur Seite, überschlug sich erneut und wurde hin und her geworfen. Alicas Kopf pendelte und schlug immer wieder gegen das Seitenfenster. Der Wagen rutschte jetzt auf dem Dach den Hang hinab. Mehr und mehr Schnee wurde in die Fahrerkabine gedrückt. Es gab einen gewaltigen Schlag und Alica wurde schwarz vor Augen.

»Du stehst kurz davor, deinen François für immer zu verlieren«, hallte eine dunkle Frauenstimme in ihrem Kopf. »Du musst auf dem törichten Weg, den du eingeschlagen hast, nur noch einen einzigen Schritt gehen, dann wirst du ihn erlösen. Bring mir den Schlüssel und ich kann dir helfen deinen Husaren wiederzusehen. Er verzehrt sich vor Sehnsucht nach dir. Enttäusche ihn nicht.« Die Stimme der Arduinna Silva wurde schwächer. Etwas zerrte an Alica. Flackerndes blaues Licht huschte über den Schnee. Sie wurde hochgehoben und schwebte.

»Bring mir den Schlüssel. Sonst ist François verloren für dich.«

Tiefflug im Krankenhaus

»Nein, nein, ihr geht es gut«, sagte eine Frauenstimme. »Eine leichte Gehirnerschütterung und ein paar blaue Flecken, das ist alles. Wir behalten sie über Nacht zur Beobachtung hier, aber morgen kann sie vermutlich schon wieder nach Hause.«

Alica schlug die Augen auf. Im ersten Moment sah sie alles ganz verschwommen. Dann gerann der helle Fleck vor ihr zu einem stoppelbärtigen Gesicht. Großvater! Er stand über sie gebeugt an ihrem Bett. Neben ihm war eine Frau in Weiß.

Arduinna, dachte Alica, dann erkannte sie, dass es nur eine Ärztin war. Eine junge Frau mit langem dunklem Haar.

»Wie komme ich hierher?« Ein bitterer Geschmack wie von Erbrochenem lag Alica schwer auf der Zunge.

»Jemand hat den Unfall gemeldet. Wir haben sofort einen Rettungswagen losgeschickt. Du hast großes Glück gehabt, Alica.«

»Und Doktor Pörtner?«

»Ihm geht es auch ganz gut. Er wird aber wohl ein paar Tage bei uns bleiben müssen.«

»Mein Saxofon!«

Jetzt musste die Ärztin lächeln. »Das wurde ebenfalls gerettet.« Sie deutete auf einen Einbauschrank neben dem Krankenbett. »Wir haben es mit deinen Kleidern dort hineingetan.« Die Unfallärztin kramte etwas aus der Tasche ihres weißen Kittels hervor. »Das hier hast du in der Hand gehalten.« Sie drückte Alica etwas Weiches in die Hand und wandte sich an

Großvater. »Fünf Minuten haben Sie noch. Dann verlassen Sie das Zimmer. Ihre Enkelin braucht jetzt Ruhe.«

Alica hob die linke Hand. Mit einem Pflaster war ein Kabel an ihrem kleinen Finger befestigt. »Was ist das?«

»Nur ein Sensor, der deinen Puls misst. Die Daten werden auf einen Monitor im Schwesternzimmer übertragen. So wirst du nachts nicht so oft gestört, weil man bei dir vorbeischaut.« Die Ärztin deutete auf einen Knopf am Nachttisch. »Wenn etwas ist, drückst du darauf. Über deiner Zimmertür leuchtet dann eine Alarmlampe auf.«

Großvater wartete, bis die Unfallärztin gegangen war, obwohl man ihm anmerken konnte, dass er seine Ungeduld kaum zu zügeln vermochte. »Was zum Teufel ist da passiert? Pörtners Gesicht sieht aus wie ein Schnittmuster aus einer Modezeitung. Und die Ärzte stellen ihm schon dumme Fragen, denn man hat kein Glas in den Schnittwunden gefunden.«

»Der Falke«, antwortete Alica. »Er hat uns angegriffen. Plötzlich war er im Wagen. Und er hat körperliche Gestalt angenommen. Es sah aus, als wollte er dem Doktor die Augen aushacken.«

»Verfluchtes Mistvieh! Ihr habt großes Glück gehabt, dass bei dem Unfall nicht noch mehr passiert ist. Maria ist jetzt bei Pörtner. Der Doktor ist ganz durcheinander. Ich war eben auch kurz bei ihm. Er erzählte eine unzusammenhängende Geschichte über einen Säbel. Kannst du mir mehr dazu sagen?«

Alica berichtete vom Mameluckensäbel in der Waffensammlung. »Ich glaube, wenn man ihn in das Grab zurücklegt, dann wird François erlöst sein.« Sie dachte an den Traum von der Dunklen Königin.

Großvater strich sich über die Bartstoppeln. »Ich weiß nicht. Ich glaube eher, dass man herausfinden muss, was mit

François passiert ist. Warum er nicht in dem Grab liegt. Vielleicht sollte man einen Priester holen. Angeblich gibt es noch welche, die sich mit Geisteraustreibung auskennen.«

Die junge Ärztin steckte noch einmal den Kopf zur Tür herein. »Die Besuchszeit ist jetzt um«, sagte sie streng.

Carl beugte sich vor und gab Alica einen Kuss auf die Stirn. Es war das erste Mal, dass sie einen Kuss von Großvater bekam. »Ich gehe noch mal zu Pörtner. Ich weiß, wie dieser verdammte Dickschädel zu nehmen ist. Ich bin mir sicher, er wird den Säbel herausrücken!«

Nachdem ihr Großvater sie verlassen hatte, döste Alica vor sich hin. Sie dachte an François, daran, wie er in der Laubhütte sanft ihre Hand berührt hatte. Jetzt erst wurde ihr bewusst, dass sie die ganze Zeit über geistesabwesend den seltsamen Gegenstand zwischen den Fingern rieb, den ihr die Ärztin gegeben hatte. Neugierig betrachtete sie das unförmige, weiche Ding. Sie brauchte eine ganze Weile, bis sie erkannte, was es war. Ein kleines Wollknäuel lag auf ihrer offenen Handfläche. Wie mochte das in den Wagen gekommen sein? Es passte überhaupt nicht zu Pörtner, so etwas in seinem Auto liegen zu haben. Die Farbe der Wolle kam Alica vertraut vor. Es war ein verwaschenes Grau mit schwarzen Einsprengseln. Dieselbe Farbe hatte Großmutters alte Strickjacke. Und dann begriff Alica. Sie hatte von der Dunklen Königin nicht geträumt. Sie war wirklich dort im Wagen gewesen. Und sie wollte, dass Alica das wusste. Als Beweis hatte sie den Wollfaden zurückgelassen, mit dem Alica den Weg in der Höhle markiert hatte. Sie war bei ihr gewesen! Zu wem die Dunkle Königin kam, dem brachte sie den Tod. Warum lebte sie noch?, fragte sich Alica beklommen. Hatte sie eine Gnadenfrist bekommen, weil die Königin den Schlüssel von ihr erwartete? Und was würde passieren, wenn sie ihn ihr brachte?

Alica wusste nicht, was sie von der Arduinna halten sollte. Alle fürchteten sie. Zu ihr jedoch war sie stets freundlich gewesen. Sollte sie ihr den TRÖT besorgen? Nur die Dunkle Königin konnte ihr helfen, François noch einmal in Fleisch und Blut zu begegnen. Doch der Preis für dieses letzte Treffen wäre ein Verrat. Und die Arduinna schien überzeugt zu sein, dass sie diesen Verrat begehen würde. Anders war ihr Erscheinen nicht zu verstehen. Oder hatte sie gelogen? Für ein letztes Treffen mit François blieben doch nur die wenigen Stunden in der Nacht vor seinem Tod.

Erschöpft sank Alica in einen unruhigen Schlaf. Sie träumte von François und von der Nacht auf dem Ball. Doch plötzlich war das Dach der Kirche verschwunden und über ihnen stand die Arduinna Silva, die sie wie Marionetten an grauschwarzen Wollfäden tanzen ließ.

»Guten Morgen, Alica«, sagte die Dunkle Königin mit fremder Stimme. »Hallo, aufwachen!«

Alica drehte sich zur Seite und versuchte die riesige Schattengestalt aus ihrem Traum zu drängen. Sie wollte allein mit François sein. Zumindest in ihren Träumen!

»Aufwachen, Alica!« Etwas zupfte an ihrem Nachthemd.

»Hallo, Alica!«, krächzte es dicht neben ihrem Ohr.

»Halt den Schnabel, Schnapper! Du scheuchst noch die Nachtschwester auf!«

Blinzelnd sah Alica sich um. Bis auf eine kleine Notlampe über der Zimmertür war es dunkel.

»Na also«, sagte jemand zufrieden.

Langsam gewöhnten sich Alicas Augen an das Halbdunkel. Vor ihr auf dem Bett kauerte eine kleine Gestalt mit grotesk verdrehtem Arm. Und auf dem Nachttisch hockte Schnapper und stocherte mit dem Schnabel in den Blumen herum, die Großmutter ihr mitgebracht hatte.

»Na, erinnerst du dich noch an mich?«, fragte Wallerich sarkastisch.

Alica schluckte. Sie hatte ein schlechtes Gewissen, weil sie den Heinzelmann so sehr vernachlässigt hatte. »Ich wollte ...«

»Weißt du, was zählt, ist nicht der gute Wille, sondern die Taten! Und was ich davon halte, dass du die Beschwörungskerze geklaut hast, kannst du dir sicherlich denken! Da du es schon nicht für nötig gehalten hast, dich nach meinem Befinden zu erkundigen, wäre es wohl das Mindeste, wenn du mir erzählen würdest, was du in den letzten zwei Tagen alles angestellt hast.«

»Aber sie hat doch ...«, begann Schnapper.

»Wenn ich an der Meinung einer Möwe interessiert bin, dann werde ich dich fragen!«, unterbrach ihn Wallerich barsch.

Stockend berichtete Alica von ihrer Begegnung mit der Dunklen Königin und ihrer Reise in die Vergangenheit. Sie erzählte auch vom Grab des Husaren und von dem Säbel, den sie bei Doktor Pörtner gesehen hatte.

Als sie geendet hatte, schüttelte Wallerich den Kopf. »Die Teile des Puzzles fügen sich langsam zusammen. Aber deine halsbrecherischen Alleingänge kann ich nicht dulden. Kannst du dir vorstellen, was los ist, wenn einem Langen, der mit mir zusammenarbeitet, etwas passiert? Ganz abgesehen davon ist mir auch nicht egal, was dir widerfährt. Eigentlich müsste ich dir den Ring der Alten abnehmen und mich von eurem Gutshof zurückziehen. Wenn ich mich an die Heinzelmannrichtlinien für den Umgang mit Langen hielte, dann sähest du mich niemals wieder!«

»Ich ... Es tut mir leid«, murmelte Alica schuldbewusst. »Ich wollte doch nur das Beste. Und ich dachte ...«

»Nein, nein! Damit ist jetzt Schluss. Du denkst gefälligst nicht mehr für dich alleine. Oder, nein, so meine ich das nicht. Du brütest nichts mehr aus, worüber du mich nicht umgehend informierst. Wir müssen unsere Pläne miteinander absprechen oder es wird womöglich noch so eine Katastrophe wie in dieser Nacht geben. Ist dir eigentlich klar, dass du tot sein könntest? Die Leitplanken an der Straße sind fast völlig unter dem Schnee vergraben, den der Schneepflug zur Seite geschoben hat. Man konnte kaum sehen, wo der Wagen des Arztes in den Wald hinabgestürzt ist. Und außer Schnapper gab es keine Zeugen für den Unfall. Ihr wärt dort in dem Auto erfroren, bevor man euch gefunden hätte! Zum Glück hat Schnapper mir sofort Bescheid gesagt.«

»Dann warst du es, der den Unfallwagen gerufen hat?«

Wallerich wich ihrem Blick aus. »In meiner Verfassung konnte ich dich schließlich schlecht selbst aus dem Autowrack ziehen. Aber bedanken solltest du dich bei Schnapper. Ihm kam es komisch vor, dass du in dieses Auto gestiegen bist, und er hat dich verfolgt, als du das Herrenhaus verlassen hast.«

Alica blickte zur Möwe, die eine halb zerpflückte Rose im Schnabel hielt. »Danke, Schnapper! Ich weiß nicht, wie ich ...«

»Darf ich dir einen Tipp geben?«, krächzte die Möwe. »Es gibt keine Schulden, die man nicht mit einem großen Karton voller Thunfischdosen aus der Welt schaffen könnte.«

»Hört ihr beiden wohl auf, hier herumzukreischen!«, ereiferte sich Wallerich. »Wir haben gleich das ganze Nachtpersonal am Hals!«

Auf dem Flur waren Schritte zu hören. Die Tür zu einem Nachbarzimmer ging auf.

Schnapper hüpfte vom Nachttisch auf den Boden und verschwand unter dem Bett, während Wallerich seelenruhig blieb, wo er war. Einen Moment lang befürchtete Alica, der Heinzelmann wolle die Nachtschwester erschrecken, bis ihr einfiel, dass er für die meisten Menschen unsichtbar war. Sie hatte sich in den letzten Tagen so sehr an den Umgang mit Kobolden, Heinzelmännern und Geistern gewöhnt, dass sie für einen Moment vergessen hatte, wie sehr ihre Sicht auf die

Welt verändert war. Alica stellte sich schlafend, als die Tür aufging. Die Nachtschwester steckte den Kopf herein und sah sich kurz um. Dann schloss sie leise die Tür und eilte weiter den Gang hinauf.

»Ihr beide habt mehr Glück als Verstand!«, murmelte Wallerich herablassend. »Trotzdem möchte ich darum bitten, das Möwengekreische bis auf Weiteres einzustellen. Rekapitulieren wir einmal unsere Lage. Du stehst kurz davor, den Geist des Husarenjungen zu erlösen, der aber bislang so unauffällig war, dass er nicht einmal auf der offiziellen Liste der Geschöpfe steht, die nach Nebenan zu bringen sind. Ob wir mit seiner Erlösung auch den Falken loswerden, wissen wir nicht, aber es scheint nicht unwahrscheinlich. Im Übrigen mischt sich die Dunkle Königin zunehmend in unsere Angelegenheiten ein.« Wallerich sah Alica streng an. »Ich bin mir übrigens darüber im Klaren, dass du den TRÖT nicht gestohlen hast, als du Gelegenheit dazu hattest. Schnapper hat mir von deinem Besuch erzählt.«

Alica musterte verlegen den Faltenwurf der Bettdecke. »Warum können wir eigentlich nicht mit der Dunklen Königin zusammenarbeiten? Zu mir war sie immer recht nett. Na ja, zumindest hat sie mir geholfen.«

»Hat sie das wirklich?« Wallerich schnaubte verächtlich. »Denk doch mal nach. Sie weiß genau, was in der Vergangenheit geschehen ist. Sie wusste also auch genau, wann du von deiner Zeitreise zurückkehren würdest. Sie hat dich in dem Wissen geschickt, dass dich die Reise in die Vergangenheit bei unseren Fragen keinen Schritt weiter bringen würde. Danach konnte sie einen Gefallen bei dir einfordern. Wer hat also etwas von ihrer vermeintlichen Hilfsbereitschaft gehabt? Du oder sie?«

Alica dachte an die wunderbaren Stunden mit François. Wenn sie noch einmal entscheiden müsste, würde sie nichts anders machen. Sie fühlte sich nicht betrogen. Aber ihr war klar, dass der Heinzelmann das nicht verstehen würde.

»Gibt es vielleicht irgendein Fabelwesen, das beobachtet haben könnte, was am Grab von François geschah? Wenn wir seinen Leichnam finden und in die Gruft betten, dann wird er ganz bestimmt erlöst. Und dann muss auch der Falke nicht mehr spuken. Er hat sich schon zu Lebzeiten immer als Beschützer von François verstanden.«

Wallerich drehte seine Bartspitze. »Nein, die Fabelwesen aus der näheren Umgebung sind alle längst fort. Und selbst wenn es jemanden gäbe … Niemand wagt es, sich mit der Arduinna Silva anzulegen.«

»Und Magdalena?«, fragte Alica. »Sie muss mitbekommen haben, was geschehen ist.«

Wallerich schüttelte resignierend den Kopf. »Sicher, aber der Geist der Freifrau ist seit hundert Jahren erlöst.«

»Ist etwa ihr Hannes zurückgekehrt?« Alica freute sich für das traurige Gespenst. »Was ist mit ihr passiert?«

»Mein Chef, Nöhrgel, der Älteste der Kölner Heinzelmänner, hat in den Aufzeichnungen eines Kölner Spitals einen Eintrag über einen Pestkranken gefunden, der zwei kostbare Brillantringe bei sich trug. Der Eintrag stammte aus dem Jahr sechzehnhundertfünfundsechzig. Den Namen des Toten kannte man nicht. Er konnte ihn nicht mehr nennen, als er ins Spital kam. Aber es heißt, er sei ein junger Mann in guter Kleidung gewesen. Und die Ringe trugen das Zeichen des Goldschmiedemeisters Aurelius, der kurz zuvor an der Pest verstorben war. Man hat die Ringe dann in aller Heimlichkeit verkauft, denn das Gold von Pesttoten brachte einen schlechten Preis. Deshalb konnte man nicht sagen, woher sie stammten. Für den Erlös wurden Lebensmittel für das Spital gekauft. Es heißt, das Gold der Ringe habe geholfen, zwei Monate lang alle hungrigen Mäuler zu stopfen. Mein Chef, Nöhrgel, ist zur Pestkapelle gereist. Er hat der Freifrau den Eintrag aus dem Siechenbuch vorgelegt. Daraufhin verging ihr Geist. Im Wissen, dass ihr Geliebter sie nicht betrogen hatte, konnte sie endlich ihren Frieden finden.«

Für Magdalena freute sich Alica, aber sie hätten es jetzt viel leichter, wenn die Freifrau noch spuken würde. »Ich müsste also in der Zeit zurückreisen und irgendwann zwischen achtzehnhundertsiebzehn, als man das Grab geplündert hat, und dem Jahr, in dem Magdalena erlöst wurde, nach der Freifrau suchen.«

»Vergiss das!«, brummte Wallerich. »In die Vergangenheit kannst du nur mithilfe der Dunklen Königin gelangen. Sie hat kein Interesse daran, dass wir eine eindeutige Antwort bekommen.«

»Warum will sie eigentlich unbedingt einen Schlüssel nach Nebenan haben?«

»Um gegen die Ordnung, die von den Zwergenvölkern geschaffen wurde, aufzubegehren! Das ist ihre Art.« Wallerich stieß einen tiefen Seufzer aus. »Sie gehört zu den Dunklen, jenen Geschöpfen, die nicht damit einverstanden sind, dass die Welt der Fabelwesen und Märchenfiguren von der Welt der Menschen getrennt wurde. Ich wette, sie würde versuchen, Vampire, Riesen, Werwölfe und andere Unruhestifter hierher in eure Welt zurückzubringen.«

»Aber die könnte man doch gar nicht sehen«, wandte Alica ein. »Welchen Schaden würden die schon anrichten? Wenn sie niemand bemerkt, dann ist das doch fast, als wären sie gar nicht da.«

»Ha! Hast du etwa schon vergessen, welchen Ärger Lollejan auf dem Husarenball angerichtet hat. Sicherlich, man konnte ihn nicht sehen, aber bemerkt wurde er schon, nicht wahr? Und wäre er später auf dem Fest aufgetaucht, zu einem Zeitpunkt, an dem manche Gäste schon betrunken waren, dann hätte man ihn gesehen. Kleine Kinder, Menschen, die als verwirrt gelten, oder auch Betrunkene, also alle, die einen erweiterten Blick auf eure Wirklichkeit haben, können uns Fabelwesen sehen. Wenn genug Unruhestifter wie Lollejan in eurer Welt umherlaufen, dann ist es nur eine Frage der Zeit, bis ihr wieder an Geister, Feen und all die anderen Geschöpfe glaubt! Dann sind wir wieder da, wo wir Zwergenvölker vor über tausend Jahren mit unserer Arbeit angefangen haben. Das darf nicht geschehen. Und deshalb darf die Dunkle Königin niemals einen TRÖT bekommen. Glaub mir, Alica, du kannst dir nicht einmal ansatzweise vorstellen, wie viel Ärger sie damit anrichten könnte. Eure ganze Welt würde sich verändern!«

Alica dachte an etwas ganz anderes. »Was ist aus Lollejan geworden? Wie alt werden Kobolde? Lebt er noch?«

Wallerich brauchte einen Moment, bis er ihrem Gedankensprung folgen konnte. »Das ist es!« Seine Augen funkelten. »Du hast die Lösung gefunden. Nachdem die Franzosen gegangen waren, hat es noch fast siebzig Jahre gedauert, bis wir diesen Banditen geschnappt haben. General Lollejan ist Nebenan. Und ich glaube, er lebt noch. Wenn an François' Grab eine Schurkerei passiert ist – und davon gehe ich fest aus –, dann wird Lollejan bestimmt davon wissen. Er kannte alle Schurkenstreiche, die sich in dieser Gegend ereignet haben, und bei mindestens der Hälfte von ihnen hatte er höchstpersönlich die Finger im Spiel.«

»Dann musst du also nur nach Nebenan und den alten General befragen.« Alica sagte das mit wenig Enthusiasmus. Sie dachte an François.

»Nein, nicht ich. Du musst nach Nebenan. Dieser Dickschädel Lollejan würde niemals auch nur ein Wort mit einem Heinzelmann wechseln, geschweige denn jemandem aus meinem Volk helfen. Wir waren es, die ihn eingefangen und gegen seinen Willen auf die Nürburg ins Altenheim für irregeleitete Kobolde gebracht haben. Dich hat er gemocht. Du musst zu ihm!« Wallerich hob seinen eingegipsten Arm leicht an. »Im Übrigen kann ich mich kaum auf Schnappers Rücken halten. Der Flug hierher war schon die blanke Unvernunft. Du wirst gehen müssen. Daran führt kein Weg vorbei.«

Alica hob den Finger, an den der Sensor zur Pulsmessung geklebt war. »Ich kann das Ding hier nicht abmachen. Dann geht irgendein Alarm im Schwesternzimmer los.«

»Das ist kein Problem.« Wallerich grinste breit. »Das heften wir einfach an einen Finger von mir. Dann beobachten die eben meinen Pulsschlag. Wir legen die Decke so zurecht, dass es aussieht, als würdest du noch darunterliegen, und ich nehme deinen Platz ein. Natürlich musst du vor Morgengrauen zurück sein. Ich möchte nicht erleben, was passiert, wenn die Frühschicht die Betten kontrolliert und man feststellt, dass hier etwas Unsichtbares liegt, dessen Pulsschlag gemessen wird.«

»Ich bin aber doch krank«, wandte Alica halbherzig ein.

»Unsinn! Ich habe mir deine Akte im Schwesternzimmer angesehen. Du hast dir bloß ein bisschen den Kopf gestoßen. Davon wirst du dich doch wohl nicht ernsthaft aufhalten lassen.«

»Aber schaffen wir es denn bis zum Schichtwechsel hin und zurück? Die Nürburg liegt doch nicht gerade um die Ecke.«

»Schnapper, wie siehst du das?«

»Das ist nur ein kleiner Spazierflug«, krächzte die Möwe selbstsicher. »Sorgen macht mir eher die Möwenabwehr auf dem Bergfried. Die Kobolde mögen meinesgleichen auch nicht, weil wir den Heinzelmännern oft als Reittiere aushelfen. Sie schießen auf jede Möwe, die sich dem Turm nähert.«

»Sie schießen?«, fragte Alica entgeistert.

»Nicht der Rede wert!« Wallerich machte eine wegwerfende Geste. »Sie haben nur ein paar kleine Steinschleudern. Diese Dinger, wie sie früher von Lausbuben benutzt wurden. Ein

Y-förmiger Ast mit einer Gummischnur daran. Davor muss man keine Angst haben.« Der Heinzelmann sah sie ernst an. »Alica, ich weiß, dass dir dieser Weg nicht leichtfällt, aber denk daran, was der Falke alles anrichten kann. Der Unfall hätte auch viel schlimmer ausgehen können, und wer weiß, wen dieses Mistvieh als Nächstes angreift. Du musst zu Lollejan und ihn dazu bringen, dir zu erzählen, was am Grab geschah. Wir müssen den Falken erlösen!«

Alica nickte. Dann ließ sie zu, dass Wallerich ihr den Sensor abnahm und an sein Handgelenk klebte. Der Heinzelmann zog seinen gefütterten Mantel und die Pilotenmütze aus, während Alica ihre Kleider aus dem Schrank neben dem Bett holte. Ihr Mantel war voller Blutflecke. Sie dachte daran, wie schrecklich der Falke den alten Doktor zugerichtet hatte. Da gab es nichts zu zögern! Es war ihre verdammte Pflicht, dafür zu sorgen, dass der Geistervogel für immer verschwand.

Mithilfe des Zauberrings verkleinerte sie sich, um auf Schnapper reiten zu können. Sie streifte Wallerichs Fliegermontur über, die ihr vor allem im Kreuz viel zu weit war.

»Der TRÖT ist in der Manteltasche«, erklärte der Heinzelmann, der es sich inzwischen im Bett bequem gemacht hatte. »Drück den roten Knopf daran, der Rest erledigt sich von alleine. Ach ja, du musst natürlich in den Tempel in eurem Garten gehen. Dort befindet sich das nächstgelegene Tor in meine Welt.« Er warf ihr einen kleinen Lederbeutel zu. »Und hier ist das Tarnpulver. Vergiss das bloß nicht, sonst kommt noch irgendwelches Gelichter hierherüber.«

Alica stopfte sich den Pulverbeutel in eine der Manteltaschen. Sie war ein wenig überrascht, dass ihr der Heinzelmann bedingungslos vertraute. Sie besaß jetzt alles, was die Dunkle Königin im Tausch für eine weitere Reise in die Vergangenheit verlangte.

Wallerich beugte sich über die Bettkante und sah zu ihr

herab. »Du musst dich beeilen, um vor dem Schichtwechsel zurück zu sein. Ich wünsch dir Glück. Und bei den Kobolden musst du selbstbewusst auftreten, sonst tanzen sie dir nur auf der Nase herum. Lande auf der Turmplattform. Von dort kommst du am besten ins Innere.«

Alica griff nach dem Lederriemen um Schnappers Hals und zog sich auf den Rücken der Möwe.

»Alles startklar?«

Sie hielt sich mit beiden Händen fest. »Es kann losgehen!«

Die Möwe begann wild mit den Flügen zu schlagen. In dem kleinen Krankenzimmer kostete es sie einige Mühe, überhaupt starten zu können. Schnapper verfehlte die Blumenvase auf dem Nachttisch nur knapp, wirbelte die Fenstervorhänge durcheinander und hielt dann geradewegs auf die verschlossene Tür zu. Im allerletzten Moment machte die Möwe einen Schwenk und streifte den automatischen Türöffner an der Wand. Mit leisem Surren schwang die Zimmertür auf. Schnapper stieß ein heiseres Lachen aus. »Ich liebe es, in Krankenhäusern zu fliegen! Sie sind wie für Möwen geschaffen.« Er machte einen Looping und flog auf den Flur hinaus. Ohne auch nur den Versuch zu unternehmen, sich zu verstecken, flog er an der Scheibe zum Schwesternzimmer vorbei und hielt auf die Schwingtür am Ende des Flurs zu.

Alica duckte sich, so gut es ging, in das Gefieder. Sie hatte Sorge, gesehen zu werden, obwohl sie in Puppengröße und mit einer Pilotenkappe gewiss niemand erkennen würde.

Im Tiefflug jagten sie die Flure entlang. Einmal begegneten sie einem grauhaarigen Mann in einem gestreiften Bademantel, der einen Infusionsständer vor sich herschob. Schnapper flog absichtlich so dicht an ihm vorbei, dass er ihn fast mit den Flügeln streifte. Der Alte blickte ihnen mit weit offenem Mund nach.

Schnapper verließ das Krankenhaus durch die Notaufnahme auf der Rückseite. Er kannte sich so gut aus, dass Alica sich fragte, ob er gelegentlich nur zum Spaß eine Runde durch das Hospital drehte.

Endlich unter freiem Himmel stieg die Möwe steil den Sternen entgegen. Die Nacht war aufgeklart. Eisiger Wind biss Alica in die Wangen. Schnapper flog sie ohne weitere Kapriolen geradewegs zu dem kleinen Tempel. Dort stellte Alica den TRÖT mitten auf das kitschige Bodenmosaik. Sie hatte ein flaues Gefühl in der Magengegend. Oben im Herrenhaus, in ihrem Turmzimmer, verwahrte sie den letzten Rest der Beschwörungskerze. Sie würde gewiss noch lange genug brennen, um die Dunkle Königin zu rufen und ihr den Schlüssel durch den Spiegel zu reichen. Dann wäre sie wieder mit François vereint! Warum zum Teufel war der Husarenjunge gestern nicht gekommen, als sie für ihn gespielt hatte?

»Alles in Ordnung?«, fragte Schnapper.

»Jaja.« Alica kniete sich neben den TRÖT und drückte den roten Knopf. Im nächsten Augenblick war das Tempelchen in pulsierendes grünes Licht getaucht. Mit einem schweren Seufzer trat Alica durch das Tor in die Welt der Fabelwesen.

Das Altenheim für irregeleitete Kobolde

Wie ein riesiger schwarzer Baumstumpf malte sich die Silhouette des Bergfrieds der Nürburg gegen den Nachthimmel ab. Seit dem Wechsel in die andere Welt war Alicas Armbanduhr verschwunden. So konnte sie nur schätzen, wie lange sie geflogen waren. Doch sie hatte das Gefühl, dass es mehr als eine Stunde gewesen sein musste. Sie hatten gegen böigen Wind ankämpfen müssen. Ein Unwetter braute sich zusammen.

»Gibt es hier alle Burgen, die in der Eifel stehen, ein zweites Mal?«, fragte Alica.

»Nein. Das Land ist zwar sehr ähnlich, aber wenn man genauer hinsieht, bemerkt man schon Unterschiede. Alle Bauwerke, die ihr in den letzten drei- oder vierhundert Jahren errichtet habt, finden hier keine Kopie mehr. Dafür gibt es allerdings Dörfer, die in eurer Welt längst verschwunden sind.« Sie flogen in weitem Bogen über die Burg. Die Festungsmauern und der Palas waren verfallen und zum Teil von verschneitem Buschwerk überwuchert. Nur der riesige Rundturm machte noch einen recht soliden Eindruck. Wie Baumpilze sprossen hölzerne Erker aus seinen Mauern. Stangen und Ketten führten an der Außenwand entlang. Überall brannten Laternen und Fackeln. Plötzlich erklang unter ihnen ein gellender Schrei: »Möwe im Anflug!«

Schnapper kippte seitlich über den Flügel ab und schoss im Sturzflug dem Ruinenfeld am Fuß des Turms entgegen.

Etwas Schwarzes zischte an Alicas Kopf vorbei.

»Verdammtes Koboldgezücht!«, fluchte Schnapper. »Es wird jedes Mal schlimmer, wenn man in die Nähe ihres Turms kommt.«

Alica spürte, wie die Möwe von etwas getroffen wurde. Einen Moment geriet der große Vogel ins Trudeln. Dann breitete er die Schwingen aus und fing den Sturzflug ab. Das Tor am Fuß des Turms war vermauert. Verzweifelt krallte sich Alica am Lederband um Schnappers Hals fest. »Was haben die gegen uns?«

»Ich bin eine Möwe, das reicht. Sie ...« Etwas flog dicht an ihnen vorbei. »Raben!«, fluchte die Möwe. »Das hat uns gerade noch gefehlt. Einige Kobolde benutzen sie als Reittiere!«

»Ich bin Alica vom ersten Geisterregiment General Lollejans!«, rief Alica aus Leibeskräften. »Hört auf mit dem Unsinn.«

»Wenn du ein Geist bist, macht es dir ja nicht viel aus, wenn du einen Stein gegen den Kopf bekommst!«, rief jemand aus einem der Turmerker.

Schnapper flog einen Looping und manövrierte den Raben aus, der ihnen folgte. Auf dessen Rücken saß ein Kobold, der eine Nussschale als Sturzhelm trug und etwas in Händen hielt, das wie ein Schaschlikspieß aussah.

Die Möwe glitt jetzt dicht an der Turmmauer entlang und schraubte sich in Spiralen langsam höher. Noch zwei weitere Raben waren aufgetaucht und attackierten Schnapper mit Schnabelhieben und Krallen.

Etwas schrammte über Alicas dicke Lederjacke.

»Landet auf der Turmplattform oder wir zerreißen euch in der Luft!«, krächzte einer der Raben.

Statt einer Antwort hackte Schnapper mit dem Schnabel nach ihm. Die beiden Vögel verkrallten sich ineinander und stürzten in die Tiefe. Eine Rabenschwinge schlug Alica ins

Gesicht. Die Luft war erfüllt von schwarzen und weißen Federn. Alica konnte sich kaum noch halten. Der Rabe streifte einen der Erker, die aus der Turmwand ragten, und ließ Schnapper los. Trudelnd kämpfte die Möwe darum, in eine stabile Fluglage zu kommen. »Wir werden uns ergeben müssen, Alica. Mit dir auf dem Rücken kann ich mich auf keinen Luftkampf einlassen.« Schnapper verlangsamte seinen Flug. »Wir geben auf!«, rief er den Raben entgegen. Begleitet von hämischem Krächzen und den Jubelrufen einiger Kobolde, die auf die Erkerdächer geklettert waren, flogen sie zur Plattform des Turms hinauf. Die Möwe landete zu Füßen einer riesigen Gestalt, die Alica aus Augen musterte, die wie Kohlen glühten.

»Ein Troll«, wisperte Schnapper. »Sei bloß vorsichtig, die sind unberechenbar!«

Eine schmale hölzerne Galerie verlief dicht unterhalb der Zinnenkrone des Turms. Sie schien gerade breit genug zu sein, dass sich der Troll darauf bewegen konnte. Alica blickte neugierig über das Geländer. Der Turm war hohl, so wie ein riesiger Schornstein. Auch auf der Innenseite klebten windschiefe hölzerne Erker an den Mauern. Dicke Kupferkabel wucherten wie Efeu an den Wänden. Der Zinnenkranz war mit den ausladenden Armen von Flaschenzügen besetzt. Eine dicke Eisenstange ragte wie eine Antenne in den Nachthimmel.

Der Troll war wohl mehr als drei Meter groß. Genau konnte Alica das nicht schätzen, weil er halb geduckt neben einem der Flaschenzüge kauerte. Seine Haut wirkte im Licht der Laternen wie aus Stein gemeißelt. Neben ihm lag ein kleiner Berg zersplitterter Schieferplatten. Geistesabwesend nahm er eines der flachen Steinstücke und schob es sich in sein Maul. Dabei bewegte er sich so gemächlich wie die Figuren in einem Film, den man im Zeitlupentempo laufen ließ. Ein knirschendes Geräusch ertönte. Die hohen Wangenknochen des Trolls hoben und senkten sich behäbig. Etwas Staub rieselte von seinem Kinn.

Alica überlief ein Schauder. Dieses Ungeheuer fraß Steine, wie sie Chips futterte, wenn sie vorm Fernseher saß. Zwischen den Beinen des Trolls trat ein Kobold mit einem Monokel und einem hohen roten Zylinderhut hervor. »Seine Exzellenz wünscht dich zu sehen«, murrte er unfreundlich. »Die Möwe soll hier oben bleiben. Und wenn sie versucht uns auszuspionieren, dann werden wir sie an Boerg verfüttern. Der mag es, wenn es zwischen zwei Steinbrocken mal was Saftiges gibt.« Er deutete auf den Troll.

Wie um die Drohung zu unterstreichen, stieß der Koloss einen Rülpser aus, der wie eine talwärts donnernde Lawine dröhnte.

»Boerg, die junge Dame will abwärts!« Der Kobold betrachtete sie mit unverhohlenem Missfallen. Seine Haut war faltig und wirkte wie verschrumpeltes Leder. Doch die hellblauen Augen, die sie anfunkelten, erschienen fast jugendlich. Wach und boshaft taxierten sie Alica. Sie waren auf der Suche nach etwas.

Der Troll hingegen war das genaue Gegenteil. Seine Bewegungen waren langsam, auf seine Glieder drückte die Last ungezählter Jahrhunderte. Er zog an einer Kette. Mit leisem Rasseln glitt sie über die Rollen eines gut geölten Flaschenzugs. Schließlich erschien vor dem Geländer der Galerie ein geflochtener Weidenkorb.

»Da hinein!«, kommandierte der Kobold mit dem Zylinder. »Und steig erst aus, wenn ich dir von hier oben aus zurufe, dass du angekommen bist. Versuche keine Tricks, Mädel. Ich werde dich beobachten!«

Der kleine Korb schwankte bedenklich, als Alica sich darin niederließ. Ihre Hände klammerten sich um den Rand.

Schlecht verflochtene Weidenruten stachen ihr in die Finger. Langsam senkte der Korb sich in die Tiefe.

Überall an der Innenwand des Turms sah man alte Kobolde herumwerken. Wie Alica hingen sie in Körben. Sie machten sich an den Kupfersträngen zu schaffen, hämmerten darauf herum oder bogen zwei Enden gegeneinander. Andere malten mit verkohlten Ästen geheimnisvolle Zeichen auf Mauerstücke, die weiß getüncht waren.

Etwa in der Mitte des Turms hing eine große Kugel, die aus Tausenden grünen Glassplittern zusammengesetzt war. Die Kupferstränge waren hier in den Turm hinein aufgebogen. Auf ihren Enden steckten kugelrunde grüne Flaschen. Alica war schleierhaft, was die Kobolde hier trieben.

Endlich hielt der Korb mit einem Ruck an. Sie hatte eine hölzerne Plattform erreicht, auf der eine Gruppe von Kobolden versammelt war. Sie alle trugen Dreispitze und lange braune Mäntel, die notdürftig mit bunten Flicken ausgebessert waren. Zwei der Kobolde stützten sich auf Krücken und auch die anderen waren unübersehbar vom hohen Alter gezeichnet.

»Du kannst aussteigen!«, rief der Kobold mit dem roten Zylinder von der Galerie herab.

»Achtung, Offizier betritt das Hauptquartier!«, rief ein untersetzter Kerl mit einer Augenklappe. Die Kobolde mühten sich, strammzustehen und einen militärischen Eindruck zu machen.

»Wenn Ihr mir bitte folgen würdet, Frau Rittmeister.« Der Kobold mit der Augenklappe deutete auf eine Höhlung in der Turmwand und ging dann voraus. Er führte Alica durch einen Tunnel, der in die Turmmauer getrieben war und sich in weiter Krümmung abwärtswand. Endlich erreichten sie eine mit breiten Eisenbändern beschlagene Tür. Ihr Führer klopfte, wartete aber keine Antwort ab, bevor er eintrat.

Ein kahlköpfiger Kobold mit strähnigem weißem Bart stand über einen Kartentisch gebeugt. »Was macht das Gewitter?«, fragte er, ohne aufzublicken.

»Ähm, ist noch weit weg, Exzellenz. Aber die Frau Rittmeister ist nun eingetroffen.«

Der Glatzkopf blickte auf. Sein Gesicht war von Altersflecken gesprenkelt. Die Haut saß so straff auf dem Schädel, dass sich überdeutlich die Konturen der Knochen abzeichneten. Seine Augen waren tief eingesunken. Der Kobold trug einen abgetragenen blauen Mantel, an dem ein Ordensstern befestigt war, dem ein Zacken fehlte. Darunter schimmerte eine Damastweste, die in Gold und Rosa gehalten war. Um die Hüften hatte er sich eine breite kanarienvogelgrüne Schärpe gewickelt.

»Ha, mein erstes Geisterregiment!« Die Stimme war unverwechselbar. Sie klang noch wie vor zweihundert Jahren. »Sieh dir die Frau Rittmeister gut an, Dorpans. Sie ist eine Veteranin der Napoleonischen Kriege. Mit ihr habe ich gegen die Husaren gekämpft, die in der Gegend von Schleiden stationiert waren.«

Der Einäugige gaffte Alica mit offenem Mund an. »Hat sich gut gehalten, die Frau Rittmeister.«

»Geister altern doch nicht, du Depp. Weggetreten! Ich habe mit der Frau Rittmeister ein paar private Dinge zu besprechen.« Lollejan grinste Alica so breit an, dass sie seine schwarzen Zahnstümpfe sehen konnte. »Hätte nicht gedacht, wir würden uns noch einmal begegnen.«

»Wie komme ich zu der Ehre, Rittmeister zu sein?«, fragte sie, um etwas Zeit zu gewinnen, bevor sie mit ihrer Bitte herausrückte.

Der Kobold grunzte. »Das sind nur die Regelbeförderungen der letzten zweihundert Jahre. Dabei habe ich dich noch mindestens zwanzigmal bei anstehenden Beförderungen übergangen, weil ich wütend darüber war, wie du dich damals in der Ballnacht aufgeführt hast.«

»Ich dachte, ich wäre aus der Armee entlassen worden.«

Der Kobold wedelte ärgerlich mit der Hand. »Nein, nein. Ich habe dich wieder aufgenommen. Du warst schließlich das einzige Geisterregiment, das je unter meinem Kommando gedient hat. Das konnte ich nicht auflösen. Das wäre schlecht für mein Ansehen gewesen. Nur dumm, dass du ausgerechnet auf einer Möwe hier auftauchen musstest. Das erweckt dann ganz den Anschein, als würdest du mit Heinzelmännchen paktieren. Ist das so?«

»Ich bin gekommen, weil ich eine Schlacht gegen ein Regiment Geisterfalken schlagen muss und den Rat eines erfahrenen Generals brauche«, wich Alica der Frage aus.

»Generalfeldmarschall bitte sehr! Auch ich habe in den letzten zweihundert Jahren Karriere gemacht. Ich bin Erzherzog der Nürburg und Generalfeldmarschall der vereinigten Koboldarmeen. Heute befehlige ich hundertdrei Regimenter.« Er hakte die Daumen in seiner Weste ein, so wie er es schon früher getan hatte.

»Lollejan, bei deinen Beziehungen und deinem Einfluss weißt du doch sicher bestens über alle Dinge Bescheid, die sich in der Eifel ereignet haben.«

Der Kobold hörte auf zu grinsen. »Das war einmal. Aber meine Armee und ich, wir arbeiten daran, dass dies bald wieder so sein wird.« Er beugte sich zu Alica. »Ich kann dir doch trauen, oder?«, flüsterte er in verschwörerischem Tonfall.

»Sicher«, bekräftige Alica.

»Wir planen eine Massenflucht. Das wird das größte Ding, das es je gegeben hat. Die Heinzelmännchen haben alle alten Kobolde hierher abgeschoben. All jene, die zu gerne in der Welt der Menschen gelebt hatten und sich hier Nebenan nicht richtig einfinden konnten. Aber wir werden unseren

Kerkermeistern ein Schnippchen schlagen! Sie haben nicht mit dem Organisationstalent des Erzherzogs Lollejan und dem Genie meines Obercheftechnikus Fluxbux gerechnet. Wir werden uns unser eigenes Tor in eure Welt schaffen und dann allesamt abhauen. Vielleicht schon in dieser Nacht. Wir brauchen nur ein tüchtiges Gewitter für unsere Flucht. Und wenn ich erst wieder ein paar Wochen in der Eifel bin, schau noch einmal vorbei, denn dann werde ich gewiss wieder auf dem Laufenden sein.«

»Was passiert hier, wenn ein Gewitter aufzieht?« Lollejans vollmundige Ankündigungen hatten etwas Beunruhigendes, fand Alica.

»Wir werden mit dem Turm Blitze einfangen und ins Innere leiten. Man braucht flackerndes grünes Licht, damit sich ein Tor öffnet, und natürlich Magie. Die Blitze werden wir über Kupferkabel in grüne Weinflaschen leiten, die ich höchstpersönlich geleert habe. So wichtige Aufgaben kann man schließlich keinen dahergelaufenen Wald- und Wiesenkobolden überlassen. Das Licht der tanzenden Blitze wird durch die Flaschen scheinen und von der großen Glaskugel eingefangen. Dann wird sich ein Tor öffnen. Fluxbux hat alles genau berechnet. Und sobald sich das Tor öffnet, werden fünfundneunzig Kobolde, sieben Raben und ein Troll für immer von hier verduften!«

Alica hatte den Verdacht, dass eher der Turm explodieren als sich ein Tor öffnen würde. »Ihr habt das alles ganz genau durchgerechnet?«

»O ja!«, bekräftigte der Erzherzog. »Seit Fluxbux von seinem Raben gestürzt ist, ist er erleuchtet. Er ist ein Genie!«

»Von seinem Raben gestürzt?«

»Ja, er hat mitten im Flug sein Taschentuch aus der Hose gekramt, weil er niesen musste, und da er sich nicht festhielt, haute ihn der Rückstoß des Niesers glatt vom Raben. Dann ist er über dreihundert Meter in die Tiefe gestürzt und genau in einem großen Heuhaufen gelandet. Seitdem ist er erleuchtet! Er versteht die großen Zusammenhänge von Technik und Magie.«

Alica sagte dazu lieber nichts. Sie sollte zusehen, dass sie alles über die Grabräuber erfuhr, und dann so schnell wie möglich von hier verschwinden. »Du weißt doch sicherlich noch gut, was sich so im Jahr achtzehnhundertsiebzehn ereignet hat?«

»Natürlich!« Lollejan klang regelrecht beleidigt. »Es gab einen sehr schlechten Moselwein in diesem Jahr. Viel zu sauer. Es hatte zu viel geregnet. Die Ernten waren schlecht. Und Buddel, dieser Verräter, hat mich wegen einer Häsin verlassen! War ein schlechtes Jahr! Die Kohlköpfe sind ...«

Alica platzte fast vor Ungeduld. »Die Pestkapelle bei Haus Greifenstein. Hat sich da etwas Besonderes ereignet?«

Der Kobold blickte sie misstrauisch an. »Warum?«

Wenn sie Lollejan erzählte, dass sie mit einem Heinzelmann zusammenarbeitete, dann würde er sie vermutlich hinauswerfen lassen. »Ich muss einen Geist erlösen. Er richtet großes Unheil an. Du kennst ihn bestimmt. Es geht um einen Falken.«

Der Erzherzog zupfte an seinem Bart. »Ein Geist, der einen Geist erlösen will. So etwas habe ich ja noch nie gehört! Ich glaube, da möchte ich mich nicht einmischen.«

Ruhig, ganz ruhig, dachte Alica. Worauf wollte dieses alte Schlitzohr hinaus? Wollte er mit ihr feilschen? Oder war es ihm tatsächlich ernst damit, dass er nicht in Geisterangelegenheiten hineingezogen werden wollte? »Du hast dich doch immer sehr um das Wohl der Eifelbewohner gesorgt, deshalb hast du ja auch den kleinen Krieg gegen die Franzosen geführt, nicht wahr?«

»So ist es«, bestätigte Lollejan stolz.

»Dieser Falke ist eine Gefahr! Er hat schon mehrere Unfälle verursacht.«

Der Erzherzog hob abwehrend die Hände. »Manche Geister sind halt ungemütliche Gesellen. So ist das nun mal.«

»Aber dieser Falke ist genau genommen ein Franzose. Du erinnerst dich, er ist damals mit den Husaren gekommen. Jeder weiß, dass du die Franzosen aus der Eifel vertrieben hast«, sagte Alica schmeichlerisch. »Alle, bis auf diesen einen. Erst wenn auch der Falke verschwunden ist, wird dein Sieg vollkommen sein. Sag mir, was damals geschehen ist, und ich erledige das. Ich bin doch noch immer dein erstes Geisterregiment. Gib mir einen Befehl und auch die letzte Schlacht gegen die Franzosen wird unter deinem Kommando geschlagen. Wirklich bedeutende Feldherren lenken ihre Schlachten aus der Ferne.«

Lollejan lachte. »Du bist nicht auf den Kopf gefallen, Alica. Viel zu schlau bist du für einen Rittmeister. Ich sollte dich zum Oberst machen und zu meiner Vorhut, die schon einmal das Gelände klärt, bevor ich mit meinen übrigen hundertdrei Regimentern zurückkehre.« Er hakte seine Daumen wieder in die Weste ein und streckte stolz das Kinn vor. »Oberst Alica, ich befehle dir hiermit im Namen des Generalfeldmarschalls Lollejan, Erzherzog von Nürburg und Beschützer aller Eifelbauern, die letzte Schlacht der Napoleonischen Kriege zu führen. Vertreibe den Franzosenfalken, damit die Langen wieder in Frieden leben können.«

Alica war gerührt vom Auftritt des Kobolds. In der Ferne erklang Donnergrollen. »Du solltest die Sache mit dem Einfangen der Blitze noch einmal überlegen.«

»Nein, nein!« Lollejan winkte ab. »Das ist alles durchgerechnet. Dabei kann uns Kobolden nichts passieren. Aber du solltest vielleicht besser verschwunden sein, wenn es so weit ist. Ich weiß nicht, wie Blitze sich auf Geister auswirken.«

Lollejan zog eine Schublade an seinem Kartentisch auf und holte eine große Meerschaumpfeife hervor. »Ich wusste gleich, dass du wegen des Husarenjungen gefragt hast. Er ist gestorben, kurz nachdem du verschwunden warst. Das ging alles ganz schnell. Merkwürdigerweise haben sie ihn in dem leeren Grab bei der Pestkapelle beigesetzt.« Lollejan stopfte mit seinem Daumen Tabak in den Pfeifenkopf und entzündete ihn mit einem magischen Fingerschnippen. »War sehr ergreifend, dieses Begräbnis. Ein Offizier mit einer Augenklappe hat eine kurze Rede gehalten. Dann haben sie einen Ehrensalut geschossen. Noch am selben Tag sind die meisten Husaren abgezogen. Den Falken des Jungen haben sie fliegen lassen. Er war in den nächsten Jahren der Schrecken aller Tauben und Eichhörnchen in der Gegend. In dieser Zeit war alles ganz ruhig um das Grab.« Der Erzherzog blies Rauchringe zur Decke hinauf und sah ihnen gedankenverloren nach. »Erst am Ostersamstag achtzehnhundertsiebzehn begann der Ärger. Es war ein schlimmes Frühjahr für die Eifel. Die Menschen hungerten. Und dann kam man unten in Schleiden auf die Idee, eine Bittprozession hinauf zur verfallenen Pestkapelle zu machen. Zu allen anderen Heiligen hatte man schon gebetet, ohne dass es geholfen hatte. Nun wollte man sich auch noch an den heiligen Rochus wenden. Oben in der Kapelle kam es dann zu einem Aufruhr wegen der Inschrift auf der Grabplatte. Bis zu diesem Tag hatte sich niemand daran gestört. Aber die Stimmung war aufgeheizt. Sie haben mit Felsstücken auf das Grab eingeschlagen, bis die Inschrift getilgt war. Und der Priester, der die Prozession leitete, hat einfach nur zugesehen. Dann kam der Falke. Er hat einen Messdiener verletzt und den anderen Pilgern gründlich die Lust vertrieben, das Grab zu schänden. Es war fast eine Flucht, als die Prozession die Kapelle verließ. In der Nacht sind dann drei Tagelöhner heraufgekommen.« Lollejan machte eine kurze Pause und stocherte mit einem Zirkel vom Kartentisch in der Pfeife herum. »Wenn Christenmenschen sich an Ostern an Gräbern zu schaffen machen, dann kann daraus nichts Gutes erwachsen,« fuhr der Kobold fort. »Die drei Tagelöhner hatten Werkzeug mitgebracht und haben das Grab aufgestemmt. Sie wollten plündern. Die Menschen waren damals ganz verrückt vor Hunger. Sie haben Suppe aus Gras und alten Lederresten gekocht. Schrecklich war das. Jedenfalls haben die drei das Grab geöffnet. Ich war ganz in der Nähe und hab ihnen zugesehen. Die Leiche sah gruselig aus. Sie war gar nicht richtig verfallen, wie sich das gehört. Sie erinnerte eher an eine ausgetrocknete Pflaume. Und sie lächelte. Das werde ich nie vergessen. Der Junge lag da in seiner prächtigen Husarenuniform und lächelte. Man hatte ihm einen schönen Säbel und eine Trompete ins Grab gelegt. Die Plünderer haben die Leiche herausgeholt und die Kleider durchsucht. Alles von Wert haben sie mitgenommen, sogar seine Uniformknöpfe. Und dann haben sie ihn in den alten Brunnenschacht bei der Kapelle geworfen. Sie hatten die Grabplatte gerade wieder zurückgelegt, als der Falke erschien. Wie besessen hat er sich auf die drei gestürzt. Einem hat er ein Auge ausgehackt. Es war ein mörderischer Kampf. Aber dann haben sie ihn mit einer Stange getroffen. Der Hieb hat dem Falken einen Flügel gebrochen. Als er hilflos flatternd am Boden war, haben sie ihn mit einem langen Ast in den Brunnen gestoßen. Ein paar Tage lang konnte man ihn dort unten noch mit den Flügeln schlagen hören, dann war es still. Nicht lange danach ist der Geisterfalke aufgetaucht.«

Zum ersten Mal hatte Alica Mitleid mit dem Falken. Obwohl er immer jähzornig und launisch gewesen war, hatte er bis zuletzt treu zu François gehalten und versucht ihn zu beschützen. So ein Ende hatte er nicht verdient. Er musste dort am Grund des Brunnens verhungert sein. »Hättest du ihm nicht helfen können, Lollejan?«

»Was für ein sentimentaler Unsinn!«, empörte sich der Kobold. »Wenn ich in den Brunnen gestiegen wäre, dann hätte mich dieses Mistvieh in Stücke gerissen. Was hätte ich denn tun sollen? Ihm Futter hinunterwerfen und sein Leiden noch verlängern? Aus eigener Kraft wäre er niemals aus dem Brunnen gekommen. Nicht einmal mit gesunden Flügeln. Manchmal muss man den Dingen ihren Lauf lassen.«

Ganz in der Nähe ertönte ein Donnerschlag. Alica fuhr vor Schreck zusammen. Dieser Blitz musste ziemlich dicht beim Turm eingeschlagen sein.

»Es ist besser, wenn du jetzt gehst, Frau Geist. Mach Schluss mit dem Spuk des Franzosenfalken. Und sorge dafür, dass dein Freund in sein Grab zurückkommt.« Lollejan ging zu der schweren Tür und rief nach Dorpans.

»Du weißt, dass ich nicht wirklich ein Geist bin«, sagte Alica in der Tür.

Der Kobold lächelte verschlagen. »Natürlich, du hast es mir ja erzählt. Aber ein Geisterregiment zu haben ist besser für meinen Ruf, als mit einer Langen zu paktieren. Euch traut kein Fabelwesen über den Weg. Lassen wir es also dabei, Frau Geist.«

Dorpans erschien mit einer Laterne im Tunnel. »Du bringst Oberst Alica sofort zum Turm hinauf. Sie wird die Vorhut für unsere Rückkehr in die Welt der Menschen bilden. Frau Oberst ist in geheimer Kommandomission unterwegs. Und sorg dafür, dass der Troll sich um die Eisenstangen kümmert. Ich komme gleich hoch und werde den Einsatz im Gewitter höchstpersönlich leiten.«

Dorpans war ganz aufgeregt. »Ist es wahr? Es ist also endlich so weit?«

»Das sagte ich doch!«, knurrte Lollejan. »Und jetzt führ gefälligst meine Befehle aus. Wir sind hier beim Militär und nicht bei einem Rentnerclub!«

Der Kobold stand stramm. »Jawohl, Generalfeldmarschall!«

Lollejan führte eine Hand an die Stirn zum Soldatengruß. »Viel Glück, Oberst Alica.«

Alica erwiderte den Gruß. »Viel Glück, Generalfeldmarschall!«

Ein weiterer Donnerschlag ließ den Turm erzittern.

»Los jetzt!«, befahl Lollejan barsch.

Alica hastete, so schnell ihre Beine sie trugen, durch den Tunnel. Überall im Inneren des Turms herrschte hektische Betriebsamkeit. Letzte Flaschen wurden auf Kupferkabel gesetzt. Kobolde in merkwürdigen Kostümen verbrannten Räucherwerk und murmelten Beschwörungen.

Alica sprang in den Korb, der schwankend nach oben glitt. Sturmwind heulte über den Zinnen. Das gleißende Licht der Blitze tauchte den Schlund unter ihr immer wieder in schattenlose Helligkeit.

Als Alica die Galerie unterhalb der Zinnen erreichte, brüllte der Kobold mit dem roten Zylinder gerade etwas in einen Trichter, der auf einem rostigen Rohr steckte. »Wir beginnen mit dem Ausfahren der Stangen, Exzellenz. Gerade eben hat der erste Blitz in den Burghof eingeschlagen. Es ist endlich so weit!« Dichtes Schneetreiben machte es unmöglich, weiter als ein paar Schritt zu sehen. Der Kobold hatte sich seinen Zylinder mit einem Schal festgebunden, damit ihm der Sturmwind den Hut nicht vom Kopf riss.

Boerg, der Troll, drehte an einer riesigen Kurbel. Selbst er schien von der allgemeinen Aufregung angesteckt zu sein. Er bewegte sich zwar immer noch langsam, aber nicht mehr im Zeitlupentempo wie eben noch, als er die Schieferplatten gegessen hatte.

Alica entdeckte Schnapper im Windschatten der Zinnen

kauernd. Sie zog sich das letzte Stück auf die Galerie empor. Dort musste sie sich ducken, um von den Sturmböen nicht umgerissen zu werden. »Wir müssen weg hier, sofort!«, schrie sie der Möwe entgegen.

»Was? Du willst bei diesem Wetter fliegen? Völlig unmöglich!«

»Sie versuchen mit dem Turm hier Blitze einzufangen«, rief Alica und griff nach dem Lederband um den Nacken der Möwe.

Schnapper sah sie fassungslos an. »Blitze einfangen? Das ist nicht dein Ernst!«

»Das sind Kobolde! Sie werden es tun. Glaub mir!«

Ein Blitzschlag tauchte die Turmkrone in gleißendes Licht. Einen Augenblick lang zeichneten sich deutlich vier rostige Eisenstangen gegen den Nachthimmel ab. Millimeter für Millimeter schoben sie sich höher.

»Wir fliegen!«, sagte Schnapper und spreizte die Flügel.

Alica zog sich auf den Rücken der Möwe und klammerte sich fest. Das Heulen des Sturms hatte noch zugenommen und wie ein Echo antworteten ihm aus dem Schlund des Turms die Jubelrufe der Kobolde.

Schnapper stieß sich zwischen den Zinnen ab und wurde von einer Sturmböe fast gegen die Außenmauer des Turms gedrückt. Wild mit den Flügeln schlagend gewann er Abstand zu dem alten Gemäuer.

Alica konnte nicht zurückblicken, so sehr war sie damit beschäftigt, sich festzuhalten. Bald war ihr Gesicht vom Schnee verklebt und sie hatte das Gefühl, ihr müssten die Finger abfallen, so kalt war es. Mit geschlossenen Augen betete sie stumm, dass der Sturm vorbeigehen würde. Doch ihr Irrflug schien eine Ewigkeit zu dauern. Als sie endlich die Lichtung erreichten, auf der das Tor zurück in die Menschenwelt führte, war die große Möwe fast am Ende ihrer Kräfte. »Von einem

Blitz getroffen werden kann nicht mehr viel schlimmer sein, als durch so einen Sturm zu fliegen«, krächzte Schnapper.

Alica brauchte ein wenig Zeit, um das gut getarnte Tor in dem Schneetreiben wiederzufinden. Ein Schritt und sie war zurück in ihrer Welt. Hier war der Himmel noch immer sternenklar. Sie blickte auf ihre Armbanduhr. Noch eine halbe Stunde bis zur Ablösung der Nachtschicht.

Schnapper hatte ihre Geste richtig verstanden. »Bin ich eine Möwe oder ein Learjet«, brummte er, ließ Alica aber erneut auf seinen Rücken steigen. Diesmal war die Möwe nicht mehr zu Späßen aufgelegt. Auf schnellstem Wege brachte sie Alica in ihr Krankenzimmer zurück.

Wallerich lag im Bett und schlief tief und fest. Alica musste an seiner Schulter rütteln, damit er aufwachte. Hastig kleidete sie sich um und erstattete dem Heinzelmann Bericht. Schnapper saß auf der Bettstange am Fußende und war eingeschlafen.

Alica vermied es, in ihrem Bericht von den Fluchtplänen der Kobolde zu erzählen. Sie wäre sich wie eine schäbige Verräterin vorgekommen, wenn sie es getan hätte. Zugleich machte sie sich Sorgen um Lollejan. Als sie schließlich endete, wirkte Wallerich überaus zufrieden. Er weckte Schnapper mit einem unsanften Knuff. »Wir sehen uns heute Nachmittag. Ich werde mir Gedanken machen, wie wir den Falken erlösen. Ganz gleich ob dieses verdammte Mistvieh das will oder nicht. Komm zur Pestkapelle, wir warten dort auf dich.«

»Darf ich Großvater mitbringen?«

Der Heinzelmann zuckte mit den Schultern. »Meinetwegen, aber für ihn wird es da nicht viel zu sehen geben. Wenn er schon kommt, soll er gleich auch Werkzeug mitbringen, um die Grabplatte anzuheben. Ach, und ein Flaschenzug und Seile wären auch ganz gut. Er hat diesen Kram im alten Stall, das weiß ich.« Wallerich lächelte verschmitzt. »Genau genommen habe ich darauf gebaut, dass du ihn mitbringen würdest.« Er winkte hilflos mit seinem eingegipsten Arm. »Hiermit werde ich keine allzu große Hilfe sein, wenn du in den Brunnen hinabsteigst.«

Anders wollen wir es nicht

»Ist er hier?«, fragte Großvater und sah sich aufmerksam vor der Kapelle um.

Alica konnte Wallerich nirgends entdecken. Doch der Schnee war aufgewühlt und neben der Kapelle stand ein seltsamer Apparat, der entfernt an einen zu klein geratenen Staubsauger erinnerte. Er war aus gelbem Plastik und hatte eine große Schalttafel, auf der bunte Lichter blinkten. Es gab auch zwei Reihen von schwarzen Kipphebeln. Ein Rohr, ähnlich einem Staubsaugerrohr, lief aus der Vorderseite der merkwürdigen Maschine. Aus dem hinteren Teil hingegen hingen Dutzende dünne Kabel, die zu einem regelrechten Gespinst rund um den Brunnenschacht aufgefächert waren. Außerdem lag noch ein halb in sich zusammengesunkener Seesack im Schnee.

»Und Maria wird uns bestimmt nicht stören?«, fragte Alica.

»Nein, nein.« Carl sah sich noch immer aufmerksam um. »Der Bericht der Ärztin heute Morgen hat ihre Sorgen zerstreut. Auch der Anruf deiner Mutter hat das Seinige dazu getan. Maria ist jetzt endlich in Weihnachtsstimmung. Wenn sie nach Köln fährt, um etwas zu besorgen, dann ist sie mindestens für den halben Tag verschwunden. Und da morgen Heiligabend ist, wird sie eher länger als einen halben Tag bleiben.«

Alica dachte an das Gespräch mit ihrer Mutter. Sie war von der Intensivstation auf die Innere verlegt worden. Es ging ihr besser. Sie hatte sie alle für den ersten Weihnachtstag zu sich ins Krankenhaus eingeladen. Alica war erleichtert gewesen, als sie das hörte, doch ein Glücksgefühl hatte nicht aufkommen wollen. Seit Wallerich am Morgen gegangen war, musste sie immerzu daran denken, wie es unten im Brunnen sein würde. Alica hatte keine Angst davor, in den dunklen Schacht hinabzusteigen. Sie hatte Angst vor dem, was sie dort finden würde.

Großvater ließ die Sporttasche mit dem Werkzeug in den Schnee plumpsen. »Also, wo ist er denn jetzt?«, fragte er mürrisch.

»Keine Ahnung. Er hat etwas für dramatische Auftritte übrig. Er wird bestimmt jeden Augenblick erscheinen.« Alica setzte vorsichtig den großen Mahagonikasten ab, den sie getragen hatte. Darin waren der Säbel, die Trompete und die gestohlenen Uniformknöpfe verstaut. Pörtner hatte ihnen heute Morgen genau beschrieben, wo sie alles finden würden. Am Abend zuvor hatte Großvater den Arzt besucht und ihm die Geschichte vom Geisterfalken erzählt. Morgens ergänzte Alica sie dann noch durch das, was sie erst in der Nacht bei den Kobolden erfahren hatte. Und Pörtner glaubte ihnen! Die Art der Schrammen in seinem Gesicht, die Federn, die man nach dem Unfall in seiner Hand gefunden hatte, und vor allem die Tatsache, dass kein Vogel der Welt durch eine massive Windschutzscheibe fliegen konnte, um einem dann das Gesicht zu zerfetzen, all das hatte den Doktor von der Existenz des Geisterfalken überzeugt. Sie mussten ihn gar nicht groß überreden den kostbaren Säbel herzugeben. Pörtner bestand darauf, dass er zurück ins Grab kam.

»Alles bereit für den letzten Akt?« Wallerich war unter dem Torbogen der Kapelle aufgetaucht. Er trug seine Fliegermontur und in seinem Mundwinkel glomm ein dicker Zigarrenstummel. Breitbeinig stand er dort und er hätte sicher wie ein

Westernheld gewirkt, wenn da nicht der dick eingegipste Arm gewesen wäre, der fast waagerecht von seinem Leib abstand.

»Ich kann ihn hören«, sagte Carl überrascht.

»Ich spreche ja auch laut und deutlich«, entgegnete Wallerich spitz.

»Er steht dort vorne beim Tor«, erklärte Alica.

Carl runzelte die Stirn. »Gute Manieren hat er aber nicht, dein komischer Heinzelmann.«

»Dafür aber umso bessere Ohren!« Wallerich lachte. »Fangen wir einfach an. Ich hoffe, der ganze Spuk ist dann in längstens zwei Stunden vorbei. Zunächst sollten wir den Holzdeckel vom Brunnenschacht entfernen und dann den Flaschenzug an einem Dreibein darüber aufstellen. Ich habe einen kleinen Korb mitgebracht. Darin können wir die Gebeine heraufholen, wenn Alica erst einmal unten im Brunnen ist.«

»Mir gefällt es nicht, dass meine Enkelin in dieses Loch hinabsoll«, sagte Carl mit Nachdruck.

»Das ist auch nicht meine Lieblingslösung, aber mit meinem Arm kann ich nicht klettern, und bei allem Respekt, mein Herr, Sie haben Abmessungen, die es nicht erlauben, Sie in den Brunnen abzuseilen.«

»Man könnte ja meine Abmessungen anpassen, zum Beispiel mit dem Zauberring.«

»Genug jetzt und danke dafür, dass ich auch gefragt werde. Es ist meine Sache, in den Brunnen zu steigen«, unterbrach Alica den Streit. »Diesen letzten Gang bin ich François schuldig. Ich möchte nicht, dass darüber noch länger geredet wird. Das macht es mir auch nicht leichter.«

Schweigend hob Großvater den Deckel vom Brunnenschacht. Dann leuchtete er das dunkle Loch mit einer Taschenlampe aus. »Da vorne sind ein paar Eisenstangen.« Carl richtete sich auf und griff nach dem Brecheisen in der Sporttasche. »Die werden nicht viel Widerstand leisten.«

Während ihr Großvater sich an dem Sperrgitter zu schaffen machte, sah sich Alica das merkwürdige Gerät noch einmal an. »Was ist das, Wallerich?«

»Das ist ein GAG. Das neueste Modell aus der Heinzelmännerhightechschmiede.«

»Ein Gag«, wiederholte Alica amüsiert. »Eure Abkürzungen sind wirklich Klasse.«

»Das ist kein Witz!« Wallerich klang ein wenig beleidigt. »Du stehst vor einem Geisterabsorptionsgenerator. Das ist eine Falle für den Falken. Wenn er hier auftauchen sollte, dann kann man ihn damit einfangen.«

Alica glaubte ihren Ohren nicht zu trauen. »Warum haben wir dieses Ding denn nicht gleich benutzt, um den Falken zu jagen.«

»Weil es nicht sehr mobil ist. Glaubst du, ich hätte daran nicht auch gedacht? Allein den Apparat hier sachkundig aufzubauen hat mich fast zwei Stunden gekostet. Er ist ideal, um Geister zu jagen, die immer mehr oder weniger am selben Ort erscheinen. Den Gefallen tut uns der Falke leider nicht. Er hält sich zum Spuken nicht einmal an eine feste Uhrzeit! Ihn hiermit zu jagen ist fast unmöglich. Es sei denn, er ist so liebenswürdig und erscheint, wenn du in den Brunnen hinabsteigst.« Wallerich deutete auf das Kabelgeflecht im Schnee. »Wenn ich den GAG anschalte, wird ein elektromagnetisches Feld aufgebaut, das den Geist gefangen hält und in einen gasförmigen Zustand versetzt. Dann kann man ihn mit diesem Saugstutzen absorbieren. Innerhalb des GAGs sorgt dann ein weiteres, starkes elektromagnetisches Feld dafür, dass er nicht entkommen kann.«

»Das erinnert mich an einen Film, den ich einmal gesehen habe«, mischte sich Carl ein.

»Ja, ja. Jeder denkt dabei an *Ghostbusters*, dabei haben wir diese Technik schon viel früher entwickelt, und ein echter

GAG ist bei Weitem nicht so leicht zu bedienen wie die Geisterstaubsauger aus diesem Hollywoodfilm.«

Daran, dass der Falke sie angreifen könnte, hatte Alica noch gar nicht gedacht. »Funktioniert das Gerät auch bestimmt?«

»Natürlich!« Wallerich klang völlig überzeugt. »Bei sehr mächtigen Geistern oder anderen Fabelwesen könnte es vielleicht ein Problem geben. Aber nicht bei dem Falken. Du musst dir keine Sorgen machen.«

Mit dumpfem Poltern stürzten die Gitterstäbe in den Brunnen. Großvater leuchtete noch einmal den engen Schacht aus. »Der Weg ist frei. Wie tief ist das Ding eigentlich?«

»Kaum mehr als dreißig Meter«, erklärte Wallerich. »So steht es jedenfalls in den Unterlagen, die ich über den Brunnen habe. Er ist vor fünfzig Jahren von einem Trupp unserer Ingenieure vermessen worden.« Der Heinzelmann zögerte kurz. »Man muss allerdings beim Abseilen etwas aufpassen. Die Wände sind als brüchig eingestuft. Meine Leute wollten jedenfalls nicht hinunterklettern. Sie haben von hier oben aus gemessen.«

Alica zog sich den Klettergurt an und knotete das Seil daran fest. Dann drehte sie zweimal ihren Ring. »Klein. Kleiner!«, sagte sie entschieden. Ihr Großvater starrte sie erschrocken an, als sie zusammenschrumpfte. »Jetzt lasst mich hinab!«, befahl sie. »In dieser Größe werde ich schon keinen Steinschlag auslösen, falls ich gegen eine Wand stoße. Ich will es endlich hinter mich bringen.«

Carl kniete neben ihr nieder und streichelte ihr vorsichtig über den Kopf, so als wollte er sich überzeugen, dass das, was er sah, Wirklichkeit war.

»Mir wird schon nichts passieren«, sagte Alica in versöhnlichem Tonfall. »Aber jetzt lasst mich bitte runter.« Sie nahm eine kleine Taschenlampe aus Wallerichs Ausrüstungsfundus und wartete.

Mit ein paar Handgriffen war das Dreibein über den Brunnenschacht gestellt; drei dicke Rundhölzer, die oben durch Scharniere miteinander verbunden waren. Als sie über dem Schacht standen, erinnerten sie Alica ein wenig an die Stangen eines Indianerzelts. Großvater befestigte eine Metallrolle an einem Haken und zog das Kletterseil hindurch. Als es gesichert war, gab er ihr ein Zeichen.

»Halt!« Wallerich hatte etwas Gelbes aus seinem Seesack hervorgekramt. Einen verschrammten Helm. An der Vorderseite hatte er hinter Drahtgeflecht eine eingeschlagene Lampe. Seitlich hingen Kinnriemen aus speckigem Leder herab und man hatte ein Mikro an einem flexiblen Draht so angebracht, dass es direkt vor den Mund reichte. »Hier, den solltest du tragen. Man weiß ja nie.« Der Heinzelmann deutete zu dem Seesack. Ich habe dort einen Empfänger. So können wir in Funkverbindung bleiben und du wirst dich unten nicht ganz so alleinfühlen.«

Alica nahm den Helm und setzte ihn sich auf. Er drückte ein wenig und im ersten Moment war das Mikrofon, das vor ihrem Mund hing, lästig.

»Sag mal was!«, rief Wallerich, der zu seinem Sack zurückgeeilt war und einen großen Kasten hervorgezogen hatte.

»Was!«, sagte Alica genervt.

Der Heinzelmann hatte inzwischen Kopfhörer aufgesetzt. Er streckte den Daumen hoch.

Im Inneren von Alicas Helm knisterte es. Dann erklang ein schrilles Piepen wie von einem übersteuerten Mikrofon. Ihre Ohren dröhnten. Nur der Kinnriemen verhinderte, dass sie sich den Helm vom Kopf riss.

»Klappt alles prima«, tönte Wallerichs Stimme durch das Rauschen der Kopfhörer. »Die Verbindung steht. Leider stört das elektromagnetische Feld den Empfang etwas.«

Alica wollte den Helm behalten. Man wusste ja nie. Selbst

ein kleiner Stein konnte ihr eine dicke Beule schlagen, wenn er dreißig Meter tief fiel. Aber auf den Funk hätte sie gerne verzichtet. Sie wusste, wenn sie dort unten die Gebeine von François fand, dann wollte sie Stille um sich. Wallerichs Späße und das brummige Mitleid ihres Großvaters konnte sie dann nicht gebrauchen. »Kann man den Helmfunk irgendwie abstellen?«

Wallerich schüttelte den Kopf. »Nein«, klang es, begleitet von einem hohen Piepston, aus den Kopfhörern.

»Ich melde mich, sobald ich Hilfe brauche. Bis dahin lasst mich bitte allein mit meinen Gefühlen und meinen Gedanken.« Zögernd machte Alica einen Schritt über den Brunnenrand. Das Sicherungsseil straffte sich. Sie schwebte. Leicht pendelnd sank sie in die Dunkelheit. Das Licht ihrer Taschenlampe reichte nicht bis zum Boden des Brunnens hinab. Alica ließ den weißen Lichtstrahl über die Wände gleiten. Der obere Teil des Schachts war gemauert. Doch bald schon bestanden die Wände aus gewachsenem Fels. An manchen Stellen konnte man noch die Spuren der Werkzeuge im Stein sehen. Wie alt die Anlage wohl sein mochte? Und warum hatte man ausgerechnet an diesem abgelegenen Ort einen Brunnen gegraben?

An manchen Stellen war der Fels von breiten Rissen durchzogen. Wenn Alica mit den Füßen gegen die Wand stieß, bröckelte weicher Sandstein ab und stürzte in die Tiefe. Je weiter sie hinabsank, desto kühler wurde es. Eine trockene Kälte hatte sich zwischen den uralten Steinen eingenistet.

Die Brunnenöffnung über ihr war nur noch ein faustgroßer Lichtpunkt. Alica hakte die Lampe an dem Klettergürtel ein und rieb sich fröstelnd die Hände. Aus den Augenwinkeln sah sie ein verschlungenes Muster im Fels. Hastig riss sie die Lampe hoch, um es genauer zu betrachten, doch sie war zu schnell tiefer gesunken, um noch etwas erkennen zu können.

Dann entdeckte Alica eine weitere Zeichnung. Sie zeigte Bäume, deren Astwerk einen kunstvoll verschlungenen Keltenknoten bildete. Vor den Bäumen war eine Spalte in der Erde. Krieger mit großen Schilden eilten auf die Spalte zu und es sah aus, als versuchte eine langhaarige Gestalt in die Erde hinabzusteigen. Genau war das aber nicht mehr zu erkennen, weil der rostfarbene Stein an dieser Stelle zu stark verwittert war.

Was hatte das zu bedeuten? War der Schacht von Kelten angelegt worden?

Endlich sah Alica die Sohle des Brunnens. Sie war mit trockenem Laub bedeckt. Als sie endlich wieder Boden unter den Füßen hatte, war der Lichtfleck über ihr kleiner als eine Euromünze. Obwohl sie in ihrer Puppengröße federleicht war, sank sie bis über die Knöchel im Laub ein. Schon bei der leisesten Berührung zerfielen die Blätter zu feinem Staub.

Der Felsen hier unten war mit großer Sorgfalt geglättet worden. Ganz unten erweiterte der Brunnenschacht sich zu einem weiten ovalen Raum. In Heinzelmanngröße erschien ihr der Raum riesig, obwohl er an seiner breitesten Stelle wohl kaum mehr als vier Meter messen mochte. Der Lichtfinger ihrer Taschenlampe tastete über die Wände. Man hatte mit schwarzer Farbe das Bild einer riesigen Frauengestalt gemalt, die ihre Arme der Brunnenöffnung entgegenstreckte. So naturgetreu war das Bild, dass es schien, als würden sich die Falten des langen Gewandes bewegen.

Alica drehte an ihrem Zauberring. »Groß. Größer«, flüsterte sie. Sie wollte wieder ihre richtige Körpergröße haben. Dann würden der Brunnen und das Bild sie sicher weniger ängstigen!

»Willkommen in meinem Reich, törichtes Kind«, sprach die Arduinna Silva. Das Bild wurde lebendig und die Dunkle Königin trat aus dem Felsen hervor.

»Alica?«, es war die Stimme ihres Großvaters, die durch das stetige leise Rauschen des Kopfhörers klang. »Bist du unten angekommen? Ist alles in Ordnung?«

Alica konnte nicht antworten; sie war starr vor Schreck.

»Du hast mich sehr enttäuscht, Mädchen. Ich weiß, dass du Gelegenheit hattest, den Schlüssel für die Tore nach Nebenan zu stehlen. Aber du hast dich gegen mich entschieden. Was glaubst du, wo du hier bist?«

Alica wollte etwas sagen, doch ihr Mund war so trocken, dass sie nur ein heiseres Röcheln hervorbrachte.

»Du hast eine Pforte zu meinem unterirdischen Reich durchschritten, Alica. Als ich aus den Wäldern vertrieben wurde und meine Getreuen die Heiligen Haine aufgeben mussten, haben sie mir Schächte wie diesen hier gegraben. Versteckt an entlegenen Orten im Wald haben die Römer sie nie entdeckt und spätere Generationen hielten sie für ausgetrocknete Brunnenschächte. Du stehst also in einem meiner verborgenen Tempel. Dort, wo meine Macht am größten ist! Ich bin durch den Felsen zu dir geeilt, Alica. Du weißt, was das bedeutet. Als du verletzt in dieser Kutsche ohne Pferde lagst, habe ich dir dein Leben geschenkt. Ich hoffte noch immer, du würdest mir den Schlüssel bringen.« Die Dunkle Königin seufzte. »Wie sehr ich mich doch in dir getäuscht habe. Erinnerst du dich noch daran, was du den Vögeln im Wald gesagt hast, als du deine Ruhe haben wolltest? Du seist auf der Suche nach Dienern, die zur Arduinna Silva in die ewige Finsternis ihrer Höhlen ziehen. Du wirst nun meine Dienerin sein, Alica. Ich werde dich mit mir nehmen, in mein dunkles Reich.«

Es raschelte im Laub vor Alicas Füßen. Aus den vertrockneten Blättern erhob sich der Falke. Er plusterte sein Gefieder auf und reckte die Flügel.

»Alica? Was ist los?«, tönte die Stimme ihres Großvaters im Kopfhörer.

Der Falke flog empor. Alica riss schützend die Arme vors Gesicht, doch der Vogel griff nicht sie an. Er stürzte sich auf die Arduinna Silva. Für einen Moment war die Dunkle Königin überrascht. Sie duckte sich unter den Schnabelhieben des Falken. Dann packte sie ihn im Genick, sprach ein Wort in einer fremden Sprache und schleuderte ihn zu Boden.

Hilflos lag der Falke im Laub. Sein Kopf war seltsam verdreht. Nur seine Augen bewegten sich noch.

Die Königin brach in schallendes Gelächter aus. »Dummes Tier! Solange du dich so aufregst, wirst du kein Geist werden. Und solange du einen Körper hast, unterliegst du seinen Gesetzen. Du wirst uns nicht mehr stören!«

»Was hast du mit ihm getan?«, fragte Alica erschrocken.

»Ihm das Genick gebrochen!« Die Königin griff nach Alicas Hand. »Und nun komm!«

»Wer ist da bei dir?«, fragte Großvater über den Kopfhörer. »Was zum Teufel ist los da unten?«

»Die Arduinna ...« Alica stockte. »Die ...« Ihre Stimme brach. Sie konnte nicht mehr weitersprechen.

»Ihr 'abt mich vergessen, Madame.« Wie aus dem Nichts war François erschienen. Er trug dieselbe Uniform wie in der Ballnacht und in der Hand hielt er seinen schimmernden Säbel. »Lasst Alica los oder ich werde Euch ein Leid zufügen müssen, Madame!«

»Ich fürchte, ich bin weniger höflich als du!« Mit einem Ruck riss die Königin Alica zu sich herüber und benutzte sie als lebenden Schutzschild.

François machte einen Ausfallschritt und schlug dabei eine Finte, sodass sein Säbel im letzten Moment die Angriffsrichtung wechselte und drohte die Arduinna in die Seite zu treffen.

Die Dunkle Königin nahm Geistergestalt an und der Stahl fuhr wirkungslos durch ihren Leib. Doch so konnte sie Alica nicht mehr halten.

»Komm zu mir, meine Geliebte!« François gab ihr ein Zeichen, hinter ihm in Deckung zu gehen. Er ließ die Dunkle Königin keine Sekunde aus den Augen.

»Glaubt ihr wirklich, ihr könnt mir trotzen?« Die Arduinna Silva stand nun wieder in Fleisch und Blut vor ihnen. Sie reckte drohend die Arme empor. Rauchwirbel wie dunkle Schlangen wanden sich um ihren Leib. »Du erreichst nur eins, du Narr! Jetzt werde ich deine Geliebte als Geist mit mir nehmen! So wird sie mir bis in alle Ewigkeit dienen!« Der Rauch drang in die Felswände. Ein dumpfes Geräusch erklang. Sand rieselte den Schacht herab.

François machte noch einen Angriff, doch die Dunkle Königin wurde wieder zur durchscheinenden Geistergestalt, sodass seine Klinge ihr nichts anhaben konnte. Die Arduinna rief laut in einer fremden Sprache und ein fernes Tosen antwortete ihr.

Plötzlich zuckte die Erde unter Alicas Füßen, als wäre sie etwas Lebendiges. Kleine Steine purzelten aus dem Schacht in die Höhlung.

Wieder bäumte sich der Fels auf. François warf sich schützend über Alica. Dicht wie Hagelschlag stürzten nun Steinsplitter von der Decke. Es rumpelte ringsherum. Der Boden unter ihnen wand sich wie ein verwundetes Tier.

»Alica!«, ertönte ein gellender Schrei im Kopfhörer.

Ein Felsbrocken traf François. Stöhnend ließ er den Säbel fallen. Dunkles Blut sickerte durch seine Uniform. Alica packte ihn und zog den Husaren bis dicht an die Wand der Höhle. »Verlass mich«, flüsterte sie ihm zu. »Gib deine körperliche Gestalt auf und versuche später mich zu retten.«

François' Gesicht war von Dreck verschmiert. »Ich kann nicht«, stieß er hervor. »Niemals könnte ich dich in Gefahr allein lassen!«

Die Dunkle Königin stand umgeben von Staubwolken.

Kein Stein traf sie. Ja nicht einmal Staub setzte sich auf ihr schwarzes Gewand. Über ihr hing dürres Wurzelwerk aus dem Brunnenschacht. Wurzelwerk? Alica stutzte. Sie hatte gar keine Wurzeln bemerkt, als sie herabgeklettert war.

Ein Stein schlug hart gegen Alicas Helm. Seit das Beben begonnen hatte, ertönte im Kopfhörer nur noch Rauschen.

Die Königin legte den Kopf in den Nacken und rief ein befehlendes Wort. Alica konnte sehen, wie sich ein riesiges Felsstück aus der Wand des Schachtes löste. Ganz langsam kippte es zur Seite. Eine Fontäne von Steinsplittern schoss den Brunnen herab. Dann gab es einen dumpfen Schlag, der die Höhle erzittern ließ. Der winzige Himmelspunkt am Ende des Brunnens war ausgelöscht. Der Schacht verschlossen.

Die Arduinna Silva hob den Säbel auf, den François hatte fallen lassen. Prüfend wog sie die Klinge in der Hand. »Deine Gebeine werden neben denen deines Geliebten vermodern.« Sie lachte spitz. »Wie romantisch.«

François richtete sich auf. »Lasst Alica zie'en. Ich werde Euch freiwillig dienen, Madame. Ihr 'abt kein Recht, sie zu töten.«

Schnell wie eine Viper stieß die Dunkle Königin vor. Der Säbel blitzte im Licht von Alicas Taschenlampe. Der Husar wurde zur Seite gerissen. Die Arduinna hatte ihn mit der Breitseite der Waffe am Kopf getroffen. »Schluss mit diesem sentimentalen Gewinsel!« Die Königin hob erneut den Säbel.

Alica wich rückwärtskriechend bis in den äußersten Winkel der Höhle zurück. Ihre Finger streiften etwas Kaltes, Raues. Eine der Gitterstangen, die oben im Brunnen gesteckt hatten. Sie riss die Stange hoch. Klirrend traf der Säbel auf das rostige Eisen. Die Wucht des Treffers schlug Alica die Stange fast aus der Hand. Der Damaszener Stahl des Säbels hatte eine tiefe Kerbe im Gitterstab hinterlassen.

»Glaubst du wirklich, du könntest mir entgehen?«, spottete die Königin.

Alica machte einen Satz nach vorn. Jetzt hatte sie erkannt, was das für *Wurzeln* waren, die dort aus dem Schacht hingen. Blaue Funken spielten um ihre Enden, wenn sie einander berührten. Es waren die Kabel des GAGs. Die Arduinna schien sie noch nicht bemerkt zu haben.

Alica stand jetzt in der Mitte der Höhle. »Ist dein Herz so kalt, weil du niemals geliebt hast?«, fragte sie herausfordernd.

»Mir hat es immer genügt, dass man mich fürchtete«, entgegnete sie herablassend. »Furcht ist beständiger als Liebe.«

»Das glaube ich nicht.« Alica ließ die Eisenstange sinken. »Töte mich und ich werde für immer mit François vereint sein. Keiner deiner Zauber wird unsere Liebe überwinden. Ganz gleich was geschehen mag, ich werde dir niemals dienen. Du wirst in der Finsternis alleine bleiben wie all die Jahrhunderte zuvor.«

»Wir werden sehen!« Die Arduinna hob den Säbel. Es knisterte. Sie hatte eines der Kabel berührt. Blaue Funken perlten über den Stahl. Die Königin blickte überrascht auf. Der Säbel und ihre Arme wurden durchscheinend. »Was ist das für ein Zauber?«

»Das ist Heinzelmännertechnik!«, antwortete Alica triumphierend, während die Arduinna sich mehr und mehr auflöste. »Dagegen kann all deine Magie nichts ausrichten.«

Die Dunkle Königin sah jetzt aus, als hätte man sie aus feinem bläulichem Tabakrauch erschaffen. Dann begann der Rauch seine Form zu verlieren. Er wurde nach oben gezogen.

Arduinnas Gesicht verzerrte sich zu einer länglichen Fratze und verschwand. Auch der Falke, der noch immer hilflos am Boden lag, verlor seine feste Gestalt.

Besorgt blickte Alica zu François. Der Husar war wieder zu sich gekommen. Benommen schüttelte er den Kopf. »Du bist gerettet, mein 'erz!« Er schenkte ihr ein wunderbares Lächeln und löste sich auf.

»Nein, nicht du!«, rief Alica verzweifelt. »Du sollst nicht gehen! Du …« Sie war allein in der Höhle am Ende des Brunnenschachts.

Lange starrte Alica einfach nur vor sich hin. War François gefangen? Hatte der GAG ihn aufgesaugt? Oder war er für immer gegangen? Alica murmelte in das Mikrofon. Sie fragte nach François und nach der Arduinna. Aber in ihren Kopfhörern erklang nicht einmal Rauschen. Jede Verbindung zur Welt dort oben war abgerissen.

Alica sah sich den Brunnenschacht an. Noch immer rieselten Sand und Steine von oben herab. Der Felsen füllte den Tunnel völlig aus. Sie musste daran denken, was ihr Großvater gesagt hatte. Wie brüchig die ganze Klippe war. Man könnte keine schweren Maschinen hierherbringen, um sie zu retten. Die Erschütterungen würden womöglich die Klippe abrutschen lassen. Oder das, was nach dem Beben noch von ihr übrig war.

Alica kauerte sich in das Laub am Boden. Dicht neben ihrem Fuß lagen ein paar zerzauste Federn. Vielleicht die letzten Überreste des Falken? Wie er würde auch sie hier am Grund des Brunnens sterben. Gefangen und ohne Hoffnung.

Das Licht ihrer Taschenlampe wurde blasser. Sie schaltete es kurz ab. In der Dunkelheit hörte sie überdeutlich auch die leisesten Geräusche. Der Felsen rings um sie knackte und knirschte, so als sei er nach dem Beben immer noch nicht zur Ruhe gekommen. In der Finsternis schienen die Wände näher zu rücken. Alica atmete schwer. Sie hatte das Gefühl, dass sie ersticken musste. Zitternd schaltete sie das Licht wieder ein. Natürlich hatten sich die Wände nicht bewegt.

Alica blickte auf ihre Armbanduhr. Das Glas war eingeschlagen. Die Zeiger verharrten bei 14 Uhr und 11 Minuten.

Wieder sah sie zu dem Felsen hinauf, der den Brunnenschacht versperrte. Großvater würde Himmel und Hölle in Bewegung setzen, um sie hier herauszuholen. Sie würde gerettet werden, redete sie sich ein. Ganz bestimmt!

Das Licht der Taschenlampe flackerte. Sicher nur ein Wackelkontakt, machte sich Alica Mut. Sie schluchzte. Wenn sie nur nicht so allein wäre. Was sollte sie tun, falls das Licht verlosch?

Sie schaltete die Lampe noch einmal kurz ab. Finsternis schlug über ihr zusammen. Sie fuhr mit einer Hand dicht an ihrem Gesicht vorbei. Dabei konnte sie den Luftzug spüren, doch sie sah ihre Hand nicht einmal, als diese leicht ihre Nase streifte.

Alica machte wieder Licht. Der Schein der Taschenlampe war nur noch von fahlem Weiß. Sie ließ den schmalen Lichtkegel über den zerwühlten Boden gleiten. Überall lagen Felsstücke herum. Sie sollte nach den Gebeinen von François suchen. Deshalb war sie hier heruntergekommen. Alica nahm eine der Gitterstangen und blickte sich um. Am besten begann sie unterhalb des Brunnenschachtes. François' Knochen konnten nicht allzu weit davon entfernt liegen. Alica stieß die Eisenstange in den Boden und zog wie mit einem Pflug eine Furche. Jedes Mal wenn die Stange gegen etwas Festes stieß, ging sie in die Knie und zerwühlte mit bloßen Händen das verrottete Laub. Doch stets waren es nur Steine.

Sie hatte schon sieben Furchen gezogen, als die Stange dem Erdreich einen vertrockneten Flügel entriss. Vorsichtig wischte Alica das Laub zur Seite. Sie fand weiteres Gefieder und dann den Kopf des Falken. Behutsam legte sie alles zusammen. Sie wollte schon wieder nach der Eisenstange greifen, als sie auf einen rundlichen Stein stieß. Alica packte ihn mit beiden Händen und zog daran. Mit einem Ruck gab das pulvertrockene Erdreich einen Schädel frei. Der Unterkiefer fehlte. Alicas Hände zitterten. »François?«, flüsterte sie, als könnte der Schädel antworten. Und er tat es auf seine Art. Die großen Schneidezähne mit der kleinen Lücke dazwischen ... Alica musste an François' Lachen denken. Die kleine Zahnlücke war der einzige Makel in seinem wunderschönen Gesicht gewesen.

Alica schaltete die Lampe aus. Sie presste den Totenschädel fest an ihre Brust und begann hemmungslos zu schluchzen. »Mein François! Ich wünschte, ich hätte bei dir sein können. Bitte vergib mir!«

Schwankend stand sie auf. Sie hielt die Augen geschlossen und dachte an die Ballnacht zurück. An die Kirche mit all ihren Spiegeln und Lichtern. Leise summte sie die Walzermelodie und begann sich zu drehen. Erst langsam, dann schneller und schneller. Selbst als ihr schwindelig wurde, hörte sie nicht auf, bis sie gegen einen Stein stieß und schwer stürzte.

Sie wusste, dass sie auf dem Boden lag, aber sie hatte das Gefühl, dass sie noch immer tanzte. Leicht, als würde sie schweben, glitt sie durch das Kirchenschiff und in ihren Ohren klang das helle Lachen François'.

Immer strahlender glänzte das Licht des Ballsaals. Als Alica die Augen öffnete, blickte sie in einen hellen Scheinwerfer. Ein Gesicht, gerahmt von einem mächtigen weißen Bart, der in Locken gerollt war, erschien neben ihr. Es war ein Antlitz wie auf Bildern aus einer alten Bibel. Der Mann war kahl. Nur ein dünner Haarkranz lief noch um sein Haupt. Braun gebrannt und mit buschigen weißen Brauen schien er trotz seines Alters vor Leben geradezu zu sprühen. Nur war sein Kopf zu klein. Ein Heinzelmann!

»Ihr Puls ist normal, Chef«, hörte sie eine Stimme.

»Kannst du dich bewegen, Alica?«, fragte der Alte freundlich.

Unsicher streckte sie die Glieder. Dann versuchte sie sich

aufzusetzen, doch ihr wurde sofort wieder schwindelig. »Es geht«, murmelte sie erschöpft.

»Glaubst du, du kannst an dem Zauberring drehen? Wenn du so groß wie wir wärst, würde vieles einfacher sein.«

Aus den Augenwinkeln sah Alica einen Korb voller Knochen zur Decke schweben. Erschrocken tastete sie nach dem Schädel. Er lag noch in ihrem Arm.

»Der Brunnenschacht ist schwer beschädigt«, erklärte der alte Heinzelmann geduldig. »Wenn du kleiner bist, ist es weniger gefährlich, dich nach oben zu schaffen.«

Alica nickte. Überall in der Höhle waren Heinzelmänner mit gelben wetterfesten Overalls und roten Bergsteigerhelmen zugange. Sie legten mit Pinseln das restliche Skelett von François frei, stützten Decken und Wände mit Metallpfeilern ab oder standen einfach nur herum und hatten eine wichtige Miene aufgesetzt.

Alica drehte ihren Ring. »Klein. Kleiner!«, sagte sie. Die Höhle ringsherum schien sich auszudehnen, während sie schrumpfte. Der Totenschädel wurde immer schwerer. Sie konnte ihn nicht mehr halten. Er rollte zu Boden.

Zwei Heinzelmänner hoben sie auf eine Trage aus Metall und zurrten breite Gurte über ihrer Brust und ihren Beinen fest.

»Wir bringen dich jetzt nach oben.« Der alte Heinzelmann strich ihr sanft über die Stirn. »Du warst sehr tapfer, Alica. Nicht viele hätten es gewagt, sich gegen die Dunkle Königin zu stellen.« Er schien plötzlich verärgert. »Wallerich hätte mir viel früher berichten müssen, wie sich die Dinge hier entwickeln. Es war der pure Leichtsinn, sich auf eine Konfrontation mit der Arduinna Silva einzulassen. Ihr alle hättet tot sein können!«

»Wallerich hat gut auf mich achtgegeben. So gut er konnte«, wandte sie schwach ein.

»Das sehe ich nicht so!« Der Alte schüttelte den Kopf. »Sich mit der Dunklen Königin anlegen!«

Karabinerhaken wurden an der Trage befestigt. Dann wurde sie mit einem Ruck in senkrechte Stellung gezogen. Sanft schaukelnd glitt Alica den Tunnel hinauf. Überall waren breite Metallstreifen an der brüchigen Tunnelwand angebracht. Selbst jetzt arbeiteten noch einzelne Trupps daran, die Felsen abzustützen. Als Alica an ihnen vorbeikam, verharrten sie und sahen sie auf eine Art an, wie man im Zoo ein besonders exotisches Tier betrachtet. Einige nickten ihr auch freundlich zu.

Das Dreibein über dem Schacht war gegen einen großen Flaschenzug aus Metallstreben ausgetauscht, der eine elektrische Seilwinde besaß. Sie wurde von kräftigen Händen gepackt und ein Stück weit vom Brunnen fortgetragen. Sofort war Großvater an ihrer Seite.

»Alica, o Gott! Alica! Ich bin so froh dich zu sehen. Die letzten Stunden bin ich fast gestorben vor Angst.« Er hob sie samt Trage hoch und drückte sie an sich.

Ein Heinzelmann in einer pelzgesäumten Polarjacke räusperte sich. »Könnten Sie das Mädchen wieder abstellen. Ich soll sie untersuchen.«

Großvater drückte Alica noch einmal, dann stellte er die Trage zurück auf den Boden. Jetzt erst sah Alica, dass überall am Rand der Lichtung und zwischen den Bäumen Schwäne und Enten im Schnee kauerten. Es mussten hundert oder sogar noch mehr Vögel sein.

Etwas abseits neben der Kapelle stand ein Metallzylinder, der aussah wie eine Druckkammer aus einem Sciencefictionfilm. Auf einer roten Digitalanzeige war die Ziffer Drei zu sehen. Mehrere Generatoren waren an das Gerät angeschlossen und ein Lichterkranz leuchtete immer wieder rund um den Verschluss auf.

Während der Heinzelmannarzt sie mit lästigen Fragen löcherte und ihr mit einer starken Lampe in die Ohren leuchtete, erschien auch Wallerich.

»Wie wirkt der Anblick von bärtigen kleinen Männern auf dich?«

Alica sah den Arzt verdattert an. Was sollte der Quatsch?

»Es ist ganz normal, wenn du dich in nächster Zeit in engen Räumen unwohl fühlst, mein Kind. Du musst dir deshalb keine Sorgen machen.«

»Lass gut sein, Babbelcelsus.« Wallerich klopfte dem Arzt auf die Schulter. »Sie sieht doch ganz normal aus.«

»Was weißt du denn schon?«, murrte der Arzt.

»Wie viele Lange hast du bisher untersucht?«

Der Doktor sah Wallerich böse an, sagte aber nichts.

»Wir kürzen das Ganze jetzt ab«, entschied Wallerich. »Ist dir ein Stein auf den Kopf gefallen?«

»Nein«, antwortete Alica.

»Hat dich die Dunkle Königin verletzt?«

Alica schüttelte den Kopf.

»Na also, dann ist doch alles in Ordnung.«

Babbelcelsus drückte ihr eine Visitenkarte mit einer Handynummer in die Hand. »Heinzelmänner bekommen nach solchen Abenteuern manchmal stressbedingten Bartausfall. Falls dir also irgendwelche Haare ausfallen, melde dich bei mir. Ich weiß, was dann zu tun ist.« Mit diesen Worten verschwand der Arzt.

Wallerich löste die Riemen der Trage, sodass Alica sich aufsetzen konnte. Hier oben an der frischen Luft war ihr nicht mehr so schwindelig. Großvater stützte sie mit einer Hand.

Verwirrt sah sie sich um. Die Kapelle war durch Scheinwerfer in taghelles Licht getaucht. »Was ist hier passiert?«

»Als wir keine Verbindung mehr zu dir hatten, wollte dein Großvater ein Rettungsteam der Feuerwehr rufen. Zum Glück hat er eingesehen, dass es besser war, das brüchige Felsplateau so wenig wie möglich zu belasten. Ich konnte Carl überreden ein Heinzelmännerrettungsteam anzufordern. Nach dem Notruf hat sich Nöhrgel, unser Ältester, persönlich eingemischt. Er hat die Leitung übernommen und alle Lastenvögel in Köln und Umgebung zusammengerufen. Schwäne, Enten, Möwen. Alles, was stark genug ist, um einen Heinzelmann oder etwas Ausrüstung zu tragen.«

»Sie bauen all ihr Werkzeug aus Titan, damit es leichter zu transportieren ist«, erklärte Großvater begeistert. »Und sie haben wirklich alles, was man sich nur wünschen kann. Vibrationsarme Diamantbohrer, computergesteuerte Laserfräsen und Generatoren in allen Größen. Es ist unglaublich.«

Wallerich winkte ab. »Wir haben nur ein bisschen Werkzeug mitgebracht. Entschuldige, dass es so lange gedauert hat, dich dort unten herauszuholen, aber wir mussten den Brunnenschacht abstützen und sehr vorsichtig sein, als wir den großen Felsbrocken entfernt haben.«

Ein riesiger Schatten glitt über die Lichtung hinweg. Wallerich gaffte mit offenem Mund nach oben. »Der Vogel Rock. Nöhrgel muss etwas sehr Großes nach hier beordert haben. Normalerweise müsste man tagelang Anträge ausfüllen, um einen Rock für ein paar Stunden in eure Welt zu holen.«

Der Schatten verschwand hinter dem kleinen Wäldchen, das zwischen der Kapelle und dem Herrenhaus lag.

»Wohin ist dieser Rock jetzt geflogen?«, fragte Großvater nervös.

»Die sind besser als ihr Ruf. Sie …«, begann Wallerich.

»Wohin?«

»Ich glaube, er wird versuchen vor dem Stall zu landen. Er braucht halt etwas mehr Platz als ein Schwan. Beruhige dich! Es kann ihn ja niemand sehen!«

»Und wenn Maria kommt?«

»Ich bin sicher, man hat ihn gut gefüttert, bevor er nach hier durfte.«

Großvater war mit einem Satz auf den Beinen.

»He, entspann dich, Carl! Das war nur ein Scherz. Sie sind wirklich harmlos.«

Alica war das alles zu viel. Sie drehte an ihrem Ring und wuchs auf ihre richtige Größe. Dann ging sie hinüber zur Kapelle.

Sie stand schon im Torbogen, als der Druckzylinder plötzlich ein Warnsignal ausstieß. Die Lichter änderten die Farbe. Jetzt schienen sie rot. Auf der Digitalanzeige stand nun eine Zwei.

Von allen Seiten kamen Heinzelmänner herbeigelaufen. Auch Wallerich war bei ihnen und der Älteste, der ihr schon unten im Brunnen begegnet war.

»Das hier ist der größte GAG, den wir haben«, erklärte Wallerich. »Aber die Arduinna droht auszubrechen.«

»Kunststück!«, rief der Alte über den Lärm des Alarmsignals. »Vor zweitausend Jahren war sie hier eine Göttin. Es gibt nicht viele Geschöpfe, die so mächtig sind wie sie. Wo bleibt der verdammte Raupenschlepper. Wir müssen sie zum Tor bringen, bevor sie ausbricht.«

Wallerich deutete auf die Digitalanzeige. »Einer von beiden ist fort. Erlöst. Einen anderen Weg gibt es nicht dort hinaus.«

»Wovon redest du?«, fragte Alica.

»Wir haben die Arduinna, den Falken und den Husarenjungen eingefangen. Das ist eine Katastrophe. Das Gerät ist gerade einmal stark genug, um den Falken zu halten. Hätten er und dein Husar die Dunkle Königin nicht auf irgendeine Weise dort drinnen in Schach halten, dann wäre uns der GAG schon längst um die Ohren geflogen. Doch jetzt ist einer von den beiden fort. Erlöst. Und die Königin wird sich jeden Moment befreien!«

Ein roter Raupenschlepper auf breiten Ketten kam den Waldpfad herab.

»Alle mit anpacken!«, kommandierte der Älteste.

Carl zog sich zur Kapelle zurück, um all den unsichtbaren Helfern nicht im Wege zu stehen.

Für ein Heinzelmännerfahrzeug war der Raupenschlepper außerordentlich groß. Er hatte die Abmessungen eines Smart. Mit heulendem Motor wendete er, während die Heinzelmänner mit vereinten Kräften den großen GAG auf die Ladefläche hoben.

Das Warnsignal heulte jetzt in immer kürzeren Abständen auf. Einige Heinzelmänner schleppten Metallflaschen herbei, die ein wenig wie Feuerlöscher aussahen. Sie richteten die Schläuche drohend auf den GAG. In weitem Kreis umzingelten sie den Raupenschlepper, der langsam im Wald verschwand.

Alica sah ihnen nach. Sie war fürchterlich müde. Sollten die Heinzelmänner diesen letzten Kampf mit der Arduinna alleine austragen! Sie trat durch das Portal in die Ruine der Pestkapelle. François' Grab lag offen. Die schwere Grabplatte war mit einem Flaschenzug angehoben worden und schwebte seitlich neben der Gruft.

François' Gebeine waren so ins Grab gebettet, dass alle Knochen wieder am rechten Platz lagen. Auch der Säbel, die Trompete und ein kleines Häufchen Knöpfe waren dort. Zu den Füßen des jungen Husaren lagen die zarten Falkenknochen.

Endlich ist das Unrecht gesühnt, dachte Alica. Alles war wieder am rechten Ort. Und er hatte ihr das Leben gerettet. Nun war er erlöst. Alica hatte gleich geahnt, dass nicht der widerborstige Falke verschwunden war. Ihr Liebster war gegangen.

Sie kramte in ihren Manteltaschen und holte das kleine

Wollknäuel hervor. Dann beugte sie sich hinab und bettete es neben den Totenschädel. »Dieser Faden hat dich zu mir geführt. Möge er dich nun dorthin geleiten, wo du für immer Frieden findest. Lebe wohl, mein geliebter Husar.« Tränen erstickten ihre Stimme.

Großvater trat hinter ihr in die Kapelle. »Wollen wir das Grab schließen?«

Sie nickte. Vorsichtig ließen sie die Platte sinken. Der Stein war geglättet und trug wieder eine Inschrift:

François Ibrahim
de la Croix

Aultre ne veut

»Wie habt ihr das gemacht?«, fragte Alica verwundert.

»Die Heinzelmänner hatten eine computergesteuerte Laserfräse dabei. Ein wahres Wunderding. Das hat die Inschrift in den Stein geschnitten.«

»Was bedeutet dieser Spruch?« Alica war ein wenig verärgert darüber, dass sie dies ohne ihre Einwilligung hinzugefügt hatten.

»Etwas frei übersetzt heißt das so viel wie: *Anders wollen wir es nicht*. Wallerich hat im Internet über die achten Husaren recherchiert. Das war ihr Wahlspruch. Wir beide dachten, dass es ganz gut zu François passt.«

»Anders wollen wir es nicht«, wiederholte Alica leise. Ja, Carl hatte recht. Es hätte François sicher gefallen, das Motto des Regiments auf sein Grab gemeißelt zu sehen. Alica musste an General Lasalle denken, den François so sehr verehrt hatte. Und an dessen dummen Spruch darüber, wie alt ein Husar werden sollte.

»Du warst ein guter Husar, du verdammter Dickkopf. Und du hast mein *'erz* mit dir in dieses kalte Grab genommen.«

Großvater legte ihr den Arm um die Schultern. »Lass uns nach Hause gehen.«

Heiligabend

Tock, tock, tock.

Alica schreckte aus dem Schlaf hoch. Es war dunkel. Noch halb benommen tastete sie nach der Nachttischlampe. Der Wecker, der jetzt neben ihrem Bett stand, zeigte fünf Uhr. Sie hatte keine Ahnung, ob es Morgen oder Nachmittag war. Ihre Glieder waren schwer wie Blei.

Tock, tock, tock!

»Ja!« Fröstelnd eilte sie über den kalten Boden zum Fenster und öffnete es. In der Fensternische warteten Wallerich und Schnapper, so wie an jenem Abend, an dem sie zu ihrem ersten Besuch gekommen waren.

»Verdammtes Flugwetter«, krächzte die Möwe.

Es war dunkel. Schnee fiel in dichten Flocken.

Wallerich räusperte sich. »Also ... Ich ...« Er nahm seine Pilotenmütze ab. »Ich bin nicht gut darin, Abschied zu nehmen. Wir beide müssen nach Köln zurück. Ich soll vor den Ältestenrat treten. Sie wissen nicht, ob sie mich loben oder bestrafen sollen, fürchte ich.«

»Was ist aus der Dunklen Königin geworden?«

»Die haben wir nach Nebenan geschafft. Es war verdammt knapp. Dort ist sie uns entkommen. Aber keine Sorge. Hierher kann sie nicht mehr zurück.«

»Und der Falke?«

Wallerich sah sie verwundert an. »Dieser Satansbraten hat endlich seinen Frieden gefunden. Ich dachte, das wüsstest ...«

»François lebt!« Alica war außer sich. »Wie geht es ihm? Muss er jetzt Nebenan bleiben? Ich hoffe, die Königin hat ihn nicht verletzt.«

Wallerich hob abwehrend seinen gesunden Arm. »Langsam, Mädchen. Langsam. Also zunächst einmal kann man von einem Geist wohl schlecht sagen, dass er lebt. Aber davon einmal abgesehen geht es ihm gut. Er ist voller Tatendrang. Er hat mich doch tatsächlich gefragt, ob es Lehrmeister für Geister gibt.« Wallerich lächelte verschmitzt. »Ich glaube, er hat vor, dir nicht nur dann, wenn du in Lebensgefahr bist, in Fleisch und Blut gegenüberzustehen.«

Alica packte Wallerich und küsste ihn auf die Stirn. »Das ist die beste aller Nachrichten. Er ist nicht verschwunden! Wann kann ich ihn wiedersehen?«

Der Heinzelmann machte sich aus ihrer Umarmung los. »Weiß nicht. Es wird sicher noch etwas dauern. Allerdings ist Nöhrgel der Meinung, dass wir tief in deiner Schuld stehen. Nur mit deiner Hilfe war es möglich, die Arduinna Silva zu fangen. Auch wenn das letzten Endes ein Unfall war, der dich beinahe Kopf und Kragen gekostet hätte. Ich bin sicher, man wird dir ab und an erlauben nach Nebenan zu reisen, um François wiederzusehen.«

Alica hatte das Gefühl, sie müsste platzen vor Glück. Wallerich wich ein Stück vor ihr zurück. »Nicht noch so eine Umarmung! Du brichst mir noch meinen gesunden Arm.«

Einen Moment lang standen sie schweigend am Fenster. »Sag's ihr«, krächzte Schnapper schließlich.

»Tja, also ... Es tut mir leid, Alica, aber ich muss den Ring von dir zurückfordern. Unsere Mission ist beendet und ich muss ihn dem Ältesten wiedergeben.«

Schweren Herzens zog Alica den Zauberring vom Finger. Damit war ihr wunderbares Abenteuer also zu Ende. Sie würde wieder wie alle anderen blind für die geheimen Mitbewohner dieser Welt sein. Alica drückte Wallerich das kostbare Schmuckstück in die Hand. Er legte den Ring in ein Kästchen, das er dann sorgfältig in einer Manteltasche verstaute.

»Ich weiß nicht, ob wir uns noch einmal wiedersehen«, sagte der Heinzelmann bedrückt. »Es kann sein, dass sie dir einen anderen Heinzelmann schicken, wenn du deine Einladung nach Nebenan bekommst. Was mich …«

»Wir werden uns wiedersehen!«, unterbrach ihn Schnapper. »Du schuldest mir noch eine ganze Kiste mit Thunfischdosen. Ich vergesse so was nicht!«

Wiedersehen? Alica blinzelte ungläubig. Obwohl sie den Ring nicht mehr trug, konnte sie den Heinzelmann immer noch sehen! »Du bist ja nicht verschwunden!«

»Was dachtest du denn? Das wäre ja noch schöner, wenn du nach all dem, was wir zusammen erlebt haben, noch immer nicht an Heinzelmänner glauben würdest. Unser Abenteuer hat deine Sicht auf die Welt verändert, Alica.« Er lächelte. »Und ich fürchte, das lässt sich nicht mehr rückgängig machen.«

Wallerich griff nach dem Lederriemen an Schnappers Hals und zog sich auf den Rücken der Möwe. »Also dann, Alica. Auf Wiedersehen! Vielleicht …«

»Schnäuz dich bloß nicht in dein Taschentuch, wenn wir erst einmal fliegen, du sentimentaler alter Kerl«, krächzte Schnapper und breitete die Flügel aus. »Dabei können schlimme Unfälle passieren. Ich hab da neulich eine Geschichte gehört … Gruselig, sag ich dir!«

»Wallerich?« Alica wusste nicht, wie sie die richtigen Worte finden sollte, ohne Lollejan zu verraten.

»Ja?«

»Hat sich gestern etwas Ungewöhnliches Nebenan ereignet?«

»Einmal abgesehen davon, dass wir das meistgesuchte Fabelwesen der Eifel geschnappt haben, war nicht viel los. Eigentlich ein Tag wie jeder andere.«

»Und die Nürburg … Ist da vielleicht etwas passiert?«

Der Heinzelmann sah sie durchdringend an. Wusste er, worum es ging?

»Gestern hat ein gewaltiger Blitz in den Turm der Nürburg eingeschlagen. Wir haben eine Aufklärungsmöwe geschickt, um nachzusehen, und diese grantigen Kobolde hätten sie fast vom Himmel geschossen. Weiß der Henker, was die in ihrem Turm so treiben.«

Also hatte Lollejans Plan nicht funktioniert, dachte Alica. Aber das würde den Generalfeldmarschall der Kobolde sicher nicht davon abhalten, nach einem neuen Fluchtweg für sich und seine Regimenter zu suchen.

»Ich muss nun wirklich!« Wallerich hob den Arm zum Abschied. Dann stieß sich Schnapper vom Fenstersims ab. Einen Augenblick später waren die beiden im dichten Schneetreiben verschwunden, so als hätte es sie nie gegeben.

Wehmütig schloss Alica das Fenster. »Willkommen zurück in der Wirklichkeit«, murmelte sie enttäuscht. Von all ihren Abenteuern war nichts geblieben, was man jemandem hätte zeigen können. Es wäre klüger, den Mund zu halten. Sie hatte keine Lust, unter ihren Schulkameradinnen als *die Irre* verschrien zu sein.

Unwillig zog sie sich an.

Tock, tock, tock!

Sie blickte zum Fenster. Waren sie zurückgekommen?

»Bist du wach?«, rief ihr Großvater durch die verschlossene Tür. Enttäuscht öffnete Alica ihm.

»Frohe Weihnachten!« Carl hob sie hoch und drückte sie an sich. Seine Bartstoppeln schrammten über ihr Gesicht. Wenn er das jetzt zur Gewohnheit machte, war er ihr auf seine verstockte Art lieber gewesen.

»Du hast fast einmal die Uhr rund geschlafen.« Carl senkte die Stimme zu einem Flüstern. »Über gestern sagst du deiner Großmutter bitte kein Wort.«

Alica lächelte. »Natürlich nicht.«

Gemeinsam gingen sie hinunter in die Küche. Neben dem Kachelofen stand ein großer Weihnachtsbaum. Es duftete nach frisch gebackenen Spekulatius und nach Weihnachtsgans.

»Ich hoffe, du kommst mit gutem Appetit!«, empfing sie Maria. »Du musst ja halb verhungert sein, so lange wie du geschlafen hast.«

Tatsächlich knurrte ihr Magen. Auf ihrem Platz stand schon eine Tasse mit dampfendem Kakao. Daneben lag ein Päckchen, in buntes Papier eingeschlagen.

»Ich bin gar nicht dazu gekommen, für euch auch etwas zu besorgen«, stammelte sie verlegen.

»Dass du hier bist, ist besser als jedes Geschenk!«, sagte Maria herzlich. »Nicht wahr, Carl?« Sie warf ihrem Mann einen strengen Blick zu.

»Klar«, stimmte Großvater sofort zu. »Willst du nicht auspacken?«

Unter dem Papier verbarg sich ein abgegriffenes flaschengrünes Buch. *EIFELBILDER – Ein Spiegel der Jahrhunderte* stand in verblassten goldenen Buchstaben auf dem Cover. Verwundert schlug Alica den Band auf. Er roch nach Staub und Tabak. Die Seitenränder waren ganz vergilbt. Landschaften unter stürmischem Himmel, verfallene Burgen, Bauernhäuser, die sich an karge Hänge duckten. So reihte sich Bild an Bild. Alte Fotos, Holzschnitte und kolorierte Stiche.

»Gefällt es dir?«, fragte Großmutter skeptisch. »Carl hat darauf bestanden, dass wir dir dieses Buch besorgen. Ich war in sieben Antiquariaten, bis ich es endlich aufgetrieben hatte. Ich hätte dir lieber ...«

»Es ist ... interessant«, sagte Alica gedehnt.

Großvater grinste sie an. »Finde ich auch. An der allerinteressantesten Stelle habe ich ein rotes Seidenbändchen eingelegt.«

Alica blätterte geduldig weiter. Und dann sah sie das Bild. *Husarenball 1812 – Die geheimnisvolle Schöne* stand in verschnörkelter Schrift darunter. Und ein Name: Robert Grubner.

Der kolorierte Stich zeigte eine junge Dame in scharlachrotem Kleid. Sie hatte eine Husarenjacke keck um ihre Schultern geworfen. Und hinter ihr stand ein lächelnder Soldat. Sogar die kleine Lücke zwischen seinen Zähnen war zu erkennen.

»Die sieht ja aus wie du«, sagte Großmutter überrascht.

»Ja, mit ein wenig Fantasie ... Vielleicht!«, antwortete Alica leise. Und Großvater zwinkerte ihr verschwörerisch zu.

Danksagung

Wenn ein Autor ein Buch schreibt, ist er dabei meistens nicht so alleine, wie man vielleicht denkt. Meine *Heinzelmänner* und *Heinzelfrauen* aus Fleisch und Blut waren: Menekse, die mich regelmäßig über deutsche Grammatik belehrte, Elke, die mir schonungslos die Wahrheit über Porschetraktoren sagte, Karl-Heinz, der immer noch ein Komma findet, das fehlt, Anita, die außerordentlich logisch war, Bettina, die dafür sorgte, dass die Saxofonpassagen nicht reines Fantasygeschwafel wurden, Gregor, der eines Tages Bettina mitbrachte und ein wunderbares Wintereifelpicknick mitorganisierte, Regine und die Mädchen der Klasse 8c des Gymnasiums am Stadtpark, die mich darüber aufklärten, wie die Welt sich sortiert, wenn man dreizehn oder vierzehn ist, Sevgi und Sevinc, die einem verzweifelten Autor mitten in der Nacht Französischnachhilfe gaben, sowie meine Lektorin, Susanne Evans, die unter anderem dafür sorgte, dass es nicht noch mehr Bandwurmsätze wie diesen gab.

Inhaltsverzeichnis